ROBERT BAUR

Blutmai

KOPFJAGD Berlin im Mai 1929. Die Polizei geht erbarmungslos gegen die unerlaubten Demonstrationen der KPD vor. Dutzende Zivilisten sterben im Kugelhagel. Abseits der Straßenkämpfe entdeckt Exkommissar Grenfeld einen Schädel in einer Hutschachtel. Dass es der Kopf des Kolonialgründers Carl Peters ist, macht die Sache nicht besser. Vor allem, da die Politische Polizei nicht gut auf den Exkommissar zu sprechen ist. Grenfeld muss ermitteln und wird schon bald mit den Grausamkeiten aus dem einstigen Deutsch-Ostafrika konfrontiert.

Dr. Robert Baur studierte Andragogik, Psychologie und Soziologie. Seit Anfang der 90er-Jahre konzipiert und leitet er Workshops für Mitarbeiter und Führungskräfte großer und mittelständischer Unternehmen. Dort nutzt er schon bald die Methode des »Storytellings«. Mit »Mord in Metropolis« ist dem Autor ein viel beachteter Krimi rund um den Stummfilm von Fritz Lang gelungen. »Engelsflug« ist der zweite und »Blutmai« der dritte Fall seines Exkommissars Grenfeld. Sein literarisches Interesse gilt vor allem den Außenseitern und Randfiguren der Weltgeschichte.
http://baur-robert.de

ROBERT BAUR

Blutmai

ROMAN

Personen und Handlung sind frei erfunden.
Ähnlichkeiten mit lebenden oder toten Personen
sind rein zufällig und nicht beabsichtigt.

Bei Fragen zur Produktsicherheit gemäß der Verordnung
über die allgemeine Produktsicherheit (GPSR) wenden Sie
sich bitte an den Verlag.

Gefällt mir!

Facebook: @Gmeiner.Verlag
Instagram: @gmeinerverlag

Besuchen Sie uns im Internet:
www.gmeiner-verlag.de

© 2018 – Gmeiner-Verlag GmbH
Im Ehnried 5, 88605 Meßkirch
Telefon 07575 / 2095 - 0
info@gmeiner-verlag.de
Alle Rechte vorbehalten

Lektorat: Sven Lang
Herstellung: Mirjam Hecht
Umschlaggestaltung: U.O.R.G. Lutz Eberle, Stuttgart
unter Verwendung eines Fotos von: © ullstein bild –
Süddeutsche Zeitung Photo/Scherl
Druck: Libri Plureos GmbH, Friedensallee 273,
22763 Hamburg
Printed in Germany
ISBN 978-3-8392-2290-4

Tiefer und tiefer drangen wir
in das Herz der Finsternis ein.
Es war sehr still dort.

Joseph Conrad

*

There's a slow,
slow train coming
up around the bend.

Bob Dylan

KAPITEL 1

30. April 1929, 13 Uhr,
Berlin, Friedrichstraße 191

Robert Grenfeld beobachtete den dicken Mann mit der Hutschachtel, der unablässig zu ihm hinaufstarrte. Selbst von seinem Büro im vierten Stock aus erkannte er die Verzweiflung des Wartenden. Seine Haltung, seine Gestik und nicht zuletzt sein Zögern verrieten es. Niemand, der vorhatte, die Galerie Goldschild im ersten Stock aufzusuchen, sah so aus. Kein Journalist der russischen Zeitschrift Rul, die im dritten Stock ihre Redaktionsräume unterhielt, schleppte eine Hutschachtel mit sich herum. Grenfeld drückte seine Zigarette aus und griff nach dem Mantel. Er hatte genug gesehen. Noch war Zeit zur Flucht. Der Mann war ganze vier Stockwerke davon entfernt, ihn mit seinen Problemen zu traktieren. Natürlich lag es am Schild *Private Ermittlungen*. Der Text – an Vagheit und Belanglosigkeit kaum zu überbieten – schien dazu geeignet, die Aufmerksamkeit der Mühseligen auf sich zu ziehen. Doch Verzweiflung war das Letzte, was er heute ertragen konnte. Vor zwei Wochen hatte Helen ihm den Laufpass gegeben. Sie hatte drei Koffer vor die Tür ihrer Villa gestellt und ihm geraten, von nun an im Büro zu nächtigen. Grenfeld rannte die Treppe hinunter in den Hof, öffnete mehrere Hintertüren, folgte düsteren Gängen und landete schließlich in C. S. Gerolds Weinstube an der Ecke zur Leipziger Straße.

Der Raum war derart verqualmt, dass der Kellner nicht bemerkte, wie er, vom Hintereingang kommend, den Laden durchquerte, um seine Nase an der Frontscheibe platt zu drücken. Konnte er es wagen, hinüber zum Moka Efti zu gehen? Nach einigen Minuten des Zögerns passierte er die Drehtür, wo ihn ein ohrenbetäubender Lärm in Empfang nahm. Die Luft stank nach Ruß und Benzin. Die hunderttausend Kraftfahrzeuge, die mittlerweile in der Hauptstadt zugelassen waren, schienen alle den gleichen Weg zu haben. Gelbe Doppeldeckerbusse donnerten, nur wenige Zentimeter von den wartenden Menschen entfernt, über die Kreuzung. Es folgten Taxis mit waghalsigen Überholmanövern. Schließlich Lastwagen, Motorräder, dazwischen die letzten Pferdedroschken. An Berlins meist befahrenster Kreuzung konnte man sich getrost der Masse anvertrauen. Sie entschied, wann es ratsam war, den Fahrdamm zu betreten. Individualismus hingegen führte zum Ableben. Grenfeld mischte sich unter eine Gruppe amerikanischer Touristen. Ihr Fremdenführer, dessen Redeschwall im Verkehrslärm unterging, fuchtelte wild mit den Armen und deutete auf das gegenüberliegende Gebäude. Grenfeld wusste, worüber der Mann sprach. Im Equitable-Palast, einem monumentalen Gebäude aus Marmor und Glas, war er Stammgast. Der repräsentative Bau der amerikanischen Versicherung beherbergte früher das Café Kerkau, dann das Zielka und seit dem einunddreißigsten März das Moka Efti. Im Schutz der Touristengruppe überquerte er die Kreuzung, wo ihn die Rolltreppe rasch in den ersten Stock bugsierte. Schnell lief er durch die Vorhalle an den maurischen Rundbögen vorbei in die Cafébar. Er hatte Glück. Ganz hinten am Tresen entdeckte er einen freien Platz. Das alte Zielka war nicht wiederzuerkennen: blitzend prustende Kaffeemaschinen,

Schlagermusik aus dem Lautsprecher, surrende Ventilatoren und weich gepolsterte Sitze. Der Kaufmann Giovanni Eftimiades, der früher einen kleinen Laden um die Ecke betrieb, hatte auf fast dreitausend Quadratmeter ein Kaffeehaus geschaffen, das an Gigantomanie kaum zu überbieten war. Jeden Tag nahmen mehrere tausend Gehetzte die Rolltreppe, um in die Kulissen einer orientalischen Scheinwelt einzutauchen.

Sie hatten alles zerstört, dachte Grenfeld grimmig und bestellte eine Schale Mokka. Eine gewöhnliche Tasse Kaffee schien es nicht mehr zu geben. Sosehr er sich auch bemühte, es wollte ihm nicht gelingen, sich zu entspannen. Der Geist des Zielka schwebte drohend über ihm und schimpfte ihn einen Verräter.

»Du, hier? Ich dachte, du wolltest diesen Hokuspokus boykottieren?«

Grenfeld erkannte im zerknautschten Gesicht seines Sitznachbarn einen alten Kollegen aus dem Präsidium. Kanther war nicht gerade der gesellige Typ. Ein seltsamer Kauz, über den zahlreiche Gerüchte im Umlauf waren. Man sagte, er habe Anfang der Zehner eine kurze, aber heftige Affäre mit einer russischen Bolschewistin gehabt, aus der eine uneheliche Tochter namens Irina hervorgegangen war. Fürsorglich habe er sich um die Kleine gekümmert, sei dann aber alkoholbedingt abgestürzt und hause nun im Hotel Fuhrmann gegenüber dem Schlesischen Bahnhof. Keine gute Adresse, keine Gegend für Schlipsverkäufer oder Kommissare. Vor Jahren hatten sie sich in ein paar Fälle verbissen, die an Grausamkeit kaum zu überbieten waren. Es waren chirurgische Glanzleistungen von Psychopathen, die ihre Leichenteile über die ganze Stadt verstreut hatten. In dieser Zeit hatten sie auch privat Kontakt.

Sie suchten Trost beim Pferderennen, beim Boxkampf und am Tresen. Im alkoholisierten Zustand war Grenfeld regelmäßig im Beiwagen von Kanthers Heiligtum, einer olivgrünen Harley-Davidson, nach Hause kutschiert worden. Nach seiner Heirat hatten sie sich aus den Augen verloren, liefen sich nur noch im Präsidium über den Weg.

»Ich bin auf der Flucht«, gestand Grenfeld und durchsuchte seine Taschen nach einer Zigarette.

»Vor wem?«

»Einem Klienten.«

»Einem Klienten?« Kanther schüttelte missbilligend den Kopf und gaffte Minni nach, einer langbeinigen Kellnerin, die als Einzige übernommen worden war. »Was wollte er?«, fragte Kanther.

»Keine Ahnung.«

»Du hast ihn nicht einmal angehört?«

»Er gefällt mir nicht«, antwortete Grenfeld, umfasste seine Kaffeeschale und fragte sich, wo das alte Geschirr geblieben war.

»Im Präsidium kann man sich die Fälle nicht aussuchen«, schmollte Kanther. »Vielleicht sollte ich ebenso den Dienst quittieren und Detektiv werden. Aber bin ich der Typ dazu? Was meinst du?«

»Ich bin kein Detektiv.« Er hasste das Wort. Es klang nach Groschenheft, nach schlecht sitzenden Anzügen und Achselschweiß.

»Außerdem dachte ich, du wolltest das Hotel deines Schwiegervaters übernehmen. Da unten in Nizza?«

»Die Stadt heißt Antibes, aber die Sache ist kompliziert«, sagte Grenfeld, fest entschlossen, seinen ehemaligen Kollegen mit dem Trümmerhaufen seiner Ehe zu verschonen.

»Dabei hattest du so ein Schwein«, fuhr Kanther fort.

»Welche wohlhabende Frau heiratet schon einen Kriminaler?«

Lässig winkte Grenfeld Minni herbei, die gerade mit einem Tablett voller Kuchen an ihnen vorbeihuschte. »Weißt du, was mit dem alten Geschirr passiert ist?«, flüsterte er ihr zu.

Die Kellnerin baute sich vor ihm auf und lächelte. In ihrem eng anliegenden rot geblümten Kleid im mauretanischen Stil sah sie umwerfend aus. Allein ihretwegen riskierte er, auch zukünftig die Friedrichstraße zu überqueren.

»Das Zielka ist Vergangenheit«, sagte sie sanft und zeigte auf den langen Tresen. »Das hier ist die Zukunft.«

»Vielleicht will ich sie nicht – die Zukunft.«

Sie stellte das Tablett ab, beugte sich zu Grenfeld herunter und gewährte ihm einen unerwarteten Blick in ihr Dekolleté. Ihr Parfüm roch nach Moschus und Minze, so anregend wie ein Frühlingsmorgen im Orient. »Sie haben die Billardtische und das Geschirr ausgelagert. Alles Konkursmasse. Aber du musst dich beeilen, wenn du was kaufen willst. Die Trödler werden sich das nicht entgehen lassen.«

»Einverstanden. Wie geht's deinem alten Chef?«

»Gibt jetzt Billardunterricht.«

»Ich werde ihn besuchen«, versprach Grenfeld wie ein eifriger Schüler und zauberte ein Lächeln auf Minnis Gesicht.

»In zehn Minuten hab ich Pause, aber jetzt muss ich bedienen. Hier herrscht ein anderes Regiment«, raunte sie ihm zu und verschwand in der Menge.

»Kleinchen, du hast Beinchen. Donnerwetter, kolossal!« Kanther zwinkerte ihm zu, während er ein Stück Sahnetorte in sich hineinstopfte.

»Was gibt's Neues im Präsidium?«

»Die Kommunisten werden morgen die Stadt lahmlegen! Gestern hatten sie geübt. Am Potsdamer gab's Randale. Der Rädelsführer ist mit dem Rad geflüchtet, am Wilhelmplatz gestürzt und von einem Einsatzwagen überrollt worden.«

»Wie kann der Polizeipräsident am ersten Mai ein Demonstrationsverbot erlassen? Selbst im reaktionären München wagt man das nicht. Die Roten werden sich die Straße nicht nehmen lassen«, sagte Grenfeld gereizt.

»Zörgibel ist Sozialdemokrat. Grund genug, sich mit den Kommunisten anzulegen.«

Grenfeld rührte missmutig in seinem Mokka. Da waren sie wieder. Die politischen Spielchen, von denen er schon zu seiner aktiven Zeit als Polizeibeamter die Schnauze gestrichen voll hatte.

»Ich kann dir nur raten, mach die nächsten Tage um Neukölln und den Wedding einen Bogen. Diesmal wird's ernst. Vierzehntausend Polizisten warten in den Kasernen. Es reicht schon, wenn ich ausrücken muss.«

»Du? Aber das ist doch nicht Sache der Mordkommission.«

Kanther verschluckte sich und hustete. »Ich habe die Abteilung gewechselt. Bin jetzt bei den Politischen.«

»Aber warum denn?«

»Ich bin müde. Ich kann keine Leichen mehr sehen.«

Grenfeld starrte in die graublauen Augen seines ehemaligen Kollegen, die mindestens genauso viel gesehen hatten wie die seinen: ersoffene, zerstückelte, aufgeschlitzte und erhängte Körper, die man aus der Spree, aus einem U-Bahn-Schacht oder aus sonst einem dunklen Loch der Vier-Millionen-Stadt ans Licht gezerrt hatte. Die Pupillen solcher vom Grauen gesättigter Augen hatten den Glanz eines Eisblocks angenommen. Ihre Ränder hatten an Kontur verloren, waren ausgefranst, gleichsam angefressen vom irdischen Leid.

»Was starrst du mich so an?«, fragte er irritiert.

»Weißt du noch, der Fall Maria Sandmayr? Das erdrosselte Mädchen im Park.«

»Robert, bitte, hör auf! Seit Jahren erzählst du mir die Geschichte. Das war nie unser Fall. Es war ein Fememord in Bayern. Du bringst da was mächtig durcheinander.«

»Der Mörder läuft noch immer frei herum.«

»Na und? Was geht's uns an?«

»Das Fräulein hatte versehentlich ein Waffenlager entdeckt und gemeldet. Auf dem Schild über der strangulierten Leiche stand: ›*Du Schandweib hast verraten dein Vaterland. Du wurdest gerichtet von der schwarzen Hand.*‹«

»Olle Kamellen. Hast du mir schon zigmal erzählt. Weshalb interessiert dich der Fall? Das ist ja 'ne richtige Obsession.«

»Ein Kollege aus München hat mich damals um Rat gefragt. Es war der erste Fememord in Bayern, und seine Vorgesetzten wollten die Aufklärung vertuschen«, erwiderte Grenfeld. »Der Staatsanwalt heißt Martin Dresse. Kannst du mir die Akten aus München besorgen?«

»Unsinn!« Kanther war aufgesprungen. Ein Monokel tragender Glatzkopf vom Nebentisch setzte ein empörtes Gesicht auf, als hätte man ihm in die Kaffeeschale gespuckt. Gruselgeschichten waren in den Vergnügungstempeln tabu. Frohsinn war hier erste Bürgerpflicht. Als Kanther seine Hand mit einer versöhnlichen Geste auf seine Schulter legte, entdeckte er ihn: den Mann mit der Hutschachtel. Dessen exotische Erscheinung passte durchaus in das

Ambiente des Kaffeehauses: weißer Anzug mit Einstecktuch, Schal mit Lilienmuster, spitze Krokodillederschuhe,
nur der Tropenhelm fehlte. Der Dicke wischte sich über
die schweißnasse Stirn und durchforstete mit seinen Blicken den Saal. Vergeblich versuchte sich Grenfeld hinter
Kanthers breitschultriger Statur zu verstecken. Es war zu
spät. Er hatte ihn entdeckt und steuerte auf ihn zu. Es gab
kein Entrinnen.

»Herr Grenfeld? Bitte entschuldigen Sie die Störung,
aber die Dame von der Galerie Goldschild hat Sie mir
beschrieben. Sie meinte, Sie seien hier zu finden. Ich hoffe,
es ist Ihnen recht, wenn ich mich ein wenig zu Ihnen
setze?«

»Ich bin gerade am Gehen.«

»Paul von Hohenstein«, sagte der Mann tapfer, als
beruhe die Zurückweisung auf einem Missverständnis.
»Sie sind mir empfohlen worden. Sie sind doch Privatdetektiv?«

»Unser Büro wird Ende Mai geschlossen.«

»Wenn es eine Frage des Honorars ist …«

»Nein«, erwiderte Grenfeld, der unentwegt auf die Hutschachtel starrte. Sie war deformiert und wies Wasser-
flecken auf, als beherberge sie etwas Feuchtes. Doch es
war weniger das Aussehen der Schachtel, das seine Aufmerksamkeit auf sich zog, als vielmehr ihr Geruch. Zuerst
konnte er ihn nicht zuordnen, diesen säuerlich erdigen
Gestank, doch je länger der Mann vor ihnen stand, desto
mehr roch es wie bei einer Exhumierung.

»Sie entschuldigen mich«, sagte Grenfeld und sprang auf.
Ihm wurde übel. Er eilte durch den Gang auf der Suche
nach einer Toilette. Auch ohne sich umzusehen, spürte er,
dass der Mann ihm folgte. Er hetzte an Frisiersalons und

Telefonzellen vorbei, durchquerte zuerst den türkischen, dann den arabischen Saal und landete schließlich in einem Diktierraum, wo Geschäftsleute in bequemen Sesseln die Dienste hauseigener Stenotypistinnen in Anspruch nahmen. Im zweiten Stock, neben den Billardsälen, wurde er fündig. Doch als er die Toilettentür öffnete, stand der Dicke bereits vor ihm.

»Was ist da drin?« Grenfeld deutete auf die Hutschachtel.

»Lassen Sie es mich erklären. Deswegen bin ich hier.«

»Machen Sie schon auf.«

Umständlich hob Hohenstein den Deckel an und der Exkommissar starrte auf einen in offenbar noch feuchter Erde gebetteten Totenschädel.

»Was soll das?«

»Man hat ihn mir zugeschickt, Eilzustellung. Der Absender existiert nicht, eine erfundene Adresse.«

Grenfeld stützte sich am Waschbecken ab. Ihm wurde schwindlig. »Und was soll ich damit? Herausfinden, wer Ihnen so etwas schickt?«

»Nein, das ist unnötig. Sie sollen mich beschützen. Das ist eine Drohung. Die werden mir ebenso den Kopf abschneiden.«

»Wer sind *die*?«

»Das tut nichts zur Sache. Ich will nur nicht so enden wie unser Freund hier.«

»Ich bin kein Personenschützer. Wenden Sie sich an die Polizei.«

»Aber das geht nicht.« Der Mann sah sich hilflos um, als suche er in den Toilettenräumen nach Beistand. Schließlich kramte er sein Portemonnaie hervor und legte ein Bündel Scheine so behutsam auf das Waschbecken, als platziere er eine Opfergabe vor einem Schrein. Grenfeld schüttelte den Kopf. Durch das gekippte Oberfenster drang der Verkehrslärm der Leipziger Straße herein.

»Bitte!«

»Versuchen Sie es bei meinem ehemaligen Kollegen Ernst Engelbrecht. Er hat Bücher über das Verbrechertum geschrieben. Spricht jetzt im Radio, nennt sich Berater. Ich bin sicher, das Geld wird ihn überzeugen.«

Als Grenfeld sich umdrehte, spürte er, wie der Dicke ihm etwas in die Tasche steckte. Ärgerlich fischte er eine Visitenkarte hervor, um sie ihm sogleich zurückzugeben. Erschrocken wehrte der Mann ab, machte drei Schritte rückwärts, stolperte über die Schachtel und fiel zu Boden. Erde, Schädel, Hut und Einstecktuch verteilten sich auf den weißen Fliesen. Der Dicke zappelte wie ein Insekt, während er verzweifelt versuchte, aufzustehen. »Warten Sie«, stammelte er. »Lassen Sie mich nicht im Stich. Bitte!«

Grenfeld stürmte hinaus auf den Gang. Er war erregter, als er es sich eingestehen wollte, und ärgerte sich über die Gäste, die fröhlich scherzend durch die orientalischen Kulissen schlenderten. Es war weder der Schädel noch die Aufdringlichkeit des Fremden, die ihn aufbrachten. Ein kleines, aus der Mode gekommenes Wort hatte ihn aus der Fassung gebracht: *bitte*. Er konnte sich nicht erinnern, wann ihn jemand so eindringlich um Schutz gebeten hatte. Doch er hatte kein Mitleid gezeigt, ja, sein Herz war so hart geworden wie die Steinwüste, in der er lebte. *Das* machte ihn wütend. Erst vor einem Rundbogen mit Zierbrunnen, von wo aus man die Cafébar einsehen konnte, hielt er an. Minni nahm aufmerksam lächelnd die Bestellungen entgegen. Grazil und resolut bahnte sie sich ihren Weg durch die Menge, ein übervolles Tablett auf Schulterhöhe balancierend, immer begleitet von einem Dutzend männlicher Augenpaare, deren Blicke wie Spinnfäden an ihr hafteten. Sie hatte ihn längst hinter dem Zierbrunnen entdeckt. Nichts, was in ihrem Revier passierte, entging ihrer Aufmerksamkeit. Mit einem fragenden Blick deutete sie auf Kanthers leeren Platz. Er hatte sich aus dem Staub gemacht, war sicher auf dem Weg zu einer Sitzung mit dem Polizeipräsidenten. Grenfeld zog die Visitenkarte hervor.

Paul von Hohenstein
Import-Export
Hermannstraße 177
Berlin SO 32

Er musste grinsen. Der Text war ebenso nichtssagend wie sein Büroschild. Er faltete die Karte zu einem Schiffchen, setzte es in den Zierbrunnen und beobachtete, wie es sich im Kreis auf dem Wasser bewegte. »Hör auf zu träumen und komm mit!« Minni packte ihn sanft, aber entschlossen am Arm und zog ihn mit sich. Nach einer schier endlosen Wanderung durch Gänge, Säle und Treppenhäuser schob sie ihn durch eine Tür mit der Aufschrift »RIVAT«. Das »P« war vor langer Zeit abgefallen und nie mehr ersetzt worden.

»Dreißig Minuten Pause«, stöhnte sie, schmiss ihren Seidenschal in die Ecke, steckte sich eine Zigarette an und ließ sich auf das Sofa fallen.

»Ach, hier wohnst du jetzt also?«, bemerkte Grenfeld erstaunt und betrachtete die Kartonagen, welche turmhoch gestapelt die Dachkammer ausfüllten.

»Wenn ich will, kann ich dich drüben in deinem Büro beobachten«, sagte sie grinsend, streifte ihre Schuhe ab und warf sie dorthin, wo bereits der Schal gelandet war.

»Ein schöner Gedanke«, murmelte Grenfeld, während

er die Beschriftung des obersten Kartons zu entziffern versuchte.

»Mach schon auf! Du kannst dich ja doch nicht beherrschen. Einmal Bulle, immer Bulle!«

Vorsichtig wickelte er eine in Zeitungspapier verpackte Porzellantasse mit der Aufschrift »CAFÉ ZIELKA« aus.

»Die ist für dich. Für uns wird es immer das Zielka bleiben«, sagte Minni, während sie ihre Füße massierte.

Grenfeld war verblüfft. So viel Nostalgie hatte er ihr nicht zugetraut.

»Am Freitag treffe ich mich mit einem Herrn Pfeiffer. Der hat noch mehr davon. Kommst du mit?«

Grenfeld murmelte etwas, das wie eine Zustimmung klang. Um nicht auf ihre Beine zu starren, machte er sich am zweiten Karton zu schaffen. Die Aufschrift »Van Tuyl, Daniel« ließ erahnen, welcher Schatz darin verborgen lag. Der psychologische Verlag des Amerikaners war eine Zeit lang im Equitable beheimatet und hatte sich auf esoterische Literatur spezialisiert. Grenfeld las den Titel des obersten Buches: »*Flowers Kollektion: Ein Unterrichts-Kursus über Hellsehen, Hypnotismus, Gedächtnisausbildung und Heilmagnetismus*.« Er legte den Band beiseite. »Was willst du mit dem Hokuspokus?«

Minnis Sprung auf seinen Rücken war so unerwartet, dass Grenfeld erschrak, ins Wanken geriet und stürzte. Er riss einen Karton mit sich und hoffte nur, dass er kein Porzellan beinhaltete. Nun lag sie auf ihm, heftig atmend, ihr Gesicht nah an seinem. Ihre Haut roch nach Moschus und einer herben Minznote. Minnis Vorliebe für exotische Düfte war so grenzenlos wie ihr Temperament.

»Bist du verrückt geworden?«, stöhnte Grenfeld und schielte zum Karton mit dem Porzellan.

»Das ist kein Hokuspokus! Und das weißt du«, flüsterte sie. »Ich habe dir schon einmal die Zukunft vorausgesagt!«

»Du verwechselst Ursache und Wirkung. Helen hat mich rausgeworfen, weil sie uns in einer ähnlichen Position erwischt hat. Meinen Rauswurf vorherzusagen war kein Kunststück. Also, sag schon, was willst du mit den Schmökern?«

»Ein Selbststudium. Ich muss mich vorbereiten.«

»Worauf? Auf die Abschlussprüfung zum Scharlatan?«

Minni flüsterte ihm ins Ohr. »Heute Abend im Varieté Wintergarten. Dir werden die Augen aufgehen.«

»Ich will lieber zum Clown Grock in die Scala. Ich brauch mal was zu lachen«, sagte Grenfeld und spürte, wie Minni an seinem Ohr knabberte.

»Denk an das Porzellan«, hauchte sie, während ihre Zunge sein Ohrläppchen entlangfuhr.

*

30. April 1929, 21 Uhr,
Varieté Wintergarten, Friedrichstraße 143–149

Auch das Varieté im Central-Hotel hatte man renoviert: noch monumentaler, noch leuchtender, noch luxuriöser. Unter dem dunkelblau ummantelten Glasdach des ehemaligen Wintergartens, das durch Tausende Glühbirnen in einen funkelnden Sternenhimmel verwandelt worden war, konnten die Zuschauer in rasanter Abfolge Artisten, Revuegirls und Clowns bewundern. Grenfeld stellte sich vor, wie die dreitausend Gäste des Moka Efti geschlossen zum Wintergarten marschierten. In einer Prozession der guten Laune würden sie – an seinem Büro vorbei – die

Friedrichstraße hinaufpilgern und *alle* würden einen Platz bekommen. *Dreitausend* schien überhaupt die magische Zahl Berlins zu werden. Keine Würstchenbude konnte es sich leisten, weniger Plätze anzubieten.

»Schlechte Laune?«, fragte Minni, als sie vorn neben dem Orchestergraben ihre Plätze einnahmen. »Freu dich über die Freikarten. Die hast du mir zu verdanken.«

Grenfeld verstand kein Wort. Er hatte Helen entdeckt. Sie saß inmitten ihrer wohlhabenden Freunde auf der Empore. Dort oben, unter den Kronleuchtern, wo man an weiß gedeckten Tischen speiste und die Zeche den Monatsverdienst einer Kellnerin übertraf. Noch hatte sie ihn nicht bemerkt, doch bei seinem Glück würde es nur eine Frage der Zeit sein, bis sie ihn entdeckte. Grenfeld schloss die Augen. Er würde es spüren, wenn Helen ihren Blick auf ihn lenkte. Ihre Vorwürfe würden sich wie giftige Pfeile in sein Genick bohren. Dazu brauchte man keinen Magnetismus. »Du alter Esel!«, hatte sie geschrien. »Sie ist fünfundzwanzig Jahre jünger. Was willst du mit diesem Flittchen?«

Dabei begann alles mit einem großen Missverständnis. Minni hatte sich in ihrem jugendlichen Überschwang auf ihn gestürzt und er hatte sich tapfer gewehrt. Sie hatten gekämpft, sich ineinander verkeilt, wobei das eine oder andere Kleidungsstück verrutschte. Unendlich lang dauerte das Gerangel, bis sie schließlich schweißnass mit geröteten Wangen aufeinanderlagen. Irgendwann stand Helen vor ihnen und das Unglück nahm seinen Lauf. Grenfeld tupfte mit einem Taschentuch seine Stirn ab, als könnte er die Bilder seiner Erinnerung löschen. Dann betrachtete er seine Begleitung. Sie schien nervös zu sein. Unruhig rutschte sie auf ihrem Platz hin und her, bis sie nach seiner Hand griff und sie drückte.

»Was ist los?«, fragte er.

»Bald kommt mein Auftritt. Wünsch mir alles Gute!«

»Dein Auftritt?« Grenfeld überflog die erste Seite des Programmhefts. Die Jackson-Girls machten den Anfang. Dann folgten die amerikanische Tanzgruppe Howell, die fliegenden Codonas, die Komödianten Lotte Werkmeister und Oscar Sabo, schließlich der jonglierende Enrico Rastelli. Er konnte sich beim besten Willen nicht vorstellen, welche Rolle Minni dabei spielen sollte.

»Die Rückseite«, zischte sie.

Er überflog die Programmpunkte des zweiten Teils: die tanzenden Schwestern Montenegros, die Äquilibristen Bedini-Tafani und schließlich der Hellseher Kurt Magnusson.

»Nein«, stöhnte Grenfeld und ließ das Heft sinken.

»Ich bin seine Assistentin.«

»Und warum sitzt du dann hier unten?«

»Abwarten!«

Die Varieténummern flogen an Grenfeld vorbei wie wechselnde Landschaften in einem fahrenden Zug. Es waren Meisterleistungen der Akrobatik und des Humors, doch später konnte er sich nur noch an Minnis schweißnasse Finger erinnern, die seinen Arm umklammert hatten.

»Es ist so weit. Ich werde sterben«, flüsterte sie, als Kurt Magnusson im Lichtkegel eines Scheinwerfers die Bühne betrat. Schlagartig änderte sich die Stimmung. Geplapper und Lachen verstummten und machten einer stillen Erregung Platz, die nur durch nervöses Husten unterbrochen wurde. Grenfeld konnte später nicht mehr sagen, wie lange der Mann am Bühnenrand stand und schwieg. Es waren sicher Sekunden, doch es kam ihm unendlich lang vor.

»Vielleicht sind sie aufgeregt?«, fragte er fast schüchtern, während sein Blick durch die Reihen streifte. »Hier meine erste Enthüllung: Ich bin es auch.« Das Publikum lachte wohlwollend. »Im Übrigen ist jemand unter uns, der dringend nachsehen sollte, ob seine Wohnung in Flammen steht. Eine brennende Kerze wird bald den Vorhang entzünden.« Das Publikum feixte, hielt die Nachricht für einen Scherz, doch als Magnussons Gesicht ernst blieb, brach das Lachen ab. »Ludwigstraße vierundvierzig, gehen Sie nach Hause«, sagte Magnusson in einem Ton, der keinen Widerspruch duldete. Ein Musiker aus dem Orchestergraben erhob sich. Hilflos schaute er zum Dirigenten, dann verließ er hektisch seinen Platz. Der Magier wartete still, bis der Mann den Saal verlassen hatte.

»Alles Schiebung«, zischte Grenfeld und verschränkte die Arme.

»Hier ist jemand unter uns, der fest entschlossen ist, sich nach der Vorstellung das Leben zu nehmen«, fuhr Magnusson fort, wobei seine Stimme so klang, als verlese ein Kassenwart die Quartalszahlen seines Kleintierzüchtervereins.

»Nur einer?«, rief jemand aus dem Publikum. Die Lacher waren auf seiner Seite.

Der Hellseher merkte kurz auf. Dann nickte er. »Sie haben recht. Es sind drei Damen. Aber nur eine hat das Gift in ihrer Handtasche.«

Grenfeld spürte, wie die Stimmung zu kippen drohte. Hätte der Hellseher dem Berliner Publikum derartige Offenbarungen mit schmerzverzerrter Grimasse und Zuckungen dargebracht, hätte es ihm verziehen. Das gehörte zum Spiel. Der Magier Jan Hanussen war so aufgetreten, mit außerordentlichem Erfolg, bis ihn letztes Jahr ein Provinzstaatsanwalt vor den Kadi gezerrt hatte. Während Hanussen sich in einem Betrugsprozess verteidigen musste, hatte Magnusson still und leise dessen Platz in der Hauptstadt eingenommen. Die Kritiker hassten sein Unterstatement, mit dem er Abend für Abend das Publikum provozierte.

»Ich bin in einem Dilemma«, sagte der Hellseher. »Ich möchte die Dame nicht kompromittieren. Auf der anderen Seite … ist es meine Berufung, nicht wahr?«

Grenfeld richtete sich auf. Er ertappte sich dabei, wie er zu Helen blickte. Nein, sie würde sich seinetwegen nicht umbringen.

»Ich möchte Ihnen ein Fräulein vorstellen, das sich hervorragend als Medium eignet. Sie wird in den ungeraden Reihen die Handtaschen der Damen einsammeln.«

Minni stand mit einem Ruck auf, strich ihr Kleid glatt und drehte sich um. Der Lichtstrahl des Scheinwerfers erfasste sie. Spätestens jetzt würde Helen ihn entdecken. Grazil schritt Minni die Reihen ab und sammelte die Handtaschen ein, die ihr von den Zuschauern durchgereicht wurden. Mehrmals musste sie auf die Bühne, um ihre Ausbeute abzulegen.

»Fräulein Minni, wählen Sie nun diejenige mit dem Gift aus«, sagte Magnusson feierlich.

»Ich kann es nicht«, erwiderte sie lächelnd.

»Natürlich nicht.« Magnusson wandte sich zum Publikum. »Wie könnte sie auch. Sie ist Kellnerin in einem Café. Nur ihr Unbewusstes weiß es.«

Routiniert verband er ihr mit einem schwarzen Tuch die Augen und berührte ihre Stirn.

»Sie werden die Reihe mit den Handtaschen abgehen und wenn Sie zur *richtigen* gelangen, werden Sie Symptome einer Vergiftung erleben. Es sind nur Symptome,

Ihre Organe sind davon nicht betroffen. Die Dame jedoch, welcher die Handtasche gehört, wird frei sein. Sie wird vom heutigen Abend an eine unbändige Lust am Leben verspüren. Wollen Sie das für die Dame tun? Wollen wir sie *retten*?«

Grenfeld richtete sich auf. Von seinem Platz aus konnte er spüren, dass Minnis Aufregung nicht gespielt war. Langsam schritt sie die Reihe ab, doch als nichts passierte, gab sie kleinlaut zu: »Es geht nicht.«

»Kein Wunder. Die Tasche war nicht dabei. Die Dame hat sie versteckt.«

Magnusson sprang die Treppen hinunter und eilte nach hinten. Gelenkig wie ein Akrobat kletterte er über drei Stuhlreihen, schwang sich auf die Empore und blieb schließlich vor Helens Tisch stehen. Plötzlich verschwand er unter dem Tisch, um Sekunden später mit einer schwarz glänzenden Handtasche aufzutauchen. Während Grenfeld die Szene beobachtete, sickerte ein giftiger Gedanke in sein Bewusstsein: Was, wenn es Helens Handtasche war? Vielleicht wollte *sie* ihrem Leben doch ein Ende bereiten? Der Hellseher kehrte mit seiner Beute zur Bühne zurück und legte sie zu den anderen Taschen. Dann führte er Minni zum Ausgangspunkt und sagte: »Ich möchte, dass Sie es noch einmal versuchen!«

Minni war keinen halben Meter von der schwarzen Handtasche entfernt, als sie plötzlich einen Hustenanfall bekam. Sie griff sich an den Hals und würgte. Grenfeld dachte noch, wie perfekt sie den Anfall spielte, doch als sie bei der schwarzen Tasche angelangt war, krümmte sie sich laut röchelnd und rang nach Atem. Sie tastete ihren Bauch ab. Ihr Gesicht lief bläulich an. Niemals würde sie so etwas vortäuschen können.

Er war kurz davor, nach vorn zu stürmen. »Das reicht«, rief Magnusson, schob sie sanft beiseite und nahm ihr die Augenbinde ab. Er hob die Tasche auf, öffnete sie und leerte deren Inhalt auf den Parkettboden. Im Saal wurde es dunkel. Magnusson stand im Lichtkegel und hob einen Gegenstand in die Höhe. »Drei Tuben Rattengift. Zeliopaste enthält 0,7 Gramm Thallium. Sie wollten ganz sichergehen, nicht wahr? Zwei Tuben hätten genügt. Aber Gnädigste, wollen Sie die nicht lieber den Ratten überlassen?«

Grenfeld hörte ein unterdrücktes Schluchzen aus den Tiefen des Saals. Die Zuschauer reckten neugierig ihre Köpfe. Irgendjemand war aufgestanden und stürzte zum Ausgang.

»Kein Kerl der Welt ist es wert, dass man sich das Leben nimmt«, verkündete der Hellseher und verbeugte sich. Das Publikum applaudierte.

»Was für eine Schmierenkomödie«, fluchte Grenfeld, stand auf und hastete zum Ausgang. Er war wütend, fühlte sich angegriffen, obwohl er wusste, wie dumm das war. Er rannte an den gelangweilt wartenden Saaldienern vorbei, immer hoffend, nicht auf Helen zu treffen. »Warten Sie bitte«, rief er einer Frau nach, die gerade dabei war, durch den Hinterausgang zu gehen. Sie sah sich um. Ihr Gesicht war gerötet, ihre Augen voller Tränen.

»Was wollen Sie?«

»Ist es wahr? Ich meine, hatte der Kerl da drinnen recht?«

»Ich wüsste nicht, was Sie das angeht«, zischte sie und entschwand durch die Tür nach draußen. Auf dem Hof holte sie ein Zigarettenetui hervor und durchsuchte ihren Mantel nach einem Feuerzeug.

»Ihre Handtasche ist noch auf der Bühne«, sagte Grenfeld und gab ihr Feuer.

»Ein fürchterlicher Mensch«, murmelte sie. »Er hat mich vor aller Welt bloßgestellt. Was glaubt er, wer er ist?«

»Ein Scharlatan, was sonst.«

»Und Sie?« Die Frau lachte laut auf. »Sie betrügen Ihre Frau mit seiner hübschen Assistentin. Helen hat es mir erzählt. Ihr Männer seid doch alle gleich!«

Grenfeld nahm die Zigarette, die sie ihm bot, und studierte peinlich berührt die Werbeschrift der Saazer Bierbrauerei, unter der sich die Jackson-Girls für ihren nächsten Auftritt vorbereiteten.

»Sehen Sie, die Sache ist die …«, begann Grenfeld umständlich.

»Bemühen Sie sich nicht. Der Hellseher hatte recht. Ich wollte in der Tat meinem Leben ein Ende bereiten. Das ist es doch, was Sie wissen wollten.«

»Und jetzt?«, fragte Grenfeld. »Geben Sie sich eine zweite Chance?«

Sie kniff ihre Augen zusammen und sah ihn böse an. »Das, mein Lieber, überlassen Sie mal schön mir. Kümmern Sie sich lieber um Ihr Privatleben.«

Zurück im Wintergarten, traf er Minni vor den Künstlergarderoben unruhig auf und ab gehen. Sie sah mitgenommen aus und wirkte doch so euphorisch, als hätte sie abwechselnd Kokain und Absinth konsumiert.

»Wie war ich?«, rief sie ihm entgegen.

»Hast *du* die arme Frau ausgehorcht?«, fragte er grimmig.

»Zweifler, nur kleinmütige Zweifler! Was soll Magnusson noch tun, damit man ihm glaubt? Und jetzt komm, wir haben eine Privataudienz.«

Nur widerwillig ließ sich Grenfeld in die Künstlergarderobe führen. Er war überrascht, wie schmächtig der Hellseher war. Im Gegensatz zu seiner Bühnenpräsenz glich er eher einem Studenten, der seit Langem nichts mehr gegessen hatte.

»Setzen Sie sich!«, sagte Magnusson, während er sich vor dem Spiegel abschminkte. »Finden Sie nicht auch, dass Minni großartig war?«

Grenfeld schwieg. Er mochte die Fistelstimme nicht.

»Eine Privatsitzung kostet hundert Reichsmark«, fuhr der Hellseher fort. »Für die Freunde meiner Assistentin ist sie kostenlos. Was haben Sie auf dem Herzen?«

Grenfeld hatte die bösartigsten Kommentare auf der Zunge, doch um ihretwillen beherrschte er sich. »Warum der Künstlername? Er klingt wie Hanussen. Ist das Absicht?«

»Aber ja, ich habe von ihm gelernt und verehre ihn. Er ist gut, sehr gut sogar.«

»Aber?«

»Hanussen ist hungrig nach Macht.«

»Und Sie? Sie hatten eben keinerlei Skrupel, die Frau bloßzustellen.«

»Was ist Ihr Anliegen, mein Herr? Meine Zeit ist so kostbar wie die Ihre. Wenn Sie kein ernsthaftes Anliegen haben, dann …«

»Was geschah am fünften Oktober 1920?« Grenfeld war selbst überrascht, die Frage gestellt zu haben. Es war der Tag der Ermordung von Maria Sandmayr. Eine der wenigen Informationen, die er von einem Münchner Kollegen erfahren hatte. Grenfeld spürte, wie Magnussons Interesse geweckt war.

»Ich nehme an, auf Glaskugel, Perlenkette und ähnlichen Hokuspokus können wir verzichten«, murmelte er, rückte näher und ergriff Grenfelds Hand. »Schließen Sie die Augen und denken Sie an das Datum. Sie wissen mehr, als Sie es sich vorstellen können.«

Grenfeld erwartete nichts und war umso überraschter, als vor seinem geistigen Auge der dicke Mann mit der Hutschachtel auftauchte. Er sah ihn im weißen Anzug auf dem Boden vor den Urinalen kriechen, seinen Schädel umklammernd, um Hilfe flehen. Seine Stimme war viel lauter, als sie in Wirklichkeit gewesen war. Laut und dröhnend. Und während er heute Morgen nur Ärger empfand, spürte er jetzt ein bitteres Gefühl von Reue. Magnussons Finger drückte auf eine Stelle in seiner Handfläche, bis sie schmerzte.

»Ich fühle ein Hindernis«, sagte er. »Sie weichen einer Aufgabe aus. Stellen Sie sich dieser und Sie werden erfahren, was damals passiert ist.«

Grenfeld öffnete die Augen und sah Magnusson ins Nichts starren. Er atmete schwer. »Ich sehe ein geöffnetes Grab«, sagte er undeutlich. »Kümmern Sie sich noch heute darum, morgen kann es zu spät sein.«

KAPITEL 2

3. Mai 1929, 4 Uhr,
Friedrichstraße 191

Grenfeld lag unruhig auf seiner Schlafstätte, die er sich auf
dem Sofa eingerichtet hatte. Die Springfedern traktierten
seine Rippen. Es war eine Qual. An Schlaf war nicht zu
denken. Dabei war die Friedrichstraße endlich zur Ruhe
gekommen. Längst hatte sich der Verkehrslärm für ein
paar Stunden beruhigt. Er hatte die Vorhänge nicht zuge-
zogen und so tauchte der Mond die Galerie in ein fah-
les Licht. Noch immer lehnten gewaltige Ölgemälde an
der Wand, Hinterlassenschaften seines Vormieters, deren
Beseitigung er nicht übers Herz gebracht hatte. Meist
waren es Motive aus Tunesien, Marokko oder Ägypten,
die der Maler auf seinen ausgedehnten Reisen festgehalten hatte: nackte Wasserträgerinnen, Papageien in grellen
Farben, Stammeskrieger mit furchteinflößenden Masken.
Grenfeld hatte sich angewöhnt, jeden Tag ein anderes Bild
aufzustellen. Nachts lag er auf dem Sofa und tauchte so
lange in die exotische Welt ein, bis er einschlief.

Im Dezember letzten Jahres war er mit dem Vorsatz
nach Berlin gereist, sein Büro aufzulösen, um anschließend an der französischen Riviera das Hotel seines Schwiegervaters zu übernehmen. Dort hatte er sich seit seinem
letzten Fall einquartiert. Es gab üblere Orte, um unterzu-
tauchen. In der Hauptstadt war er zur Persona non grata

geworden. Er war wichtigen Leuten auf den Schlips getreten und hatte sogar das Auswärtige Amt gegen sich aufgebracht. Aus diesem Grund wollte er nur so lange wie nötig bleiben. Er hatte eine Liste mit fünfzehn Punkten erstellt, von denen er die ersten drei schnell abarbeitete, um dann in eine Kältestarre zu verfallen. Am siebten Februar war die Temperatur auf minus einundzwanzig Grad gesunken, siebenunddreißig Berliner waren an der Grippe verstorben, Risse im Asphalt hatten den Verkehr lahmgelegt. Die ganze Stadt war auf der Suche nach Kohlen. Grund genug, alle Aktivitäten auf wärmere Tage zu verschieben.

Mittlerweile waren drei Monate vergangen. Minnis jugendliche Hitze hatte ihn vor dem Kältetod bewahrt, und Grenfeld übte sich in der Kunst der Verdrängung. Seit Tagen hatte er erfolglos versucht, gegen den Impuls anzukämpfen, den Mann mit der Hutschachtel aufzusuchen. Er hatte lautstark über Magnusson gespottet, ihn einen Lügner genannt und Minni beschuldigt, die Sache mit dem Schädel in Erfahrung gebracht und ausgeplaudert zu haben. Sie hatte ihm Vorträge über Telepathie und Magnetismus gehalten, die sie offensichtlich wortgleich aus einem ihrer esoterischen Bücher entnommen hatte. Doch jetzt, um vier Uhr früh, kapitulierte er. Er würde diesen Herrn aufsuchen, auch wenn er dafür nicht den geringsten Grund sah, wie ihn das im Fall Sandmayr weiterbringen sollte. Es war ein Experiment, zugegebenermaßen von zutiefst unlogischer Natur.

Punkt zwölf nahm er den Bus der Linie 4 nach Neukölln. Auf dem Hermannplatz überraschte ihn die mächtige Muschelkalkfassade des neuen Kaufhauses Karstadt, dessen Türme im Stil der New Yorker Architektur noch weiter in den Himmel gewachsen waren. Auch so ein Drei-tausender-Projekt, für das man ein ganzes Wohnviertel plattgemacht hatte. Obwohl Plakate an den Bauzäunen die Eröffnung von »Europas größtem Kaufhaus« für den einundzwanzigsten Juni ankündigten, war der Platz noch immer eine Baustelle. Allerdings schien niemand zu arbeiten. Grenfeld drängte sich vorbei an den lautstark disku-tierenden Bauarbeitern, die offenbar in den Streik getreten waren und sich nun vor einem Kiosk versammelten. Die Atmosphäre war aufgeheizt. Grenfeld ging zur Straßen-bahn, denn er hatte keine Lust zu laufen. Als er in einen Wagen der Linie 29 stieg, schnauzte ihn der Schaffner an: »Der Fahrbetrieb ist eingestellt! Lesen Sie keine Zeitung?« Da Grenfeld nicht reagierte, setzte er nach: »Neukölln ist abgeriegelt. Bleiben Sie mal lieber hier, sonst kriegen Sie noch 'ne Kugel in den Kopf. Die roten Teufel haben Scharfschützen auf den Dächern postiert. Vierzehn Tote in zwei Tagen gehen auf deren Konto!«

»Was für ein Quatsch«, rief ein Arbeiter aufgeregt durch die offene Tür. »Die einzigen Schützen sind die Schupo-Streifen mit ihren verdammten Karabinern.«

»Moskau braucht Leichen«, erwiderte der Fahrer, die Spätausgabe des *Vorwärts* wild in der Luft schwenkend.

»Lüge! Die KPD hat alle Demonstrationen eingestellt«, schrie ein Dritter und entriss dem Schaffner die Zei-tung. Wütend warf er das Blatt auf den Boden und tram-pelte darauf herum. Grenfeld beeilte sich, der drohenden Schlägerei zu entkommen, und machte sich zu Fuß auf den Weg. Je näher er der Haltestelle Boddinstraße kam, desto leerer wurde der Fahrdamm. Eine eigenartige Stille, die nur durch das Vogelgezwitscher vom Friedhof der Gemeinde St. Jacobi durchbrochen wurde, hatte sich über das Viertel gelegt. Ein flüchtiger Blick in eine Seitengasse ließ ihn schaudern. Ein Ungetüm aus Eisen und Stahl verharrte träge vor einem Lebensmittelgeschäft und wartete auf seinen Einsatz. Der Exkommissar hasste den Panzerwagen. Der Daimler DZVR 21 roch nach Krieg. Vor einigen Jahren konstruiert, sollte er durch sein bedrohliches Aussehen die aufrührerischen Elemente auf den Straßen in die Flucht schlagen. Grenfeld hatte ein mulmiges Gefühl. Stoßtrupps mit Karabinern im Anschlag hielten Radfahrer an. Am U-Bahnhof überquerte er den Fahrdamm mit forschem Schritt, immer hoffend, dass man ihn übersah.

»Stehen bleiben!«, rief ein Schupo im Befehlston. »Wohin des Weges?«

»Hermannstraße hundertsiebenundsiebzig.«

»Das ist Sperrgebiet. Was wollen Sie dort?«

»Meine Großmutter besuchen«, erwiderte Grenfeld mürrisch.

»Auf welchem Friedhof liegt sie denn?«, feixte ein Kollege. Sein Lachen klang müde.

»Nach Waffen durchsuchen«, befahl ein Dritter mit Rangabzeichen, offenbar der Stoßtruppführer. Erst jetzt dachte Grenfeld an seine alte Blechmarke, die er stets mit sich führte. Sie war ein Notnagel, ein Rettungsring in verfahrenen Situationen, aber auch gesetzwidrig. Er hätte sie längst abgeben müssen. Auch jetzt verfehlte sie nicht ihre Wirkung. Schneller als Magnusson es je mit Hypnose geschafft hätte, veränderten die Schupos ihre Haltung. »Ein Kollege! Sagen Sie das doch gleich! Welche Abteilung?«

»IA. Wir haben den Auftrag, die Wohnungen nach Waffen zu durchsuchen. Ich soll Kommissar Kanther ablösen.«

»Sie sind also bei der IA«, sagte eine Stimme mit unverkennbar bayerischem Akzent. Grenfeld drehte sich um und blickte in das kantige Gesicht eines Einarmigen im Kamelhaarmantel. Die blonden Haare waren akkurat nach hinten gekämmt. Grenfeld fluchte innerlich. Er war sich sicher, ein hohes Tier der Politischen Abteilung vor sich zu haben. Der Mann fixierte ihn, als versuchte er, sich an etwas zu erinnern. Schließlich nahmen seine Gesichtszüge einen spöttischen Ausdruck an, während seine Hand mit einer theatralischen Geste nach Süden zeigte. »Dann wollen wir den Kollegen nicht von seiner Arbeit abhalten. Wünsche gute Verrichtung!«

Grenfeld trabte los. Er war irritiert, hatte mit dem Schlimmsten gerechnet. Jetzt gab es kein Zurück mehr. Vor den Säulen des erst kürzlich eröffneten Kinos Mercedes-Palast stand ein Schwarzer mit Luftballons, die der Frühlingswind heftig hin und her wirbelte. In seiner Uniform aus korallrotem Stoff und Goldbrokat sah er aus, als wäre er gerade einem Abenteuerfilm entsprungen. Grenfeld überquerte eilig die Jägerstraße, dann die Zietenstraße. Auf dem Fahrdamm lagen Pflastersteine, Bretter und Reste zerstörter Litfaßsäulen, dahinter patrouillierende Schupos mit umgeschnallten Karabinern, die nervös zu den Dächern schielten. Das zerbrochene Glas zerstörter Straßenlaternen knirschte unter seinen Absätzen. Nur der Malzgeruch der nahen Kindl-Brauerei täuschte Normalität vor. Am Eckhaus zur Prinz-Handjery-Straße über der geschlossenen Gastwirtschaft hatte sich auf dem Balkon eine bewaffnete Einheit verschanzt. Darunter hatten Demonstranten mit den Materialien aus dem U-Bahn-Bau eine Barrikade errichtet. Er konnte beim besten Willen die martialische Bewaffnung der Polizei nicht mit dem friedlichen Straßenbild in Einklang bringen. Schaulustige versammelten sich auf dem Gehweg und wurden zum Weitergehen aufgefordert. Aus dem U-Bahnhof kamen zwei junge Burschen und schlenderten über die Straße. Er musste grinsen. Ein Abbild von Pat und Patachon. Der Kleine reichte dem Langen gerade mal bis zur Schulter. Kurz vor der Steinmetzstraße ließ ihn ein pfeifendes Rumpeln herumfahren. Der Panzerwagen näherte sich bedrohlich schnell, kam aber vor der Barrikade quietschend zum Stehen. »Straße frei«, tönte es von irgendwoher. Für wenige Sekunden herrschte vollkommene Ruhe. Dann durchbrach das Knattern eines Maschinengewehrs die Stille. Grenfeld fluchte und begann zu rennen. Links und rechts von ihm suchten Passanten in den Hauseingängen Schutz. Ein Kriegsversehrter verlor seine Krücken, stürzte und robbte zu einer Kellertreppe. Die Burschen überholten ihn, verschwanden nach einigen hundert Metern hinter einer Litfaßsäule. Der lange winkte ihm aufgeregt zu. Grenfeld kauerte sich neben sie und blickte zurück. Von den Lastwagen sprangen Uniformierte und legten die schussbereiten Karabiner an.

»Verfluchter Mist«, zischte Grenfeld und drehte sich zu den beiden Burschen, auf deren Revers er die Abzeichen des Roten Frontkämpferbundes erkannte. Zu seinem Erstaunen bemerkte er, dass es Mädchen waren. Sie mochten vielleicht fünfzehn und siebzehn Jahre alt sein. Stiefel, Uniform, lederne Schirmmütze und eine rote Nelke im Knopfloch. Die Jüngere zuckte zusammen, als die Schüsse krachten.

»Wo haben sich eure Scharfschützen versteckt?«, fragte Grenfeld.

Die Ältere lachte höhnisch. »Da oben ist keine Menschenseele.«

»Glaubst du, die veranstalten das zum Spaß?«, knurrte er und suchte die Balkone ab. Doch alles, was er sah, waren zwei Frauen, die aufgeregt gestikulierend hinter der Bret-terwand ihres Balkons zum Kolonialwarengeschäft auf der anderen Straßenseite winkten. Es war das Haus mit der Nummer hundertsiebenundsiebzig. Unter dem Schild *Posament Wolle & Weißwaren* präsentierten die Schau-kästen die neueste Mode an Unterwäsche. Irgendwo dort oben wohnte der Mann mit der Hutschachtel.

»Die Bullen gehen jetzt über Leichen«, schimpfte die Große. »Gnadenlos, ohne Rücksicht auf die Bevölkerung. Am Bülowplatz ballern sie in die flüchtende Menge.«

»Quatsch«, hörte sich Grenfeld sagen, während erneut Schüsse durch die Straße pfiffen. Querschläger prallten an den Hauswänden ab und ließen den Putz bröckeln. Das Glas eines Schaukastens ging zu Bruch und fiel klirrend auf das Pflaster. Grenfeld musterte die Gören. Das Gesicht der Großen erinnerte ihn an jemanden, der vor vielen Jah-ren auf seinem Schoß gesessen hatte. Er mochte sich irren, aber dieses junge Ding sah wie Irina aus, Kanthers Toch-ter. Hinter Lederkappe und Kragen lugte ein blonder Zopf hervor, der eher zum braunen Jungvolk gepasst hätte.

»Verdammt«, schrie die Jüngere mit Blick zum Balkon. »Es hat beide Frauen erwischt!«

»Unsinn«, murmelte Grenfeld, während er nach oben starrte, wo sich nur noch die Gardinen im Wind bewegten.

Die Mädchen sprangen auf. »Wir müssen rauf. Viel-leicht können wir helfen.«

»Bleibt hier«, rief Grenfeld, während er den Stoßtrupp beobachtete, der sich der Litfaßsäule näherte. Die Schupos, ihre Rücken fest an die Hauswand gepresst, suchten die Balkone nach Scharfschützen ab. Er wollte die Mädchen warnen, doch sie waren längst zum Hauseingang gerannt. Grenfeld wartete lange, unschlüssig, was er jetzt tun sollte.

Dann folgte er ihnen. Er stieß das quietschende Tor auf und eilte zum ersten Stock hinauf, wo die Wohnungstür einer Familie Köppen offen stand. Die Jüngere kam ihm entgegen, ihr Gesicht kreidebleich. »Beide«, flüsterte sie. »Die haben beide abgeknallt. Ich hole einen Arzt.«

Grenfeld lief durch den Gang hindurch ins Wohnzimmer. Es roch nach Wirsing, Pulverdampf und Tod. Auf dem Balkon lagen die Körper zweier Frauen. Er kroch hinaus, beugte sich über sie und ahnte, dass kein Arzt der Welt noch etwas tun konnte. Aus den Wunden an Brust und Kopf sickerte Blut. Das ältere Mädchen sah ihn kopfschüttelnd an. Zwischen ihren Fingern hielt sie ein spitzes Projektil. Dann deutete sie auf das Einschussloch in der hölzernen Sichtblende. »Nehmen Sie es«, flüsterte sie und drückte es ihm in die Hand. »Wenn die Polente kommt, werden sie das Projektil verschwinden lassen. Sie werden alles vertuschen und es den Genossen in die Schuhe schieben.«

Er betrachtete die leblosen Körper der Frauen, die gleichsam in einer Umarmung zu schlafen schienen, wäre da nicht das Blut, das unablässig von der geblümten Küchenschürze auf das Linoleum tropfte.

»Bitte!«, sagte das Mädchen eindringlich. »Übergeben Sie es Rechtsanwalt Apfel von der Roten Hilfe.«

Widerwillig nahm er das Spitzgeschoss entgegen, nicht ohne es zu begutachten. »7,92 × 57 Millimeter, mit Rostschutz, aus einer K98«, murmelte er und steckte es ein.

Das Mädchen sah ihn misstrauisch an. »Waffenexperte?«

Er antwortete nicht. Seine Aufmerksamkeit war auf eine Blutlache gerichtet, deren Ursache er sich nicht erklären konnte. Auf einem Beistelltisch hatte sich eine zähflüssige Lache gebildet. Sein Blick wanderte nach oben. Kein

Zweifel: Das Blut war von der Decke des Balkons auf den Tisch getropft.

»Woher kommt das?«, flüsterte das Mädchen.

»Vielleicht ein weiteres Opfer. Ich muss nach oben«, erwiderte Grenfeld. Ihm wurde schwindlig. Er ging zurück ins Wohnzimmer, wankte zum Treppenhaus hinaus, hielt sich am Geländer fest und wühlte in seinen Taschen.

»Was ist mit Ihnen?«, fragte das Mädchen.

»Nichts. Wie heißt du?«

»Irina.«

Seine Erinnerung hatte ihn also nicht getäuscht. Vor ihm stand Kanthers Tochter. Eine hübsche, wenn auch keine gefällige Erscheinung: wachsame graublaue Augen, hohe Wangenknochen, schmale Lippen, kein Backfisch mehr.

»Hör zu, Irina. Bleib in der Wohnung! Bald wird der Arzt hier sein. Und halt dich vom Fenster fern.«

»Ich kann nicht.«

»Warum?«

»Die Polente ist nicht gut auf mich zu sprechen.«

»Na wunderbar«, stöhnte Grenfeld. »Und aus welchem Grund?«

»Privatangelegenheit«, murrte sie und stapfte die Treppen nach oben.

Grenfeld fischte eine verstaubte Tablette Bullrich Salz aus seiner Manteltasche, pustete die Fusseln weg und schluckte sie herunter. Schwindelgefühle und Sodbrennen waren seit Jahren seine treuen Begleiter. Eine Mitgift aus dem Polizeipräsidium, der Lohn für zwanzig Jahre Kriminaldienst.

»Machen Sie schon auf«, hörte er Irina rufen. Heftiges Klopfen hallte durch das Treppenhaus. Grenfeld wunderte sich, wie sie angesichts zweier Leichen so kaltblütig handeln konnte. Natürlich hatte er ihr Abzeichen bemerkt. Eine Ansteckradel des Roten Mädchenbundes. Man bereitete die Jugend auf die Revolution vor, trainierte sie in Wehrsportgruppen und fütterte ihr Gehirn mit Ideologie aus Moskau. Zugegeben, Irina spielte die Rolle der Revolutionärin perfekt, zumindest dem äußeren Anschein nach. Und offenbar hatte man sie auch im Benutzen eines Dietrichs unterwiesen. Als Grenfeld sich in den zweiten Stock gequält hatte, stand die Tür der Wohnung mit dem Namensschild »Paul v. Hohenstein« weit offen. Es roch nach Mottenkugeln und abgestandener Luft. Als er die Stube betrat, offenbarte sich ihm ein ähnlich grausames Bild wie in jener darunter. Ein dicker Mann saß, halb aufgerichtet mit geöffnetem Mund, seltsam verkrümmt in der Ecke des Balkons auf einem Korbstuhl. Ein Spitzgeschoss hatte offenbar das Ohr zerfetzt, war dann in die Schläfe eingedrungen, ohne darin heimisch zu werden. Ein glatter Durchschuss also. Kein Zweifel: Hier saß der Mann mit der Hutschachtel. Vor wem auch immer er sich bedroht gefühlt haben mochte, jetzt war er auf der sicheren Seite. Grenfeld schlich auf den Balkon und lugte hinunter. Der Panzerwagen stand noch immer drohend vor der Barrikade. Die Maschinengewehre ragten wie Stacheln aus dem Fahrzeug. Im Hauseingang neben dem Kolonialwarengeschäft entdeckte er den Schwarzen in seiner roten Uniform. Hier sah er noch exotischer aus als vor dem Kino. Grenfeld duckte sich und untersuchte den Toten. Die Zeit drängte. Die Kollegen von der IA würden bald auftauchen. Vergeblich suchte er das Einschussloch im Bretterzaun und das Projektil. Aus der Küche drangen seltsame Würgegeräusche.

»Irina?«, rief er. Dann hörte er, wie sich jemand erbrach. Die Fassade der Revolutionärin bröckelte.

»Mörder!«, schrie das Mädchen krächzend. »Die knallen das ganze Viertel ab. Kapieren Sie das endlich?«

»Wir müssen die Obduktion abwarten«, sagte Grenfeld mechanisch und begann, das Zimmer zu durchsuchen. Ein Automatismus, der ihm tief in Fleisch und Blut übergegangen war.

»Was müssen wir abwarten?« Irina betrat die Stube. Ihr Gesicht hatte eine gelbgrüne Farbe angenommen. Während sie beobachtete, mit welcher Routine der Exkommissar die Schränke durchsuchte, weiteten sich ihre Augen.

»Natürlich. Ich Idiot! Sie sind ein Spitzel! Sie sind von der Polizei!«

Als Grenfeld nicht antwortete, stürzte sie sich auf ihn, zerrte wie wild an seinem Mantel. »Verräter! Geben Sie mir das Projektil zurück!«

Er drückte sie weg, doch irgendein sorgfältig eingeübter Hebelgriff aus dem Jiu-Jitsu brachte ihn zu Fall. »Ich hab dir mal 'ne Puppe gekauft. Ist schon 'ne halbe Ewigkeit her«, keuchte er, während sie sein Kinn mit dem Unterarm nach oben drückte.

»Das Projektil«, murmelte sie und durchsuchte mit der freien Hand seine Manteltaschen. Grenfeld spürte, wie ihre Finger die Polizeimarke ertasteten und herauszogen.

»Schwein!«, zischte sie und er spürte die Mündung einer Waffe in seinem Nacken.

Für einen Moment war es still. Das kalte Eisen der Pistole hatte die Zeit angehalten.

»Mach dich nicht unglücklich, Mädchen«, sagte er, wohl wissend, dass die Worte nicht das Geringste bewirken würden.

»Feige imperialistische Mörderbande!« Ihre Stimme zitterte. »Glaubt ja nicht, dass ihr damit den revolutionären Klassenkampf aufhalten könnt.« Schließlich erhob sie sich und durchsuchte das Zimmer. Grenfeld blieb liegen, ahnend, dass die Pistole noch immer auf ihn gerichtet war. Es war nicht ratsam, den Helden zu spielen. Natürlich war es eine Demütigung, von einer Sechzehnjährigen aufs Kreuz gelegt zu werden, doch angesichts des Blutbads, das seine ehemaligen Kollegen da draußen veranstalteten, war die Schmach verkraftbar. Während er hörte, wie sich ihre Schritte entfernten, ruhte sein Blick auf dem fahlen Gesicht des Toten. Hätte er nicht schon unzählige Leichen in seinem Leben gesehen, er hätte eine Mischung aus Anklage und Ironie im Antlitz des Toten gelesen. Kein Wunder – noch vor zweiundsiebzig Stunden hatte Paul von Hohenstein ihn auf den Fliesen des Moka Efti um Beistand angefleht. Er hatte ihn ihm verweigert – jetzt war es zu spät. Zumindest damit hatte Magnusson recht behalten. Mit dem Ohr auf dem Dielenboden konnte Grenfeld Stimmengewirr aus der unteren Wohnung wahrnehmen. »Mein Gott«, schrie eine kreischende Stimme immer wieder. Er richtete sich stöhnend auf. Höchste Zeit, zu verschwinden. In wenigen Minuten würden hier Polizisten aufschlagen, vielleicht jene Schupos, die er mit seiner abgelaufenen Polizeimarke getäuscht hatte. Garantiert würde es Ärger geben, zumindest eine Befragung auf dem Präsidium, alles Dinge, auf die er verzichten konnte. Er schaffte es gerade in den Flur, als im Treppenhaus Kanthers Gesicht erschien, das bei seinem Anblick zunächst einen überraschten, dann einen gequälten Ausdruck annahm.

»Brauchst du Hilfe?«, tönte es von unten.

»Alles in Ordnung. Ich komm allein zurecht!«, schrie Kanther, während er Grenfeld wortlos in die Wohnung schob.

»Was für ein verdammter Mist soll das sein?«, fluchte Kanther, als er den Erschossenen im Korbstuhl entdeckt hatte.

»Frag deine Leute im Panzerwagen«, knurrte Grenfeld.

Sein einstiger Kollege ging einige Schritte auf den Balkon zu, dann blieb er stehen, wischte sich mit einem Taschentuch die Stirn ab und kam ganz nah an ihn heran. Sein Atem roch verdächtig nach Alkohol. Sein Gesicht zeigte ein nervöses Zucken. »Was um alles in der Welt hast du hier zu suchen?«, flüsterte er.

»Hohenstein.« Grenfeld deutete auf den Balkon. »Der mit der Hutschachtel. Ich wollte ihn aufsuchen.«

Kanther sah wie jemand aus, dem man ein unlösbares Rätsel vorgelegt hatte. »Du musst hier weg. Auf der Stelle. Warte im Mercedes-Palast auf mich.«

»Den Teufel werde ich tun und jetzt auf die Straße gehen.«

»Ich gebe dir zwei meiner Leute als Begleitschutz mit.«

Grenfeld nickte. Er wusste, dass Kanther seinen Kollegen eine dicke Lüge würde auftischen müssen.

»Du bleibst im Kino, hörst du! Egal, wie lange ich brauche! In der letzten halben Stunde sind vier Zivilisten erschossen worden. Ich möchte dich auf keinen Fall im Leichenschauhaus besuchen.«

*

3. Mai 1929, 16 Uhr,
Hermannstraße 216

Grenfelds Eskorte hatte ihn im Foyer des Mercedes-Palasts abgesetzt. Es waren junge Bereitschaftspolizisten der Gruppe Südost, die zum ersten Mal Krieg spielen durften. Um drei Uhr in der Früh hatte man sie im Rahmen der Säuberungsaktion das Unruhegebiet abriegeln, die Barrikaden räumen und die Häuser nach Waffen durchsuchen lassen. Mehr war aus den Jungs nicht herauszubekommen. Sie gaben sich wortkarg und schlangen gierig die Stullen hinunter, die sie nebenan in Aschingers Trinkhalle gekauft hatten. Hier, im Foyer des größten Kinos Europas, wirkten sie mit ihren kniehohen Stiefeln wie Fremdkörper. Trichterförmige Lampen unter einer hellvioletten Decke tauchten den Raum in ein warmes Licht, ließen die vergoldeten Türen und Abschlussleisten leuchten. Über den Wandpaneelen aus lasiertem Mahagoni waren auf hellgrünem Grund Ornamente in Silber, Rot und Gold gemalt. Draußen regierte das Chaos. Durch die Frontscheibe sahen sie die Panzer und Bereitschaftswagen emsig hin- und herfahren. Immer wieder drang der dumpfe Knall eines Schusses herein. Grenfeld war sauer. Seine Wut war langsam, aber stetig gewachsen und schien noch nicht ihren Höhepunkt erreicht zu haben. Er konnte sich beim besten Willen nicht vorstellen, dass man im Moka Efti jetzt Kaffee und Kuchen verzehrte, während einige Kilometer entfernt Hausfrauen wie Freiwild abgeknallt wurden. Langsam dämmerte es ihm, dass die Schupos weniger zu seinem Schutz als vielmehr zu seiner Bewachung abkommandiert worden waren. Endlich, Punkt fünf Uhr, betrat sein ehemaliger Kollege die Halle.

Kanther fingerte nervös an seinen Mantelknöpfen, murmelte eine Entschuldigung und schob ihn sanft durch eine der vergoldeten Türen in den Kinosaal. Im schummrigen Licht der Notbeleuchtung umrundeten sie den Parkettraum, um sich schließlich in den samtblauen Polstersesseln einer Loge niederzulassen.

»Also«, sagte Kanther und zückte sein in Kalbsleder gebundenes Notizbuch. »Was hattest du in der Wohnung zu suchen?«

»Soll das ein Verhör werden?«

»Was denn sonst.« Kanther fuhr leise fort: »Mensch, ich muss es tun. Also mach es mir nicht so schwer. Der Mann mit der Hutschachtel. Weshalb hast du ihn aufgesucht? Du wolltest doch nichts mit ihm zu tun haben.«

»*Ich* habe nur eine Frage: Was hat man diesen Idioten aus der Provinz ins Essen gemischt, dass sie rücksichtslos auf Frauen und Kinder ballern?«

Kanther fingerte aus seiner Manteltasche einen Flachmann hervor und nahm einen kräftigen Schluck von einem Gesöff, das verdächtig nach Absinth roch. »Du hast keine Ahnung, mein Lieber. Wir stehen unter Beschuss. Die Roten haben Scharfschützen auf den Dächern postiert.«

»Erzähl mir nichts. Die Maschinengewehre des Panzers zielten auf die Häuserfront!«

»Die Anwohner wurden gewarnt«, antwortete Kanther schroff.

»Es hieß: ›Straße frei‹, und Sekunden später ballerten sie auf Zivilisten. Und von euren angeblichen Schützen haben wir keinen einzigen entdeckt!«

»Wer ist *wir*?«

»Wie bitte?«

»Warst du in Begleitung?«

»Ich meinte die Fußgänger auf der anderen Straßenseite.«

Kanther reichte ihm den Flachmann, doch er lehnte ab. Wer wusste, was der Kerl da hineingefüllt hatte.

»Die Nachbarn haben zwei Burschen gesehen. Sie sollen in Hohensteins Wohnung eingebrochen sein.«

Grenfeld zögerte. Obwohl Irina nicht gerade sanft mit ihm umgesprungen war, wollte er sie auf keinen Fall der Politischen Polizei zum Fraß vorwerfen. Davon abgesehen würde er Kanther in einen heftigen Gewissenskonflikt stürzen. »Keine Ahnung. Außer mir war niemand in der Wohnung.«

»Sicher?«

»Ja.«

»Seltsam«, murmelte er.

»Was ist seltsam?«

»Das Einschussloch im Schädel. Ich bin überzeugt, es stammt von keinem der Spitzgeschosse. Ist dir das nicht aufgefallen?«

»Habt ihr ein Projektil gefunden?«

»Nein, hast du es eingesteckt?«

»Was soll ich damit?«

»Eben, das habe ich mich auch gefragt.«

»Wollt ihr die Tat vertuschen? Jemand anderem in die Schuhe schieben? Was ist mit den Frauen im ersten Stock? Mit viel Fantasie könnte man einen Raubmord konstruieren.«

»Auch dort haben wir kein Projektil gefunden«, sagte Kanther misstrauisch.

Das Quietschen einer Tür ließ sie verstummen. Ein junger Polizist eilte den Gang herunter. »Herr Kommissar!«, rief er unsicher. »Ich melde drei weitere Opfer. Hermannstraße achtundneunzig und vierzig sowie Steinmetz-straße neununddreißig. Eine Frau ist tot auf ihrem Balkon aufgefunden worden.«

»Warten Sie draußen, ich komme gleich«, brüllte Kanther.

»Sicher Mord aus Eifersucht«, zischte Grenfeld, als die Türe ins Schloss gefallen war. Kanther fingerte an seinem Notizbuch herum. »Sechsundzwanzig Tote. Dabei wollte ich keine Leichen mehr sehen.«

»Ich weiß nicht«, sagte Grenfeld zögernd. »Dieser Hohenstein lag so komisch in seinem Sessel, als habe man ihn dort ausgestellt.«

Kanther stand auf. »Er war ein pensionierter Beamter und ledig. Mehr weiß ich noch nicht. Was wohl in der Hutschachtel war?«

»Keine Ahnung«, log Grenfeld.

Kanther blieb vor ihm stehen, so als wollte er seine Rückkehr in die Welt der Toten um ein paar Minuten hinauszögern. Unzufrieden blickte er auf die leere Seite seines Notizbuchs. »Du hast mir immer noch nicht erzählt, weshalb du dort warst.«

Grenfeld rutschte auf seinem Sessel hin und her. »Der Hellseher – du weißt schon – Minnis neuer Halbgott.«

»Doch nicht dieser Magnusson?«

»Er hat es mir geraten.«

Kanther schüttelte ungläubig den Kopf und deutete nach draußen. »Na wunderbar. Hat er dir *das* auch vorausgesagt?«

»Nun, er hat mir dringend geraten, vor dem ersten Mai zu gehen. Sonst käme ich zu spät.«

»Wir kommen immer zu spät – das bringt unser Beruf mit sich.« Kanther stopfte Büchlein und Flachmann in die

Jackentasche. »Du warst nie dort«, sagte er. »Haben wir uns verstanden?«

»Ich war nie dort«, wiederholte Grenfeld dankbar.

Schwerfällig trabte Kanther zum Ausgang. »Ich schick dir zwei meiner Leute«, rief er. »Die fahren dich nach Hause. Geh auf keinen Fall allein auf die Straße.«

Grenfeld war des Wartens überdrüssig und konnte sich doch nicht entschließen, den Saal zu verlassen. Er blätterte in einem Programmheft und blieb am Gesicht einer makellos Schönen hängen. Der schwarz glänzende Pagenkopf mit den auf die Wangen gelegten Wellenspitzen erinnerte ihn an Minni.

»Sie wissen, wer das ist?«, tönte es plötzlich von der Bühne. Grenfeld sah nur die Umrisse eines Mannes, dessen weiße Zähne im Dunkeln leuchteten.

»Das ist Louise Brooks. So eine Frau kann einem schon den Schlaf rauben.«

Grenfeld hatte niemanden kommen hören. Es war also durchaus möglich, dass er das Gespräch mit Kanther belauscht hatte. »Wie lange sitzen Sie schon hier?«, fragte er mürrisch.

»Lange genug, um zu wissen, dass Sie Ihrem Kollegen gerade einen Bären aufgebunden haben. Ich habe Sie mit den Mädchen gesehen, an der Litfaßsäule vor dem Textilladen. Sie sind ihnen ins Haus gefolgt und ein wenig später standen Sie mit der Großen auf dem Balkon.«

Grenfeld war sprachlos, worauf der Alte lachte. »Auch die Nacht hat Ohren. So sagt man in meiner Heimat.«

»Ich wüsste nicht, was Sie das angeht.« Grenfeld erhob sich und ging widerwillig auf die Bühne zu. Neben einem geöffneten Schaltschrank saß der Schwarze, dessen schneeweiß gekräuseltes Haar nicht zu seinem muskulösen Körper passte. Es war der Luftballonmann, den er vor dem Kino gesehen hatte.

»Keine Angst, Hamid kann schweigen wie ein Grab.«

»Ich hab keine Angst«, erwiderte Grenfeld scharf.

»Natürlich nicht«, beschwichtigte der Alte, während er einen Schalter umlegte. »Allerdings, wenn man sich so ansieht, was da draußen los ist, könnte man schon Angst bekommen. Ich wollte nur ein paar Programmhefte im Laden gegenüber auslegen und dann schießen die einfach los. Ein Glück, dass ich mich noch in den Hauseingang retten konnte.«

»Kennen Sie das große Mädchen?«, fragte Grenfeld.

»Welches Mädchen?« Hamid sah ihn herausfordernd an. »Sie sehen, im Vergessen bin ich Weltmeister.«

Grenfeld seufzte. Der Punkt ging an den Alten. »Sie heißt Irina.«

»Hab ihr und ihrer Bande ein paar Mal den Eintritt zur Abendvorstellung verwehrt, im Mercedes-Palast in der Utrechter Straße am Wedding. Ich schätze, da wohnen die Gören auch. Mein Gott, haben die Rabatz gemacht. Sie plündern, wissen Sie. Die Gelegenheit ist günstig. Die Scheiben der Geschäfte sind zerbrochen. Da kann man sich schon mal bedienen. Eine wilde Clique, die Jüngsten sind gerade mal vierzehn Jahre. Sie haben gestern Abend das Polizeirevier in der Selchower Straße mit Steinen beworfen. Ich konnte es beobachten, ich wohne gegenüber.«

»Plündern? Sie hatte ein Abzeichen des RFB.«

»Na ja, so ein Abzeichen ist schnell angesteckt. Es hilft, hier im Kiez zumindest. So hilfreich wie Ihre Polizeimarke.«

Grenfeld stutzte. Dem Alten schien nichts, aber auch gar nichts entgangen zu sein. Er legte einen weiteren Hebel um und ließ die Saaldecke wie einen Sternenhimmel in Azurblau erleuchten. Hunderte von versteckten Horizontlampen zauberten Sternbilder an die Kuppel, in deren Mitte eine Rosette mit einem Stern aus Kristallglas leuchtete.

»*Die Büchse der Pandora*«, sagte Hamid, ohne den Blick von der Apparatur zu wenden. »Haben Sie den Film gesehen?«

Grenfeld verneinte.

»Sie sollten sich ihn ansehen. Die Brooks spielt zauberhaft.«

In diesem Moment öffnete sich die Türe und drei Schupos polterten herein. »Herr Grenfeld? Wir sollen Sie nach Hause bringen.«

Der Exkommissar quälte sich die Treppen bis in den vierten Stock seines Büros hinauf. Er hatte gehofft, Minni vorzufinden, doch stattdessen musste er mit einer ihrer Zeitschriften vorliebnehmen. Das *Magazin* lag aufgeschlagen auf dem Sofa. Unter der Rubrik »Allerhand Weekend« zeigten Paramount-Fotos, was die Filmstars so alles am Honeymoon-Wochenende trieben. Nichts war ihm gleichgültiger als das. Die Bilder von der Hermannstraße wollten nicht aus seinem Kopf. Er hatte Angst, dass sie sich dort einnisteten und ihn zu nachtschlafender Zeit einholen würden. In der hintersten Schreibtischschublade grub er einen Bordeaux aus, den er zur Feier eines würdigen Anlasses aufgehoben hatte. Jetzt war die Zeit gekommen. Der Wein aus Bergerac würde ihm helfen, die Bilder der Leichen aus seinem Gedächtnis zu schwemmen. Mit der Flasche in der Hand stieg er die steile Treppe zur Dachterrasse hinauf. Vor dem Meer der Leuchtreklame stand eine Frau über die Brüstung gebeugt, deren schwarzes Kleid aus marokkanischer Seide im Wind flatterte. Es war Minni. Ihr Spitzname war irreführend. Schlank, von großer Statur und langbeinig hätte sie es mit jeder Filmdiva aufnehmen können. Grenfeld trat neben sie und sah nach unten, wo der Verkehrsstrom wie ein leuchtender Wurm durch die Häuserschlucht der Friedrichstraße kroch. Gegenüber im Moka Efti war die Hölle los. Vor der Rolltreppe hatte sich eine lange Schlange gebildet.

»Ich hab mir Sorgen gemacht«, sagte sie sanft. »Wo warst du?«

»Im Kino«, erwiderte er, nahm einen Schluck aus der Flasche und deutete nach Osten. »Im Mercedes-Palast: *Die Büchse der Pandora.*«

»Mit Louise Brooks, sie spielt die Lulu.«

Grenfeld nickte.

»Ich habe die Premiere im Gloria-Palast gesehen.«

»Eine großartige Schauspielerin.«

»Die Kritiken waren weniger euphorisch«, wandte Minni ein.

»Ach was! Sie spielt fabelhaft.«

Minni sah ihn empört an. »Lügner, du warst nicht in diesem Film.«

»Geht das schon wieder los mit der Hellseherei?«

Sie deutete auf seinen staubigen Anzug. »Ich kann mich nicht erinnern, dass es im Mercedes so schmutzig ist.«

»Der Mann mit der Hutschachtel«, sagte Grenfeld und nahm einen zweiten Schluck.

»Du hast ihn also aufgesucht?«

»Ich kam zu spät. Man hat ihm eine Kugel in den Kopf gejagt.«

»Mein Gott, Magnusson hatte recht.«

»Wer den ganzen Tag weissagt, hat immer mal recht.« Grenfeld war froh, dass sie nichts erwiderte. Minni hatte eine für ihren Berufsstand außergewöhnliche Gabe: Sie konnte schweigen. Offensichtlich hatte sie andere Sensoren entwickelt, um mit der Welt zu kommunizieren. Still standen sie Seite an Seite und beobachteten, wie die Schlange vor dem Moka Efti anwuchs. Die Nachtschwärmer standen bis auf die Kreuzung. Busse und Taxis hupten. Ein Wachtmeister scheuchte die Wartenden auf den Gehsteig zurück. Im oberen Stockwerk konnte man im hell erleuchteten Konzertsaal Bernhard Etté und sein Orchester sehen. Sie spielten sich ein. Der Wind trug die Stimme des Sängers zu ihnen herüber.

»Deine Augen sind Magnete
Und sie strahlen der Sterne gleich.«

Irgendwann nahm sie ihm die Flasche aus der Hand und massierte seinen Nacken. Ihre Finger arbeiteten sich über den Hinterkopf bis zur Stirn vor. Schließlich klopfte sie auf bestimmte Stellen seines Körpers. Nicht zufällig, sondern systematisch, fast so, als arbeite sie eine Liste ab. Er hatte nicht die geringste Idee, von wem die Methode stammte, und es war ihm auch herzlich egal. Alles Schwere, was sich in den letzten Stunden auf seine Seele gelegt hatte, verflüchtigte sich. Er sah sie an und dachte, was er die ganze Zeit gedacht hatte: Minni sah aus wie die Zwillingsschwester von Louise Brooks.

KAPITEL 3

6. Mai 1929, 10 Uhr,
Zentralschlachthof, Eldenaer Straße 68

»Sie interessieren sich für die Hinterlassenschaft des Zielka?« Ein hagerer Mann, der sich als Eduard Pfeiffer vorgestellt hatte und dessen Anzug zwei Nummern zu groß war, zog an seinem Zigarillo und blätterte ungeduldig in Papieren, die auf einem Klemmbrett befestigt waren.
»Und was wollen Sie damit? Ein neues Café aufmachen?«
»Sentimentalität«, sagte Minni und strahlte ihn an.
»Wenn man sich's leisten kann«, erwiderte der Hagere und musterte Grenfeld. Der Exkommissar blickte hinaus auf die Kinder, die auf den mächtigen Sandbergen vor dem Eingang spielten. Der bestialische Gestank, den der Wind über die schmutzig grauen Mauern des Schlachthofs wehte, schien ihnen nichts auszumachen.
»Der Sand stammt vom U-Bahn-Bau in der Frankfurter, der Gestank von der Gerberei. Normalerweise haben wir Westwind, aber heute …«, sagte er, als sei er den beiden eine Erklärung schuldig. Dann trabte er los. Schnell ließen sie die Viehbörse hinter sich und durchquerten ein Labyrinth von Ställen, Schlachthäusern und Verwaltungsgebäuden. Grenfeld fiel auf, dass der Hagere nur dann mit Minni palaverte, wenn er Abstand hielt. Sobald er aufholte, verstummte der Kerl. Vor der Schlachterei Flint führten

zwei Burschen einen Bullen vor. Das Tier hielt den Kopf gesenkt, hinter ihm wartete der Geselle mit dem Betäubungshammer. Als der Hammer auf den Schädel des Bullen traf, torkelte das Tier und brach zusammen. Er hätte nicht hinsehen sollen, dachte er und sah die Leichen des gestrigen Tages wieder vor seinem geistigen Auge. Die Bilder wollten nicht verschwinden, auch nicht, als sie die Rampen der Ringbahn erreichten, wo eine Schweineherde aus einem Waggon getrieben wurde.

»Wir müssen durch den Tunnel auf die andere Seite. Neben der Eisfabrik haben wir zwei Lagerhallen«, sagte Pfeiffer zu Grenfeld, um den Anschein an Höflichkeit zu wahren.

Sie folgten den rosagrauen Rücken und Ringelschwänzchen bis zum Schlachthaus, wo sie hinter einer Klappe verschwanden. Drinnen stieg aus den Brühkesseln weißer Dampf auf. Ein muskulöser Kerl in Hemdsärmeln schlug einem Schwein mit einem Hammer vor den Kopf. Sanft legte es sich auf die Seite. Als er in den Hals stach, zuckten die Beinchen. Grenfeld wunderte sich, wie ruhig die Tiere waren. Kein Quieken und kein Schreien drang aus den Verschlägen. Endlich erreichten sie das vierstöckige Backsteingebäude mit dem Schild »Pfeiffer & Co«. Im Erdgeschoss schob der Verwalter das Tor mit der Nummer III auf. In meterhohen Regalen lagerte alles, was die Einwohner der Vier-Millionen-Stadt offensichtlich entbehren konnten: wandhohe Ölschinken, Schaufenster- und Schneiderpuppen, Graphoskope, ausgestopfte Tauben, viktorianische Säulen, orientalische Leuchter, ziegelrote Büsten mit dem Porträt des Kaisers, grell geschminkte Damenbüsten mit Porzellanzähnen und Glasaugen.

»Fast wie in der Asservatenkammer des Polizeipräsidiums«, scherzte Grenfeld, während er ein Fläschchen Riechsalz untersuchte.

»Die Sachen des Zielka sind weiter hinten«, sagte der Verwalter mit belegter Stimme und räusperte sich. Das Wort »Polizei« hatte sich offenbar wie Mehltau auf dessen Stimmbänder gelegt. Und während Grenfeld ihm folgte, kam ihm der Verdacht, dass all diese Schätze nur Hehlerware waren. Sicher hatte man das Interieur des Zielka so vor den Gläubigern gerettet. Das würde auch den grotesken Lagerplatz erklären. Er zahlte hundert Mark für das Geschirr sowie fünfzig für einen Billardtisch inklusive Lieferung, doch seine Freude war getrübt. Aus reiner Boshaftigkeit verlangte er eine Quittung. Während der Hagere den Raum verließ, schnappte sich Grenfeld dessen Klemmbrett. Er war sich sicher, die Namen der üblichen Verdächtigen in den Papieren zu finden, doch dann stolperte er über einen handschriftlichen Eintrag. Neben den Abkürzungen LII/LV, die offenbar auf weitere Lagerräume verwiesen, stand der Name »Paul von Hohenstein«.

»Lass das«, zischte Minni. »Was machst du da?«

»Woher kennst du den Verwalter?«

»Herrn Pfeiffer? Eine Zufallsbekanntschaft«, sagte sie lächelnd und fuhr mit der Hand über die samtige Oberfläche des Billardtisches. »Auf diesem Tisch hat schon der Weltmeister Kerkau gespielt. Bald werden wir darauf spielen.«

Grenfeld packte ihren Arm. »Woher kennst du ihn?«

»Aua, du tust mir weh!«, schrie sie.

»Ihre Quittung«, tönte eine Stimme im Hintergrund.

»Zeigen Sie mir das Lager V«, sagte Grenfeld.

»Da muss ich Sie enttäuschen. Hier gibt es keinen Raum mit dieser Nummer.«

»Hier steht: Hohenstein LV – wo ist das?«

»Was fällt Ihnen ein? Das sind vertrauliche Notizen. Abgesehen davon bin ich nicht befugt, Ihnen die Einlagerungen unserer Kunden zu zeigen.«

»Der hat bestimmt nichts dagegen. Er ist tot.«

»Gehen wir«, sagte Minni hastig. »Vielen Dank, Herr Pfeiffer.«

Grenfeld trat ganz nah an den Hageren heran. »Wenn Sie mir nicht sofort Zugang zu den Räumen verschaffen, komme ich mit meinen ehemaligen Kollegen vom Dezernat für Konkursverschleppung und wir beschlagnahmen alles. Verstehen Sie? *Alles!*«

Die Lippen des Hageren wurden schmal. Seine dunklen Augen funkelten. Die Art, wie er Minni ansah, ließ keinen Zweifel zu. Sie kannten sich.

»Im Keller der Eisfabrik gibt es einen Kühlraum mit der Nummer V. Ab und an lagern wir dort verderbliche Ware. Wenn Sie mir folgen wollen?«

»Ich gehe«, sagte Minni. Ihre Stimme zitterte vor Wut. »Ich kann dir nur raten, mitzukommen.«

»Ich für meinen Teil nehme die Einladung deines Bekannten gerne an«, sagte Grenfeld kalt.

Sie erreichten das Kellergewölbe über eine eiserne Wendeltreppe, an deren unteren Ende zwei Burschen warteten. Es waren bullige Ringer mit Stiernacken, deren Metzgerschürzen voller Blutspritzer waren. Unwillkürlich musste er an den Fall Großmann denken. Kanther und er waren damit befasst gewesen. Der Schlachter hatte damals dreiundzwanzig Frauen zerstückelt und ins Engelbecken vor der St.-Michael-Kirche geworfen. Auch diese Bilder bekam er nicht mehr aus dem Kopf.

»Die begleiten uns«, sagte Pfeiffer beiläufig. »Ohne sie darf ich den Keller nicht betreten. Die Vorschriften!«

Grenfeld brauchte weder auf die Tätowierungen noch auf die bösartig grinsenden Kerle zu sehen, um zu begreifen, dass er einen Fehler begangen hatte. In jedem billigen Touristenführer war zu lesen, dass die sogenannten Ringvereine Geschäftszweige wie Hehlerei, räuberische Erpressung und Raub unter sich aufteilten. In der Stadt gab es kaum eine kriminelle Aktivität ohne deren Beteiligung. Neugier war eine verzeihliche Sünde, doch auf Drohungen sollte man besser verzichten. Sie marschierten in einem unterirdischen Labyrinth durch spärlich beleuchtete Gänge, durchquerten Lager voll bestialisch stinkender Tierabfälle. Die beiden Ringer trotteten schweigend hinter ihnen her. Grenfeld musste an das Schweinchen denken. Er würde sich nicht sanft zur Seite legen, wenn sie ihm den Schädel einschlugen. Er würde brüllen und sich wehren, wenn sie ihm den Hals aufschlitzten. Doch sein Schicksal würde das gleiche sein. Sie würden seinen Kadaver an einen Haken hängen, ausbluten lassen, ihn abbürsten, abschaben, abkochen, zerkleinern und konservieren. Nach einer gefühlten Ewigkeit erreichten sie den Eingang zum Kühlraum.

»Nach Ihnen«, sagte Pfeiffer und ließ ihn eintreten. »Schauen Sie sich um. Wir warten draußen. Wir sind nicht befugt, die Räume zu betreten. Klopfen Sie, wenn Sie fertig sind.« Als das Tor mit einem Knall ins Schloss fiel, ahnte Grenfeld, dass er in der Falle saß. Die Eisentüre ließ sich nur von außen öffnen. Er sah sich um. Zu seinem Erstaunen lagerten große Eisquader in den Regalen. Daneben türmten sich bis zur Decke Fässer und Holzkisten. Es war bitterkalt. Ein Thermometer zeigte minus elf Grad an. Mit einer Eisenstange, die er in einer Wandnische entdeckte, stemmte er die Deckel zweier Fässer auf. In einem fand er Mais, im zweiten Hirse. Das Eis war farblos und schien nur aus Wasser zu bestehen. In den Holzkisten lagerten Flaschen aus braunem Glas mit weißem Etikett:

Maji-Elixir,
from the river Rufiji
Tanganjika, East-Africa

Grenfeld lehnte sich an die Wand und sah zu der flackernden Glühbirne hinauf. Die Banalität seiner Entdeckung ernüchterte ihn. Seine Aufregung war unnötig gewesen. Selbst wenn die Hälfte der Lagerhallen aus Diebesgut bestand, was ging es ihn an? Obwohl er vor Kälte zitterte, zögerte er, sich bemerkbar zu machen. Er hatte Angst festzustellen, dass sie abgehauen waren. Dann würde er nur noch auf Minni hoffen können. Sie allein wusste, wo er abgeblieben war. In diesem Moment ging das Licht aus. Er tastete sich bis zur Türe und klopfte. Dann hämmerte er mit dem Stemmeisen dagegen. Es war sinnlos. Außer dem rhythmischen Brummen eines Generators und dem Rauschen der Rohre kam keine Antwort. Wenn er Glück hatte, wollten sie ihm nur eine Lektion erteilen.

*

6. Mai 1929, 13 Uhr,
Hausburg-/Ecke Thaerstraße

Ganz hinten saß eine attraktive Frau mit ungewöhnlich langen Beinen. Man hätte sie für eine berühmte Schauspielerin halten können, doch in Fritze Grails Kneipe gegenüber dem Schlachthof verirrten sich keine Ufa-Stars. Die junge Frau wartete auf jemanden. Das bemerkte auch Zitter-Karl, der Aushilfskellner. Sie ließ die Türe nicht aus den Augen, kippte das dritte Glas Likör hinunter. Doch auch das vierte würde sie nicht wärmen. Sie fror von innen. Das bemerkte der Kellner nicht. Wohl aber die Schlachter am Stammtisch. Die kannten sich aus mit der Angst. Tier oder Mensch machte da keinen Unterschied. Sie hatte sich auf die Lippe gebissen und blutete. Ein junger Kerl bot ihr sein besticktes Taschentuch an, aus reiner Höflichkeit, ohne Hintergedanken. Sie lehnte ab. Soll es bluten, Strafe muss sein, dachte sie und beobachtete die Tür. Bald würde er kommen und sie auszahlen. Fünfzig Prozent waren vereinbart. Die Fleischer stritten lautstark über die Vorzüge ihrer Pferde, auf die sie gewettet hatten. Ein Einbeiniger betrat das Lokal. Sie nannten ihn »Zito-Renndepesche«, weil er mit den Scheinen der Schlachter ins Wettbüro humpelte. Ihr Kopf wurde schwer. Sie legte ihn auf die verschränkten Arme und hörte die Männer lachen, sich zuprosten und auf die Schultern klopfen. Mit denselben Händen, mit denen sie heute Schweine, Kälber und Schafe getötet hatten. Doch was kann die Hand dafür? Nur das Herz ist böse, dachte sie. Sie hatte Grenfeld ins Verderben rennen lassen. Ihn, der so idiotische Fragen gestellt und vom Präsidium geschwafelt hatte. Um Kopf und Kragen hatte er sich geredet, der Dummkopf.

Mit einem Mal stand Pfeiffer neben ihr. Er nahm Platz, bestellte ein Bier und schob ihr einen Umschlag über den Tisch.

»Was ist mit Grenfeld?«, fragte Minni, während sie das Geld zählte.

»Nichts«, antwortete er und blies ihr den Rauch ins Gesicht. »Wie dumm von dir, Lulu, mit einem Polizisten aufzukreuzen.«

»Ich heiße nicht Lulu, merk dir das.«

»Trotzdem dumm.«

»Er ist nicht mehr im Dienst. Ihr tut ihm nichts. Ist das klar?«

Pfeiffer lächelte. »Sonst?«

»Es ist sowieso das letzte Mal. Dann ist Schluss!«

»Ach ja, der große Magnusson. Du betrügst ja jetzt im großen Stil.«

»Das verstehst du nicht«, sagte Minni. Er legte seine Hand auf ihren Arm, doch sie zog ihn weg. »Hauptsache, ihr tut ihm nichts.«

»Meine liebe Lulu. Das ist nicht meine Entscheidung. Das weißt du.«

»Ich weiß.«

»Ein bisschen liegt es auch an dir.«

»Ich geh nicht zu ihm zurück«, rief Minni empört. »Das kann er sich abschminken.«

»Dann, meine Liebe, kann ich für nichts garantieren.«

*

**6. Mai 1929, 17 Uhr,
Zentralschlachthof, Eldenaer Straße 68**

Grenfeld hatte einiges unternommen, bevor er sich seinem Schicksal ergeben hatte. Er war durch die Halle gelaufen, um sich warm zu halten. Dabei hatte er sich die Stirn an einem Mauervorsprung blutig geschlagen. Dann hatte er Durst bekommen und von dem Maji-Wasser gekostet. Es hatte so faulig geschmeckt, dass er es ausspucken musste. Schließlich hatte er gegen den brummenden Generator angeschrien, in der Hoffnung, dass irgendein Arbeiter der Lederfabrik ihn hörte. Längst war die Kälte durch den dünnen Mantel hindurchgekrochen. Zitternd hatte er Wände, Regale und den Boden abgetastet, auf der Suche nach einer Plane oder wenigstens einem Sack, um sich vor der Kälte zu schützen. Am Ende der Halle hatte er etwas Ledernes ertastet. Es dauerte lange, bis er begriff, dass er einen Schweinekopf umarmt hatte. Kraftlos kauerte er sich in eine Ecke und wartete. Plötzlich musste er lachen. Er stellte sich Magnusson vor, der auf der Bühne, einer plötzlichen Eingebung folgend, Minni prophezeite, sie solle ihren Freund vor dem Kältetod retten. Er stellte vielerlei andere Überlegungen an, um nicht einzuschlafen, doch der gleichmäßig brummende Motor arbeitete gegen ihn.

»Mein Gott, Grenfeld, um Himmels willen. Ich dachte, Sie sind an der französischen Riviera?« Grenfeld blinzelte und sah, zunächst noch verschwommen, dann zunehmend deutlicher die Gestalt eines Riesen über sich. Die Stimme war unverwechselbar. Es war Hugo Machowski mit drei seiner Lakaien, allesamt bemüht, ihn aufzurichten, abzuklopfen und in eine Decke zu hüllen. Machowski war einer der wenigen, die es geschafft hatten, seit Jahren an den Ringvereinen vorbei ihr kriminelles Reich zu führen. Ihm gehörten das Eldorado, mehrere Bordelle sowie ein Stundenhotel in der Hardenbergstraße. Trotz der Skrupellosigkeit, die man für so eine Karriere benötigte, galt er als Mann mit Feingefühl. Jemand, der ohne Radau sein klebriges Netz wob. Ein Netz, von dem man behauptete, es reiche bis in die oberen Etagen der Geschäftswelt. Vor zwei Jahren hatte er unterm Dach des Moka Efti Grenfelds Leben gerettet, als er dessen Verfolger über den Haufen geschossen hatte. Seitdem hatten sich ihre Wege nicht mehr gekreuzt.

»Dieser Pfeiffer ist ein ausgesprochener Schweinskopf. Heutzutage ist es schwierig, qualifiziertes Personal zu bekommen.«

»Sie stecken also dahinter«, stöhnte Grenfeld.

»Aber nein! Ich stecke hinter nichts. Oder hinter fast nichts, wenn Sie mir eine Erklärung gestatten. Doch zunächst möchte ich mich für meinen Mitarbeiter entschuldigen. Ich werde ihm eine Lektion erteilen, die er nicht vergessen wird.«

Machowskis ungestüme Umarmung scheiterte an dessen Leibesfülle. »Kommen Sie mit. Die Viehbörse beherbergt ein hervorragendes Restaurant. Dort bekommt man etwas Warmes.«

Das Lokal war bei ihrer Ankunft verweist, doch spärliche Anweisungen Machowskis genügten, um wenig später eine Terrine mit heißer Rinderbrühe serviert zu bekommen. Der große Mann verschränkte die Arme und kaute auf einem Zahnstocher.

»Handeln Sie jetzt mit Antiquitäten oder mit Schweinehälften?«, fragte Grenfeld spöttisch.

»Raum und Zeit«, erwiderte der Dicke, »sind die kostbarsten Güter. Ich handle mit beidem. Sie wissen, wie ich den alten Zeiten nachtrauere. Am Ku'damm reißen sie eine Fassade nach der anderen ein und ersetzen sie durch ein gesichtsloses Etwas. Kinos sehen wie Bahnhöfe aus, Tanzpaläste wie Krematorien, Villen wie Aquarien. Die Häuser in den neuen Siedlungen besitzen mehr Licht und Luft, als die Natur es vorgesehen hatte. Der Nippes auf den

Kommoden hat ausgedient. Glastische und schnörkellose Stühle dominieren jetzt die Wohnungen. Irgendwann wird all das, was die Leute verächtlich entsorgen, einen unvorstellbaren Wert haben. Die Berliner werden mir dankbar sein. Der Schlachthof interessiert mich nur als Investor.«

»Rührend«, sagte Grenfeld und lehnte sich zurück.

»Ironisieren Sie das nicht. Das Eldorado und die Stundenhotels werfen das nötige Kleingeld ab. Was mich wirklich interessiert, ist die Seele der Stadt.«

»Und Paul von Hohenstein? Was hat den interessiert?«

Machowski zuckte mit den Schultern und schob sich ein Stück Brot zwischen die Zähne. »Diskretion ist meine Visitenkarte. Jeder darf hier lagern, was er will, solange er Miete abdrückt.«

»Ein toter Mann zahlt keine Miete.«

Für einen Moment hörte Machowski zu kauen auf, fasste sich jedoch schnell. »In diesem Fall bleibt die Entsorgung an mir hängen. Die Fässer und das Eis, mein Gott, wozu hortet jemand Eis?«

»Ja, wozu?«, fragte Grenfeld und erhob sich.

»Noch eine Kleinigkeit. Ihre Drohung, Sie wissen schon, die Sache mit dem Betrugsdezernat. Das wirbelt doch nur unnötig Staub auf, was meinen Sie?«

Grenfeld strich sein zerknittertes Sakko glatt. »Hat Hohenstein noch mehr eingelagert?«

»Da müsste ich mich kundig machen. Details beschäftigen mich längst nicht mehr.«

»Tun Sie das, mein Lieber. Machen Sie sich kundig. Bis dahin vergesse ich die Nummer des Dezernats.«

KAPITEL 4

6. Mai 1929, 19 Uhr,
Neukölln

Der Ausnahmezustand für Neukölln war endlich aufgehoben worden. Hamid rannte mit den Filmdosen unter dem Arm zur U-Bahn-Station Boddinstraße. Wie immer musste er rechtzeitig zur Abendvorstellung im Lichtspieltheater am Wedding sein. Beide Kinos boten ihrem Publikum zeitversetzt den gleichen Film an. Nur so konnte der Stella-Konzern, dem beide Mercedes-Paläste gehörten, den Eintritt bei sechzig Pfennigen belassen. Die Zeit war knapp, doch mit der Nord-Süd-Bahn würde er die Strecke in dreißig Minuten schaffen. Es kam ihm vor, als reisten in der U-Bahn genauso viele Menschen wie Pudel. Damen nahmen die Hündchen auf ihren Arm und liebkosten sie wie Kinder. Gegenüber balgten sich zwei Jungs. »Wenn ihr nicht brav seid, holt euch der schwarze Mann«, flüsterte die Mutter, doch Hamid hatte es gehört. Er hatte sich daran gewöhnt, dass Kinder ihn anstarrten. Manchmal brachte er sie mit einer Grimasse zum Lachen. Heute blieb sein Gesicht ausdruckslos. Das Lachen war ihm vergangen. Seit Tagen hatte er nicht geschlafen. Hohenstein war tot. Nie mehr würde er ihm einen Befehl erteilen können. Nervös drehte er die Filmdosen in seinen Händen und starrte ins Dunkle. Die Bahn raste, kaum eine halbe Minute Halt an jeder Station. Aussteigen, einsteigen, fertig. Ärmlich war die Strecke, keine blitzenden Kacheln, keine Verzierungen. Nicht wie jene Strecken, die der Kaiser geplant hatte. Jener *bwana kaisari*, für dessen Wohl er gekämpft hatte. Im Rhythmus der Bahnschwellen kamen ihm alt bekannte Verse in den Sinn:

Ob wir auch schwarz, wir fühlen warm:
Der Kaiser ist uns gut.
Drum weihen wir ihm Herz und Arm
Und unser heißes Blut.

Vor dem Kiosk in der U-Bahn-Station Wedding entdeckte er das Rotfrontmädchen. Sie schlenderte mit einer Bockwurst in der Hand zum Ausgang. Hamid hastete hinaus und drängte sich durch die Menge, bis er nur wenige Meter hinter ihr stand. Kein Zweifel: Es war Irina mit dem blonden Zopf. Er sah auf die Uhr. Es blieben noch zwanzig Minuten, um die Filme abzuliefern. Es war riskant, aber er musste herausfinden, wie viel sie wusste. Sie überquerte den Nettelbeckplatz und bog in die Kösliner Straße ein, wo Straßenreiniger die Reste zerfetzter Transparente beseitigten und das Blut von der Straße bürsteten. Aus manchen Fenstern hingen noch die roten Fahnen. Auch hier hatte es Tote gegeben. Er konnte es spüren. Die Seelen der Erschossenen schwebten noch über dem Viertel. Er war so sehr mit dem blonden Zopf beschäftigt, dass er über einen Treppenaufgang stolperte. Die Filmdosen rollten über den Gehsteig und blieben laut scheppernd vor dem Lokal Rote Nachtigall liegen. Irina drehte sich erschrocken um.

»Warte!«, rief er ihr zu, während er die Dosen aufhob. »Bitte, nur ein paar Minuten!«

Doch seine Bitte fand kein Gehör. Stattdessen ergriff sie die Flucht. Früher einmal, in Bagamoyo, galt er als exzellenter Läufer, zäh und ausdauernd. Noch heute war er für sein Alter flink. Er hätte sie einholen können, wenn ihn die Filmdosen nicht behindert hätten. Am Ende der Straße war sie in einem Hinterhof verschwunden und wie vom Erdboden verschluckt. Keuchend hielt er an und dachte an die Vorführung im Filmpalast. Es würde mächtig Ärger geben. Er blickte nach oben, wo sich, zerstückelt durch Wäscheleinen, ein kleines Quadrat blauen Himmels zeigte. Irgendwo in seiner Nähe musste sie sich versteckt haben. Hamid fragte sich, ob sie von *buruhani* erfüllt war, jener göttlichen Kraft, die den Träger über alle Konventionen erhob. Niemand sonst würde den Mut haben, eine Polizeistation anzugreifen. Vielleicht aber war sie eine Hexe? Wer wusste das schon. Er hatte viel von den Völkern Ostafrikas gelernt, doch so etwas zu unterscheiden, benötigte einige Erfahrung.

»Hör mir zu«, schrie er in den Hof hinein. »Es geht um den Toten in der Hermannstraße, Paul von Hohenstein. Er war mein Freund. Du hast ihn aufgefunden. Ich hab dich auf seinem Balkon gesehen. Nur ein paar Fragen, dann bist du mich los.«

Eine Katze wühlte in den Mülltonnen, Kindergeschrei drang aus einem Hauseingang, die Straßenkehrer fluchten, weil sich das Blut nicht entfernen ließ. Er wollte schon aufgeben, da hallte es über den Hof: »Was ist in den Dosen?«

»*Die Büchse der Pandora* – ein Film.«

»Ich will ihn sehen.«

»Das geht nicht. Jugendverbot, er ist nur für Erwachsene freigegeben.«

Sie schwieg. Die Straßenreiniger öffneten einen Hydranten.

»Meinetwegen. Komm Dienstagnacht zum Bühneneingang des Mercedes-Palasts. Ich lass dich rein und du erzählst mir alles.«

»Und der Film?«

»Eine Privatvorstellung.«

»Von mir aus.« Irina trat aus ihrem Versteck hinter den Mülltonnen. Langsam ging sie auf ihn zu. »Warum bist du eigentlich nicht bei uns?«

»Wen meinst du damit?«

»Die Liga gegen Imperialismus und für nationale Unabhängigkeit. Noch nie davon gehört?«

»La samah allah!« Hamid tat so, als würde er dreimal über die Schulter nach hinten spucken. »Politik ist nichts für mich. Da halte ich mich raus.«

»Das ist ein Fehler«, entgegnete Irina. »Wenn ihr euch nicht organisiert, werdet ihr nichts erreichen.« Sie drehte sich um und verschwand. Als Hamid auf die Straße trat, waren die Blutflecke noch da. Sie hatten über die Stadtreinigung gesiegt. Jetzt aber musste er rennen. Eine Kündigung wäre eine Katastrophe, denn dann hätten sie Grund, ihn abzuschieben.

*

6. Mai 1929, 20 Uhr, Frankfurter Allee

Grenfeld ließ die Elektrische sausen. Er brauchte sowohl Bewegung als auch Zeit, um nachzudenken. Er lief die Liebigstraße hinunter bis zur Frankfurter Allee, wo die Maulwürfe Tag und Nacht daran arbeiteten, die Stadt zu unterhöhlen. Vom Alexanderplatz aus hatten sie ihren Tunnel stadtauswärts getrieben. Die Notstandsarbeiter schaufelten bei einem Stundenlohn von fünfundsiebzig Pfennigen den Sand in Loren, die dann zu den Baggern geschoben wurden, welche die Lastwagen beluden. Sollte er einmal durchdrehen, könnte er künftig die Wegstrecke zur Irrenanstalt Herzberge mit der U-Bahn zurücklegen. Mit derart düsteren Gedanken lief er neben Baubaracken und mit Holzbohlen überdeckten Gruben die Straße entlang bis zum Kaufhaus Tietz. Mit aller Kraft versuchte er, die Erfahrungen des heutigen Tages zu ordnen, doch es wollte ihm nicht gelingen. Er hatte mehrere Stunden in einem Kühlraum verbracht, weil er seine Nase in die Angelegenheiten fremder Leute gesteckt hatte. Eine Angewohnheit, die ihm in der Vergangenheit oft Ärger eingebracht hatte. In den staubigen Schaufenstern der kleinen Tabak- und Lebensmittelläden warben bunte Plakate für das neue Volksvarieté Plaza, auf denen für zwei Mark nicht weniger versprochen wurde als »das größte Programm in höchster Vollendung«. Grenfeld studierte das Kleingedruckte. Nur mit Widerwillen nahm er zur Kenntnis, dass neben den üblichen Artisten auch der Hellseher Magnusson angekündigt wurde. Am Frankfurter Tor bog er in die Fruchtstraße ein, früher ein Paradies für allerlei Gesundes: Tomaten, Sellerie, Kohl. Heute konnte man froh sein, wenn man zwischen dem Grau der Mietskasernen einen Grashalm entdeckte. Jeder Quadratzentimeter war verbaut. Düster drängte sich Haus an Haus. Blickte man in die Flucht der Höfe, sah man in dunkle Tunnel. Die Arbeiter waren bis in den sechsten Hinterhof sieben Stockwerke hoch gestapelt worden. Um ihren Gram zu ertränken, gab es, allein in dieser Straße, dreiundsechzig Kneipen. Grenfeld hatte sie selbst gezählt. Am Küstriner Platz steuerte er auf den ehemaligen Ostbahnhof zu, ein Backsteinpalast, an dessen Frontseite mit riesigen Lettern der Name PLAZA leuchtete. Die Bahnhofshalle war jetzt ein weiteres Theater der Dreitausend, das man nach Chicagoer Vorbild mitten in ein Arbeiterviertel verpflanzt hatte. Und die Arbeiterklasse stand bereits vor dem Eingang Schlange, natürlich ohne mit einem Taxi vorgefahren zu sein. Grenfeld wollte schon weitergehen, da fiel ihm ein laubgrüner Isotta Fraschini auf, der am Künstlereingang mit laufendem Motor wartete. So eine Luxuslimousine aus Mailand dürfte in der Stadt nur eine Handvoll Menschen ihr Eigen nennen. Durch die Scheiben konnte er Minni und Magnusson erkennen. Sie puderte ihr Gesicht, während er auf sie einredete. Niemand hätte sie für eine Kellnerin gehalten. Vielmehr glich sie jenen Filmdiven, die vor dem Ufa-Palast am Zoo in ihrem Wagen warteten, bis der Chauffeur die Tür öffnete. Er war mächtig stolz auf Minni. Doch zu seiner Bewunderung gesellte sich, seit dem Vorfall im Schlachthof, ein bitteres Gefühl des Misstrauens. Irgendwann sah sie aus dem Fenster und für den Bruchteil einer Sekunde trafen sich ihre Blicke. Er lief los und suchte Zuflucht in der gegenüberliegenden Kapelle der Antonius-Gemeinde. Hinter leeren Stuhlreihen leuchtete auf dem Altar die lebensgroße Figur von Christus im Kerzenschein. Er stieg auf eine Bank, um durch ein Seitenfenster nach draußen zu sehen. Minni und Magnusson waren ausgestiegen. Doch offenbar war er nicht der Einzige, den das interessierte. Hinter einer Litfaßsäule parkte ein schwarzer Horch, dessen Beifahrer die beiden durch ein Fernglas betrachtete. Die Szene kam ihm nur allzu bekannt vor. Hunderte Male war er selbst mit schweißnassem Hemd in so einem Fahrzeug gesessen. Es roch geradezu nach

Observierung und erst jetzt kam ihm der Gedanke, dass er möglicherweise selbst Objekt ihrer Neugierde geworden war. Warum auch immer die Kripo Magnusson beobachtete, er hatte nicht die geringste Lust, in ihren Berichten aufzutauchen. Mittlerweile hatte ein Kriminaler den Wagen verlassen. Es war Tiefenbacher. Wie Kanther war er vor Jahren zur IA gewechselt. Auf der Suche nach einem Fluchtweg öffnete er die Seitentüre zur Sakristei und versteckte sich in einem Beichtstuhl. Wenige Minuten später hörte Grenfeld das Knarren einer Tür, dann die hallenden Schritte zweier Personen auf dem Steinboden.

»Ich hätte wetten können, es war Grenfeld«, sagte eine Stimme, die nur Tiefenbacher gehören konnte.

»Wir hätten ihn festnehmen müssen. Befehl vom Chef.«

»Was wirft man ihm eigentlich vor?«

»Was weiß ich? Eingemischt wird er sich wieder haben.«

»Sein Schwiegervater ist einer der einflussreichsten Bankiers der Stadt. Unsereins wäre längst in Untersuchungshaft.«

»Kanther hat noch Kontakt zu ihm.«

Tiefenbacher lachte. »Der ist auch nicht besser! Weißt du, warum sie ihn versetzt haben?«

»Kumpanei mit dem Ring. Er soll sie vor Razzias gewarnt haben.«

»Und da kommt er ausgerechnet zu uns?«

»Man wird seine Gründe haben.«

»Los jetzt, wir müssen uns an Magnusson heften.«

Als die Türe der Kapelle ins Schloss gefallen war, legte er seine Stirn auf den Handlauf des Beichtstuhls. Sein Magen rebellierte. Ärger mit der Politischen Abteilung war das Letzte, was er jetzt brauchen konnte. Dezember war er mit dem Vorsatz nach Berlin gereist, sein Büro so unauffällig wie möglich aufzulösen. Stattdessen begann er eine Affäre und deckte sich mit Hehlerware ein. Das Schlimmste aber war: Das große Auge des Präsidiums hatte seinen Blick auf ihn gerichtet.

*

7. Mai 1929, 23 Uhr, Friedrichstraße 191

Eine Stunde vor Mitternacht holten sie ihn ab. »Eine nächtliche Spazierfahrt«, lautete die leidenschaftslose Ankündigung zweier Kriminaler, die gelangweilt bis angewidert die Ölschinken zur Kenntnis nahmen. Im Wagen erwartete ihn eine böse Überraschung: der einarmige Bayer aus der Hermannstraße. Grenfeld machte sich keine Illusionen. Seine Lüge würde sich jetzt bitter rächen.

»Kriminalrat Schulze. Es tut mir leid, Sie um diese Uhrzeit zu belästigen. Aber gewisse Vorkommnisse erfordern das.«

»Na dann«, murmelte Grenfeld und spürte, wie Übelkeit sich seiner bemächtigte, als der Fahrer beschleunigte. »Was wollen Sie von mir?«

»Ihre Mitarbeit.«

Grenfeld sah ihn erstaunt an.

»Seien Sie versichert, die Bitte kommt von oberster Stelle.«

»Sie verwechseln mich auch nicht? Vor vielen Jahren war ich …«

»Ein leuchtender Stern in der Mordkommission. Kriminalrat Gennat hält große Stücke auf Sie, auch der Polizeivize ist voll des Lobes.«

Das Bauchpinseln mit bayerischem Akzent löste in Grenfeld widersprüchliche Gefühle aus. Misstrauen war eines davon.

»Wir suchen Beweismittel, die am dritten Mai auf mysteriöse Weise aus den Wohnungen der Hermannstraße hundertsiebenundsiebzig verschwunden sind. Genauer gesagt: die Projektile.«

»Ja und?«

»Sie waren am Tatort, warum auch immer.«

»Wer behauptet das?«

Schulze lächelte süffisant. »Ihr Jungs von der Mordkommission habt uns noch nie für voll genommen, nicht wahr? Doch zu meinem Anliegen: Dem Innenminister ist es überaus wichtig, die Vorkommnisse lückenlos aufzuklären.«

Grenfeld grunzte verächtlich. Die lückenlose Aufklärung wurde vor allem von der Liga für Menschenrechte betrieben. Sie hatte in der *Welt am Montag* inseriert, um nach Zeugen zu suchen. Das Ministerium hingegen fürchtete einen amtlichen Untersuchungsausschuss wie der Teufel das Weihwasser.

»Gerade der Tod des Herrn von Hohenstein wirft einige Fragen auf. Wir gehen davon aus, dass der Schuss nicht von einer Polizeiwaffe stammt. Einschussloch und Winkel erhärten die Annahme.«

Der Regen trommelte auf das Dach. Grenfeld blickte aus dem Fenster. Sie bogen am Blücherplatz links ab und fuhren am Planufer den Landwehrkanal entlang. Gegenüber tauchte der mächtige Kessel der Gasanstalt auf. Es war keine angenehme Erinnerung, die ihn mit dieser Gegend verband. Ausgerechnet jetzt kamen ihm die Verse eines Gassenhauers in den Sinn:

Es liegt eine Leiche im Landwehrkanal,
Lang lang ist's her,
Drum stinkt sie auch so sehr.
Sie ist schon ganz glitschig, sie ist schon ganz schwer.

»Herr Grenfeld? Hören Sie mir überhaupt zu?«

»Ich verstehe Sie sehr gut«, erwiderte er. »Der Polizeipräsident steht mächtig unter Druck. Bei zweiunddreißig Toten und hundertachtundneunzig Verletzten ist man
für jeden Sündenbock dankbar.«

»Nach Aussagen der Nachbarn waren Sie in Begleitung eines Burschen in der Uniform des RFB. Wer war
der Kerl?«

»Ich war allein in der Wohnung.«

»Das ist eine Lüge«, schrie Schulze. Die kontrollierte
Freundlichkeit, die bis jetzt die Konversation bestimmt
hatte, machte einem rüden Kasernenhofton Platz. Schulze
nestelte an seinem Mantel herum, zog den *Guardian* aus
der Tasche und warf ihn auf seinen Schoß. Auf der Titelseite war ein Foto der Panzerproduktionsstätte in Kazan.
Darüber stand in fetten Lettern: »Geheime Waffenpro-
duktion in Russland geht weiter. Deutschland verletzt den
Versailler Vertrag«.

»Sie hatten das Foto vor zwei Jahren der internationalen
Presse zugespielt. Das nennt man Landesverrat. Glauben
Sie im Ernst, wir haben das vergessen? Glauben Sie, wir
wissen nicht, dass Sie sich bei Ihren privaten Ermittlungen immer wieder als Polizist ausgeben? Ich könnte Sie
auf der Stelle festnehmen lassen.«

»Von mir aus, dann rufe ich jetzt Dr. Alsberg, unseren
Hausanwalt, an.«

Das war hoch gepokert. Der Satz gründete einzig und

allein auf der Hoffnung, dass sie alles tun würden, um die Taten des Reichswehrministeriums nicht erneut an die Öffentlichkeit gelangen zu lassen. Es war schon deshalb ein Bluff, weil ihm die Mittel fehlten, den berühmten Rechtsanwalt zu bezahlen. Schulze öffnete eine Ledermappe. Er zog eine Akte hervor, ohne sich die Mühe zu machen, sie zu öffnen. Stattdessen schüttete er den gesamten Inhalt auf die Rückbank. Ganz oben kam ein Foto von Minni zum Vorschein.

»Ihre Freundin, nicht wahr?« Schulze sah wie ein Spieler aus, dessen Gesicht glühte, weil er ein Ass im Ärmel hatte. »Sie wissen nicht viel von ihr, nehme ich an?«

»Was ich von ihr weiß, genügt mir.«

»Wir könnten sie jederzeit hinter Schloss und Riegel bringen.«

Grenfeld sah auf. »Weshalb? Hat es mit dem Hellseher zu tun?«

»Glauben Sie mir, wir haben genug, um das Fräulein für einige Zeit aus dem Verkehr zu ziehen.«

Grenfeld wühlte unbeholfen in den Fotos und Berichten. Das, was er da sah, gefiel ihm nicht.

»Ich gebe Ihnen vierzehn Tage. Sie werden beweisen, dass der RFB hinter dem Tod Hohensteins steckt. In diesem Fall lassen wir die Dame laufen. Ihren Pass werden wir bis dahin einbehalten. Ein Kollege holt ihn gerade aus Ihrer Wohnung.«

»Das ist Erpressung!«

»Kommissar Kanther wird Ihnen zur Seite stehen.«

»Was hat Kanther damit zu tun?«, fragte Grenfeld fassungslos.

»Auch für ihn wird es eine, sagen wir, *Bewährung* sein.«

»Wie soll ich das verstehen?«

Schulze gab dem Fahrer ein Zeichen. Wenige Minuten später fand sich Grenfeld, samt seiner unbeantworteten Frage, auf der Jannowitzbrücke wieder. Er hatte eine unbeschreibliche Wut im Bauch. Nicht einmal der Nieselregen schaffte es, seinen Zorn zu kühlen. Sie hatten ihn an seinem empfindlichsten Punkt getroffen – Minni. Sein Pass, seine Rückreise nach Frankreich, all das war verschmerzbar. Minni gehörte nicht ins Zuchthaus. In der Barnimstraße würde sie, gleich einer Orchidee in einer Bierflasche, in kurzer Zeit verwelken. Er starrte hinunter auf das unruhige Wasser der Spree. Die Anlegestelle war verwaist, nur die am Kai vertauten Frachtkähne quietschten und knarrten. Gegen das herannahende Rattern der Stadtbahn stieß er einen dreifachen Fluch aus. Auf die Politische Abteilung, auf seine eigene Dummheit und auf Kanther, der ihn offenbar verpfiffen hatte. Einmal hatte er auf die Verschwiegenheit eines alten Freundes gesetzt. Es war eine süße Illusion, wie das Versprechen der hell erleuchteten Schokoladenwerbung auf der Hauswand über ihm.

*

8. Mai 1929, 24 Uhr, Madaistraße 8

Vom Turm der Andreas-Kirche schlug es zwölfmal, als Grenfeld das Hotel Fuhrmann betrat. Abgetretene Teppiche, eine verdorrte Topfpflanze sowie schief an die Wand geklebte Ansichtskarten von vermeintlich zufriedenen Gästen zierten den Empfang. Ein ohrenbetäubender Lärm vom Bahnhof gegenüber drang in die Empfangshalle – Hammerschläge auf Metall, das Zischen einer Dampflok, ein polternder S-Bahn-Zug. Eine übergewichtige Dame mit Doppelkinn verriet, dass der Herr Kommissar um diese Uhrzeit gewöhnlich noch nicht zu nächtigen pflegte. Sie sagte tatsächlich »nächtigen«, als sei sie der Concierge vom Adlon. Stattdessen schlug sie ihm mögliche »Etablissements« vor, deren Namen allesamt nichts Gutes versprachen. Er machte sich auf den Weg zum Nabur, jedoch nicht, weil es um einen Deut einladender als die anderen Kaschemmen geklungen hatte. Es lag nur einen Katzensprung entfernt. Nachts in einer Gegend zu flanieren, deren Bewohner, zumindest ein Duzend davon, man irgendwann hinter Schloss und Riegel gebracht hatte, war gefährlich. Die Gegend um den Schlesischen Bahnhof, das Chicago Berlins, war selbst in Polizeikreisen berüchtigt. Mittlerweile mussten sich die Beamten des dortigen Reviers von der Bereitschaftspolizei vor Racheakten schützen lassen. Das Bandenwesen war der Schupo längst über ihren Tschako gewachsen. Am Ende der Breslauer Straße tauchten im trüben Licht der Gaslaternen junge Kerle mit karierten Schlägermützen und bunten geknoteten Halstüchern auf. Daneben Mädchen, die ihre Handtaschen schlenkerten. Grünlinge würden den Fehler begehen, die Straßenseite zu wechseln, ein untrügliches Signal von Schwäche, der Anfang vom Ende. Aber er hatte Glück. Die Bande war abgelenkt. Fasziniert starrten sie ins Nabur, wo der Klavierspieler in die Tasten haute, als wollte er ein Orchester ersetzen: »*Ich küsse Ihre Hand, Madame, und träum', es war Ihr Mund.*« Gelächter und Gegröle drangen bis in die Gasse hinaus. Grenfeld sah durch die beschlagene Scheibe in den Schankraum der Eckkneipe. Die ganze

Mannschaft des Sport- und Geselligkeitsvereins Immertreu feierte, als gäbe es kein Morgen. Es brauchte nicht viel Fantasie, um zu erraten, was der Grund für das fröhliche Treiben war. Im Dezember letzten Jahres hatten die Ringbrüder just an dieser Stelle einen Krieg mit Hamburger Zimmerleuten vom Zaun gebrochen. Die stolzen Wandergesellen vom U-Bahn-Bau hatten wenig Respekt gegenüber dem Ganovengesindel gezeigt und so war es zum Kampf gekommen. Die Bilanz: zwei Tote und unzählige Verletzte. Auf Druck der Öffentlichkeit hatte der Polizeipräsident zunächst den Verein verboten, um das Verbot vier Wochen später wieder aufzuheben. Eine derartige Demonstration der Macht wurde offenbar gebührend gefeiert. Zwischen den Bräuten der Ringbrüder saß Kanther. Tiefenentspannt und mit rot glühenden Wangen thronte er zwischen einer vollschlanken Blonden und einer nicht weniger attraktiven Brünetten. Auf dem Tisch standen Teller mit Bockwürsten und Mayonnaisesalat, umzingelt von einer Armada leerer Schnapsgläser. Grenfeld setzte auf den Überraschungseffekt. Wie ein Hochseefischer legte er Kanther an den Hacken und zog ihn unter Protest der Damen aus der feuchtfröhlichen Wohlfühlzone nach draußen. Dort schleppte er ihn bis hinunter zum Pumpwerk an die Spree. Wütend drückte er ihn gegen die Backsteinmauer des Schornsteins.

»Du hast mich verraten, Freundchen. Und das, obwohl du mir versprochen hast, es für dich zu behalten.«

»Von wegen«, krächzte Kanther. »Ich hab dichtgehalten und mir 'ne Menge Ärger eingehandelt. Aber so was kann man nicht geheim halten. Die Nachbarn haben dich gesehen. Steht jetzt alles im Tatortbericht. Die Zeiten haben sich geändert.«

»Dieser Schulze kannte sogar meine Schuhgröße. Und jetzt hat er mich am Wickel, wegen Minni. Ich soll es den Kommis in die Schuhe schieben. War das deine Idee?«

»Nein.« Kanther brüllte so laut, dass im Nebenhaus ein Köter zu kläffen anfing. Sein ehemaliger Kollege sah nicht gut aus. Abgesehen davon, dass er wie eine Schnapsbrennerei stank, war seine Nase von roten Äderchen durchzogen, seine Augen wässrig, seine Haut schlaff.

»Was ist eigentlich mit dir los?«, fragte Grenfeld in einem Ton, der eine Spur von Fürsorglichkeit beinhaltete. »Ich meine, das Zimmer im Fuhrmann, die Gelage mit den Immertreu-Bräuten, die Sauferei. Hast du dich von denen kaufen lassen?«

Über Kanthers Gesicht huschte ein Zucken, als ob er einen tiefen Schmerz spürte.

»Hast du Spielschulden? Haben sie dich in der Hand?«

»Glaubst du das wirklich?«

Grenfeld schüttelte den Kopf. Kanther war ein Riesenschnauzer: gutmütig, familiär orientiert mit Beißhemmung – kein Gewinn für die Unterwelt. Doch auch Riesenschnauzer drehten durch, wenn man sie isolierte.

»Rede mit mir!«

»Ich kann jetzt nicht! Nur so viel: Die IA ist meine letzte Chance. Ich soll im Fall Hohenstein was Brauchbares liefern, sonst kann ich stempeln gehen. Schulze ist ehrgeizig.«

»Ausgerechnet ein Bayer.«

»Er kam mit den besten Empfehlungen vom Münchner Polizeipräsidenten. Schulze will jetzt auf Teufel komm raus bei Zörgibel punkten. Der Mann hat Ambitionen, will noch was werden.«

Grenfeld schlug den Kragen hoch. Über die Spree wehte ein feuchtkalter Wind. Ihn fröstelte. Durch die schwach

beleuchteten Fenster des Pumpwerks konnte er die Dampf-
maschinen sehen. Tag und Nacht pumpten sie die Exkremente der Einwohner aus der Stadt. Kanther stopfte sein
Hemd in die Hose und zog den Gürtel enger. Mager war
er geworden. Grenfeld hatte mit einem plötzlichen Anflug
von Mitleid zu kämpfen. »In der Hutschachtel war ein
Schädel. Hohenstein faselte etwas von einer Drohung.«

»Ein Schädel?«

»Irgendwer wollte ihm Angst einjagen. Ihr habt doch
sicher die Wohnung durchsucht. Habt ihr ihn gefunden?«

»Nein, und überhaupt sah die Stube aus, als habe man
sie ausgeräumt.«

»Hohenstein hat eine Kühlhalle angemietet. Drüben, im
Schlachthof. Dort lagert er seltsames Zeug: Mais, Hirse
und Eis für irgendeine Tinktur. Keine Ahnung, wofür die
gut sein soll.«

Kanther zündete sich eine Zigarette an und trat ans Ufer.
»Das ist doch ein Anfang.«

»Ein Scheißdreck ist das. Ein riesengroßer Scheißhaufen,
der zum Himmel stinkt und von dem ich nicht hoffe, dass
du da reintreten willst. Die Lagerräume gehören Machowski. Und der vermietet nur an verlorene Seelen.«

»Großartig!« Kanthers Augen glühten voller Hoffnung,
und Grenfeld ahnte warum. Konnte er doch dem Ringver-
ein helfen, einen unliebsamen Konkurrenten aus dem Weg
zu räumen. »Komm morgen Abend ins Leichenschauhaus.
Bis dahin habe ich mehr über diesen Hohenstein herausgefunden. Und was Minni angeht …«

»Was ist mit ihr?«

»Es gibt da etwas, was du wissen solltest.«

»Ich will es nicht hören«, sagte Grenfeld, drehte sich
um und ging.

»So warte doch«, schrie Kanther und lief ihm hinterher. »Wir suchen die Burschen, du weißt schon, die am Tatort waren.«

»Vergiss es. Es gab keine und wird auch keine geben«, knurrte Grenfeld. Natürlich hätte er alles ausplaudern und von Irina berichten können. Doch dann hätte er seinen alten Freund in einen Gewissenskonflikt gestürzt. Er hätte seine Tochter als Tatverdächtige vorladen, schlimmstenfalls gegen sie ermitteln müssen.

»Das Projektil. Wir brauchen wenigstens das Projektil.«

Grenfeld lief schnell und Kanther hatte Mühe, mitzuhalten. Irgendwann fiel er ab und blieb im Lichtkegel einer Gaslaterne stehen. Grenfelds Gehirnzellen arbeiteten auf Hochtouren und kamen stets zum gleichen Ergebnis: Er musste ihnen das Projektil beschaffen. Nur dann würden sie ihn und Minni in Ruhe lassen.

KAPITEL 5

8. Mai 1929, 1 Uhr,
Turiner/Utrechter Straße 33

Immer wieder sah er auf die Uhr. Der große Saal mit den zweitausend Sitzplätzen lag unter ihm. Es war ein erhebendes Gefühl, der Einzige im Mercedes-Palast zu sein. Hamid hatte alles vorbereitet. Die Filmrollen waren eingelegt. Er wartete nur noch auf sie, lauschte auf ein Klopfen am Bühneneingang. Es war nicht das erste Mal, dass er sich heimlich, ohne Wissen des Direktors, einen Film angesehen hatte. Vor allem die Schauspielerin Brigitte Helm ließ sein Herz höherschlagen. *Metropolis*, *Am Rande der Welt*, *Alraune*, *Die Yacht der sieben Sünden* und *Die wunderbare Lüge der Nina Petrowna* … Er hatte sie alle gesehen. Meist setzte er sich in die letzte Reihe, fünfzig Meter von der Leinwand entfernt. Sogar die beleuchteten Wasserfontänen durften nicht fehlen. Dann fühlte er sich wie der Sultan von Sansibar, vor dessen Palast er schon auf und ab spaziert war. Es war die Ironie des Schicksals, dass er jetzt, tausende Kilometer entfernt, in einem Kinopalast saß, der in arabischem Stil erbaut war. Fünf Minuten nach eins hörte er es klopfen. Als er die Türe öffnete, drängte sie an ihm vorbei.

»Wohin?«, fragte sie, noch ehe er grüßen konnte.

»Wir nehmen die besten Plätze, ganz hinten.«

»Ich möchte in der achten Reihe sitzen«, sagte sie und stakste davon.

»Schön, dann in der achten Reihe. Ich dachte nur, dass …«

»Was willst du wissen?«

Hamid hatte Mühe, ihr zu folgen. »Ich dachte, wir sehen uns zuerst den Film an.«

Irina blies die blonden Locken aus der Stirn. Ohne Zöpfe sah sie erwachsener aus, beinahe wie Brigitte Helm in *Metropolis*.

»Jetzt frag schon, ich hab nicht ewig Zeit!«

»Wie ist Paul von Hohenstein gestorben? Ist dir was aufgefallen?«

Irina zog eine Bambusdose aus ihrer Tasche »Er hatte das um den Hals hängen. Riecht ziemlich gruselig, das Zeug.«

Hamid nahm das Gefäß und öffnete es. Er steckte seinen Finger hinein und strich den Brei über seine Handfläche.

»Was ist das?«, fragte sie.

»Ein Schutzzauber. Die Afrikaner nennen es *Maji*.«

»Es hat ihm nicht viel geholfen.«

»Nein«, sagte er und schraubte den Deckel zu. »Er hat sich nicht an die sonstigen Regeln gehalten.«

»Die da wären?«

»Er war kein guter Mensch«, sagte Hamid ausweichend.

»Ich glaube kaum, dass es eine Kugel kümmert, ob jemand gut war.«

»Davon verstehst du nichts.«

»Dann erklär es mir.«

Hamid sah erstaunt auf. Soweit er sich erinnern konnte, war es das erste Mal, dass ihm ein Weißer eine Frage gestellt hatte. Stets hatten sie ihm die Welt erklärt, *ihre* Welt. Wie man ein Maschinengewehr montiert, wie man Rangabzeichen unterscheidet, wie man Signale über eine lange Distanz übermittelt. Das Töten hatte er sich selbst beigebracht. »Es ist kompliziert«, meinte er nur.

»Ich bin in der Oberprima. Mit fünfzehn habe ich Friedrich Engels gelesen und zwei Klassen übersprungen.«

»Du magst schlau sein, doch es hat nichts mit Klugheit zu tun.«

»Na gut, dann eben nicht. Woher kommst du?«

»Aus dem Sudan, ich bin Nubier. Aber sag schon, was ist dir noch aufgefallen?«

»Eine Hutschachtel habe ich entdeckt, mit einem Totenschädel darin. Kein schöner Anblick.«

Hamid sprang auf, seine Augen weiteten sich. Irina genoss seine Aufregung und bemühte sich, noch gelassener zu sprechen. »Ich hätte sicher noch mehr gefunden, aber dann tauchte der blöde Polizist auf. Hat sich als Privatdetektiv ausgegeben. Dabei hatte er eine Polizeimarke in der Tasche.«

»Wo ist der Schädel jetzt?«

»Versteckt. Ich konnte doch nicht mit einer Hutschachtel durch das Sperrgebiet marschieren.«

Hamid starrte ins Leere.

»Trauer um einen schlechten Menschen?«

»Mir gegenüber hat er sich stets korrekt verhalten.«

»Verstehe«, sagte Irina. »Was hat euch verbunden?«

»Später, ich erzähle es dir später.«

»Von mir aus. Dann können wir jetzt den Film sehen.«

»Ich habe eine Bitte an dich: Ich brauche den Schädel. Kannst du ihn mir bringen? Vielleicht sind auch Fotoalben in der Wohnung. Die gehen niemanden was an. Ich kann sie nicht holen. Unsereins fällt überall auf.«

»Was kann denn dieser Mohr dafür, dass er so weiß nicht ist wie wir.«

Hamid winkte ab. »Der Struwwelpeter – die Geschichte von den schwarzen Buben.«

Irina ballte die Hand zur Faust. »Bürgerlicher Quatsch. Bei uns heißt es: Ob schwarz, ob weiß – im Kampf vereint! Wir kennen nur eine Rasse, wir kennen nur einen Feind – die Ausbeuterklasse.«

»Gut und schön, aber besorgst du mir den Schädel?«

»Unter einer Bedingung. Bei der nächsten Filmvorführung bringe ich ein paar Mädchen von der Kösliner Straße mit. Sie wollen *Peter, der Matrose* sehen, können sich den Eintritt aber nicht leisten.«

»Von deiner Clique, der Schwarzen Schar?«

»Richtig.«

»Warum nennt ihr euch nicht *rote* Schar?«

»Es ist eine anarchistische Gruppe, aber das verstehst du nicht«, sagte sie schnippisch. »Also, was ist jetzt? Dürfen sie mit?«

»Wenn das auffliegt, verliere ich meine Stellung.«

»Keine Sorge, wir halten dicht, und selbst wenn es rauskommt, werden sie nicht wagen, dich zu feuern. Die Genossen würden das Kino boykottieren. Übrigens habe ich etwas für dich.« Irina zog eine zusammengerollte Zeitschrift aus ihrer Manteltasche und reichte sie ihm. Unter dem Titel *The Negro Worker* war ein muskulöser Schwarzer abgebildet, der, hinter einer Weltkugel stehend, seine Eisenkette zerbrach. Es war keine der farbigen Modezeitschriften, wie man sie an den Kiosken erwerben konnte, eher revolutionäre Blätter, die vom politischen Eifer ihrer Macher zusammengehalten wurden.

Hamid nickte und sah auf. »Sei vorsichtig!«

»Glaub mir, ich kann mich verteidigen.«

»Von wem hast du nur deinen Mut geerbt?«

»Von meiner russischen Mutter«, erwiderte sie stolz. »*Sie* war eine Narodniki, eine Freundin des einfachen Volkes.«

Er steckte zwei Finger in die Bambusdose und strich ihr die Flüssigkeit auf die Stirn.

Irina ließ ihn gewähren. »Ich kenne die sonstigen Regeln nicht«, sagte sie spöttisch.

»Keine Angst. Du bist nicht so wie er.«

*

9. Mai 1929, 22 Uhr, Hermannstraße 177

Irina schlich an der Wohnung der getöteten Frauen vorbei. Aus einem Grammofon krächzte Richard Tauber und übertönte den Ehekrach vom Tiefparterre. Von Totenruhe keine Spur. Die Mietskasernen glichen wie ein Ei dem anderen. Straßenseitig täuschten sie mit Stuckfassade und Balkon gehobenes Bürgertum vor, innen jedoch herrschte qualvolle Enge mit den üblichen Ausdünstungen. Dabei waren die Mieter des Vorderhauses privilegiert, im zweiten und dritten Hinterhof wohnte das Elend.

Obwohl sie ihre Schuhe ausgezogen hatte, schien jede Stufe lauter als die vorherige zu knarzen. Vor Hohensteins Tür hielt sie inne und sah durch das Fenster nach draußen. Trotz der zerstörten Laternen lag die Straße hell erleuchtet unter ihr. Das Mondlicht ließ die Glasscherben auf dem Pflaster wie Kristalle leuchten. Die Scheibe des Kolonialwarengeschäfts war wie durch ein Wunder heil geblieben, sogar das Kinoplakat hatte überlebt. Ein Trupp von Braunhemden war gerade dabei, die Litfaßsäule mit knallroten Transparenten zu überkleben. Natürlich wollten sie aus dem Chaos der letzten Tage politisches Kapital schlagen. »Feige Bande«, zischte Irina. Noch wagte sich keiner der braunen Krawallbrüder am helllichten Tag in das Rollbergviertel. Kein einziges Lokal hatten die Nazis hier erobern können. Noch heute Nacht würde die Schwarze Schar die Plakate herunterreißen. Sie dachte an Hamid. Die Rückholung des Schädels war nicht ganz uneigennützig. Der Nubier war ein idealer Kandidat für die Liga gegen Imperialismus. Sollte sie ihn dafür gewinnen, würden die Genossen merken, was ein Mädchen zu leisten vermag. Wie dumm waren die alten Männer der Partei. Was hatte sie sich nicht alles anhören müssen: Frauen gehörten nicht in eine Uniform, seien für den Straßenkampf ungeeignet. Langsam schwante ihr, warum man den Frauen- und Mädchenbund gegründet hatte: Die Genossinnen sollten zurück an den Herd. Etwas Geheimnisvolles verbarg sich hinter dem Mann mit den Filmrollen, der beim Anblick einer Bambusdose nervös wurde. Noch immer konnte sie die Wärme auf ihrer Stirn spüren, dort, wo seine nassen Finger sie berührt hatten. Es war lächerlich. Sie, die Kommunistin, die wortgewaltige Verfechterin des Materialismus, lief mit einem Schutzzauber durch die Gegend. Plötzlich zuckte sie zusammen. Aus Hohensteins Wohnung drangen Geräusche, fast so, als ob jemand Möbel verrückte. Unwillkürlich legte sie ihre Hand an die Hüfte. Sie konnte die Taschenpistole spüren, die sie dem Bullen geklaut hatte. Wenige Zentimeter lang, war sie schlagkräftig genug, um ein Leben auszulöschen. Dieser Schutzzauber war wirksamer als das faulige Wasser. Als sie ihr Ohr an die Tür presste, hörten die Geräusche auf. Schnell lief sie die Treppe hinauf zum Speicher, dessen Türe angelehnt war. Diesmal benötigte sie keinen Dietrich. Sie kämpfte sich durch klamme, nach Seife riechende Laken, die auf kreuz und quer gespannten Wäscheleinen hingen. Die Laken schienen kein Ende zu nehmen, immer ungeduldiger schob sie Wäschestück für Wäschestück zur Seite. Ganz hinten hatte sie die Hutschachtel versteckt, in einem kaputten Puppenwagen. Nach wenigen Schritten hörte sie einen seltsamen Laut, der sie innehalten ließ. Es klang wie ein Schmatzen, als ob ein Tier etwas abnagte. Das mussten die Ratten sein. Der scharfe Geruch ihrer Exkremente konkurrierte mit dem Duft der Seifenlauge. Als sie endlich den Puppenwagen erreichte, sah sie sofort, dass die Hutschachtel weg war. Stattdessen lag eine Puppe im Bettchen, um deren Hals ein roter Faden gebunden war. Irina schaute sich um. Das Mondlicht warf durch die Dachluke ein helles Quadrat auf den staubigen Dielenboden. Die Ratten gaben keine Ruhe, sie nagten, tippelten und scharrten. Sie nahm die Puppe aus dem Wagen und bemerkte, dass der Faden sich über den Puppenwagen hinaus im Dunkel verlor. Es war, als ob ihr jemand den Weg weisen wollte. Wie immer, wenn sie unsicher war, kam die Wut. Hektisch folgte sie der Schnur, wickelte sie um die Puppe. Sie kletterte über alte Dachziegel, riss sich das Bein an der Kante eines Ofenrohrs auf und fluchte. Je tiefer es nach hinten ging, desto staubiger wurde die Luft. Der Faden führte sie durch mehrere Türen und endete schließlich am Griff eines schwarzen Koffers. Sie kniete auf dem Boden, öffnete das Schloss und hob den Deckel an: Da war er, der Schädel. Neben ihm lag eine Fotografie. Sie zeigte ein schwarzes Mädchen, das an einem Galgen baumelte. Ihre Hände und Füße waren gefesselt. Auf der rechten Seite standen Offiziere, auf der linken ein schwarzer Söldner mit geschultertem Gewehr. Irina sprang auf und starrte auf die Puppe. Erst jetzt fiel ihr auf, dass sie den Bindfaden um ihren Hals gewickelt hatte. Zum ersten Mal wich die Wut der Angst. Sie hatte das Gefühl, als ob jemand sie beobachtete. Sie zog die Taschenpistole und zielte in die Dunkelheit. Dann steckte sie das Foto ein, nahm den Koffer und lief den Weg zurück. Alles in ihr schrie nach Licht und Luft. Auf der Höhe des Kinderwagens hörte sie ein Klicken. Ihr Fuß hing an etwas fest. Sie dachte noch an den Biss eines Tieres, dann fiel sie zu Boden. Instinktiv griff sie nach hinten. Sie fühlte zuerst das rostige Eisen, dann rollte der Schmerz wie eine dunkle Welle auf sie zu. Ihr wurde schlecht. Je mehr ihr Bein sich zu befreien versuchte, desto tiefer drangen die Zargen in ihre Wade ein. Das Blut an ihrer Hand fühlte sich unwirklich an, so als ob es nicht ihr eigenes wäre. Sie hörte eine Stimme wie von ferne. Hamids Gesicht tauchte über dem ihren auf. Dann drehte sich alles und sie verlor ihr Bewusstsein.

KAPITEL 6

9. Mai 1929, 22 Uhr,
Institut der Rechtsmedizin der Charité,
Hannoversche Straße 6

Vor dem gelben Backsteingebäude war die Tafel mit der Aufschrift »Leichenschauhaus geöffnet« längst entfernt worden. Stattdessen versperrte eine olivgrüne Harley-Davidson den Eingang, sodass man über den Beiwagen klettern musste. Das Motorrad war Kanthers ganzer Stolz und stets parkte er es so, dass es maximale Aufmerksamkeit auf sich zog. Ansonsten machte Grenfeld das Gesicht eines Dackels, den man zum Jagen getragen hatte. Vor Jahren hatte er den Gedanken gefeiert, niemals mehr einen Fuß in das Haus der Toten setzen zu müssen. Wie nichtig waren doch die Pläne des Menschen. Mechanisch nahm er den Hut ab. Hinter den Schaufenstern der lang gestreckten Publikumshalle lagen auf schrägen Brettern die namenlosen Wasserleichen und Erhängten. Grenfeld war froh, dass er sich nicht durch gaffendes Volk drängen musste, das tagsüber hinter dem Geländer glotzte, als wäre es bei der Völkerschau. Es genügte, dass Kanther wie ein ruheloser Tiger auf und ab lief. »Du kommst spät«, jammerte er zur Begrüßung.

»Lass mich raten. Dr. Katz ist sauer, weil er Überstunden machen muss.«

»Im Gegenteil. Er ist bester Laune.«

Der Exkommissar hatte in seinem Berufsleben noch keinen Tag erlebt, an dem der Gerichtsmediziner vom forensischen Institut in einem Zustand war, der auch nur annähernd so beschrieben werden konnte.

»Kokain oder Opium?«, fragte Grenfeld gehässig.

»Nichts von beidem, er geht Ende Mai in Pension. Wir müssen runter, der Obduktionssaal ist überfüllt.«

»Auch das noch«, maulte Grenfeld. In den unterirdischen Kammern wurden nur Leichen aufbewahrt, deren Namen zwar bekannt, deren Todesursache aber man nach Paragraf hundertfünfundsiebzig der Strafprozessordnung noch feststellen musste. Jedes Mal bekam er wegen der eisigen, ammoniakgeschwängerten Luft Atemnot. Die Gruft war überfüllt. In jeder Kabine lagen auf drei übereinander angebrachten Brettern die Toten.

»Mein lieber Grenfeld. Ich freue mich, Sie zu sehen.« Irritiert schüttelte er die Hand des Mediziners. Kein Sarkasmus, kein dummer Spruch – Kanther hatte recht, eine Spontanheilung. Neben Dr. Katz warteten zwei müde aussehende Assistenten auf den Feierabend. Wenigstens sie schienen schlechter Laune zu sein. Die Farbe ihrer Gesichtshaut unterschied sich kaum vom Weiß ihrer Kittel. Hohenstein lag auf dem mittleren Brett, darüber ein Mädchen mit rotem Bubikopf, ganz unten eine Frau mit deformiertem Gesicht.

»Oben Selbstmord durch Leuchtgas, unten durch Fenstersprung«, stellte Dr. Katz fest. »Der Mittlere bereitet mir Sorgen.«

»Warum?«, fragte Grenfeld.

Der Mediziner gab den Assistenten ein Zeichen, worauf sie die Kabine betraten und Hohensteins Körper drehten. Dann zogen sie das Laken beiseite. In die Haut der rech-

ten Schulterpartie waren die Buchstaben »UHURU« ein-
geritzt worden.

»Ganz sicher bin ich mir nicht, aber ich vermute, das
Opfer wurde kurz vor seinem Ableben tätowiert.«

Kanther und Grenfeld waren abgebrüht. Sie hatten
schon so manche Abnormität gesehen. Der Einfallsreich-
tum der Psychopathen reichte von Bissen, Einstichen und
Schnittwunden bis zur Entnahme innerer Organe. Eine
Inschrift jedoch war ihnen noch nie untergekommen.

»Klingt nach einem neuen Desinfektionsmittel«, wit-
zelte Kanther und wickelte mit seinen Wurstfingern ein
Malzbonbon aus.

Dr. Katz griff nach seinem Klemmbrett. »Der Tod trat
am dritten Mai um die Mittagszeit ein. Der Schuss war
nicht aufgesetzt. Er kam aber niemals von einem abgeirr-
ten Spitzgeschoss wie bei den anderen Opfern der Maidemonstration. Ich tippe auf eine Liliput, nicht die 6,35,
sondern die 4,25er. Eine Schande, dass man das Projektil
nicht gefunden hat.«

Grenfeld schluckte. Er dachte an die handliche Waffe,
mit der Irina ihn bedroht hatte. Sie war es, die das Projektil an sich genommen hatte.

Sie gingen nach oben, wo Dr. Katz es sich nicht nehmen ließ, eine Lehrstunde in forensischer Anatomie zu
geben. Kurz vor dem Ausgang deutete Grenfeld auf eine
Leiche in der letzten Kabine. »An was ist der gestorben?«

Dr. Katz sah überrascht aus. »Der ist erfroren. Aber das
ist nicht meine Leiche.«

»Erfroren?«

»Ja, seltsam, nicht wahr? Schüler hatten ihn gestern im
Schillerpark entdeckt. Ihre Kollegen von der Mordkommission sind damit befasst.«

»Drehen Sie ihn um«, sagte Grenfeld.

»Wie bitte?«

»Drehen Sie ihn bitte um.«

Die Assistenten kamen seiner Bitte nach und zogen das Laken weg. Auf dem Rücken kamen die Buchstaben »UHURU« zum Vorschein. Sie waren nicht horizontal, sondern vertikal, wie asiatische Schriftzeichen, in die Haut des Opfers gestochen worden.

»Sind Sie Hellseher?«, fragte Dr. Katz. »Woher haben Sie das gewusst?«

»Nur so ein Bauchgefühl«, murmelte Grenfeld. Doch es gab keinen Zweifel. Unter dem surrenden Ventilator, der die eisige Ammoniakluft verteilte, lag jener Mann, der ihn ins Kühlhaus gesperrt hatte: Eduard Pfeiffer.

»Wir müssen reden«, flüsterte Kanther.

»Von mir aus, aber nicht hier, in einer Stunde im Efti.«

*

**9. Mai 1929, 23.15 Uhr,
Moka Efti**

Minni strahlte ihn an, doch er konnte ihr Lächeln nicht erwidern. Der Ammoniakgestank steckte noch in seinen Kleidern und der Schock über Pfeiffers Ableben in seinen Knochen. War *das* die Lektion, die Machowski angekündigt hatte? Hatte er Pfeiffer *seinetwegen* aus dem Weg geräumt? Kaum vorstellbar und dennoch wusste Grenfeld um Machowskis eigenwillige wie brutale Vorgehensweise, wenn jemand aus der Reihe tanzte. Wenn das fein ausjustierte System von Geben und Nehmen aus der Balance zu geraten drohte, schlug der Ganove unbarmherzig zu.

»Geschirr und Billardtisch sind angeliefert worden. Dazu eine Überraschung«, raunte Minni ihm im Vorbeigehen zu.

»Was für eine Überraschung?«

»Eine Wachsfigur von Jack the Ripper. Du weißt schon, die aus dem alten Panoptikum in der Pschorr-Brauerei.«

»Verdammt!«, fluchte Grenfeld. So etwas konnte sich nur Hugo Machowski einfallen lassen. Vor ein paar Jahren hatte er das gesamte Inventar des Panoptikums ersteigert. Die Gebrüder Castan hatten dort alles angehäuft, was die Welt an Kuriositäten zu bieten hatte: Fossilien, Lebendmasken, präparierte Tiere, Automaten, optische Illusionen, Trachten und Folterinstrumente. Für fünfzig Pfennige Eintritt hatte man sogar lebende Sioux und Amazonen begaffen können. Er fragte sich, ob Machowski diese auch irgendwo aufbewahrte, um sie weiterzuverkaufen.

Kanther blätterte in seinem Notizbuch und sah ansonsten wie ein Buchhalter aus, der an Hämorriden litt. Unruhig rutschte er auf seinem Stuhl hin und her. »Wir arbeiten also jetzt zusammen«, begann er feierlich. »Ich meine, du natürlich nicht ganz freiwillig. Davon abgesehen kann von Freiwilligkeit auch bei mir keine Rede sein.«

»Mein Gott, worauf willst du hinaus?«, fragte Grenfeld ungeduldig.

»Du verheimlichst mir etwas.«

»Du bekommst die Projektile. Gib mir zwei Tage.«

»Heißt das, du warst doch nicht allein in der Wohnung? Wie willst du denn jetzt an die Projektile kommen?«

»Lass das meine Sorge sein. Ich beschaff sie euch. Das ist die Hauptsache.«

Kanther spielte mit dem Verschluss seiner Rindsledertasche. »Aber warum?«, fragte er kleinlaut. »Wir könnten doch zusammen ermitteln, so wie früher.«

»Vertrau mir einfach, bitte!«

Es war ein gewichtiger Satz, der seine Wirkung nicht verfehlte, dessen Tragweite Grenfeld aber nicht abschätzen konnte.

»Na gut, jedenfalls weiß ich jetzt mehr über Hohenstein«, fuhr Kanther fort. »Bis 1925 arbeitete er als Beamter in der Kolonialabteilung des Auswärtigen Amts, dann wurde er entlassen.«

»Hat er Bleistifte gestohlen?«

»Unregelmäßigkeiten in der Amtsführung, was immer das heißen mag. Die machen ein riesiges Geheimnis daraus. Anschließend arbeitete er für die DGfE in der Farbigenfürsorge.«

Grenfeld sah ihn fragend an.

»Die ›Deutsche Gesellschaft für Eingeborenenkunde‹ kümmert sich um die hier lebenden Bewohner unserer ehemaligen Kolonien.«

»Und Hohenstein?«

»War für die Arbeitslosen zuständig. Genauer gesagt für die Auszahlung von Verpflegungs- und Wohngeld. Später war er mit der freiwilligen Rückkehr der Afrikaner befasst. Er verhandelte mit den Plantagenbesitzern in Kamerun, doch die französischen Behörden hatten wenig Lust, unsere ehemaligen Söldner aufzunehmen.«

»Eine freiwillige Rückkehr?«

»Na ja, mehr oder weniger. Man wollte sie loshaben. Nach dem Krieg gab es noch die Hoffnung auf eine Rückgewinnung der Kolonien, doch heute ...«

»Und was hat Hohenstein zu so einer Tätigkeit befähigt?«

»Fünfundzwanzig Jahre Dienst in der kolonialen Schutztruppe Ostafrikas. Gehörte zu den sogenannten

›Wissmännern‹, diente also schon unter dem Reichskommissar Hermann von Wissmann. ›Die alten Afrikaner‹, so nannte man sie ehrfurchtsvoll.«

»Und sein Import-Export-Geschäft?«

»Scheint so, als habe er jahrelang einen regen Handel mit Afrika betrieben. Hatte ein Abonnement auf die Illustrierte Kolonialzeitung, wollte offenbar auf dem Laufenden bleiben. Die Firma lief aber nicht auf seinen Namen.«

»Lass mich raten. Der Geschäftsführer heißt Eduard Pfeiffer.«

Kanther sah aus, als habe er eben eine Erscheinung gehabt. »Woher weißt du das?«

»Der unbekannte Eismann, der Erfrorene im Leichenschauhaus. Das ist Pfeiffer. Er hat die Lagerhallen im Schlachthof verwaltet, auch das Kühlhaus. Und jetzt pass auf: Der Mann arbeitete für Machowski.«

Kanther schüttelte den Kopf. »Im Handelsregister ist zwar eine Adresse auf dem Gelände des Schlachthofs eingetragen, doch der Name Machowski taucht nirgendwo auf.«

Grenfeld schlug mit der Faust auf den Tisch. »Auf jeden Fall geht es um krumme Geschäfte. Die Morde haben nichts mit den Kommunisten zu tun. Das kann sich dein Chef schon mal abschminken. Der Fall Hohenstein gehört zur Mordkommission.«

Kanther nickte erleichtert, wenn auch ohne rechte Überzeugung. Die Frage, ob ein Kapitalverbrechen dem Morddezernat oder der Politischen Abteilung gehörte, wurde im Präsidium kontrovers diskutiert. Neuerdings waren die Grenzen fließend: gestern Kleinkrimineller, heute Totschläger und morgen Sturmführer der SA.

»Wie geht es eigentlich Irina, deiner Tochter?«

Kanther blickte erschrocken auf. »Wie kommst du auf *sie*?«

Grenfeld war vorbereitet. Er zog einen von Kinderhand gezeichneten Dienstausweis aus der Tasche. Als Passbild diente ein verbeultes Gesicht mit abstehenden Ohren und dicker Nase. »Den hat sie mir mal gemalt, vor Jahren. Ich finde, ich bin gut getroffen.«

Kanther nahm die Zeichnung, die ein Lächeln auf sein sorgenvolles Gesicht zauberte. »Mein Gott, wie lange ist das her? Daran kann ich mich nicht mehr erinnern.«

»Habe ich beim Ausmisten im Büro gefunden.«

»Ich hab keinen Kontakt mehr zu ihr«, sagte er mit belegter Stimme. »Sie hasst mich. Sogar angezeigt hat sie mich. Ich soll ihr das Schulgeld auszahlen.«

Grenfeld orderte mit einer seit Jahren eingeübten Handbewegung zwei Whiskeys und hoffte auf die einsetzende Redseligkeit seines Kollegen.

»Dabei fing alles so gut an. Irina war ein frühreifes Wunderkind. In der Oberrealschule hatte sie zwei Klassen übersprungen. Irgendwann kam die große Wandlung. Sie hat sich der Roten Jungfront angeschlossen und ist abgehauen. Im Januar ist sie aus der Schule geflogen, weil sie einem Referendar, Mitglied der NSDAP, die Zähne ausgeschlagen hat. Im Februar demolierte sie das Kock, ein SA-Lokal in der Wiener Straße. Der Kampf mit den Braunhemden ist jetzt ihre Berufung.«

»Woher weißt du das alles?«

»Es gibt eine Akte über sie. Außerdem«, Kanther zog eine zerfledderte Ausgabe des *Angriffs* aus der Tasche, »haben die Nazis ihr eine halbe Seite gewidmet.«

Grenfeld überflog den Artikel. Irina wurde als warnendes Beispiel für eine degenerierte Jugend an den Pranger gestellt. Sie sei ein verkommenes, durch den Bolschewismus verdorbenes Element der Volksgemeinschaft. Ein fauler Apfel, der den ganzen Obstkorb verdirbt, wenn man ihn nicht entfernt.

»Wo wohnt sie?«, fragte er betont beiläufig.

»Mal hier, mal dort. Zurzeit in der Kösliner Straße. Zwei Mal in der Woche besucht sie den Boxklub *Arme Brüder* im KPD-Lokal Lorenz, Nostitzstraße sechzehn. Eine Dame von der Fürsorge hat mir das gesteckt.«

»Soll ich mal mit Irina reden?«

»Du?« Kanther lachte bitter. »Du verstehst doch nichts von Kindern.«

»Eben deshalb. Sie ist kein Kind mehr.«

Kanther starrte auf die Zeichnung. »Früher hat sie meine Uniform bewundert. Heute verachtet sie die Polizei. Ich bin zu ihrem Feind geworden.«

Minni hatte den Whiskey vergessen. Sie stand am Tresen und schäkerte mit einem Blondkopf, dem Trompeter von Bernhard Ettés Orchester. Wenn sie lachte, kam ihr ganzer Körper in Aufruhr. Er versuchte herauszufinden, ob ihr Lachen mit *ihm* anders war, doch er konnte keinen Unterschied feststellen. Minni schüttete ihr Füllhorn an Liebreiz großzügig über die Männerwelt des Moka Efti aus. Grenfeld erhob sich. Er war müde. Heute hätte er so gerne in einem richtigen Bett geschlafen. Stattdessen musste er auf dem Sofa im Schatten einer Wachsfigur nächtigen. »Ist Irina der Grund, weshalb du dich zur Politischen hast versetzen lassen? Willst du sie schützen?«

Kanther antwortete nicht, doch sein Gesicht sprach Bände. Er hatte ins Schwarze getroffen.

»Und Schulze? Weiß der davon?«

»Das geht niemanden etwas an. Sie trägt den Nachnamen ihrer Mutter.«

»Mein lieber Mann«, murmelte Grenfeld. Er hatte Irinas Mutter ein paar Mal getroffen. Olga Metrowskaja war eine russische Intellektuelle. Sie traf im Mai 1913 in Berlin ein, just an dem Tag, als Zar Nikolaus II. mit einer Kutsche über den Pariser Platz fuhr. Kanther hatte sie angeblich bei einer Personenkontrolle kennengelernt. So genau hatte er es ihm nie verraten. Im Nu hatte die schöne Russin ihm den Kopf verdreht. Am nächsten Tag hatte er das halbe Präsidium um Geld angepumpt, weil er ihr Herz mit einer Karte des Startenors Enrico Caruso erobern wollte. Februar 1917 war Olga, völlig unerklärlich, verschwunden. Alle Nachforschungen liefen ins Leere. Ein Verlust, von dem sich Kanther nie mehr erholen sollte. Der Niedergang seines Kollegen hatte seinen Lauf genommen.

»Hoffentlich tut Irina sich nichts an«, unterbrach Kanther seine Erinnerungen.

»Warum denn das?«

»Ihr burschikoses Auftreten ist doch nur Fassade. Die Jugend ist vollkommen überdreht. Jeden Tag begeht ein Schüler Selbstmord. Sie werfen sich vor die U-Bahn oder jagen sich eine Kugel in den Kopf. Primaner gründen Selbstmörderklubs. Ja mein Lieber, die Zeiten haben sich geändert, aber das willst du nicht wahrhaben. Die Großstadt bringt den Menschen um seinen Verstand.«

Seit einigen Jahren bastelte Kanther an seinem Mythos von der Stadt als vieltausendköpfiges Ungeheuer, einem Lindwurm, der nur durch Schwert und Feuer zu bekämpfen war. Er war damit in guter Gesellschaft. Nach dem Krieg hatten Filmemacher die Metropole in den düstersten Farben gezeichnet, stets bedroht von Despoten wie Caligari, Nosferatu und Mabuse.

»Ich werde mit ihr sprechen«, sagte Grenfeld eilig, um Kanthers Redefluss zu bremsen.

»Frag den Eisverkäufer gegenüber der Roten Nachtigall. Das ist unser Verbindungsmann.«

Grenfeld verzog sein Gesicht, als hätte er in eine Zitrone gebissen. »Ich mag keine Spitzel«, murrte er und trabte davon.

KAPITEL 7

Sie hatte keine Ahnung, wie lange sie schon auf den Vogelkäfig starrte. Ein kleiner Vogel mit leuchtend rotem Gefieder rieb seinen Schnabel an der Stange. Die Sprungfedern des Polsters drückten unangenehm in den Rücken. Sie fror. Durch das offene Fenster drang kalte Luft herein, doch sie wagte nicht, aufzustehen und es zu schließen. Die Wunde brannte und pochte. »Zum Glück ist der Knochen heil«, hatte Hamid gesagt, als er ihr Bein versorgt hatte. Auch in dieser Situation hatte er eine gute Figur gemacht, hatte die Wunde gereinigt, einbalsamiert und verbunden. Weiß der Teufel, woher der Mann das alles konnte. Auf dem Tisch lag jene bösartige Tellerfalle, die ihr Bein fast zerfetzt hätte, wäre der Mechanismus nicht verrostet gewesen. Immer wieder liefen die Geschehnisse vor ihrem geistigen Auge ab: der Puppenwagen, der Bindfaden, der Koffer mit dem Schädel, das Foto und schließlich die Falle. Sie konnte sich keinen Reim darauf machen. Wäre Hamid nicht aufgetaucht, sie wäre verblutet. So dankbar sie war, so fragte sie sich doch, was er auf dem Speicher zu suchen hatte. Schließlich hatte er sie beauftragt, die Hutschachtel zu holen. Weshalb war er ihr gefolgt? Sie holte das Foto aus ihrer Tasche. Erst jetzt, im Tageslicht, konnte sie die Konturen der Gesichter erkennen. Der schwarze Soldat mit dem geschulterten Gewehr war Hamid. Einen der Offiziere erkannte sie als Paul von Hohenstein. Das Mädchen am Galgen war kaum älter als sie selbst. Lang konnte sie nicht von ihrem Gesicht lassen, fragte sich, weshalb ein so junges Ding den Tod durch den Strang verdient hatte. Unter dem Galgen lagen zwei Bierkästen. Darauf hatte das Mädchen wohl stehen müssen, bis man sie umwarf und ihr den Boden entzog. Im Hintergrund lugte die schneebedeckte Kuppe eines Berges hervor. »Kilimandscharo, 1892, der höchste Berg Deutschlands«, stand auf der Rückseite in krakliger Handschrift. Darunter nur schwer leserlich die Namen der Abgelichteten. Hamid war es offenbar nicht wert, aufgeschrieben zu werden. Erneut kam ihr der Gedanke, dass er etwas mit Hohensteins Tod zu tun hatte. Es war ein böser Gedanke, der sich umso hartnäckiger hielt, je mehr sie ihn zu verdrängen suchte. Zum ersten Mal hatte er sich im Mercedes-Palast eingestellt. Sein unbedingter Wunsch, an die Hutschachtel mit dem Schädel zu kommen, hatte sie misstrauisch gemacht. Trotz Schmerzen richtete sie sich auf und sah sich um. Ihre Jacke hing über der Stuhllehne. Vorsichtig stand sie auf, hüpfte auf einem Bein zum Stuhl und durchsuchte die Taschen. Ihr Mitgliedsausweis des RFB und die Taschenpistole waren verschwunden. Voller Wut warf sie die Jacke auf den Boden. Auch der Koffer war nirgends zu sehen. Er hatte alles beiseitegeschafft. Vom Fenster aus sah man direkt auf das Polizeirevier 220. Welch Ironie des Schicksals, dass sie gerade auf jenes Revier blickte, das sie noch vor Tagen angegriffen hatte. Vor dem Eingang stand ein Flitzer, auf dessen Ladefläche die Schupos dicht aneinander gedrängt auf ihren

Einsatz warteten. Beim Anblick der Uniformierten kam ihr der Gedanke, dass Hamid ihr jederzeit den Mord würde anhängen können. Schließlich waren ihre Fingerabdrücke auf der Waffe. Er brauchte sie nur in seinem Zimmer zu verstecken und die Kripo zu benachrichtigen. »Ich muss hier raus«, flüsterte sie und griff nach der Weste. Sie hüpfte zur Tür, doch sie war verschlossen. Wütend hämmerte sie dagegen. Hamid besaß tatsächlich die Dreistigkeit, sie einzusperren. Ihr Bein begann wieder zu schmerzen. Sie spürte, wie ihre angeschwollene Wade gegen den Verband drückte. Sie ließ sich auf den Boden sinken und wickelte den Verband auf. Die Wunde sah nicht gut aus. Eine braune Flüssigkeit hatte sich mit Eiter vermischt. Erst jetzt begriff sie, dass Hamid ihr das stinkende Wasser auf die Wunde gestrichen hatte. Wie von Sinnen kroch sie zum Waschbecken und wusch es ab. Dann begann sie, die Kommode zu durchsuchen, riss die Schubladen heraus und schmiss die Kleidung auf den Fußboden. Im Kleiderschrank wurde sie fündig: eine Schachtel mit Fotos und ein Soldbuch. Sie robbte zum Sofa und schüttete alles auf das Polster. In diesem Moment klopfte es an der Tür. Sie zuckte zusammen, sah, wie die Klinke nach unten gedrückt wurde.

»Hamid, mach auf!«

»Er ist nicht da. Er ist arbeiten«, antwortete sie gereizt.

»Und wer bist du?«

»Eine Bekannte.«

»Sag ihm, er soll sich noch heute im Zentrallager melden.«

»Von mir aus. Wie heißt du?«

»Mein Name ist Finsch. Er weiß Bescheid.«

Für kurze Zeit dachte sie daran, den Mann um Hilfe

zu bitten, doch die Stimme klang wenig vertrauenserweckend. Sobald Irina hörte, wie er die Treppenstufen nach unten ging, sichtete sie die Fotos. Da war Hamid vor einem Palast in Sansibar. Er lächelte stolz. So hatte sie ihn noch nie lächeln sehen. Dann: unendlich viele Aufnahmen von Kolonialbeamten in weißen Uniformen und Tropenhelmen. Weiter: Schwarze beim Brückenbau, beim Eisenbahnbau, auf der Plantage, als Träger. Sie schienen überhaupt viel getragen zu haben: Waffen, Proviant, Elfenbein, sogar Schiffsteile und die Weißen selbst. Die wurden überall hingetragen, als ob sie nicht laufen konnten, als ob auch sie in eine Tellerfalle geraten waren. Dann ein Jagdbild: Gustav Adolf Graf von Goetzen mit einem erlegten Nashorn. Ganz unten wartete das Grauen: Bilder von Gehängten und Erschossenen vor dem Rauch abgebrannter Dörfer. »Pangani 1889«, »Langenburg 1893«, »Mahenge 1905« … Die Buchstaben der Beschriftungen verschwammen vor ihren Augen. Irina legte ihren Kopf auf das Polster und starrte auf den hellrot gefiederten Vogel im Käfig. Natürlich hatte sie in der Schule etwas über die ehemaligen Kolonien gelernt: über den tollkühnen Afrikaforscher Wissmann, den mutigen Hauptmann Tom von Prince und den General Lettow-Vorbeck, der als Löwe Afrikas, unbesiegt im Felde, bis zum bitteren Ende gekämpft hatte. Sie hatten auch Filme zu sehen bekommen: *Das Kolonialland Afrika*, *Vom Kilimandscharo zum Nil* und *Die Weltgeschichte als Kolonialgeschichte*. Exekutionen kamen darin nicht vor. Sie warf das Soldbuch und die Fotos zurück in die Schachtel. Dann öffnete sie die Käfigtür, nahm den Vogel heraus und ging ans Fenster. »Auf in die Freiheit«, sagte sie und ließ ihn fliegen. Ein paar Mal kreiste das Vögelchen über der Polizeistation, bevor es hinüber zum Grün der Sportplätze flog. Irina zog den Drückerhaken aus ihrer Tasche und begann, das Schloss zu bearbeiten. »Uns sperrt niemand ein«, flüsterte sie.

*

10. Mai 1929, 11 Uhr, Friedrichstraße 191

Grenfeld betrachtete Minni mit einer Mischung aus Fassungslosigkeit und Ärger. Er beobachtete, wie sie jede Tasse des Zielka-Geschirrs eingehend prüfte, abstaubte und in die Vitrine stellte. Ihr Pyjama bestand aus einer schwarzen, eng geschnittenen Samthose und einer bunt bemalten, rotseidenen Jacke mit Gürtel. Die Zeiten der spitzenbesetzten Morgenkleider, in denen die Frauen als schutzbedürftige Geschöpfe vor sich hin schmachteten, waren vorbei. Sie war bester Laune. Mit keinem Wort hatte sie den Vorfall im Schlachthof erwähnt.

»Ich hab deinen Herrn Pfeiffer getroffen«, sagte Grenfeld plötzlich.

Minni drehte sich nicht um. Sie nahm ein Kännchen, doch er bemerkte, wie ihre Hand zitterte.

»Im Leichenschauhaus. Er ist erfroren. Ich nehme an, im gleichen Kühlraum, in dem er mich eingesperrt hat.«

»Das wusste ich nicht«, stammelte sie.

»Man hat ihn auf einer Bank im Schillerpark gefunden. Würde mich nicht wundern, wenn Machowski dahintersteckt. Zutrauen würde ich es ihm.«

Minni stand noch immer vor der Vitrine. Sie schien erstarrt, hielt das Kännchen in der Hand. In der Glasscheibe spiegelte sich ihr blasses Gesicht mit den roten Lippen.

»Man erpresst mich. Die Kollegen haben irgendetwas gegen dich in der Hand. Wenn ich im Fall Hohenstein ermittle, lassen sie dich laufen. Ich soll eine Kommunistin verpfeifen, damit sie ihr den Mord an Hohenstein anhängen können.«

Minni drehte sich um. »Wie bitte?«

»Kanthers Tochter, Irina. Sie war am Tatort.«

Ihre Augen weiteten sich. »Ich habe dich um nichts gebeten. Du musst nichts für mich tun.«

Grenfeld war überrascht, wie hart ihr Gesichtsausdruck geworden war.

»Ich meine, du bist zu nichts verpflichtet, nur weil wir ein paar Mal miteinander geschlafen haben.«

»Natürlich nicht«, erwiderte Grenfeld und wandte sich ab. Ihre Worte hatten ihn mehr getroffen, als er zeigen wollte. Aber sie hatte recht. Das heilige Band ihrer Beziehung war Unverbindlichkeit. Sie hatten sich keinerlei Regeln auferlegt. Minni kam und ging, wann es ihr gefiel, und auch er unterlag keiner Verpflichtung. Sosehr er sich diese Freiheit immer gewünscht hatte, so kalt und seelenlos erschien sie ihm jetzt. Minni stellte die Kanne ab und kam auf ihn zu. Sie streichelte seine Wange, wie man ein Kind tröstete, das gestürzt war. Er blickte in ihre Augen und es war, als ob er fallen würde.

»Ich werde die Projektile finden. Dann lassen sie uns in Ruhe«, hörte er sich sagen, während er sie in den Arm nahm.

*

10. Mai 1929, 14 Uhr,
Wedding

Trotz des sonnigen Frühlingswetters lag über dem Arbeitertel eine explosive Stimmung. An den Häuserfassaden zeugten Einschusslöcher und heruntergefallener Mörtel von der Schießwut der Bereitschaftspolizisten. Es war eine idiotische Idee, mit der *Roten Fahne* unter dem Arm durch die Kösliner Straße zu schlendern. Obwohl der Stallgeruch des Präsidiums längst verflogen war, sah man es seinem Gang an, dass er aus dem Westen der Stadt kam. Da half auch keine kommunistische Zeitung. Noch sinnloser war es gewesen, den Wirt der Roten Nachtigall zu befragen. Ein Taubstummer hätte ihm sicher mehr Auskünfte gegeben. All das hatte Grenfeld vorausgesehen, doch es mangelte ihm an Alternativen. In den vierundzwanzig Mietskasernen hausten zweitausendfünfhundert Menschen. Wie sollte er da Kanthers Tochter finden? Der Eisverkäufer, einst Spitzel der IA, hatte seinen Laden dichtgemacht. Angesichts des Massakers eine weise Entscheidung, geradezu eine lebenserhaltende Maßnahme. Kaum hatte Grenfeld das Lokal verlassen, hefteten sich drei Kerle an seine Fersen. Nur halbherzig verbargen sie ihre Absicht. Vor dem Haus mit der Nummer siebzehn zerrten sie ihn in eine Toreinfahrt, drückten ihn gegen die Wand und durchsuchten seine Taschen. Die Ausbeute war mager: Tabletten gegen Sodbrennen, Halspastillen, ein Abführmittel und das mehrfach gefaltete Programmheft aus dem Kino. Seine Polizeimarke hatte er in weiser Voraussicht im Büro gelassen.

»Der hat vorgesorgt«, sagte einer mit einem schiefen Grinsen im Gesicht. »Schleppt 'ne ganze Apotheke mit sich rum.«

»Was willste hier?«, knurrte ein anderer ohne Grinsen. »In dieser Straße gibt's nichts zu pfänden. Ist das klar?«

Sie hielten ihn offenbar für einen Gerichtsvollzieher. Und der war hier so willkommen wie die Krätze. Grenfeld wusste, dass jetzt keine Lüge der Welt Bestand haben würde, allerdings hatte er wenig Hoffnung, mit der Wahrheit zu punkten. Schließlich versuchte er es mit einem Kompromiss. »Irina Metrowskaja steckt in Schwierigkeiten. Ihr Vater schickt mich. Ich soll ihr aus der Patsche helfen.«

Zu seiner großen Überraschung schien der Name Irina zu einer Entspannung der Lage beizutragen. Sie ließen ihn sogar Luft holen, sahen sich mit vielsagenden Blicken an. »Zwei Nummern weiter, drittes Hinterhaus, oben unterm Dach«, verriet einer und ließ ihn los. Grenfeld hob seinen Hut auf und klopfte ihn ab. Er konnte es nicht fassen. Seine Knochen hatten sich bereits auf eine Tracht Prügel eingestellt.

Die Tür zur Dachkammer war offen. Auf dem Bett, unter einer dreieckigen roten Sturmfahne, lag ein Bündel Elend, ein zusammengekauertes Etwas, das ihn mit fiebrigen Augen ansah.

»Hauen Sie ab«, sagte sie flüsternd. »Ich bin krank. Außerdem haben Sie kein Recht, mein Zimmer zu durchsuchen.«

»Ich will nur die Projektile.«

»Wenn Sie nicht verschwinden, rufe ich um Hilfe. Sie werden sich wundern, wie schnell die Genossen zur Stelle sind.«

Grenfeld öffnete die Schubladen einer Kommode. Es gab nicht viele Möbelstücke, wo man etwas hätte verstecken können. Irina richtete sich auf. »Geben Sie sich keine Mühe. Ich habe sie längst dem Untersuchungsausschuss übergeben.«

»Der Liga für Menschenrechte?«

Irina schüttelte angewidert den Kopf. Grenfeld wusste Bescheid. Sie meinte den Ausschuss zur öffentlichen Untersuchung der Mai-Vorgänge, in dem auch Kommunisten zugelassen waren. Dr. Apfel, der bekannte Berliner Rechtsanwalt, war seit Tagen dabei, Zeugen zu befragen. Es klang plausibel, doch irgendetwas in Irinas Stimme verriet ihm, dass sie log. Er durchwühlte die Wäschetrommel, öffnete den Herd, drehte Töpfe und Gläser um. Es waren jahrelang eingeübte Handgriffe, mit denen er sich vom Großen zum Kleinen durcharbeitete.

»Was zum Teufel machen Sie da! Ich brauche Hilfe. Ich bin verwundet«, protestierte Irina.

»Was ist passiert?«, fragte Grenfeld unbeeindruckt, während er sich den Schrank vornahm. Nicht selten versuchten Verdächtige, den Ermittler abzulenken. Irina war schlau. Noch einmal würde er sie nicht unterschätzen. Im Schrank türmten sich allerhand Schmöker: *Die russische Revolution* von Trotzki; Über die *Bolschewisierung der Parteien* von Sinowjew; *Erinnerungen an Lenin* von Zetkin. Keine leichte Kost. Genug, um den Kopf eines jungen Mädchens gehörig durcheinanderzubringen. Daneben stapelten sich Hefte der *Roten Sturmfahne* und anderer verbotener Zeitschriften.

»Es war eine Tellerfalle, auf dem Speicher über Hohensteins Wohnung. Jemand hat sie absichtlich ausgelegt.«

»Ach so«, murmelte Grenfeld. Seine Aufmerksamkeit war von etwas Erde auf dem Fensterbrett gefangen genommen. Auch auf dem Boden lag Erde. Er zog eine verdorrte

Pflanze samt vertrocknetem Erdreich aus einem Blumentopf und hatte Glück. Ganz unten kamen die Projektile zum Vorschein. Er pustete sie ab und hatte das Gefühl, nicht weniger als den Passierschein für seine und Minnis Freiheit in Händen zu halten.

»Wo ist die Waffe?«

»Auf dem Grund der Spree«, zischte Irina. Ihre Augen blitzten angriffslustig. Grenfeld war verwirrt, doch es war ihm nicht entgangen, dass ihre linke Hand unter dem Kissen verschwand. Er sprang auf sie zu, riss ihren Arm hoch und drückte die Hand samt Waffe gegen das Bettgestell. Sie kratzte, biss und boxte, doch heute waren ihre Schläge leicht abzuwehren. Triumphierend hielt er die Taschenpistole hoch, während sie sich wütend aufs Bett warf.

»Man will mir den Mord anhängen«, rief sie.

»Von wem redest du?«

»Von Hamid, dem Filmvorführer. Sie sind doch hier, um mich zu verhaften?«

»Ich bin Privatdetektiv. Dein Vater und ich – wir waren Kollegen. Aber das ist lang her. Er macht sich Sorgen um dich.«

Irina lachte schrill. »Die willfährigen Knechte des Sozialfaschismus haben allen Grund, sich Sorgen zu machen.«

In diesem Moment hörte Grenfeld das Schlagen einer Wagentüre. Er eilte ans Fenster und sah hinunter. Hinter einer schwarz glänzenden Limousine kam ein Bereitschaftswagen mit einem Dutzend Schupos auf der Ladefläche zum Stehen. »Da unten wimmelt es bald von Polizisten«, sagte er.

»Ich sage ja, er hat mich verpfiffen. Nehmen Sie die Waffe, bitte! Wenn sie die bei mir finden, bin ich erledigt.«

Hastig steckte Grenfeld die Waffe ein und verließ die Wohnung. Im Treppenhaus hallte schon das Poltern der eisenbeschlagenen Stiefel. Auf gut Glück klopfte er an irgendeine Tür, worauf ein muskulöser Glatzkopf im Unterhemd öffnete. »Die Polente«, sagte Grenfeld und deutete nach unten. Mehr Worte waren nicht notwendig. Ohne auch nur einen Augenblick zu zögern, ließ ihn der Muskelmann herein. Die Polizei war in diesem Viertel so beliebt wie eine bösartige Seuche. Ihr eins auszuwischen, war Volkssport. »Sie lesen die *Rote Fahne*?«, fragte er misstrauisch und deutete auf die eingerollte Zeitung, die aus Grenfelds Manteltasche ragte. »Wundert mich. Die ist seit dem ersten Mai verboten.«

Grenfeld ärgerte sich über seine miserable Vorbereitung und zeigte nach oben. »Ich war bei Irina.«

»Ich weiß«, sagte der Mann. Erklärungen waren offenbar überflüssig. In dieser Straße blieb nichts geheim. Schon hörten sie Getrampel im Treppenhaus. Es gab keine Hausdurchsuchung. Sie waren auf dem Weg nach oben. Sie wollten zu ihr.

»Die Göre ist verrückt«, murmelte der Mann und schielte aus dem Fenster.

»Sie gehört zur Rotfront.«

»Sie bringt uns alle in Schwierigkeiten.«

»Weshalb?«

»Man hat sie rausgeschmissen. Jetzt führt sie eine Mädchenbande an. Sie nennen sich Schwarze Schar, prügeln sich mit den anderen Cliquen.«

Grenfeld trat ans Fenster. Irinas Ausweis war also ebenso wenig wert wie seine Dienstmarke. »Sie kämpft gegen die Braunhemden«, hörte er sich sagen. »Das ist doch ganz in eurem Sinn.«

Der Muskelmann lächelte spöttisch. »Der Polizeipräsident sucht nur nach einem Grund, uns zu verbieten. Da kann man sich nicht wie ein wild gewordener Revoluzzer aufführen. Man muss sich einfügen.«

»Befehl und Gehorsam«, sagte Grenfeld.

»Wenn es für eine gerechte Sache ist. Der Kern des Bolschewismus ist der Zentralismus. Dazu gehören nun mal Konsequenz, Organisiertheit und Disziplin.«

»Da lässt man schon mal eine Genossin über die Klinge springen.«

»Was wollen Sie eigentlich?«, rief der Mann ärgerlich. »Wir beschaffen ihr einen guten Anwalt. Nächste Woche ist sie wieder draußen. So eine Lektion kann nicht schaden.«

Beim Wort »Lektion« musste er an Pfeiffer denken. Auch ihm war eine Lektion erteilt worden. »Lenin hätte so ein Mädchen als Heldin ausgezeichnet«, sagte er mürrisch.

Der Blödsinn, den Grenfeld von sich gab, war einzig und allein seinem schlechten Gewissen geschuldet. Nur deshalb wollte er provozieren. Die Waffe, die Irina ihm so vertrauensvoll überlassen hatte, würde, zusammen mit den Projektilen, im Präsidium landen. Grenfeld beobachtete, wie das kraftlos um sich schlagende Mädchen von drei Männern über die Straße getragen und in die Limousine verfrachtet wurde.

»Helfen Sie ihr doch!«, sagte der Mann höhnisch. »Gehen Sie und stehen ihr bei. Vielleicht verleiht man Ihnen noch den Leninpreis.«

»Warum nicht. Der fehlt mir noch in meiner Sammlung«, erwiderte Grenfeld und verließ die Wohnung.

*

10. Mai 1929, 18 Uhr,
Friedrichstraße 191

Kanther hatte seinen Bericht mit versteinerter Miene zur
Kenntnis genommen. Er hatte mit einem Taschentuch
zuerst die Waffe, dann die Projektile untersucht. Der Mann
hatte sich im Griff. Allein seine brüchige Stimme verriet
eine abgrundtiefe Verzweiflung. »Du hast deine Aufgabe
erfüllt, gratuliere. Kriminalrat Schulze wird zufrieden
sein.«

Grenfeld blickte aus dem Fenster zur Friedrichstraße
hinunter, wo sich ein langer Stau gebildet hatte. Vor dem
Zigarrenladen Tuchel & Janke hatte ein Bus mit offenem
Verdeck eine Pferdedroschke gerammt. »Elite Stadtrundfahrten« stand mit großen geschwungenen Lettern auf dem
Doppeldecker. Das Pferd lag eingeklemmt unter dem Kühler und versuchte verzweifelt, sich aufzurichten. Die Touristen lehnten sich über das Geländer und glotzten, dankbar für das kostenlose Spektakel, hinunter.

»Sie werden Irina freilassen«, sagte Grenfeld ohne rechte
Überzeugungskraft. »Es gibt keinen Grund, warum deine
Tochter etwas mit dem Mord zu tun haben soll.«

Kanther verstaute die Sachen in seiner Aktentasche und
ging zur Tür. Dann drehte er sich um und warf einen Pass
auf den Tisch. »Ich werde meinem Chef berichten, wie sehr
du uns geholfen hast. Jetzt kannst du nach Nizza reisen,
oder wohin auch immer.«

»So warte doch!« Grenfeld folgte ihm bis ins Treppenhaus. Erst im zweiten Stock vor dem Eingang zur Galerie konnte er ihn aufhalten. »Weshalb?«, flüsterte Kanther.
»Irina und du. Ihr wart beide in Hohensteins Wohnung.
Warum hast du mir das verheimlicht?«

»Keinem Menschen hab ich davon erzählt. Nicht einmal deinem Chef. Ich wollte sie schützen. Was kann ich dafür, wenn man sie verpfeift?«

Kanther schüttelte verständnislos den Kopf, drehte sich wortlos um und ging. Grenfeld lief nach oben, steckte den Pass ein und öffnete das Fenster. Auf der Friedrichstraße versuchte ein Schutzmann, die Gaffer vom Unfallort fernzuhalten. Dann sah er den dicken Droschkenfahrer mit einem Gewehr auf das Pferd zugehen und schießen. Der Knall übertönte nur kurz den Lärm der Straße. Jetzt betrat Kanther den Gehsteig, rückte seinen Hut zurecht, klemmte seine Mappe unter den Arm, offenbar unschlüssig, welchen Weg er einschlagen sollte. Schließlich reihte er sich in den Strom der Passanten ein, die sich nach Norden in Richtung Bahnhof bewegten. Minutenlang kämpfte Robert Grenfeld mit sich selbst. Es war der ideale Zeitpunkt, auszusteigen und Kanther sich selbst zu überlassen. Seine Vernunft plädierte leidenschaftlich für diese Option, doch ein Chor ihm wohl vertrauter Stimmen opponierte. Es waren liebliche Sirenen, die schon Odysseus einst gelockt hatten. Doch im Vergleich zu so einem Helden war Grenfeld nicht standhaft genug. Immerhin, er ging zum Billard, ordnete die farbigen Kugeln zu einem Dreieck und spielte. Als er die weiße Kugel versenkt hatte, schmiss er das Queue auf den Tisch und spurtete los. Er stürmte die Treppe hinunter, überquerte den Hof, betrat den Bürgersteig und drängte sich rücksichtslos durch die Menschenmenge. Er musste Kanther einholen, bevor der das Präsidium erreicht hatte. Auf der Höhe des Cafés Imperator entdeckte er ihn. Kanther lief zügig, als das Bierhaus Dreher in Sichtweite kam. Die Aktentasche eng an den Körper gepresst, widerstand er der Versuchung einer feuchtfröhlichen Einkehr und blieb erst vor einem Schaufenster stehen, in dessen Auslage die glänzenden Füllfederhalter der Firma Goldfink präsentiert wurden.

»Schon lange wollte ich Irina so einen Druckfüller kaufen. Was meinst du? Darf man so was in der Untersuchungshaft behalten?«, fragte Kanther, als er ihn sah.

»Gib mir die Waffe«, sagte Grenfeld. »Niemals kannst du sie deinem Chef aushändigen. Irina ist der ideale Sündenbock.«

»Es ist meine Pflicht. Ich muss es tun.«

»Deine Tochter war zur falschen Zeit am falschen Ort. Mit Politik hat das nichts zu tun.«

»Die Sache ist nicht so einfach, wie du denkst.«

»Dann machen wir sie einfach. Los, gib her!«

»Es gibt da etwas, was du nicht weißt.«

Grenfeld zerrte Kanther in eine Seitengasse in den Schatten einer Litfaßsäule. Die Schauspielerin Brigitte Helm umarmte auf einem Filmplakat schmachtend einen feschen Oberst. Daneben lud man zum Reichsparteitag der NSDAP nach Nürnberg ein. Ganz unten warb der Sarotti-Mohr für Schokolade. Grenfeld wartete, bis sie allein waren. »Rede!«, befahl er ungeduldig.

»Hohenstein war ein Spitzel der Politischen Abteilung. Er besuchte regelmäßig die Liga gegen die koloniale Unterdrückung und sollte die Schwarzen im Auge behalten.«

»Wozu?«

»Man befürchtet, dass die Kolonialafrikaner sich unter dem Dach der KPD organisieren. Es gibt eine Direktive aus Moskau. Die Schwarzen sollen für den imperialen Kampf gewonnen werden. Vielleicht bekam Irina einen Auftrag.«

»Was für einen Auftrag?«

»Ihn aus dem Weg zu räumen.«

»Das glaubst du doch selbst nicht. Der Kreml schickt doch keine Kinder zum Töten!«

Kanthers Gesicht verzog sich zu einer schmerzerfüllten Grimasse. Hilflos zuckte er mit den Schultern.

»Glaubst du das wirklich? Glaubst du, deine Tochter ist dazu fähig?«

Kanther stierte auf den Boden, als stünde dort die Antwort geschrieben.

»Was ist mit diesem Hamid, dem Filmvorführer im Mercedes-Palast? Vielleicht hat der Hohenstein auf dem Gewissen?«

»Unwahrscheinlich. Er war sein Gehilfe, stand auf unserer Gehaltsliste. Nur er konnte sich frei in den Kreisen der Kolonialafrikaner bewegen.«

Grenfeld schüttelte ungläubig den Kopf. Hier war es wieder. Das unsägliche Spitzelwesen, das den Berlinern zutiefst suspekt war. Zu einer Zeit, als die Politische Polizei noch Geheimpolizei hieß, infiltrierte sie die Stadt mit Heerscharen von Achtgroschenjungens, kleine Zuträger, die im Kaffeehaus Intellektuelle und Schriftsteller aushorchten. Zwar war die Zensur weitgehend abgeschafft, aber am Spitzelwesen schien sich wenig geändert zu haben.

»Wie auch immer«, sagte Grenfeld. »Wir lassen die Waffe und die Projektile verschwinden. Ich gebe dir meinen Pass zurück. Behaupte einfach, ich hätte nichts geliefert.«

»Es ist zu spät.«

Grenfeld packte Kanther am Kragen und schüttelte ihn. »Was, wenn dich jemand überfällt und ausraubt? So was kommt hier jeden Tag vor.«

»Hör auf!«

»Komm, alter Knabe, gib mir die Erlaubnis! Um Irinas willen!«

»Du bist verrückt!«

»Gib mir nur ein kleines Zeichen.«

Kanther schloss die Augen und senkte den Kopf, wie ein Schaf, das zur Schlachtbank geführt wurde. Mehr Zeichen waren für Grenfeld nicht notwendig, wohl aber drei sorgsam dosierte Schläge. Sein alter Kollege ging zu Boden wie einst Pietro Corri gegen Max Schmeling. Ledertasche und Pass wechselten ihre Besitzer. Erst jetzt bemerkte er die Prostituierte im Hauseingang gegenüber. Als er sich ihr näherte, presste sie sich ängstlich in die Türnische. Die dick aufgetragene Schminke konnte ihr hohes Alter nicht verbergen. »Der Mann braucht Hilfe und mich hast du nie gesehen«, sagte er und hielt ihr einen Geldschein vor die Nase.

»Stets zu Diensten, der Herr«, erwiderte sie und griff blitzschnell zu. Als sie grinste, klaffte eine schwarze Lücke im Gebiss.

KAPITEL 8

10. Mai 1929, 19 Uhr,
Westhafen

Beim Anblick der Wache fürchtete Hamid, die Parole vergessen zu haben. Dabei war er Dutzende Male durch die schwere Eisentür ins Innere der Halle gelangt, um mit dem Elevator in den obersten Stock zu fahren. Niemand hätte ahnen können, was sich im Inneren des Hafengebäudes abspielte, ja, welche Schätze das Gemäuer aus dunkelviolettem Backstein verbarg. Die Schmugglergeschäfte liefen ausgezeichnet. Das Elfenbein fand seinen Weg ins Land, ungeachtet der Tatsache, dass das Deutsche Reich keine Kolonien mehr besaß. Es war ihm egal, mit was sie Handel trieben und durch welche dunklen Kanäle die Waren bis hierher gelangten. Oben ähnelte alles seinem Leben in Afrika. Zwei Schwarze schufteten, während ein Weißer die Arbeit überwachte. So war es und so würde es immer bleiben. Die Führungsriege bekam er selten zu Gesicht. Heute sollte eine Ausnahme sein – sie wollten ihn sprechen. Als er die Tür des Versammlungsraums öffnete, verstummte die Runde. Er setzte sich und sah in die harten Gesichter jener Männer, die mindestens so viele Jahre gedient hatten wie er. Hannes Weiland, Peter Burger und Sigmar Tesch, deren militärische Vergangenheit man an ihrer steifen Sitzhaltung ablesen konnte, waren Offiziere der kaiserlichen Schutztruppe gewesen. Nur Johann Finsch passte nicht ins Bild. Mit verschränkten Armen, die Augen zur Fensterfront gerichtet, blies der bärtige Hüne Ringe aus Zigarrenrauch in die Luft, die sich wie Ringe auf einer Wasseroberfläche ausdehnten. Seine Fischermütze saß nach Franzosenart schief. Finsch schien den Kohleverladekran am Südkai zu studieren, doch beschwören wollte er es nicht. Der Bärtige glich einem Krokodil, das unbeweglich in den Mangrovensümpfen verharrte, um dann blitzschnell anzugreifen. Finsch war ein Abenteurer, ein Mann der ersten Stunde, der zusammen mit Carl Peters Stammeshäuptlingen ihr Land abgeschwatzt hatte. Vom Grog besoffen, hatte man sie mit Glasperlen, Reiseweckern, gebrauchten Uniformen und noch billigeren Versprechungen dazu genötigt, ein Papier zu unterschreiben, dessen Bedeutung sie nicht verstanden. Zum Abschluss der Verhandlungen hatte man die Fahne gehisst, drei Salven in die Luft geschossen und ein Hoch auf seine Majestät den Kaiser ausgebracht. Hundertvierzigtausend Quadratkilometer hatte man sich so unter den Nagel gerissen. Das war erst der Anfang – und doch längst Vergangenheit. Nach dem verlorenen Krieg hatte man das Land an die Engländer abtreten müssen, eine Schmach, die noch immer wie eine eitrige Wunde in den Seelen der Anwesenden pochte. Hamid öffnete den schwarzen Koffer und stellte wortlos den Totenschädel auf den Tisch.

»Was soll das?«, fragte Tesch ärgerlich.

»Den hatte man Hohenstein zugeschickt, als Warnung.«

»Was redest du da für einen Unsinn. Ich dachte, Paul ist durch eine abgeirrte Kugel gestorben. Auf seinem Balkon.«

Burger winkte ab. »Hört ihm zu. Je früher wir der Wahrheit ins Gesicht sehen, desto eher können wir etwas unternehmen. Was glaubt die Polizei?«

»Sie hat eine Rotfrontkämpferin in Verdacht.«

»Eine Kommunistin?«

»Ein junges Mädchen, stark, schlau und mutig.«

Peter Burger lachte grimmig. »Unser Hamid hat sich doch nicht auf seine alten Tage verliebt?«

Hamid sah verlegen auf den Schädel. »Ich konnte den Verdacht der Polizei auf sie lenken. Ich denke, das ist besser für uns alle.«

»Gut und schön, aber wer hat ihn denn jetzt umgebracht? Und wem gehört der Schädel?«, fragte Tesch gereizt.

Finsch richtete sich auf und legte seine Zigarre am Rand des Aschenbechers ab. Dann deutete er auf ein Bild an der Wand. Obwohl die Männer nichts erkannten, weil sich im Glas des Bildes nur der gegenüberliegende Kornspeicher spiegelte, wussten sie, wer gemeint war: Dr. Carl Peters, der Gründer Deutsch-Ostafrikas.

»Das ist unmöglich!«, schrie Tesch. »Seine Gebeine liegen in Hannover begraben. Ich war letztes Jahr dabei, als das neue Denkmal eingeweiht wurde.«

Finsch schüttelte energisch den Kopf: »Sein Grab wurde am zwanzigsten Februar geplündert. Seine Familie hat es vorgezogen, nur den engsten Kreis einzuweihen.«

Die drei Männer sprangen auf und umkreisten den Tisch in einer Prozession des Entsetzens, bis Burger in einer hilflosen Geste den Schädel mit einem karierten Tischtuch bedeckte. »Wer um alles in der Welt tut so etwas?«, murmelte er.

Finsch grinste hämisch. »Carl Peters selbst hätte diese Tollkühnheit bewundert.«

»Wie kannst du nur so über ihn reden?«, fuhr ihn Burger an.

»Er war nicht zimperlich, zumindest was die Köpfe anderer anging.«

»Er war ein Held. Er hat Ostafrika seinem Vaterland zu Füßen gelegt, immerhin ein Territorium von einer Million Quadratkilometer.«

Finsch lachte auf. »Ihr kanntet ihn. Er war ein rücksichtsloser Narzisst.«

»Und du? Du hast dich mit einer Negerin aus dem Staub gemacht, hast die Truppe im Stich gelassen. Im Kongo hast du dich herumgetrieben, weiß Gott wozu. Mit Arabern, Indern und Hottentotten gemeinsame Sache gemacht.«

»Wovon ihr heute noch profitiert«, erwiderte Finsch kühl und wandte sich wieder dem Geschehen am Südkai zu. Hamid betrachtete den Bärtigen mit Bewunderung und Scheu zugleich.

»Vielleicht war es unser Hamid?«, fragte Burger plötzlich. »Vielleicht hatte er genug, sich von Hohenstein herumkommandieren zu lassen. Ich könnte das verstehen.«

»Hört auf«, rief Hannes Weiland, der bisher geschwiegen hatte. »Hohenstein war ein Besessener. Wissen wir, was er noch alles gelagert hat? Die Sache mit dem Medizinwasser war seine Idee. Tausendmal hatte ich ihm geraten, die Finger davon zu lassen. Aber er wollte ja nicht auf mich hören.«

»Für seine persönliche Medizin hatte er sogar Wasser aus dem Rufiji kommen lassen.«

»Natürlich, sonst wirkt es nicht«, warf Finsch ironisch ein.

Burger meldete sich zu Wort. »Machowski weigert sich, die Eisquader noch länger im Kühlhaus zu lagern. Der ist wegen Pfeiffer nervös. Angeblich war sein Tod ein Unfall. Ich glaub das nicht.«

»Was wollt ihr von mir?«, fragte Hamid, der sich zunehmend unwohl fühlte.

Hannes Weiland versuchte ein Lächeln. »Was hat unser Freund Paul noch alles gelagert?«

»Er hatte seine Geheimnisse, auch vor mir.« Sie glaubten ihm nicht. Er konnte es an ihren Gesichtern ablesen.

»Hat er dir etwas anvertraut? Eine Art Tagebuch oder Ähnliches?«

»Nicht dass ich wüsste.«

Sie tauschten Blicke aus, die er nicht deuten konnte. Ihr Misstrauen dagegen spürte er.

»Wir haben einen Auftrag für dich«, sagte Burger schließlich. »Finde heraus, womit Paul noch Geschäfte gemacht hat, und schaff alle Dokumente hierher.«

»Die Wohnung in der Hermannstraße ist polizeilich versiegelt«, sagte Hamid.

»Es soll dein Schaden nicht sein«, erwiderte Tesch. »Du könntest Pfeiffers Stelle einnehmen.«

»Ich möchte einen Pass«, sagte Hamid langsam und lehnte sich zurück.

»Er hat keinen Pass?«, fragte Burger belustigt in die Runde blickend.

Hamid legte seinen Ausweis auf den Tisch. Hannes Weiland nahm ihn, blätterte darin und murmelte: »Deutscher Schutzbefohlener.«

Burger lachte. »Na also, das ist doch ein Pass. Was will er denn?«

Dass sie über ihn sprachen, als wäre er ein Kind, ärgerte ihn. Noch vor wenigen Jahren wäre es ihm nicht einmal aufgefallen. Die Kolonialherren hatten die Schwarzen schon immer wie Unmündige behandelt, die man mit Zucht oder Fürsorglichkeit zu ihrem Glück zwingen musste.

»Unser Hamid hat recht«, sagte Finsch und erhob sich. »Nach dem Reichs- und Staatsangehörigkeitsgesetz ist er kein Deutscher. Sein Ausweis kann jederzeit eingezogen werden.«

Burger schüttelte verständnislos den Kopf. »Die Sudanesen waren immer stolz auf ihre Herkunft. Sie hatten Privilegien. Die Zulus hingegen bekamen nur einen Bruchteil an Sold. Was hat er jetzt zu meckern? Wozu braucht er einen Pass?«

»Ich habe das letzte Kriegsjahr überhaupt keinen Sold erhalten«, sagte Hamid. Seine Stimme begann zu zittern. »Außerdem bin ich Nubier.«

»Es geht ums Geld«, sagte Weiland hämisch. »Bei den Negern geht es immer ums Geld.«

Finsch schlug mit der Hand auf den Tisch. »Ende der Debatte. Ich werde das regeln. Wozu haben wir Beziehungen zum Fremdenamt? Hamid soll seinen Pass bekommen.«

Alle hatten den Raum verlassen, nur Finsch war geblieben. Das Krokodil starrte mit unbeweglicher Miene auf die untergehende Sonne, die bald hinter dem Getreidespeicher verschwinden würde. »Sie sind nervös«, sagte er.

»Ja«, antwortete Hamid.

»Nicht nur wegen des toten Kameraden, auch wegen des Elfenbeins. Es ist kostbarer denn je. Du weißt schon, die absurden Jagd- und Exportverbote. Für Elefanten muss man jetzt Schussgelder zahlen und die Abschüsse sind auf zwei Exemplare limitiert. In den Wildreservaten ist das Jagen ganz verboten. Wäre also dumm, wenn die Polizei hier herumschnüffelt.«

»Das wird sie nicht.«

Finsch drehte sich um und sah ihn mit einem spöttischen Ausdruck an. »Sie haben so lange in Übersee gelebt und doch keine Ahnung. Sie sagen immer noch *Medizinwasser* statt *Maji*. Hohenstein war aus einem anderen Holz geschnitzt.«

»Er beherrschte Suaheli, auch ein wenig Arabisch und er hat an die Wirkung des Maji geglaubt.«

»Um ehrlich zu sein, ich hab nie verstanden weshalb.«

»Wir haben mit eigenen Augen gesehen, wie die Kugeln unserer Gewehre an den Körpern der Aufständischen abgeprallt sind.«

»Das ist doch Unsinn«, erwiderte Finsch entrüstet.

»Glaub mir, oft waren drei Bleimantelgeschosse nötig, um einen Angreifer zu Fall zu bringen.«

»Du bist Moslem und glaubst an Zauberei?«

»Wenn ich es dir sage: Die Kugeln perlten ab, als wären sie Wassertropfen.«

Finsch lachte laut auf. »Dieser Heiler hatte solche Märchen verzapft. Wie war noch mal sein Name?«

»Kinjikitile Ngwale.«

»Richtig. Wie ein Buschfeuer hatte sich seine Botschaft verbreitet. Der große Zauberer hatte es geschafft, die Stämme zu einen. Zum ersten Mal hatten sie gemeinsam gekämpft. Am Anfang waren sie siegreich, doch ihr Ende war grausam. Tag für Tag brachten die Deutschen die Gefangenen zu einer Grube südlich von Utengule und töteten sie durch Genickschuss, auch Frauen mit Kindern auf dem Rücken. Noch heute können sie dir die Mangobäume zeigen, an denen man ihre Stammesbrüder gehängt hatte.«

»Es war eine Revolte gegen diese unsäglichen Steuern«, erwiderte Hamid gereizt.

»Es war ein schmutziger Krieg. Und es gibt nicht wenige,

die das Ganze wieder aufleben lassen wollen. Die Kolonialverbände träumen noch heute von einem afrikanischen Indien, einer fetten deutschen Kolonie mitten in Afrika.«

»Hohenstein hatte ein Döschen Maji um den Hals hängen, als er aufgefunden wurde.«

Finsch verknotete das Tischtuch mit dem Schädel. »Gibt es eine Namensliste der Käufer?«

Hamid zuckte mit den Schultern.

»Es würde mich nicht wundern, wenn der Name seines Mörders darauf steht.«

»Warum?«

»Was weiß denn ich?«, schrie Finsch plötzlich. »Vielleicht hoffte ein Vater auf die Heilung seines kranken Sohns. Am Tag der Beerdigung stellte er dann fest, dass die Hirsepampe vollkommen wirkungslos war. *Ich* würde in so einem Fall sehr wütend werden.«

Hamid schüttelte energisch den Kopf. »Die Wirkung ist davon abhängig, ob man sein Leben ändert. Man muss enthaltsam sein, darf niemanden bestehlen, keine Feigheit zeigen. Es gab viele Regeln. Die Kämpfer hielten sich nicht daran. Sie plünderten die Dörfer, nahmen sich die Frauen der anderen Stämme. Nur deshalb hat das Zauberwasser nicht gewirkt.«

»Und Hohenstein? Warum ist die Kugel nicht an *ihm* abgeperlt?«

»Er war ein böser Mensch.«

»Nicht böser als wir alle.«

»Er hat Kinjikitile aufgehängt, am vierten August 1905.«

»Ich nehme mal an, er selbst hat niemanden aufgehängt.«

»Du weißt genau, dass wir es tun mussten. Es war sein Befehl.«

Als Finsch den Raum verlassen hatte, fühlte Hamid sich einsam. Wie gerne hätte er das Gespräch fortgesetzt. So unberechenbar der Bärtige war, so schien er doch als Einziger die Vergangenheit zu begreifen. Sein kritischer Geist schnitt wie ein scharfes Messer durch das sentimentale Geplapper von der guten alten Kolonialzeit und drang bis zum Kern der Sache: Finsternis. Mit jedem Schuss, mit jedem verbrannten Dorf und mit jedem am Galgen baumelnden Aufständischen hatte sich seine Seele verfinstert. Noch heute sah er im Traum, wie sie das Vieh vertrieben, Brunnen zuschütteten, die Ernte vernichteten und Frauen und Kinder als Geiseln nahmen. Er trat ganz nah an das Foto von Carl Peters heran, einem hässlichen Zwerg mit Raubvogelblick, dessen Augen etwas Unerbittliches ausstrahlten. Er hatte den Stein ins Rollen gebracht. Ohne ihn hätte es dort nie eine Kolonie gegeben. Einmal war er ihm in Sansibar begegnet, als er unter einer Palme Nietzsche las. Später unter dem Kilimandscharo. Da war er bereits Reichskommissar und gerade dabei, seinen »*boy*« wegen einer Nichtigkeit auszupeitschen. Die Afrikaner nannten ihn »mkono wa damu«, den Mann mit der blutigen Hand. Jetzt, nach all den Jahren, verbreitete selbst sein abgetrennter Schädel noch Angst und Schrecken.

Unten am Kai sah er Finsch an der Halle der Ford-Werke vorbei zu den Bahngleisen der Ringbahn gehen. Die Sonne war bereits hinter dem Getreidespeicher verschwunden. Auf den Krananlagen, den Lastkähnen und den Schornsteinen des Kraftwerks gingen die Lichter an. Zunächst war er Finsch nur gefolgt, weil er den gleichen Weg hatte, doch dann packte ihn die Neugier. Der Bärtige lief nicht zum Bahnhof, sondern umrundete das Hafenbecken, vorbei am Kohlelagerplatz und den Getreidesilos. Obwohl er ein wenig hinkte, ging er schnellen Schrittes. Hamid musste sich anstrengen, um ihn nicht aus den Augen zu verlieren. Nach dem Jungfernsteg, kurz nach der Schleuse, am Nordufer des Kanals, verschwand er in einem alten Kahn. Mit viel Fantasie konnte man den Schiffsnamen entziffern. *Daressalam,* stand in verblichenen weißen Lettern auf dem Bug. Auch die vollbusige Meerjungfrau, die als Galionsfigur über das Wasser ragte, hatte schon bessere Tage gesehen. Hamid betrat das Deck und schielte durch ein Bullauge. Finsch hatte den Schädel auf den Tisch gestellt. Dicht neben ihm stand eine junge Afrikanerin, deren Gesicht er nicht erkennen konnte. Für eine ganze Weile rührten sie sich nicht vom Fleck und schwiegen. Plötzlich spuckte die Frau auf den Schädel. Es ging so schnell, dass Hamid später an seiner Wahrnehmung zweifelte. Als die beiden sich umarmten, konnte er ihr Gesicht sehen, in dem sich Schmerz und Zorn zugleich spiegelten. Als sie in der Kombüse verschwand, schlich er zum zweiten Bullauge, beobachtete ihre flinken Hände am Herd. Obwohl ihre Gestalt Würde und Anmut ausstrahlte, erinnerte sie ihn an etwas Dunkles, längst Vergessenes. Er konnte nicht von ihr lassen, vergaß Finsch und den Kahn, achtete nicht auf den Kohlefrachter, der mit brummendem Motor vorbeituckerte. Er mochte so einige Minuten in gebückter Haltung verbracht haben, als er eine Planke knacken hörte. Er hatte nicht einmal Zeit, sich umzudrehen, da versagten seine Beine und er ging zu Boden. Erst jetzt spürte er den stechenden Schmerz. Als er aufblickte, sah er die Eisenstange, mit der Finsch ihn getroffen hatte.

»Was zum Teufel hast du hier zu suchen?«, schnaubte er, die Stange drohend in der Hand. Hamid versuchte, sich aufzurichten, doch seine Beine gaben nach. Der zweite Schlag traf seine Rippen. Er bekam keine Luft, stöhnte und rollte sich zusammen. Dann spürte er das Gewicht von Finsch, der sich auf ihn warf und ihm die Kehle zudrückte. Zappelnd versuchte er, sich zu befreien, doch es war unmöglich. Das Krokodil, dachte Hamid, als er in die grauen Augen starrte. Es lässt einen nicht mehr los.

Über Finschs Kopf tauchte die Afrikanerin auf, schrie etwas auf Suaheli und schlug mit den Fäusten auf Finsch ein. Hamids Kraft ließ nach, ihm wurde schwindlig. Er dachte noch, wie lange er die Sprache nicht mehr gehört hatte.

KAPITEL 9

Kanther sah mit seinem Kopfverband wie ein verun-
glückter Sikh aus, zu auffällig für die Observierung eines
kriminellen Schwergewichts. Seit zwei Stunden parkte
Grenfelds Mercedes nun schräg gegenüber dem Eldorado,
einem florierenden Transvestitenlokal, in dessen Unter-
geschoss Machowski zu residieren pflegte. *Hier ist's richtig!*, stand auf einem beleuchteten Schild über dem Eingang, doch das vollmundige Versprechen galt offenbar
nicht für Schnüffler. Der Chef hatte sich verleugnen lassen. Er sei auf Reisen, behaupteten seine Lakaien. Grenfeld
glaubte ihnen kein Wort. Als ob der Gauner seinen Fuß
schon jemals über die Stadtgrenze gesetzt hätte. Natürlich
wusste er längst, wer in dem goldgelben Roadstar seinen
Hintern platt saß. Machowski war ein Autonarr, der die
Besitzer außergewöhnlicher Fahrzeuge mit Namen und
Anschrift kannte.

»Ich frage mich wirklich, was das hier bringen soll«,
jammerte Kanther, der als Motorradfahrer in einem Auto-
sitz keine gute Figur machte.

»Machowski verschweigt etwas. Bei ihm fangen wir an.«

»Aber es ist der Filmvorführer, der Irina belastet hat.
Hamid hatte ausgesagt, sie bereits am zweiten Mai abends
vor Hohensteins Haus gesehen zu haben, vom Kolonial-

warenladen aus, wo er ein Plakat angebracht hatte. Er gab meinen Kollegen auch den Tipp mit der Waffe.«

»Was sagt deine Tochter dazu?«

»Na was wohl? Sie bestreitet es. Normalerweise hätte das Wort eines Kolonialnegers kein großes Gewicht, doch in diesem Fall hat sie schlechte Karten. Hamid versorgte die Politische Abteilung jahrelang zuverlässig mit Informationen.«

»Was weißt du über ihn?«, fragte Grenfeld.

Kanther zückte sein magisches Buch. Sämtliche Gedanken, die jemals durch seinen Schädel geisterten, fanden dort ihre Niederschrift. Es beinhaltete Skizzen, Tabellen und Zitate, auch persönliche Eintragungen. Im Grunde handelte es sich um die Auslagerung seines Gehirns, was bei dem Alkoholkonsum nicht die schlechteste Strategie war. Alle drei Monate pilgerte er in die Friedrichstraße neunundsiebzig zum Schreibwarenladen der Bleistiftfabrik Faber, um ein nagelneues Exemplar zu erwerben. Kanther öffnete also sein Büchlein und las: »›Hamid bin Said, sudanesischer Söldner. Wurde in Kairo angeworben, um als Askari aufseiten der Kolonialtruppen die Aufstände niederzuschlagen. Er hatte den Rang eines Effendis.‹«

»Was ist das?«

»Die osmanische Bezeichnung für einen Offizier. Ihm wurde die Kriegsverdienstmedaille erster Klasse in Gold verliehen. Kein Askari nach ihm erhielt jemals wieder so eine Auszeichnung.«

»Weshalb?«

»Man wollte verhindern, dass schwarze Soldaten die gleichen Medaillen wie die Weißen bekamen, deshalb erfand man neue. 1920 kam er mit dem Passagierschiff Tanganjika nach Hamburg. Hohenstein hatte ihm eine

Stelle als Platzanweiser im Alhambra besorgt, später wechselte er in den Mercedes-Palast.«

»Hast du herausgefunden, warum Hohenstein entlassen wurde?«

»Wegen eines Nervenleidens, eine Art Verfolgungswahn. Wohl eine Folge seiner Militärzeit in Afrika. Er war immer wieder in Behandlung.«

»Im Irrenhaus?«

»Wittenauer Heilanstalten heißt das jetzt.« Kanther zog seinen Flachmann aus der Tasche und genehmigte sich einen kräftigen Schluck. »Die Geschichte mit dem Schädel. Möglicherweise hat er das Ganze inszeniert. Abgesehen davon hat sich das Ding in Luft aufgelöst.«

»Den Kopfschuss hat er sich nicht eingebildet. Hast du Irina sprechen können?«

Kanther blätterte ziellos in seinem Notizbuch herum. »Sie redet nur mit ihrem Anwalt«, sagte er mit brüchiger Stimme. »Sie will mich nicht sehen. Selbst jetzt nicht. Ich versteh das nicht.«

Plötzlich schreckte Grenfeld hoch. Einer von Machowskis Leibwächtern hatte gegen die Scheibe geklopft.

»Der Chef lässt bitten. Die Einladung gilt ausschließlich für den Herrn am Steuer.«

»Ist er schon wieder aus dem Urlaub zurück?«, fragte Grenfeld spöttisch.

»Eben angekommen«, erwiderte der Untertan grinsend und geleitete ihn zum Eingang. Grenfeld blickte zum Wagen zurück, wo Kanther erneut seinen Flachmann ansetzte.

Machowskis Büro hatte sich seit seinem letzten Besuch in ein Museum der Kuriositäten verwandelt. Der wacklige Stuhl, auf dem der große Mann immer gesessen hatte, war durch einen Thron aus Elfenbein ersetzt worden. Vor dem dunkelroten Brokat der Wände standen lebensgroße Wachsfiguren aus dem alten Panoptikum in der Friedrichstraße. Nur Machowski hatte sich nicht verändert. Seine Äuglein blitzten angriffslustig im blassen Vollmondgesicht, in dem die Hakennase wie ein Fremdkörper hervorstach. Sie und die schmalen Lippen zerstörten den Anschein von Gemütlichkeit, die man beleibten Zeitgenossen gewöhnlich zuschreibt.

»Ich glaube«, begann er, einen Briefbeschwerer in Form eines Skarabäus haltend, »dass auf Ihnen ein Fluch lastet. Wo immer Sie auftauchen, ist der Sensenmann nicht weit.«

»Der Kältetod«, korrigierte Grenfeld und nahm unaufgefordert Platz.

»Nun gut, Sie kommen gleich zur Sache, von mir aus. Meine Mitarbeiter fanden Pfeiffer erfroren im Kühlhaus. Jemand hatte von außen die Tür verriegelt.«

»Das kommt mir irgendwie bekannt vor.«

»Die Kröte hatte es durchaus verdient, aber ich habe die Schweinerei nicht veranlasst. Ich wollte, ich könnte in aller Offenheit mit Ihnen sprechen.«

»Ich bitte darum.«

Machowski verzog sein Gesicht zu einer Grimasse. Der Briefbeschwerer wanderte von einer Hand in die andere. »In Ihrem hübschen Roadstar da draußen sitzt ein Kriminaler. Ich kenne ihn und er gefällt mir nicht. Vielleicht wartet er nur darauf, mir was anzuhängen«

»Kanther? Der wartet nicht. Der geht jetzt an die Bar und ersäuft seinen Kummer. Man verdächtigt seine Tochter, Hohenstein getötet zu haben.«

»Das ist natürlich – wie soll ich sagen – betrüblich, dennoch sitzt er öfter bei den Ringbrüdern als in seinem Büro im Präsidium. Sie wissen, dass dieser ehrenwerte Verein nur darauf aus ist, mich auszuhebeln?«

»Kanther ist harmlos. Kommen Sie schon, erzählen Sie mir was. Wie gut kannten Sie Hohenstein?«

»Ich habe einen Fehler gemacht«, gab er schließlich zu.

»Nicht den ersten, aber vielleicht einen der dümmsten.«

»Ich bin verschwiegen wie ein Beichtvater.«

»Anfang letzten Jahres ist Paul von Hohenstein bei mir aufgeschlagen. Er hatte einen Neger bei sich, schon in die Jahre gekommen, aber gut in Form. Die beiden sahen aus, als wären sie einem Kolonialfilm entsprungen. Irgendwie antiquiert, aus der Zeit gefallen. Wie Sie wissen, habe ich ein Faible für das Morbide. Kurz, ich war von dem Paar beeindruckt. Natürlich auch von der Summe, die man mir anbot.«

»Wofür?«

»Die Miete für Lagerraum und Verschwiegenheit.«

»Und weiter?«

»Pfeiffer kümmerte sich darum. Solange alles glattging, mischte ich mich nicht ein. Erst nach und nach wurde mir klar, dass Hohenstein der Kopf einer Gruppe grauer Eminenzen war. Ehemalige Militärs, die sich bald aufführten, als gehörte ihnen der Laden. Auch Pfeiffer hatte sich verändert, geriet immer mehr unter deren Einfluss und behandelte mich herablassend. Später habe ich erfahren, dass er Offizier in Ostafrika war. Alte Seilschaften. Die kannten sich alle. Als ich ihn rauswerfen wollte, drohten sie mir.«

»Die wollten Ihre Geschäfte auffliegen lassen?«

»Sie bedrohten mein Leben«, sagte Machowski so leise, als schämte er sich.

»Und was haben Sie unternommen?«

»Nichts.«

»Wie bitte?«

»Als junger Mann war ich ein Heißsporn. Damals hätte ich einen Krieg angezettelt. Doch heute sagt mir mein Bauchgefühl, dass die Arroganz dieser Leute ihr Verderben ist. Sie werden einen Fehler begehen. Und dann, im Moment der Schwäche, genügt es, ein wenig nachzuhelfen. Und was soll ich sagen? Der Prozess der Zersetzung hat begonnen. Pfeiffer ist so steif wie die Wachsfigur hinter mir. Und auch Hohenstein ist Vergangenheit. Und alles ganz ohne mein Zutun.«

Grenfeld hielt es nicht mehr auf seinem Stuhl. Er wanderte quer durch den Raum und wieder zurück. Die Wachsfiguren glotzten ihn an.

Machowski stand auf, stellte den Briefbeschwerer zurück und zeigte auf die Wanduhr. »Es tut mir leid, ich muss mich verabschieden. Gesellschaftliche Verpflichtungen. Ein Bankier gibt sich die Ehre.«

»Ich glaube Ihnen kein Wort«, rief Grenfeld und verstellte ihm den Weg. »Sie sind doch kein Mann, der sich so etwas gefallen lässt. Sie haben Pfeiffer aus dem Weg geräumt.«

»Sie enttäuschen mich, Grenfeld. Gerade Sie müssten mich verstehen. Seit ich Sie kenne, folgen Sie Ihrem Bauchgefühl. Nichts anderes habe ich getan. Die zerfleischen sich selbst, habe ich mir gesagt, früher oder später. Und ich habe recht. Wissen Sie, dass Hohenstein Angst hatte? Er roch geradezu nach Angst.«

»Er war krank, hatte Wahnvorstellungen.«

Machowski zuckte mit den Schultern und ging zur Tür. Dann drehte er sich um. »Ich möchte Ihnen eine Frage stellen, privater Natur, wenn Sie erlauben. Es geht um

Minni. Sind Sie – wie soll ich es formulieren – ihr neuer Liebhaber?«

Grenfeld stutzte. »Ich wüsste nicht, was Sie das angeht.«

»Minni ist kein Geschöpf, das man festhalten kann. Sie gehört zur Gattung der Schmetterlinge. Ich erwähne das nur, um Sie vor einer Enttäuschung zu bewahren.«

»Was reden Sie da?«, stammelte Grenfeld.

»Ein Mann wie ich kann es nur schwer verwinden, von einer Frau verlassen zu werden, die er – sagen wir, wie es ist – von der Gosse aufgelesen hat. Ich erkannte ihr Talent und stellte sie einem Regisseur vor. Georg Wilhelm Pabst machte gerade Probeaufnahmen für seinen Film *Die Büchse der Pandora*. Ganz Europa hatte er nach einer Lulu abgegrast – vergeblich. Keine der zweitausend Bewerberinnen war ihm gut genug. Dank meiner Beziehungen kam es zu einem Vorsprechen im Hotel Excelsior. Wir mussten warten, bis eine Marlene Dietrich das Feld räumte. Eine famose Person, die schon in *Ich küsse Ihre Hand, Madame* brillierte. Doch selbst sie sollte die Rolle nicht bekommen. Schließlich kam Minni an die Reihe. Was soll ich Ihnen sagen? Pabst war von unserem Bubiköpfchen begeistert. Sie hätte groß rauskommen können. Stattdessen hat sie ein Leben als Kellnerin gewählt und der Regisseur musste ein Fräulein Brooks aus Amerika einfliegen lassen. Verstehen Sie das, Grenfeld? Verstehen Sie, dass jemand sein Glück derart mit Füßen tritt?«

Kopfschüttelnd verließ Machowski den Raum. Ihm wurde schwindlig. Er musste sich auf die Tischplatte stützen. Niemals hätte er die beiden in Verbindung gebracht. Minni war ein Seidentuch, Machowski ein schmutziger Lumpen. Doch er durfte jetzt keine Zeit verlieren.

Er musste sich zusammenreißen. Jede Minute konnte ihn jemand hinausbugsieren. Hastig durchsuchte er die Schubladen des Schreibtisches. Dass sie leer waren, verwunderte ihn nicht. Machowski regierte sein Reich mit dem gesprochenen Wort. Schriftliche Beweismittel waren bei ihm nicht zu finden. Sein Name tauchte in keinem Register, in keiner Urkunde, auf keinem Vertrag auf. Eigentlich war er gar nicht existent. Es war fraglich, ob der Mann überhaupt schreiben konnte. Grenfeld starrte auf die Wachsfiguren im Raum. Eine geschmacklose Zusammenstellung. Königin Victoria stand neben einem Indianerhäuptling, Napoleon neben einem Zwerg, Papst Pius IX. war umringt von Mördern der Kriminalgeschichte. Nur die Queen stand abseits, trug eine Kette mit einem Schlüsselbund um den Hals. Die Versuchung war zu groß: Er nahm ihn an sich und steckte ihn ein. Dann verließ er den Raum. Oben fand er Kanther an der Bar, der sich zu seinem Erstaunen mit Sprudelwasser und einem Zitronenschnitz begnügte.

»Bist du krank?«, fragte Grenfeld.

»Wenn ich Irina da raushauen will, muss ich einen klaren Kopf behalten. Was hat Machowski ausgespuckt?«

»Wir sprechen uns später, im Efti.«

»Natürlich«, sagte Kanther enttäuscht und schielte zu einem jungen blonden Barmixer, der die silbernen Cocktailbecher gekonnt schüttelte.

Grenfeld sah sich um: überall Girlanden, Luftballons und Papierschlangen. Vor dem Tanzparkett saßen Männer in Damenkleidern, wobei einige so aussahen, als hätte sie nicht die Neigung, sondern die Verlegenheit um Geld dorthin gebracht. Das Eldorado glich einer Attrappe aus Pappmaschee, auf die nur Touristen hereinfielen. Am natürlichsten waren zwei kichernde Zigarettenmädchen, die mit wienerischem Akzent herumalberten.

»Arbeitete Minni für Machowski?«, fragte Grenfeld Kanther beim Anblick der Mädchen.

Sein ehemaliger Kollege richtete sich auf. Seine Stirn legte sich in Falten. Er schien alarmiert, denn er druckste herum, formulierte schwierige Sätze, aus denen kein Mensch schlau werden konnte.

»Mach schon, ich kann's aushalten.«

»Sie war seine rechte Hand, wickelte reihenweise Geschäftsleute um ihren Finger. Sie bot ihnen an, ihr Vermögen vor den Gläubigern in Sicherheit zu bringen. Es wurde eingelagert, verkauft und der Erlös geteilt. Machowskis Lagerhäuser sind zu diesem Zweck über die ganze Stadt verteilt. Konkursverschleppung heißt das Stichwort.«

»Und sonst?«

Kanthers Auge zuckte. Er ahnte, worauf seine Frage abzielte. »Na ja«, antwortete er. »Viele Eroberungen Machowskis sind für ihn anschaffen gegangen. Zumindest die erste Zeit.«

Grenfeld war bemüht, Gleichgültigkeit vorzutäuschen. Er war sicher, dass Kanther seinen freien Fall sehen konnte, und war dankbar, dass just in diesem Moment die Kapelle zu spielen begann.

»Mein Herz ist eine Jazzband.
Sie spielt zu Ernst und Scherz,
Und wenn dazu ein dicker Nigger singt und lacht:
Ua-hahah, my Baby,
Ua-hahah, my Baby,
Dann lacht auch mein Herz.«

»Minni ist ein guter Kerl«, brüllte Kanther ihm ins Ohr.
»Keine ganz verlorene Seele.«

*

11. Mai 1929, 18 Uhr,
Westhafen

Hamids Schreie gingen im rhythmischen Brummen des
Dieselmotors unter. Der Boden schwankte und er hatte
Kopfschmerzen. Der Käfig, in den man ihn gesperrt hatte,
war groß genug für einen Bären. Durch die Gitterstäbe
beobachtete er das vorbeiziehende Ufer, an dem Petro-
leumfässer mit einem Schiffskran verladen wurden. Nach
der Moltkebrücke tauchte der Lehrter Bahnhof auf, der
wie ein prunkvolles Schloss in der Abendsonne leuchtete.
Daneben lag der Rundbau des einstigen Kolonialmuseums,
in dem schon sein eigenes Volk, die Nubier, zur Schau
gestellt wurde. Längst hatte er aufgehört, die Brücken zu
zählen, unter die sie hindurchgefahren waren. Er sank zu
Boden und schloss die Augen. Ihm war alles einerlei. Sollte
der Verrückte ihn doch auf dem Wasserweg quer durch
die Stadt bugsieren. Vor seinem geistigen Auge erschien
das saphirblaue Meer Sansibars, das sich zum afrikanischen Festland erstreckte. Die Daus mit ihren geflickten
Segeln brachten die Tagesfänge der Fischer herein. Doch
sein Tagtraum sollte nicht lange währen. Vor der Müh-
lendammschleuse tauchte Finsch auf, setzte sich auf die
Planken, nahm seine Schiffermütze ab und reichte ihm
Kautabak. »Verdammt, warum schnüffelst du auch hier
herum?«, fragte er. Es klang beinahe wie eine Entschuldigung.

»Ich war neugierig. Es tut mir leid.«

»Neugierde.« Finsch spuckte aus, als hätte das Wort den öligen Geschmack von Schiffsdiesel. »Neugierde hat schon so manchem den Kopf gekostet. Bist du jetzt schlauer?«

»Du lebst mit einer Schwarzen zusammen«, sagte er leise.

»Hast du sie erkannt?«

»Nein, woher sollte ich sie kennen?«

Finsch strich seinen Bart glatt. »Ich könnte dich über Bord werfen und kein Hahn würde nach dir krähen.«

»Wahrscheinlich.«

»Es sei denn, du hältst die Klappe.«

»Ich werde schweigen«, sagte Hamid. »Du kannst dich auf mich verlassen.«

Finsch lachte müde. »Ein Hoch auf die Treue der Askaris.«

»Darauf konntet ihr euch immer verlassen.«

»Wirklich? Als General Lettow-Vorbeck die Waffen niedergelegt hatte, waren noch tausend schwarze Soldaten bei ihm. Der Rest ist desertiert oder zu den Engländern übergelaufen.«

»Die Deutschen hatten die Aura der Macht verloren. Die Söldner waren verunsichert. Aber du weißt hoffentlich, dass *ich* bis November 1917 dabei war.«

»Bis zum bitteren Ende«, sagte Finsch.

»Wir warteten auf das Luftschiff.«

»Die letzte Rettung mit Nachschub, der nie ankam.«

»Tag für Tag suchten wir den Himmel nach dem Zeppelin ab.«

»Ihr Sudanesen wart die Tüchtigsten«, sagte Finsch und zog ein Messer aus der Tasche. »Ich kann mich noch erinnern. Es war kurz vor einem Angriff. Die Sudanesentruppen standen still in Formation. Die Zulus hingegen schnatterten wie die Hühner und führten einen Kriegstanz auf. Das dumme Gesicht des Generals werde ich nie vergessen.«

»Kein Wunder, wir waren Kindersoldaten. Wir hatten schon in der Schlacht von Omdurman zu kämpfen gelernt.«

»Sei's drum«, murmelte Finsch und gähnte. Bald hörte Hamid Schnitzgeräusche, dazu die brummende Stimme des Bärtigen.

»Wie oft sind wir geschritten
Auf schmalem Negerpfad,
Wohl durch der Steppen Mitten
Wenn früh der Morgen naht;
Wie lauschten wir dem Klange,
Dem alten trauten Sange
Der Träger und Askari:
Heia, heia, Safari!

Und saßen wir am Feuer
Des Nachts wohl vor dem Zelt,
Lag wie in stiller Feier
Um uns die nächt'ge Welt;
Und über dunkle Hänge
Tönt es wie ferne Klänge
Von Trägern und Askari:
Heia, heia, Safari!«

Finschs Stimme war verstummt. Wie oft hatte er dieses Lied aus den Mündern der Offiziere gehört, auf einer Sandbank des Rufiji, des großen Stroms Ostafrikas. Wenn er die Augen schloss, konnte er Flusspferde, Krokodile, Warane und Graufischer sehen. In Friedenszeiten kamen die Bewohner von den Kischibergen herunter. Sie verkauften Gummi, Reis und Korn an die Inder und tauschten dafür Tücher, Glasperlen, Tabak und Messer ein. Doch wann war schon Frieden? Wo seine Füße standen, war Krieg. Zu seiner Zeit kreisten Geier und Marabus über die Leichen der Aufständischen.

»Übrigens, Peter Burger hat auch ein Paket erhalten. So eines wie Hohenstein«, sagte Finsch plötzlich.

»Mit einem Schädel?«

»Mit einem Handgelenk. Sauber abgetrennt vom übrigen Skelett. Als Großwildjäger muss ich zugeben: eine handwerklich überzeugende Leistung.«

»Mein Gott!«

Über Finschs Gesicht huschte ein diabolisches Grinsen. »Ich nehme an, es gehörte Carl Peters. Zuerst der Schädel, jetzt das Handgelenk, da ist noch Luft nach oben. Verstehst du jetzt, warum die Kameraden nervös sind?«

»Es ist die Rache der Ahnen«, flüsterte Hamid.

Finsch trat an den Käfig. »Solltest du recht haben, dann werden sie dich verschonen. Nicht jeder kann von sich behaupten, Tausenden Negern das Leben gerettet zu haben.«

Hamid erstarrte. »Woher weißt du davon?«

Finschs krächzendes Lachen klang wie das Geschrei einer Möwe. »Bis auf den heutigen Tag ist in den Matumbi-Bergen die Rede von einem aufrechten Söldner. *Einem Gerechten unter der Sonne Afrikas.*«

Manchmal dachte er, es sei alles ein Traum gewesen. Damals, 1907, während des Maji-Aufstandes. Auf einer Expedition zur Küste war ihm ein bewaldeter Hügel aufgefallen. Er hatte sich gewundert, warum die Bäume nicht zu Brennholz verarbeitet worden waren. Ebenso verdächtig war die Nervosität der Lastenträger. Mit fadenscheinigen Begründungen hatten sie versucht, ihn abzuhalten, den

Wald zu betreten. Aus Trotz hatte er den Hügel erkundet und dabei den Einsturztrichter entdeckt. Unter Protest der Träger war er bis zum Rand des Trichters gerobbt. Dort unten, in einer Höhle gigantischen Ausmaßes, sah er sie lagern: Frauen, Kinder, Alte, dazwischen Ziegen und Hühner. Ein ganzes Volk suchte Schutz vor der Strafexpedition der Deutschen. Es mussten Hunderte, vielleicht Tausende gewesen sein. In den Augen der Träger hatte er ein Flackern bemerkt. Sicher hatten sie daran gedacht, ihn hinunterzustoßen, doch sie hatten es nicht getan. Schweigend war er den Weg zum Stützpunkt zurückgekehrt. Sie hatten ihn verschont und er hatte sie nie verraten.

»So viel zur Treue der Askaris«, sagte Finsch. »Das war Hochverrat.«

»Von mir aus«, entgegnete Hamid. »Es gibt Zeiten, da muss man seinem Herzen folgen.«

Finsch entriegelte das Schloss und Hamid kroch an Deck. Er streckte sich und schüttelte seine Arme. Auf der Schleusenbrücke gafften barfüßige Schifferkinder neugierig auf ihn herab.

»Und jetzt, mein Lieber, führst du mich zu Hohensteins Lager. Ich möchte alles wissen, hörst du?«

Hamid nickte. Er würde ihm einen Bissen zum Fraß vorwerfen. Etwas, woran Finsch eine Zeit lang zu kauen hatte. Alles würde er nicht ausplaudern. Und während er ihm vom Viktoriaspeicher erzählte, dachte er ständig an die Afrikanerin. Irgendwo in der Tiefe seiner Erinnerung war dieses Gesicht gespeichert, doch es war wie verschüttet. Aus irgendeinem Grund hatte er es aus seinem Bewusstsein verdrängt.

*

11. Mai 1929, 22 Uhr,
Westhafen

Peter Burgers Knie begann so heftig zu wippen, dass sein Repetiergewehr auf seinem Schoß den Halt zu verlieren drohte. Seufzend stand er auf, um sein Glas erneut mit Grog zu füllen. Seinen Askaris hätte er es nie erlaubt, während der Nachtwache zu saufen. Er sah auf die Uhr. Es war, als ob die Zeiger stillstanden. Die Nacht wollte nicht vergehen. Fassungslos starrte er auf den Handknochen, der, in Holzwolle verpackt, in jenem Paket lag, das ihm zugeschickt worden war. Es war eine dreiste Geschmacklosigkeit, auf die er keinen Deut gegeben hätte, wenn nicht das Ableben seiner Kameraden ihn zur Vorsicht gemahnt hätte. Er blickte aus dem Fenster hinaus zum Hafenbecken, wo die Lichter flackerten. Plötzlich glaubte er, zwischen den in Reih und Glied geparkten Wagen der Ford-Werke einen Schatten bemerkt zu haben. Er löschte das Licht und nahm sein Gewehr in die Hand. Sein Daumen berührte den Umschalthebel. Darunter warteten acht Schuss Munition, die jeweils einen Elefanten zu Fall bringen könnte. Ein merkwürdiges Gefühl der Unruhe bemächtigte sich seiner. Es war fast wie vor dem Gefecht bei Lula-Rugaro. Damals hatten sie die Krieger der Wahehe unterschätzt und ein Fünftel der Truppe verloren. Er war es leid, herumzusitzen und zu warten. Er ging ins Parterre hinunter, durchquerte die Halle, nicht ohne mit der Hand zärtlich über das Elfenbein zu streichen. Ganz hinten hockte eine Gruppe rauchender Chinesen, die in einer beneidenswerten Gelassenheit die anspruchsvollen Schnitzarbeiten durchführten. Dann öffnete er das Tor, trat auf den Vorplatz und ging ans Ufer, wo er die frische Luft in vollen Zügen einsog. Irgendwo flussaufwärts lag Finschs Kahn. Er war nie dort gewesen und hatte es auch nicht vor. Er traute ihm nicht über den Weg. Mit seinem struppigen Bart ähnelte er jenen arabischen Sklavenhändlern, die sich wie Zecken in Afrika festgesaugt hatten. Finsch war ein Hasardeur, wie die Kolonien sie damals magisch angezogen hatten. Sie hatten den Urwald kartografiert, seltene Käfer aufgespießt, nach den Quellen des Nils gesucht und den Kilimandscharo bestiegen. Finsch hatte Elfenbein vergraben. Er hatte darauf spekuliert, dass mit der Ausrottung der Tiere die Preise ins Astronomische stiegen. Und er hatte recht behalten. Heute waren in einem Gebiet rund um den heiligen Berg gerade mal tausend Elefanten am Leben.

Plötzlich bemerkte er am Ufer gegenüber ein Blinken. Zuerst dachte er an das Flackern einer Gaslaterne, doch schnell wurde ihm klar, dass es Morsezeichen waren. Mühsam reihte er Buchstabe an Buchstabe. Es war sein Name: Peter Burger. Welcher Narr signalisierte seinen Namen? Burger zögerte, dann lief er los. Er war zu besoffen, um die leise Stimme, die ihn warnte, ernst zu nehmen. Vor den Kohlehalden hielt er an. Der Blinker musste auf dem Gipfel stehen. Er kletterte auf allen vieren hinauf, seine Stiefel versanken in der Kohle. Immer wieder rutschte er ab. Kaum hatte er sich aufgerichtet, spürte er einen brennenden Schmerz in der Schulter. Ruckartig drehte er sich um, legte sein Gewehr an und schoss in die Dunkelheit, dorthin, wo die Schornsteine des elektrischen Werks Moabit in den Nachthimmel ragten. Der Knall verhallte wirkungslos im Westhafen. Sein Schmerz breitete sich schnell aus und schien die Wirbelsäule hinauf bis in den Kopf zu wandern. Irgendetwas war in seine Schulter eingedrungen und dort stecken geblieben. Er versuchte, nach hinten zu greifen, doch sein Arm wurde schwer, seine Finger ließen sich nicht mehr bewegen. Er krümmte sich, musste würgen. Zuerst fiel das Gewehr, dann er selbst. Es war, als ob in jenen Sekunden alles Leben aus seinem Körper wich. Noch einmal dachte er an Lula-Rugaro. Wieder hatten sie den Feind unterschätzt.

*

11. Mai 1929, 23 Uhr, Friedrichstraße 191

Grenfeld wachte schweißgebadet auf. Er hatte geträumt, zu ersticken.

Minni legte ihre Hand auf seine Stirn und sah ihn besorgt an. »Du hast geschrien.«

»Die verdammte Wachsfigur«, schimpfte Grenfeld.

Minni neigte ihren Kopf zur Seite. Ein Lächeln umspielte ihre Lippen. »Es ist nur Jack the Ripper.«

»Bei Machowski stehen Dutzende. Eine grauenhafter als die andere. Ich habe der Königin Viktoria ihren Schlüsselbund geklaut, wofür immer der ist. Vielleicht rächt sie sich jetzt im Traum.«

»Die Schlüssel zum Viktoriaspeicher.«

Grenfeld richtete sich auf und sah sie entgeistert an. »Eines muss man ihm lassen. Der Mann hat Humor.«

»Er hat keinen Humor. Er will, dass du dort herumstöberst. Darum hat er die Schlüssel vor deinen Augen platziert. Er wusste, dass du nicht widerstehen kannst.«

»Ach was! Das ist reiner Zufall.«

»Er spielt mit dir. Er benutzt dich wie eine Schachfigur.«

Grenfeld brauchte Frischluft. Er stand auf und öffnete das Fenster. Hoch und steil ragten die steinernen Paläste der Friedrichstraße in den Nachthimmel. Auf den engen Bürgersteigen wimmelte es ameisenhaufengleich. Der laue Wind wehte die schmachtende Stimme des Schlagerstars Paul O'Montis vom Moka Efti zu ihnen hinüber:

»Ramona, hörst du der fernen Glocken Klang,
Ramona, so tönt auch meiner Liebe Sang.
Ich träume die Weise,
Die leise dir mein Sehnen klagt,
Den duftenden Rosen hab ich manch' liebes Wort gesagt.
Ramona, gedenk doch der sel'gen Stund,
Ramona, noch einmal küsse meinen Mund.
Mein ganzes Herz, Ramona, nahmst du grausam mir.
Ramona, ich sehn mich nach dir.«

Das genügte. Grenfeld schloss das Fenster mit einem Knall. Er hatte nicht den geringsten Bedarf an Herzschmerz. Schlimm genug, dass die Schnulzen die Stadt mit ihrer klebrigen Glasur überzogen. »Ich bin mir sicher«, sagte er zu Minni, »Machowski hat Hohenstein und Pfeiffer beseitigt. Sie sind ihm lästig geworden. Ich weiß nur nicht, welche Rolle Hamid dabei spielt.«

»Machowski macht sich nicht die Finger schmutzig. Er ist schlau.«

»Du scheinst ihn gut zu kennen.«

»Warum stellst du mir keine Fragen?«

»Zu was?«

»Über mein früheres Leben. Ich sehe doch, wie es in dir arbeitet.«

»Das geht mich nichts an.«

»Soll ich dir erzählen, wie Hugo Machowski mich umworben hat? Wie er meiner Mutter Geld zugesteckt hat? Mit seinem cremefarbenen Hispano-Suiza-Cabriolet hat er mich abgeholt. Die Nachbarschaft war wie von Sinnen. Die silbernen Glanzlichter, die sich im hellen Lack spiegelten, die roten Ledersitze und weißen Felgen. Ich war damals nur wenig älter als Kanthers Tochter. Er hat mir Schuhe, Kleider und Parfüm geschenkt, hat mich ausstaffiert wie eine Prinzessin. Ich war seine Lulu.«

»Das reicht!«

Minni sprang auf und packte ihn am Arm. Ihre Augen funkelten. »Du kannst nicht nur einen Teil von mir haben. Du betrügst dich selbst.«

»Das ist doch Schnee von gestern.«

»Die Vergangenheit ist nicht tot. Sie ist noch nicht einmal vergangen. Ich bin nicht die harmlose Kellnerin, die du in mir siehst.«

»Schluss jetzt! Ich will nichts davon hören!«

»Nein? Dann frage ich dich: Kannst du damit leben?«

Grenfeld riss sich los und zog sich hastig an.

»Wohin willst du?«

»Zum Viktoriaspeicher.«

Minni stampfte mit dem Fuß auf. »Mein Gott, du bist verrückt! Merkst du nicht, wie er dich lenkt? Er will dich diesen Leuten zum Fraß vorwerfen.«

*

12. Mai 1929, 2 Uhr, Köpenicker Straße 20–26a

Der stürmische Wind blies ihm den Staub ins Gesicht. Getreidekörner, die dem Silo entkommen waren, wirbelten samt Sackfetzen quer über den Hof. Grenfeld drehte die Schlüssel unablässig in seiner Hand, während er die Fassade des Viktoriaspeichers in Augenschein nahm. Der sechsgeschossige Stahlbetonbau, dessen Gerippe mit Backsteinen ausgefacht war, stand, anders als die anderen Lagerhäuser, quer zur Spree. Es war ein finsterer Koloss, der nicht zu einer nächtlichen Erkundungstour einlud. Was immer er dort oben zu finden hoffte, er musste sich beeilen. Die Sackträger, welche die Kähne löschten, würden früh ihr Tagwerk beginnen. Mit dem großen Schlüssel ließ sich das Eisentor öffnen. Der kleine Schlüssel passte ins Schloss zum Dachgeschoss. Es dauerte eine Weile, bis sich seine Augen an die Dunkelheit gewöhnten. Irgendetwas veranstaltete einen Höllenlärm. Er ging zum Fenster und sah auf die Spree bis zur Oberbaumbrücke. Die schwarzen Silhouetten der Schornsteine hoben sich vom Nachthimmel ab. Draußen erblickte er die Ursache des Lärms. Ein Eisenhacken hatte sich gelöst und schlug penetrant gegen das Gestänge des Dampfelevators. Erst jetzt traute er sich, die Taschenlampe zu benutzen. Bis zur Dachspitze ragten die Türme aufgestapelter Holzkisten empor. Dahinter erstreckte sich über die Seitenwand hinweg eine monumentale Landkarte. Grenfeld trat näher. »TANGANYIKA« stand in großen Lettern darüber. Es war eine Karte Deutsch-Ostafrikas, das nunmehr unter britischer Mandatsverwaltung stand. Sie war über und über mit bunten Pfeilen, Kreisen und Ziffern versehen.

Auf einem Sekretär entdeckte er eine abgewetzte Kladde mit handschriftlichen Eintragungen. Grenfeld stöhnte. Es würde Tage dauern, um zu verstehen, womit Paul von Hohenstein gehandelt hatte. Seine mangelnden Geografiekenntnisse machten die Sache nicht besser. Grenfeld setzte sich und überflog die ersten Seiten. Es waren Listen voller indischer und griechischer Namen, die offenbar bestimmten Planquadraten zugeordnet waren. Die meisten lagen in der Hochlandregion des Kilimandscharos. Offensichtlich ging es um den Verkauf von Land. Weiter hinten fand er eng beschriftete Tabellen, die sich über Seiten erstreckten. Grenfeld massierte seine Stirn und lehnte sich zurück. Möglicherweise waren es Scheingeschäfte, doch damit sollte sich Kanther herumschlagen. Ihn interessierte brennend, was in den Kisten war. Er fand ein Stemmeisen und öffnete sie. Unter der Holzwolle kamen ockerfarbige Gebilde zum Vorschein. Es waren keine Tongefäße, wie er vermutet hatte, sondern Totenschädel. Viele waren deformiert oder hatten ein Loch in der Schädeldecke. Ausnahmslos waren sie mit schwarzer Tinte beschriftet oder besaßen ein Etikett, dessen Nummerierung auf eine bestimmte Region verwies. Der Lichtkegel seiner Taschenlampe wanderte rastlos zwischen den Schädeln und der Landkarte hin und her.

Was um alles in der Welt wollte Paul von Hohenstein damit? Konnte man damit Handel treiben? Grenfeld nahm sich erneut die Kladde vor. Die Schädel waren nicht nur verschiedenen Regionen, sondern auch diversen Aufständen zugeordnet. Erst jetzt dämmerte es ihm, dass die Eingeborenen nicht aus Altersschwäche gestorben waren. »Import-Export« stand auf der Visitenkarte. Nun wusste er, welch makabre Ware Hohenstein importiert hatte. Grenfeld fror und wurde unruhig. Der Sturm ließ die Balken ächzen, als wollten sie jeden Augenblick einstürzen. Er hatte genug gesehen. Der Speicher war ein Massengrab. Mit der Kladde unter dem Arm wollte er den Raum verlassen, als er Schritte im Treppenhaus hörte. Er sah auf die Uhr und fluchte. Fünf Uhr. Ganze drei Stunden hatte er hier verbracht. Die Eisentüre fiel ins Schloss. Zur Flucht war es zu spät. Grenfeld kletterte über Kisten und versteckte sich im hintersten Winkel.

»Mein Gott«, rief jemand mit einer tiefen Stimme schwer atmend. »Warum hast du uns das verschwiegen?«

»Ich durfte keinem davon erzählen.« Die zweite Stimme kam ihm bekannt vor.

»Schau dir das an«, donnerte es. »Was wollte er damit?«

»Er war besessen.«

»Und geldgierig. Hat er die Schädel an Museen verkauft?«

»Zuerst schon.«

»Ja und dann?«

»Wollte er sie zurückkaufen.«

»Aber weshalb denn?«

»Er fürchtete sich vor Hongo.«

»Dieser verdammte Aberglauben hat ihn um den Verstand gebracht.«

Grenfeld wagte einen Blick über die Kiste und sah den Filmvorführer des Mercedes-Palasts hinter einem vollbärtigen Hünen mit Schiffermütze, der unruhig vor der Landkarte auf und ab stolzierte. Er ging wieder in Deckung, vernahm nur den knarzenden Dielenboden.

»Sieh dir das an! Auf der Karte sind sämtliche Höhlen markiert. Sie muss verschwinden. Weißt du, was passiert, wenn Machowski oder die Polizei hier herumschnüffelt?«

»Vor allem müssen wir die Schädel beerdigen.«

»Wie stellst du dir das vor?«

»Sie sollten in ihrer Heimaterde begraben werden.«

Der Bärtige lachte höhnisch. »Welche Heimat? Die Engländer haben jetzt das Sagen. Sie nennen es Mandatsgebiet, faseln etwas von indirekter Herrschaft, aber das Land gehört noch immer den Weißen.«

»Es ist doch egal, wie sie das Land nennen. Es bleibt ihre Heimat.«

»Überleg dir lieber, ob du nicht für mich arbeiten willst. Hohenstein ist tot. Du bist an keinen Eid mehr gebunden. Du bist ein freier Mensch.«

Grenfeld hörte, wie die Schritte des Schwarzen sich seinem Versteck näherten. Sie waren leiser als die des Bärtigen. Er kauerte sich zusammen, hielt die Luft an und hoffte inständig, nicht entdeckt zu werden. Plötzlich war es ganz still. Selbst der Sturm schien für einen Moment innezuhalten. Grenfeld blickte auf und sah in die funkelnden Augen des Filmvorführers, dessen Gesichtszüge keine Regung zeigten. »Auch die Nacht hat Ohren«, hatte er damals im Kino gesagt. Daran musste er jetzt denken.

»Verdammt noch mal!«, fluchte der Hüne im Hintergrund. »Hat sich da jemand an den Kisten vergriffen?«

»Nein«, sagte Hamid langsam, Grenfeld unentwegt anstarrend. »Das hat Hohenstein selbst getan. Er hat sie geöffnet.«

»Lass uns abhauen. Bald werden die Hafenarbeiter auftauchen.«

»Es wird das Beste sein«, murmelte Hamid und verschwand aus Grenfelds Blickfeld. Als die Tür ins Schloss fiel, spürte er, wie seine Muskeln schmerzten, so sehr waren sie angespannt gewesen. Es war knapp. Nicht auszudenken, was der Bärtige mit ihm angestellt hätte. Länger als nötig blieb er in seinem Versteck und versuchte alles, was er gehört hatte, in einen sinnvollen Zusammenhang zu bringen. Der Bärtige war offenbar Teil jener Truppe ehemaliger Offiziere, die Machowski erwähnt hatte. Etwas Bedrohliches ging von seiner Stimme aus, ohne dass er es hätte begründen können. Und Hamid? Warum hatte der ihn nicht verraten? Grenfeld stand auf und kletterte über die Kisten. Mit dem Licht der Morgendämmerung, das durch die trüben Fenster schien, drangen die Stimmen der Arbeiter zu ihm hinauf. Höchste Zeit, abzuhauen.

KAPITEL 10

12. Mai 1929, 15 Uhr,
Moka Efti

Der Klang der Billardkugeln aus dem oberen Stockwerk
mischte sich mit dem Knattern eines Motorrads vom
Hinterhof. Grenfeld spülte seine Müdigkeit mit der dritten Tasse Mokka hinunter. Hinter der Milchglasscheibe
gegenüber beobachtete er die Schatten perfekt gebauter
Masseusen bei ihrer Arbeit. Minni hatte ihnen einen jener
Korrespondenzräume reserviert, die man neuerdings im
Moka Efti mieten konnte. Der Raum besaß den Luxus
eines eigenen Fernsprechers. Das neueste Modell einer
Adler-Schreibmaschine wartete auf einem Glastisch unter
hellem Licht aus schnörkellosen Lampen auf das Diktat
betuchter Geschäftsleute. Bei Bedarf konnte man auch
gleich eine Stenotypistin ordern. Grenfeld fragte sich, ob
auch sie schnörkellos sein würde. Er war hundemüde.
Jede Faser seines Körpers rächte sich für die durchwachte
Nacht. Um drei Uhr hatte er Kanther im Café Messerstich
aufgescheucht. Die Spelunke am Schlesischen Bahnhof war
eine Kneipe, in der man bis in die frühen Morgenstunden
seinen Magen mit Schnaps und deftiger Hausmannskost
bei Laune halten konnte. Er hatte ihm die Kladde übergeben und Bericht erstattet. Kanther hatte nach Zigarren,
Sliwowitz und etwas undefinierbar Süßlichem gestunken.
Eine Schande, wie sein ehemaliger Kollege sich gehen ließ.

Grenfeld hatte seinen Kopf unter den Wasserhahn halten müssen, bis seine Augen groß genug waren, die Botschaft aufnehmen zu können.

Jetzt, exakt zwölf Stunden später, kam Kanther angetrabt, ohne dass sich sein Äußeres viel verändert hätte. Und damit das auch so blieb, stellte er eine Flasche Cognac und zwei Gläser auf den Tisch. »Die habe ich drüben bei Gerolds kaufen müssen«, sagte er mit gespielter Empörung und nahm seine Ledermütze ab. »Hier ist das ja unbezahlbar.«

Dann schmiss er die Kladde auf den Tisch, öffnete sein Notizbuch und zog einen beeindruckenden Vierfarbenstift der Marke Goldfink aus der Brusttasche. Unter dem Eindruck des modernen Büros glättete er seine Haare und richtete seine Krawatte. »Paul von Hohenstein hatte bis 1925 über Strohmänner in Ostafrika die ehemaligen Plantagen deutscher Siedler aufgekauft. Deshalb die griechischen Namen in den Listen. Für seine Dienstleistung hatte er satte Provisionen kassiert.«

Grenfeld pfiff durch die Zähne. »Er hat die Briten übers Ohr gehauen.«

»Kann man so sagen.«

»Und die Schädel?«, fragte Grenfeld.

»Die meisten davon hat er an Museen und Privatsammlungen verkauft.«

»Woran sind die Menschen gestorben? Ihre Schädel wiesen Einschusslöcher auf.«

»Ich fürchte, das hat keine große Bedeutung.«

»Keine Bedeutung?«

Kanther kippte einen Cognac hinunter und wischte sich den Mund ab. »Ich habe mit einem Dr. Franz von Lohe telefoniert, Mitarbeiter am Kaiser-Wilhelm-Institut für

Anthropologie, menschliche Vererbungslehre und Eugenik. Ein spröder Zeitgenosse, dem ich jedes Wort aus den Rippen leiern musste. Er ist Kustos der dortigen Schädelsammlung, die auf Rudolf Virchow und Felix von Luschan zurückgeht.«

Grenfeld nickte, nachdem ihn Kanther prüfend angeschaut hatte. Es waren große Namen der Medizin und Wissenschaft, bedeutende Männer der Stadt. Dass auch sie Schädelsammler gewesen waren, entzog sich seiner Kenntnis.

»Das Versenden von menschlichen Überresten aus den Kolonien war ein üblicher Vorgang. Durch die Sammelwut platzen die Magazine aus allen Nähten. Allein diese Sammlung beinhaltet um die sechstausend Schädel.«

»Sechstausend? Und woher stammen die?«, wollte Grenfeld wissen.

»Man hat sie ausgegraben. Für etwas Kleingeld plünderten die Kinder der Eingeborenen die Friedhöfe. Es gab keine Regeln, also auch keine Kontrolle.«

»Hat man die Angehörigen um deren Einwilligung gefragt?«

Es wirkte, als würde Kanther gleich losprusten. »Mein Lieber, wo lebst du denn? Wir sprechen hier von Buschmännern und wilden Bestien. Da war Krieg.«

»Die Schädel waren datiert. Die meisten stammen von 1905 bis 1907. Was für ein Krieg soll das gewesen sein?«

»Was weiß denn ich? Da unten gab es doch ständig Unruhen.«

»Die gibt es auch bei uns. Über dreißig Tote bei der Maidemonstration. Und gerade deshalb landet jede Leiche auf dem Tisch eines Gerichtsmediziners. Wie viele Untersuchungsausschüsse gab es für *diese* armen Seelen?«

Kanther begann, Streichhölzer zu einem Stern zu legen. »Das ist doch Schnee von gestern«, murmelte er.

Grenfeld wischte mit einer Handbewegung die Streichhölzer vom Tisch. Dabei erwischte er das Cognacglas, das dank des weichen Teppichs keinen Schaden nahm.

»Gibt es Tote zweiter Klasse?«, zischte er. »Wozu kümmert ihr euch um einen Paul von Hohenstein? Warum nicht um die Toten im Viktoriaspeicher? Woran sind sie gestorben? Wer hat sie auf dem Gewissen? Es sind Hunderte von Schädeln: datiert, kartiert, dokumentiert. Wer weiß, ob man nicht bei dem ein oder anderen nachgeholfen hat?«

Kanther stand auf und betupfte mit einem Taschentuch seine feuchte Stirn. Der Cognac leistete ganze Arbeit. »Ich muss Irina retten. Mein Vorgesetzter interessiert sich herzlich wenig für deinen Fund. Auch nicht für die Landkäufe. Im Gegenteil. Heute gibt es Zuschüsse für jeden Siedler, der zurückkehrt. Mit so etwas kann ich keinen Blumentopf gewinnen!«

Grenfeld bemerkte fasziniert, zu welchen Reden sein Kollege noch in der Lage war.

»Das einzig Interessante ist«, fuhr Kanther fort und hob das Glas auf, »dass Hohenstein bestimmte Schädel zurückkaufen wollte. Er hatte sogar den dreifachen Preis geboten.«

»Aus Angst vor Hongo.«

»Wer soll das sein?«, fragte Kanther irritiert. So etwas stand nicht in seinem schlauen Büchlein.

»Ein Geist. Dieser Hamid hatte das behauptet. Lebt vorzugsweise im Fluss Rufiji.«

»Na wunderbar. Das wird den Untersuchungsrichter überzeugen, Irina freizulassen.«

Grenfeld schlug mit der Faust auf den Tisch. »Ihr müsst endlich anfangen zu ermitteln. Ihr müsst euch Hamid und diese Bande vorknöpfen. Von mir aus Machowski. Was ist denn mit Schulze los? Warum kommt er nicht in die Gänge? Hat er das in München nicht gelernt?«

Das Telefon klingelte. Kanther hob ab. Seine Stirn legte sich in Falten. Als er das Gespräch beendet hatte, war in seinen blassen Gesichtszügen so etwas wie Hoffnung abzulesen. »Eine Leiche am Westhafen. Auf den Kohlehalden. Du wirst es nicht glauben!«

»Was denn?«

»Das Opfer trägt die gleiche Tätowierung wie Hohenstein und Pfeiffer.«

*

12. Mai 1929, 19.15 Uhr, Westhafen

Kanther hatte sein Motorrad direkt am Südkai vor der Halde geparkt, dort, wo man glauben konnte, auf einer Hamburger Werft gelandet zu sein. Ein gigantischer Verladekran fuhr auf einem kilometerlangen Gerüst auf und ab. Grenfeld kletterte aus dem Beiwagen und sah nach oben. Auf dem Kohleberg stapften die Ermittler wie Störche umher. Ihre Beine waren pechschwarz und sanken immer wieder ein. Mit mürrischem Blick und ausgefahrenen Ellenbogen bahnten sie sich ihren Weg durch die gaffende Menge. Es waren Werker von den Ford-Montagehallen, die sich nur widerwillig durch ein Absperrseil von einer Tatortbesichtigung abhalten ließen. Mit vorgehaltenen Händen schauten sie gen Himmel. Im Gegenlicht der Sonne baumelte ein nackter Körper an einem Seil, welches am Haken des Verladekrans befestigt war. Der Tote drehte sich wie ein Wetterhahn im Wind. Die Haut des Mannes war von einer schmierigen schwarzen Schicht bedeckt. Man musste schon genau hinsehen, um die Buchstaben »UHURU« zu erkennen, die in vertikaler Reihenfolge in die Haut des Rückens geritzt worden waren. Hemd, Schuhe und Weste lagen verstreut auf der Halde. Die Kriminaler nahmen von Grenfeld keine Notiz. Unter dem Gekreische kreisender Möwen stellten sie nummerierte Blechschilder auf und schossen Fotos. Einer schrie nach dem Schlüssel für die Kabine des Krans, ein anderer verlangte nach einer Leiter. Kanthers aufgedunsenes Gesicht mit der Knollennase leuchtete. Er blickte lächelnd, ja hoffnungsvoll zu ihm hinüber. Grenfeld nickte und beobachtete eine Limousine, die von Süden kommend neben Kanthers Motorrad parkte. Kaum hatte sich Inspektor Schulze aus dem Wagen gezwängt, redete er auf seine Assistenten ein. Wütende Sprachfetzen drangen zu ihnen hinauf. Schulze war gereizt, und Grenfeld glaubte zu wissen warum. Bald würde er den Fall an die Mordkommission abgeben müssen. Dann war endgültig Schluss mit den erpresserischen Spielchen. Der Kriminalrat stapfte zu ihnen hinauf. Seine beigen Flechtsandaletten färbten sich rußig schwarz. Sicher hatte er erwartet, dass sie bei ihm antanzten. Doch den Gefallen taten sie ihm nicht. Trotzig verharrten sie auf dem Gipfel der Kohlehalde und beobachteten, wie der Kran gestoppt und der Leichnam unter den neugierigen Blicken der Möwen zu Boden gelassen wurde.

»Verdammt, Grenfeld«, keuchte Schulze und zerrte ihn zur Seite. »Wo sind die Projektile? Unser Polizeipräsident muss sich vorwerfen lassen, wir hätten Beweismaterial unterschlagen. Stattdessen dringen Sie unbefugt in Lagerhäuser ein und betätigen sich als Schädelsammler.«

Grenfeld deutete auf die Leiche. »Grüßen Sie Kriminalrat Gennat von der Mordkommission, wenn Sie den Fall übergeben. Es ist ja wohl offensichtlich, dass Sie mit Irina die Falsche verhaftet haben.«

Schulze zog ihn von Kanther weg, als habe der eine ansteckende Krankheit. »Warum um alles in der Welt decken Sie die Rotfrontkämpferin? Der Staatsanwalt wird Sie vorladen. Sie wissen, was auf Meineid steht? Ein Gewährsmann hatte ausgesagt, Irina sei im Besitz der Tatwaffe gewesen. Auch die ist verschwunden. Haben *Sie* die Waffe beiseitegeschafft?«

»Hohenstein und seine Kolonialbrüder waren in krumme Geschäfte verwickelt. Er hatte Angst. Er wurde bedroht. In diese Richtung sollten Sie ermitteln. Stattdessen verhaften Sie eine harmlose Primanerin.«

Schulze legte seine Hand auf Grenfelds Schulter, krampfhaft bemüht, einen versöhnlichen Ton anzuschlagen. »Ich bitte Sie! Sie sind doch nicht naiv. Das Mädchen hatte Verbindungen zu Organisationen, die auf eine Befreiung der Schwarzen hinarbeiten: Die Liga zur Verteidigung der Negerrasse zum Beispiel. Das ist ein Auffangbecken für jene, die für eine Mitgliedschaft in der KPD noch nicht reif sind. Wir haben die verbotene Zeitschrift *The Negro Worker* bei ihr gefunden. Einige Spuren führen nach Hamburg in das sogenannte ›Negerbüro‹. Von dort aus schickt Moskau sein Propagandamaterial direkt nach Afrika.«

»Unser Täter signiert seine Opfer mit ›UHURU‹. Der sitzt nicht in Untersuchungshaft. Der läuft noch frei herum.«

»Wissen Sie, was ›UHURU‹ bedeutet? Ich werde es Ihnen verraten: auf Suaheli nichts weniger als *Freiheit*.« Schulze zeigte zum Verladekran. »Wir haben den Namen des Toten: Es ist Peter Burger, ein ehemaliger Offizier aus Ostafrika. Alle Opfer waren Soldaten der Schutztruppe. Irina ist keineswegs harmlos. Wir vermuten, dass sie für eine afrikanische Befreiungsbewegung tätig ist.«

Grenfeld gingen die Argumente aus. Er war verunsichert. Zum ersten Mal kamen ihm ernsthafte Zweifel an der Unschuld Irinas. Natürlich war seine Objektivität längst dahin. Seine Erinnerung an das Mädchen mit den Zöpfen, das ihm einst ein Bild gemalt hatte, verstellte ihm den Blick auf die Fakten. Vielleicht wollte er sie nicht hören – die Fakten. Als ob Kanther spürte, wie die Loyalität seines Kollegen zu bröckeln begann, drängte er sich dazwischen, packte den Kriminalrat am Kragen und rüttelte ihn. »Sie ist keine Mörderin«, zischte er.

»Lassen Sie mich auf der Stelle los«, befahl Schulze.

»Meine Tochter mag verrückt sein, aber eine Mörderin ist sie nicht!«

»Was behaupten Sie da?«

»Sie ist mein Fleisch und Blut!«

»Zum letzten Mal! Lassen Sie mich los!«

Grenfeld packte Kanther am Oberarm. Doch je mehr er zerrte, desto tiefer gruben sich Kanthers Wurstfinger in die Wolle des Kamelhaarmantels. »Ihr sucht einen Sündenbock, um von den zweiunddreißig Toten abzulenken! Der Polizeipräsident hat einen Fehler gemacht, und mein Kind soll jetzt dafür büßen.«

Schulze verlor das Gleichgewicht und fiel rücklings auf die Kohle. »Sie sind suspendiert«, röchelte er. »Sie sind aller Aufgaben enthoben. Das wird ein Nachspiel haben.«

Grenfeld sah sich um, doch zu seinem Erstaunen schien niemand den Vorfall bemerkt zu haben. Die Polizisten waren dabei, die Bahre mit dem Toten nach unten zu tragen, wo Dr. Katz in seinem Köfferchen kramte. Schulze richtete sich stöhnend auf. Hose und Hemd hatten schwarze Flecken bekommen. Drohend hob er den Zeigefinger, als wollte er etwas verkünden, doch dann drehte er sich um und trabte davon.

Kanther schmiss ihm seine Polizeimarke wie einen Wurfpfeil hinterher. »Hast du gehört?«, zischte er. »Er weigert sich, in andere Richtungen zu ermitteln. Ich breche alle Brücken hinter mir ab. Von nun an werden andere Mittel angewandt, andere Wege beschritten, wenn nötig mit Gewalt.«

KAPITEL 11

13. Mai 1929, 22 Uhr,
Mercedes-Palast, Neukölln

Hamid saß neben dem ratternden Projektor hoch über
dem Publikum. Die anderen Vorführer sowie der Umrol-
ler hatten die Kabine längst verlassen. Finsch lehnte an
der Wand und zupfte nervös an seinem Bart. Die letzten
Meter der *Büchse der Pandora* flimmerten über die Leinwand. Louise Brooks umarmte ihren Mörder. Als Jack the
Ripper das Brotmesser, im Kerzenlicht glänzend, auf dem
Tisch liegen sah, hielten zweitausend Zuschauer die Luft
an. Beim letzten Kuss ging ein Raunen durch den Saal.

»Der arme Burger«, sagte Finsch. »Du hättest sehen
sollen, wie er am Verladekran hing. Wie ein Stück geräu-
cherter Schinken.«

Hamid schwieg. Es gefiel ihm nicht, wie der Bärtige
über den ehemaligen Offizier sprach. Überhaupt störte
ihn Finschs Anwesenheit. Die dunkle Kabine war sein
Reich. Das Reich der Illusionen, der Filmdiven und Lein-
wandhelden, seine Zuflucht vor der kalten Realität da
draußen.

»Die Kameraden haben sich bewaffnet«, fuhr Finsch
fort und spielte mit seinem Amulett, das aus einem Fell und
zwei Pantherklauen bestand. In Afrika hatte man so einen
Fetisch bei jeder Elefantenjagd getragen. Hamid schob den
Vorhang beiseite und spähte durch das Bullauge hinunter.

Alle Köpfe blickten gebannt zur Leinwand. Nur in der achten Reihe starrte ein Mann hinauf, so wie er es bereits die letzten zehn Minuten getan hatte.

»Wie weit bist du mit deinen Nachforschungen? Hast du eine Liste der Maji-Käufer gefunden?«, fragte Finsch.

»Es ist sinnlos. Die Flaschen wurden kistenweise versendet. Ein Großteil ging an den Tierpark Hagenbeck. Sie wurden bei jeder Völkerschau verkauft, zusammen mit afrikanischem Schmuck, Masken und Ansichtskarten.«

Die Orgel spielte den Schlussakkord. Applaus brandete auf. Routiniert legte er eine Reihe von Schaltern um und ließ den Film zurückspulen. Dann sah er nochmals durch das Bullauge. Die ersten Zuschauer strömten durch die Seitenausgänge in die Wandelhalle. Der Saal leerte sich. Nur einer blieb. Hamid griff zu einem Opernglas und nahm den Gaffer in Augenschein. Kein Zweifel, es war Kanther, jener Kommissar der Politischen Abteilung, den er vor wenigen Tagen mit seinem Exkollegen belauscht hatte. Die Art, wie er unentwegt nach oben stierte, verhieß nichts Gutes. Hamid stand auf und zog hastig seinen Mantel über. »Ich muss mal kurz verschwinden«, sagte er.

»Was ist denn los?«, fragte Finsch.

»Da unten sitzt der Kommissar, der den Mord an Hohenstein untersucht.«

»Na und? Was hat er hier verloren?«

»Meine Tochter sitzt in Haft«, hörte man ihn plötzlich von unten brüllen.

Durch das Bullauge konnte Hamid sehen, wie der Mann wankte, als sei er ein Matrose auf unruhiger See.

»Was wollen Sie von mir?«, rief der Nubier zurück.

»Du hast Irina angeblich am Tatort gesehen. Am zweiten und dritten Mai.«

»Ich war bei Ihren Kollegen auf dem Präsidium und hab alles zu Protokoll gegeben.«

»Kein Wort glaub ich dir! Schau mir in die Augen und wiederhole deine Aussage, von Mann zu Mann.«

Hamid wurde nervös. Die unterdrückte Wut in der verwaschenen Stimme des Mannes verriet seine Unberechenbarkeit. Jemand, der so sprach, konnte schnell außer Kontrolle geraten. Er schielte zum Notausgang. Wenn er sich beeilte, konnte er in zwei Minuten auf der Jägerstraße sein. Als hätte der Kommissar seine Gedanken erraten, lief er auf den Orchestergraben zu. Sollte er den Bühnenaufgang finden, konnte er ihm den Fluchtweg abschneiden.

»Soll er doch kommen«, sagte Finsch angriffslustig.

»Nein. Es ist besser so.« Hamid rannte den Gang entlang zum Treppenhaus. Das Gepolter würde ihn verraten, doch darauf konnte er keine Rücksicht nehmen. Auf der Jägerstraße zwang er sich, ruhig zu gehen. Er überholte eine Gruppe junger Männer, die mit geröteten Wangen von Louise Brooks schwärmten. Eilig wechselte er die Straßenseite und passierte das Schanklokal Anton, dann die mächtigen Backsteingebäude der Kindl-Brauerei. Erst am Ende der Straße, kurz vor dem Lokal Elias, wagte er einen Blick zurück und erschrak. Der Kommissar war ihm auf den Fersen. Wie ein Nilpferd trabte er voran, den Mantel offen, den Hut in einer Hand haltend. Hamid hastete über die Kreuzung und rannte bis zur Kaiser-Friedrich-Straße. Er wähnte sich bereits in Sicherheit, da schallte es über den Fahrdamm: »Was will der Bimbo hier?« Auf der gegenüberliegenden Straßenseite, vor dem Lokal Kunkel, lungerten Kerle in SA-Uniform herum. Sie waren jung. Nur der Hass in ihren Gesichtern ließ sie alt aussehen. »Widerlicher Varieténeger«, »Schimpansenarsch«, »Bananenfresser« – Worte hallten durch die Nacht wie Geschosse. In der Aufregung hatte Hamid vergessen, dass er die Grenze des roten Arbeiterkiezes überschritten hatte, jenes Refugium, in dem die Nazis noch kein Sturmlokal erobert hatten. Nur an den großen Magistralen, in der Nähe der Polizeireviere, fühlten sie sich stark. Das Kriegerverdienstabzeichen, das er sich seit 1919 jeden Tag angesteckt hatte, brannte auf seiner Brust. Er hätte es ihnen zeigen können, doch es wäre sinnlos gewesen. Schon überquerten sie den Fahrdamm mit der Leichtigkeit eines Jägers, der um die Aussichtslosigkeit seines Opfers weiß.

»Schaut euch mal den feinen Pinkel an. So was kann sich unsereins nicht leisten«, schrie jemand aus der Horde.

»Jüdischer Hosennigger«, zischte ein anderer und riss ihm den Mantel auf. Drei Knöpfe lösten sich und kullerten über das Pflaster.

»Lettow-Vorbeck.«

»Was?«, brüllten sie durcheinander.

»Ich hatte mit ihm gekämpft. In Deutsch-Ostafrika.«

»*Mit* ihm?«, schrie einer. »Wenn überhaupt, heißt das *unter ihm*, verstanden?«

»Ich war Offizier. Wir trugen braune Uniformen, so wie ihr.«

Für einen kurzen Moment waren sie sprachlos. Nur der Kleinste schien unbeeindruckt. Seine Zeit war gekommen, um sich für ewig als Grobian ein Denkmal zu setzen. »Haste Töne?«, schrie der und schlug ihm den Hut vom Kopf. »Ein Nigger als Offizier und so ganz ohne Deckel.« Die Horde lachte und schlug sich auf die Schenkel. Von irgendwoher vernahmen sie ein Geräusch wie das Knurren eines Tieres. Die Kerle sahen sich verwundert um. Kanther stand breitbeinig hinter ihnen. In der einen Hand hielt er eine Polizeimarke, in der anderen seine Pistole. Hamid erinnerte das Bild an einen abgemagerten Löwen, der einsam durch die Steppe streifte.

»Ab nach Hause!«, brüllte Kanther. »Eure Mütter warten auf euch.« Mit einem Polizeigriff packte er Hamid am Arm und führte ihn ab.

»Ich möchte Folgendes von dir«, sagte er, ohne sich um das Gemaule der Bande zu scheren. »Du gehst zum Präsidium, zweiter Stock, Zimmer zweihundertvierundzwanzig, und widerrufst deine Aussage.«

»Aber das geht nicht.«

Kanther hielt an. »Du kennst dich in der Wildnis aus?«

Hamid schwieg.

»Wie verhält sich eine Elefantenkuh, wenn ihr Junges in Gefahr ist?«

Hamid schluckte und sah zurück. Sein Hut und die Knöpfe lagen noch im Rinnstein. Es war ein feiner Hut mit weißem Atlasfutter vom Kaufhaus Tietz am Alex.

Kanther drückte seinen Arm so fest, dass er schmerzte. »Ich bin wie ein wildes Tier. Mein Vaterinstinkt wirft mich viele Jahrtausende zurück. In so einem Zustand bin ich zu allem fähig. Verstehst du, zu *allem*!«

Er lief weiter, Hamid vor sich herschiebend. »Ich habe Verbindungen zur Unterwelt, Berufs wegen. Die sind mir was schuldig. Und komm mir nicht mit der Politischen Abteilung. Die werden dich nicht schützen. Oder haben sie Paul von Hohenstein beschützt?«

Der Nubier sah zu Boden.

»Antworte!«

Hamid schüttelte den Kopf.

»Na also. Unterschätz mich nicht. Nur weil ich nicht

in der besten Verfassung bin. Man hat mich entlassen. Ich
habe also nichts mehr zu verlieren. Hörst du?«

»Aber ja.«

»Vierundzwanzig Stunden gebe ich dir. Widerruf deine
Aussage. Sonst bist du deines Lebens nicht mehr sicher.«

*

14. Mai 1929, 17 Uhr,
Aschingers Bierquelle

Grenfeld bestrich seine Schnitten ordentlich mit Mostrich,
bevor er eine davon in den Mund schob. Kauend beobachtete er abwechselnd den Mann hinterm Zapfhahn und
die blonde Verkäuferin hinter der Wursttheke. Ob dieser
Unachtsamkeit bekam auch das Berliner Tageblatt eine
gehörige Portion Senf ab. Von allen Bierquellen, die der
Aschinger-Konzern gnädig über die Hauptstadt verteilte,
lag jene mit der Nummer zwanzig seinem Büro am nächsten. Eingezwängt von einem Laden mit amerikanischen
Korsetts, der Lotterie Kröger und dem Damen-Coiffeur
Henkel, versprach der Imbiss Schutz und Wärme vor der
kalten Betriebsamkeit der Stadt. Heute mied er das Moka
Efti. Er musste nachdenken. An den runden Stehtischen
konnte man stundenlang verweilen, ohne aufzufallen. Im
Dampf der Breslauer Brühwürste wollte er sich verlieren, den säuerlichen Geruch der Specklinsen in der Nase,
das schmatzende Gemurmel der Gäste im Ohr. Die Mor-
genausgabe der Vossischen Zeitung enthielt Nachrichten,
die selbst das dritte Bier nicht beschönigen konnte. Von
tumultartigen Ausschreitungen im Landtag war die Rede.
Der Minister gab den Kommunisten die Schuld an den

Toten der Maidemonstration. Er behauptete, ein wesentlicher Teil der Opfer sei laut den Obduktionsbefunden nicht von Polizeigeschossen getötet worden. Grenfeld las den Satz dreimal. Er deckte sich nicht mit den Aussagen von Dr. Katz. Es war eine glatte Lüge. Dann dachte er an Irina, die offenbar gebraucht wurde, um dieses Lügengebilde zu stützen. Weiter war zu lesen, dass vier Jugendliche von einem Schnellgericht wegen Aufruhr und Landfriedensbruch zu Gefängnisstrafen verurteilt worden waren. Entlastungszeugen hatte man nicht gehört. Weitere Gerichtstermine wurden von der Pressestelle nicht bekannt gegeben. Offenbar hatte man größtes Interesse, das Ganze schnell unter den Teppich zu kehren. Grenfeld legte die Zeitung beiseite und sah aus dem Fenster hinüber zum Equitable-Palast. Die Rolltreppe des Moka Efti spuckte gerade einen Mann aus, der nun zur Likörstube Fürstenhof eilte. Wenige Minuten später tauchte er wieder auf und überquerte den Fahrdamm in einer halsbrecherischen Aktion. Es war Kanther, kein Zweifel. Er hatte einen Kleidersack umhängen und sah im Übrigen wie ein Mann aus, der noch einiges vorhatte. Grenfeld erhob sich und warf hastig seinen Mantel über. Heute hatte er nicht die geringste Lust auf Katastrophen. Unter den verdutzten Gesichtern des Küchenpersonals schlich er durch die Hintertür nach draußen. Die Abfalltonnen stanken erbärmlich. Durch ein Labyrinth von Mauern und dunklen Gängen arbeitete er sich bis zum Hof der Galerie vor. Vorsichtig lugte er um die Ecke. Kanther saß am Treppenaufgang. Ohne Lederjacke und Nierengurt hätte er ihn kaum wiedererkannt. Zudem war er ordentlich gekämmt und rasiert. Er trug ein piekfeines Jackett zu gestreiften Hosen, dazu ein Seidenhemd und einen noblen Binder. Neben dem

Kleidersack lag, in Papier eingeschlagen, ein gigantischer Strauß roter Rosen, daneben eine Pappschachtel. Alles in allem ein ungewohnter Anblick, der zum Staunen, aber auch zum Argwohn Anlass gab.

»Alter Freund«, stammelte Kanther und sprang auf. Grenfeld war nicht vorsichtig genug gewesen. »Du musst mich zu einer Geburtstagsfeier begleiten.« Er drückte ihm eine Einladungskarte aus schwerem Büttenpapier und Stahlstich in die Hand. Zu seiner Verwunderung enthielt sie lediglich Datum und Zeit. Keinen Namen, keine Anschrift – nichts weiter.

»Wer hat Geburtstag?«, fragte Grenfeld misstrauisch.

»Nelly, die Verlobte eines guten Bekannten von mir. Du wirst begeistert sein, es wird ein rauschendes Fest. Sein Chauffeur holt uns ab. Die Orchidee ist für dich. Sogar einen Frack habe ich dir besorgt.«

Eine halbe Stunde später saßen sie auf der Rückbank eines luxuriösen zweihundert PS starken Mercedes-Benz-Sportcabriolets. Als der Fahrer darauf bestand, ihnen die Augen zu verbinden, verfluchte er seinen Leichtsinn. Es dämmerte ihm, dass sie auf dem direkten Weg in die Unterwelt waren: Kanthers letzte Hoffnung. Nach einer rasanten Fahrt durften sie die Binden abnehmen und fanden sich am Ende einer düsteren Gasse wieder. Es war eine armselige Gegend mit fensterlosen Mauern bis zum Himmel. Das schwache Licht der Gaslaternen spiegelte sich im schmutzig braunen Rinnsal der Gassenmitte. Ein rotköpfiger Bulle mit steif gestärkter Hemdbrust und prall sitzendem Frack geleitete sie in ein Treppenhaus. Der Typ mit den Muskeln eines Schränkers hätte bei einem Bruch auch mal den Safe verrücken können. Kanther hauchte das Losungswort »Nelly« und der Bulle führte sie zwölf ausgetretene Stufen ins Hochparterre. Er klopfte dreimal, worauf sich die Tür öffnete und den Blick in eine andere Welt freigab. Hunderte von Wachskerzen in silbernen Wandhaltern und Leuchtern tauchten eine festlich gedeckte Tafel in ein warmes Licht. Honig- und Parfümduft erfüllten den Saal, dessen Wände mit teuerstem Brokat ausgeschlagen waren. Ihre Schuhe versanken in weichen Teppichen. Bei ihrem Eintritt begann eine Zigeunerkapelle zu spielen. Es erhoben sich Fräcke, Smokings und kostbare Abendkleider. Junge Mädchen und Frauen lächelten ihnen zu. Überall funkelndes Silber und Kristall, Vasen mit exotischen Blumen und Sektflaschen der teuersten Marken. Er blickte zu Kanther hinüber, der, sichtlich ergriffen, eine Träne abwischte. Allein der Gedanke, dass der Reichtum durch alles, nur nicht durch ehrliche Arbeit erworben wurde, bewahrte ihn vor Rührseligkeit. Der Gastgeber, irgendein Ganove, hielt eine Rede, stets bemüht, keinen der Ringbrüder samt deren Vereinen zu vergessen. Grenfeld erkannte Muskel-Adolf, den Vorsitzenden von »Immertreu«, Herbert Lexer von »Deutsche Kraft« und Willi Stein von »Friedrichshain«. Auch Ringbrüder der Vereine »Libelle 1922«, »Bergadler«, »Nordpiraten«, »Moabit«, »Freier Rabatt-Sparverein Hand in Hand« sowie »Felsenfest« gaben sich die Ehre. Am Ende wurde Kanther wie ein alter Freund der Familie begrüßt. Auch Grenfeld wurde willkommen geheißen, wenn auch weniger herzlich. Kanther machte Bücklinge und bedankte sich, wobei seine Stimme vor Rührung versagte. Schließlich überreichte er Nelly, der Freundin des Gangsterchefs, die Rosen. Grenfeld konnte es kaum glauben. Ein schmales Mädchen mit rehbraunen Augen nahm mit schlanker Hand und gesenktem Blick die Blumen entgegen. Wusste

sie, was hier gespielt wurde? Wusste sie, welcher Tätigkeit
ihr Verlobter nachging? Die Kapelle spielte den »Rosen-
kavalier«, worauf die Gesellschaft sich im Walzer zu drehen begann. Kanther wurde hinweggespült. Mit hochrotem
Kopf tauchte er mal hier, mal dort auf: singend, tanzend,
trinkend. Irgendwann hob er das Glas, um eine Rede zu
halten. Er tat es auf Hochdeutsch, was die Bedeutung dessen, was er zu sagen hatte, unterstrich. Er sprach von einer
neuen, unsicheren Zeit, welche auf die Ringvereine zukam.
Er sprach von Bürokraten, die jetzt im Präsidium das Sagen
hätten, von jungen Karrieristen, welche die reinigende Wirkung der Ringvereine unterschätzten. Plötzlich begann er
von Irina zu reden, die ebenso ein Opfer der neuen Büro-
kratie geworden war. Er verglich deren jugendliche Anmut
mit jener von Nelly. Und während er von Behördenwill-
kür sprach, gingen Grenfeld die Augen auf. Kanther bat
die anwesenden Ganoven um Hilfe. Geschickt gelang es
ihm, Irinas Schicksal mit jenem des Rings zu verknüpfen.
Die Blicke der Anwesenden verrieten es ihm. Sein alter
Kumpan hatte den richtigen Ton getroffen. Grenfeld trat
einen Schritt zurück. Ihm wurde übel. Er stellte das Sekt-
glas ab und schielte zur Tür. Die Gäste blickten nach vorn,
nur Nelly beobachtete ihn. Nur sie schien in ihrer jugendlichen Unschuld sein Unbehagen zu spüren. Er eilte zur Tür,
wankte die Treppen hinunter und fand sich kurz darauf auf
der Gasse wieder. Ein kalter Wind blies ihm ins Gesicht.
Grenfeld spürte eine ungeheure Wut auf die Dummheit
seines Exkollegen. Der Ring war mächtig. Sein Einfluss
reichte bis in die verwinkeltesten Zweige der Gesellschaft.
Doch die Ganoven fackelten nicht lange. Analytisches Denken war nicht deren Stärke. Und der Fall Hohenstein war
kompliziert. Da waren Machowski und die ehemaligen

Offiziere, die wie Fliegen starben. Da war Hamid, der Irina belastet hatte. Nicht zu vergessen Hohensteins seltsamer Handel mit Schädeln und dem Wunderwasser. Schließlich Irina und ihre Genossen, die den Argwohn der Politischen Abteilung auf sich gezogen hatten. Die Gefahr, dass sie den Falschen aus dem Weg räumten, war groß. Von heute an waren alle in Gefahr, die sich gegen Kanther stellten. Grenfeld war nur wenige Meter gelaufen, als der große Benz sich in Bewegung setzte. Wie konnte er nur glauben, dass sie ihn einfach ziehen ließen.

Der Chauffeur kurbelte das Fenster herunter. »Kommen Sie, Herr Kommissar, wir fahren Sie nach Hause.«

Er winkte ab. »Ich bin nicht mehr im Dienst und gehe lieber zu Fuß.«

»Wir müssen darauf bestehen«, sagte ein schmales Männchen auf der Rückbank und lächelte. Obwohl er nicht wie Al Capone, sondern wie der Buchhalter eines Kleintierzüchtervereins aussah, waren seine Worte mit der Autorität einer unsichtbaren Macht versehen. Grenfeld stieg ein und spürte, wie sich der unvermeidliche Seidenschal über seine Augen legte.

»Hat Ihnen die Feier nicht gefallen?«, fragte der Mann auf dem Rücksitz. »Sie wirkten so angespannt.«

»Ich bin nicht ganz auf dem Damm«, wich Grenfeld aus.

»Wir können uns die Höflichkeitsfloskeln sparen. Sie mögen uns nicht, ja, Sie verachten uns. Aber ich denke, das ist der Nähe zu Herrn Machowski geschuldet.«

»Was wollen Sie von mir?«

»Wie Sie vielleicht bemerkt haben, hat das Schicksal Ihres Freundes uns alle berührt. Und ich frage mich, wie wir ihm und seiner Tochter helfen können.«

Grenfeld riss sich den Schal vom Gesicht und drehte

sich um. »Kanther wurde suspendiert. Er hat seinen Vorgesetzten tätlich angegriffen. Für ihn können Sie gar nichts tun.«

»Wie heißt sein Chef?«

Grenfeld blickte schweigend nach draußen. Destillen, Obst- und Gemüsehandlungen, Fuhrgeschäfte, Konfektionsläden und eine hebräische Buchhandlung rauschten an ihnen vorbei. Über einem Restaurant warben Schilder für Schnitzel nach Wiener Art und koscheres Essen. Daneben ein winziges Kino, vor dessen Eingang Obdachlose, Kleinhändler, Chauffeure und Dirnen warteten. *Dreißig Jahre Pritzkow,* stand auf einer Fahne und ein Plakat kündigte den nächsten Film an: *Tarzan und der goldene Löwe, 8 Akte.* Aus einer Kneipe torkelten Betrunkene mit ausgemergelten Gesichtern und Bucklige mit Lumpen am Leib. Es war die Münzstraße, durch die sie gerade fuhren. Gleich kam der Alex. Grenfeld kannte sich nun wieder aus.

»Wir finden das sowieso heraus«, sagte der Mann vom Rücksitz. »Also ersparen Sie uns die Arbeit.«

»Kriminalrat Schulze.«

Der Schmale nickte. »Der ehrgeizige Beamte aus München. Wir hatten schon mal das Vergnügen, nicht wahr, Georg?« Der Chauffeur lächelte grimmig. »Mir wurde zugetragen, Schulze bereitet auch Ihnen Probleme.«

»Damit werde ich allein fertig.«

»Ganz im Gegensatz zu Irina. So wie ich das sehe, benötigt sie einen fähigen Anwalt. Wir beauftragen Dr. Frey, einen der Besten seiner Zunft.«

Grenfeld ahnte, worin die Anziehung des Rings bestand. Sie boten ihren Mitgliedern nichts Geringeres als die Fürsorglichkeit einer Mutter und den Schutz eines Vaters. Pri-

vilegien, die die wenigsten Mitglieder je genossen haben
dürften.

»Ich frage mich, wer die Kleine in diese missliche Lage
gebracht hat. Mir wurde gesagt, ein schwarzer Filmvorführer hätte sie belastet. Wie heißt er?«

»Da bin ich überfragt«, sagte Grenfeld.

Es dauerte noch eine Viertelstunde, bis der Wagen hielt.
Der Schmale beugte sich nach vorn. »Ihr Pech, dass Sie
uns nicht vertrauen.«

Grenfeld antwortete nicht. Er stieg aus und sah sich um.
Sie hatten ihn in der Selchower Straße abgesetzt. Direkt
unter Hamids Wohnung. Sie wussten alles. Die ganze Fra-
gerei war nur ein Test seiner Loyalität gewesen, eine Farce.

KAPITEL 12

14. Mai 1929, 17 Uhr,
Selchower Straße 24

Hamid hatte sich krankgemeldet und in seinem Zimmer
verbarrikadiert. Er hatte mit jenen Dämonen der Angst
zu kämpfen, die schon Hohenstein gequält hatten. Der
einstige Askari saß auf dem Boden und betrachtete Irinas
Foto, das im Ausweis des Roten Frontkämpferbundes ein-
geklebt war. Irina trug ihr Haar offen. Ihre Augen strahl-
ten Entschlossenheit und Tatkraft aus. Sie war eine Kämpferin, wie ihre Mutter es einst gewesen sein musste. Bei
jedem Geräusch zuckte Hamid zusammen. Seine Nerven
waren bis aufs Äußerste angespannt. Er ahnte, dass sich der
Wind zu Irinas Gunsten gedreht hatte. Der Sturm nahm
Fahrt auf, kam unausweichlich auf ihn zu. Noch saß sie
im Gefängnis, doch bald würden sie einen neuen Sündenbock brauchen. Niemals durfte er seine Aussage widerrufen. Wie gern säße er jetzt in einer *boma*, einer jener deutschen Festungen mit ihren Zinnen und dicken Mauern, die
sie überall in Afrika errichtet hatten. Es waren Bollwerke
gegen die Wildnis, die Macht und Stärke demonstrieren
sollten. In Wahrheit verrieten sie nur die Angst ihrer Bau-
herren vor einer Welt, die sie nie begreifen würden. Plötzlich vernahm er das Knarren der Haustüre. Jemand quälte
sich die Treppen herauf. Stufe für Stufe. Zuerst dachte er
an den hinkenden Finsch, doch der kannte sich aus. Dieser

Eindringling blieb auf jeder Etage stehen, studierte offenbar die Namensschilder. Langsam kamen die Schritte näher. Hamid richtete sich auf. Sein Körper war angespannt. Jetzt stand der Fremde direkt vor seiner Tür. Er konnte sein Keuchen hören, sein Räuspern und Husten. Das Klopfen war so heftig, dass die Tür bebte. Vorsichtig lugte Hamid durch den Spion. Zu seiner Überraschung sah er das unrasierte Kinn des Exkommissars Grenfeld. Er untersagte seinen Beinen jede Gewichtsverlagerung, die den verräterischen Dielenboden hätten knarren lassen. Der Mann klopfte noch dreimal, wenn auch zunehmend schwächer. Hamid sah, wie er sich am Treppengeländer festhielt und die Augen schloss. Ihm war offenbar schwindlig. Dann kramte er einen Bleistift aus seiner Manteltasche, kritzelte etwas auf eine Streichholzschachtel, riss den Deckel ab und bückte sich. Einen Moment lang verspürte er das Verlangen, die Tür zu öffnen, doch dann siegte sein Misstrauen. Er blickte nach unten, sah, wie die Pappe mit der Schrift unter den Türspalt geschoben wurde. Er brauchte sich nicht einmal zu bücken, um die Nachricht zu lesen:

»KOMMEN SIE MORGEN INS BIGUINE
20 UHR – ES GEHT UM IHREN KOPF«

*

**15. Mai 1929, 20 Uhr,
Lutherstraße**

In jenem, zwischen Kant- und Motzstraße gelegenen Teil der Lutherstraße war der Bär los. Gegenüber dem Varieté-theater Scala, dem Tanzcafé Casanova und dem gutbürgerlichen Restaurant Schlichter lag das teure Lokal Horcher, daneben das Eldorado der Transvestiten. Auf dem Gehsteig posierten die Scala-Girls für ein Pressefoto, sodass kein Durchkommen möglich war. Trotz des Nieselregens und des Blitzlichts lächelten sie tapfer und zeigten ihre wohl geformten Beine. Hoch über dem Verkehrschaos, auf dem Eingangsportal des Theaters, grinste das Gesicht des Clowns Grock von einem Reklameschild herunter. Aus den Taxis stiegen Paare in vollendeter Abendgarderobe, als wären sie einem Modemagazin entsprungen. Grenfeld wollte weder in die Scala noch ins Casanova. Er beobachtete den Eingang der Bar Biguine. Er zweifelte daran, dass Hamid auftauchen würde. Zu kryptisch waren seine schnell hingeworfenen Zeilen auf der Streichholzschachtel, die man ebenso als Drohung hätte auffassen können. Außerdem war der Treffpunkt ein Witz. Die Neger-Bar eines österreichischen Filmproduzenten bot neben heißen Rhythmen vor allem wippende Brüste barbusiger Tänzerinnen in Baströckchen. Was ihm im Treppenhaus vor Hamids Tür noch passend erschien, kam ihm jetzt grotesk vor. Grenfeld stellte gerade den Mantelkragen hoch, als er Helen entdeckte. In einen Nerzmantel gehüllt, stieg sie aus einem Taxi und flüchtete sich unter den Regenschirm ihres Begleiters. Sie lächelte, ihr Begleiter lächelte, ja selbst der Chauffeur lächelte. Aus irgendeinem Grund wirkten alle so unbeschwert wie die Prominenten in der Revue des Monats, Minnis Lieblingszeitschrift. Grenfeld drückte sich an die Hauswand und spuckte auf den Boden. Der Geruch von Benzin und Parfüm hatte einen üblen Geschmack auf seiner Zunge hinterlassen. Und während er abwechselnd den Eingang der Bar und das lächelnde Paar im Blick hatte, überfiel ihn ein Gefühl der Verlorenheit. Es kam so plötzlich wie unerwartet. *Du* gehörst zu niemandem, schoss es ihm durch den Kopf. Voller Neid beobachtete er, wie das Paar im Horcher verschwand. Er versuchte sich vorzustellen, dass er zu Minni gehörte, doch das fühlte sich falsch an. Auch Minni gehörte zu niemandem, und selbst Kanther war auf dem besten Weg, sich gänzlich zu isolieren. Irina war nicht mehr beim RFB, Hamid ein Söldner ohne Heer und die Toten waren Offiziere ohne Kolonien. Er war von Menschen umgeben, die wie einsame Planeten im Kosmos der Millionenstadt ihre Bahnen zogen. Das plötzliche Bewusstsein seiner Einsamkeit wog so schwer, dass er sich am Schaukasten der Scala festhalten musste. Er schielte auf die Glanzfotos der Revuegirls, deren Gesichter sich nicht unterschieden. In Reih und Glied standen sie, wie Soldaten einer Armee, ein Wunder an Symmetrie und Beliebigkeit.

»Warten Sie auf jemanden?«

Grenfeld erschrak. Das Erste, was er sah, waren die hohen Lederstiefel, dann der geöffnete Mantel, die aufgeknöpfte Bluse, der schlanke Hals und schließlich der rote Kussmund.

»Ich heiße Lisa«, sagte die junge Frau, ohne eine Antwort abzuwarten. »Mein Verehrer hat mich sitzen lassen.«

»Offensichtlich ein Dummkopf«, erwiderte Grenfeld und blickte zur Bar hinüber. Die junge Dame kicherte. Die Anmache war nicht schlecht und zeugte von Professionalität. Die Zeiten, in denen die Priesterinnen der Liebe in einer dunklen Ecke standen, waren vorbei. Heutzutage waren sie Tag und Nacht aktiv: schrill, aufdringlich und rücksichtslos.

»Und Sie? Hat man Sie auch versetzt?«, fragte der Kussmund.

»Scheint so.«

»Ein hübsches Ding?«

»Ein Neger.«

»Jedem das seine.« Lisa war abgebrüht: keine Irritation, kein Zögern. Sie deutete zum Eingang des Transvestitenlokals, als ob das Erklärung genug wäre.

»Wir beiden Hübschen könnten trotzdem was trinken gehen. Da vorn gibt es eine kleine Bar. Was meinst du?«

»Warum nicht«, erwiderte Grenfeld. Es war ein Akt der Rebellion gegen das Gefühl der Verlorenheit. Sie hakte sich bei ihm unter. Für eine Bordsteinschwalbe redete Lisa ausgesprochen viel. Tänzerin sei sie, zurzeit ohne Engagement, doch mit Aussicht auf eine Rolle beim Film. Die alte Geschichte. Irgendein Fettwanst hatte ihr beim Öffnen des Strumpfbandes das Blaue vom Himmel versprochen. Gedreht werde in einer feinen Villa am Wannsee. Man suchte Laiendarsteller für einen Kunstfilm, versprach die große Hoffnung: den Weg nach Babelsberg zur Ufa.

»Wie heißt der Produzent?«, wollte Grenfeld wissen.

»Dr. von Kleist.«

Grenfeld verdrehte die Augen. Der Mann war bei der Sitte so bekannt wie der Polizeipräsident persönlich. »Lass die Finger davon! Das ist kein Kunstfilm und der Herr ist auch kein Doktor, allenfalls ein Perverser.«

»Dachte ich mir schon«, murmelte Lisa enttäuscht. »Dann werde ich mich als Nummerngirl für das Plaza bewerben.« Sie knickte beim Gehen ein wenig ein. Ihr Kniegelenk oder ihr Absatz – im schlimmsten Fall beides – schien etwas mitgenommen zu sein. Keine guten Voraussetzungen für die große Bühne. Natürlich lag die Bar nicht um die Ecke. Bald hatten sie die Menschenmassen hinter sich gelassen. Die Straßen wurden einsamer, die Beleuchtung spärlicher, vergilbte Plakate warben für längst vergangene Wahlen. Lisas Geplapper war versiegt.

»Wo ist denn nun die Bar?«, fragte er ärgerlich.

»Geduld«, wisperte sie und presste ihren warmen Körper an den seinen, als habe sie Angst, ihn zu verlieren. Längst hatte er seine Entscheidung bereut. Er dachte an all die dümmlichen Touristen, die auf dem Gang des Dezernats Raub auf ihre Vernehmung warteten. Sie waren, angelockt von einer Dirne, in einer einsamen Gasse überfallen und ausgeraubt worden. Kein Wunder, wenn ihm jetzt das Gleiche blühte. Zu seiner Überraschung standen sie wenig später vor einem Stundenhotel, dessen protziger Name *Montparnasse* im diametralen Gegensatz zu seiner heruntergekommenen Fassade stand. Lisa schnappte sich den Schlüssel mit der Nummer fünfzehn. Sie wirkte erleichtert. Sicher waren ihr schon viele Freier abgesprungen.

»Hör zu«, sagte Grenfeld. »Ich hab es mir anders überlegt.«

»Da oben wartet jemand auf dich.« Sie packte ihn am Arm und zerrte ihn die Treppenstufen hinauf. Ganz oben, unter dem Dach, schloss sie die Tür auf und schob ihn ins Zimmer. Grenfelds Augen brauchten eine Weile, um sich an die Dunkelheit zu gewöhnen. Vor dem Fenster zeichneten sich die Umrisse eines Mannes ab. Es war Hamid.

»Guten Abend, Herr Grenfeld.«

»Was soll das?«, fragte Grenfeld irritiert, während Lisa das Zimmer verließ.

»Sie wollten mich sprechen.«

»Ich wollte Sie warnen. Mein Kollege hat den Ring eingeschaltet, um seine Tochter zu retten.«

Hamid hustete. »Er hat mir gedroht. Wenn ich meine Aussage nicht widerrufe, schickt er mir seine Ganoven auf den Hals.«

»Das ist erst der Anfang. Niemand legt sich mit dem Ring an.«

Der Filmvorführer atmete schwer. Er war nervös. Das konnte man auch im Dunkeln erkennen. »Als ich heute von der Arbeit nach Hause kam, war das Schloss aufgebrochen. Jemand verwüstete meine Stube.«

»Wie gesagt, die fackeln nicht lange.«

»Aber weshalb machen Sie sich die Mühe, mich zu warnen?«

»Unsere Begegnung im Viktoriaspeicher: Sie hatten den Mund gehalten. So etwas vergess ich nicht.«

»Mit meiner Hautfarbe lernt man schnell, den Mund zu halten.«

»Wer ist Hongo?«

Hamid blickte auf, schüttelte den Kopf und flüsterte: »Es ist wie mit der Büchse der Pandora. Besser, man öffnet sie nicht.«

»Kommen Sie schon. Sie hatten den Namen im Viktoriaspeicher erwähnt.«

»Es ist der Geist des Maji-Wassers. Er lebt in den Pangani-Stromschnellen des Rufiji.«

»Und davor hatte Ihr Hauptmann Angst?«

»Hohenstein hätte das Wasser nie als Medizin verkaufen dürfen. Doch sie haben ja alles zu Geld gemacht: vom Gold aus der Mine von Sekenke bis zum Elfenbein, das sie den Einheimischen raubten. Sie haben mit tierischen und menschlichen Schädeln gehandelt, als wären es Münzen. Sie waren besessen von Gier, aber in guter Gesellschaft: Araber, Inder, Portugiesen, Belgier und Briten. Alle hatten ihre Zähne in dieses wunderschöne Land geschlagen und es bis aufs Blut ausgesaugt. Doch mit dem Maji-Wasser hatte Hohenstein die Geister der Ahnen erzürnt. Ich hatte ihn gewarnt.«

»Was heißt das? Haben Sie ihm gedroht?«

Hamid lachte erschöpft. »Ich hatte ihn gewarnt. Doch er wollte nicht auf mich hören.«

Grenfeld suchte nach einem Lichtschalter.

»Lassen Sie das Licht aus, Herr Grenfeld, ich bitte Sie.«

»Warum haben Sie Irina belastet?«

»Es ist die Wahrheit. Sie ist ständig um das Haus von Hohenstein geschlichen. Ich bin mir sicher, sie wollte ihn ausspionieren.«

Grenfeld setzte sich auf das Bett und knöpfte seinen Mantel auf. Er dachte an Kriminalrat Schulze und fragte sich, ob er nicht recht hatte. Vielleicht war Irina doch nicht unschuldig am Tod Hohensteins. Gelächter drang aus dem Nachbarzimmer. Er musste an Lisa denken. Er stellte sich vor, wie sie mit einem Freier zugange war, während sie von einer Rolle beim Film träumte.

»Was hat es mit dem Maji-Wasser auf sich?«, fragte Grenfeld, mehr um sich abzulenken als aus Interesse.

»1905 trat ein beeindruckender Mann in einem weißen Gewand auf. Ein Heiler, sein Name war Kinjikitile. Er verkündete, er sei von einem Geist namens Hongo besessen. Er besprengte die Männer mit einem Gebräu aus Hirse, Mais und Flusswasser und versprach ihnen Unverwundbarkeit im Kampf gegen die deutschen Besatzer. Im Sommer ging die erste Plantage in Flammen auf. Elf Tage später eroberten tausend Kämpfer den Küstenort Samanga. Von der Küste des Indischen

Ozeans bis zum Nyasa-See, von den Ufern des Rufijis bis zum Ruvuma tönte der Schlachtruf *Maji-Maji*. Fast drei Jahre dauerten die Kämpfe. Am Ende fielen hunderttausend Afrikaner unseren Maschinengewehren zum Opfer. Vor Hunger und wegen der Seuchen starben doppelt so viele.«

»Wann fingen die Angstzustände Hohensteins an?«

»Als Finsch die Krieger anschleppte.«

»Welche Krieger?«

»Eine Truppe Afrikaner für seine Völkerschau. Sie sollten die wilden Bestien spielen, so wie einst beim Maji-Aufstand. Sie hatten Engagements in Basel, Zürich, Dresden und bei Hagenbeck in Hamburg.«

»Er handelt mit Menschen?«

»Finsch arbeitet als Agent. Er beliefert die Impresarios der Völkerschauen mit Exoten. Sie wissen schon: die Lappen und die Amazonen, die Hottentotten, die Lippenneger und die süßen Negerkinder. Man muss dem verwöhnten Großstadtpublikum was bieten. Selbst mein eigenes Volk, die Nubier, wurde in ganz Europa zur Schau gestellt. Seit es mit dem Elfenbein bergab geht, sind die Großwildjäger umgestiegen.«

»Und Hohenstein?«

»Wochen vor seinem Tod hatte er mir berichtet, Hongo sei ihm leibhaftig erschienen.«

»Ich versteh nur Bahnhof. Ist Hongo nun ein Geist oder ein Mensch?«

»Wie soll ich es Ihnen erklären? Auch die Jünger des Heilers wurden Hongo genannt. Der Körper ist nur die Hülle, ein Werkzeug.«

»Sie glauben, es gibt sie noch heute? Jünger dieses Heilers? Hier in Berlin?«

»Hohenstein hatte mir nie verraten, wen er traf. Aber von jenem Tag an war er wie verwandelt, wollte alle Geschäfte rückgängig machen.«

Plötzlich wurde die Tür aufgerissen. Man murmelte eine Entschuldigung und schlug sie wieder zu. Wenige Sekunden lang fiel der Lichtstrahl auf Hamids Gesicht. Seine Wangen waren angeschwollen. Seine Haut von Blutergüssen überzogen, die Lippe aufgeplatzt.

Grenfeld erhob sich. »Wer hat das getan?«

»Richten Sie Ihrem Freund aus: Er hat gewonnen. Ich werde meine Aussage widerrufen.«

Als Grenfeld die Straße betrat, standen die Prostituierten wie an einer Perlenschnur aufgereiht an der Hauswand. Schlecht geschminkte, aufgedunsene Frauen fortgeschrittenen Alters und blasse magere Mädchen. Sie alle waren auf elegant getrimmt, mit Kunstseidenstrümpfen, Lackschuhen und falschem Pelzkragen. Die rote Leuchtreklame des Montparnasse spiegelte sich auf dem nassen Asphalt. Lisa stand unter einem Regenschirm und winkte ihm zu. »Ich hoffe, du hattest keinen Ärger wegen mir.«

»Nicht mehr als üblich«, erwiderte er und steckte sich eine Zigarette an.

»Wollen wir hochgehen?« Sie deutete auf das obere Stockwerk.

Grenfeld schüttelte den Kopf. »Wir könnten ausgehen und tanzen. Was hältst du davon?«

»Ist das dein Ernst?«

»Warum nicht? Die ganze Welt amüsiert sich. Nur wir stehen uns hier die Beine in den Bauch.«

Lisa wirkte unentschlossen. Sie sah sich um, suchte offenbar ihren Luden.

»Sicher ein dummer Einfall«, sagte Grenfeld, drehte sich um und ging.

Am Ende der Gasse hörte er das unregelmäßige Klacken ihrer Absätze. »Warte«, keuchte Lisa. »Ich finde, das ist eine kolossale Idee. Wir könnten ins Valencia gehen, du weißt schon, das Tanzlokal mit dem beleuchteten Parkett, oder ins Delphi mit dem Sternenhimmel oder ins Café Berlin im Haus Gourmenia. Anschließend besuchen wir das Ambassadeur und die Barberina-Bar.«

»Wie in der Provinz, man hat kaum Auswahl«, sagte Grenfeld schmunzelnd.

»Ich habe noch eine bessere Idee. Meine Freundin arbeitet als Garderobenfrau im Gloria-Palast. Sie kann uns durch den Hintereingang reinlassen. Heute ist Vorpremiere von *Der singende Narr*, einem echten Tonfilm. Warst du schon mal in einem Film *mit* Ton? Manche behaupten ja, es mache einen meschugge.«

»Das Risiko gehen wir ein.«

»Dann los, wir haben jede Menge vor und wenig Zeit!«, sagte sie und hakte sich bei ihm unter.

*

17. Mai 1929, 10 Uhr, Polizeipräsidium, Alexanderplatz

Das Bild war ihm vertraut und doch fremd. Ernst Gennat, der Kriminalrat der Mordkommission, thronte wie ein Buddha auf dem grünen Plüschsofa. Am Fenster, wo es immer etwas zog, saßen die Vertreter der Politischen Abteilung. Kanther und Tiefenbacher guckten wie Schuljungen, die nachsitzen mussten. Gegenüber hatten zwei Kommissare der Mordkommission Platz genommen. Einer war Hellriegel, den anderen kannte er nicht. Grenfeld selbst hatte man auf einen Stuhl platziert, der schon zu seiner aktiven Zeit durch penetrantes Knarzen die Unruhe der Zeugen verraten hatte. Auf dem Tisch türmte sich ein Berg von Akten. Wenn er seinen Kopf neigte, konnte er die Beschriftungen der oberen Reiter lesen: »Hohenstein«, »Pfeiffer«, »Burger«. Jedes Opfer wurde posthum durch einen Akt gewürdigt. Daneben lag jener von Irina. Ihren Nachnamen hatte man abgekürzt. Metrowskaja war offenbar für deutsche Reiter zu lang. Grenfeld war nicht auf der Höhe, hatte er doch zwei Tage ausgelassen gefeiert. Um fünf Uhr in der Früh war er ins Bett gefallen, bis ihn drei Stunden später ein Anruf aus dem Schlaf gerissen hatte. Der Dicke persönlich hatte ihn gebeten, sich auf direktem Weg ins Kommissariat zu begeben. Grenfelds Geist weilte noch in den Tanzpalästen. Seine Hand umfasste noch immer Lisas Hüfte und wenn er die Augen schloss, konnte er ihren schmalen Kussmund sehen. Im Kino hatte sie herzzerreißend geschluchzt, als der Broadway-Star Al Jolson, zum schwarzer Kellner zurecht geschminkt, sang: »*Schlaf und träume süß, Sonnyboy.*«

Widerwillig bemühte er sich, der Diskussion zu folgen. Langsam dämmerte es ihm, wovon die Herren sprachen. Die Fall Hohenstein war Schulze entzogen worden. Unter der Leitung der Mordkommission hatte man eine gemischte Ermittlungsmannschaft gebildet. In der Pose eines Zeitungsjungen hielt Gennat die Berliner Morgenpost in die Höhe. Selbst aus der Entfernung konnte er die fett gedruckten Worte »Skandal«, »Vertuschung« und »Kolonialmorde« lesen. Und während der Kriminalrat den Artikel vortrug, setzte bei Grenfeld der Prozess der Ernüchterung ein.

Irgendein Schreiberling forderte die Freilassung Irinas, einer unschuldigen Schülerin, die trotz Alibi seit Tagen festgehalten wurde. Von einer politisch gelenkten Ermittlung war die Rede, in der entlastende Fakten der Öffentlichkeit vorenthalten wurden. Hohensteins Vergangenheit wurde bis ins Kleinste beleuchtet. Die Tätowierungen wurden erwähnt. Von einem schwarzen Spitzel war die Rede, der aus dem Kreis der Verdächtigen vorsätzlich ausgeschlossen worden war. Es war ein Wunder, dass Hugenbergs Rechtspresse Hamid nicht namentlich nannte und für vogelfrei erklärte. Grenfelds suchte im Büro vergeblich nach etwas zu trinken. Sein Mund war wie ausgetrocknet. Gennat legte die Zeitung beiseite und sah in die Runde. »Hamid bin Said hat gestern seine Aussage widerrufen. Außerdem haben sich mehrere Zeugen gemeldet, die Irina am dritten Mai um die Mittagszeit in Friedrichshain bei einer Veranstaltung der NSDAP gesehen haben wollen. Sie habe dort randaliert und sei gegen fünf Uhr hinausgeworfen worden.«

Grenfeld musterte Kanther. Die Sache war sonnenklar. Der Ring hatte ganze Arbeit geleistet. Sie hatten Hamid eingeschüchtert, Alibis organisiert und die Presse gefüttert. Kanther würde für den Rest seines Lebens in deren Schuld stehen.

»Jetzt kommst du ins Spiel«, sagte Gennat zu ihm. »Nach den Protokollen, die mir vorliegen, bestreitest du, Irina in der Wohnung Hohensteins angetroffen zu haben. Du hast auch keine Kenntnis von einer Taschenpistole.«

Für einen kurzen Moment schien die Zeit stillzustehen. Alle sahen ihn an, nur Kanther blätterte nervös in seinem Notizbuch. Schulze zu täuschen, war eine Sache, Gennat zu belügen, eine andere. Der Kriminalrat der Mordkommission war sein langjähriger Weggefährte, einer der wenigen, denen er vertraute. Außerdem wusste er nur zu gut, dass eine kleine Lüge die gesamte Ermittlung zum Erliegen bringen konnte. Er steckte in der Klemme.

»Ich höre nichts«, sagte Gennat und zog die Augenbrauen nach oben. Kanther hob den Kopf so schwerfällig, als hinge ein Gewicht um seinen Hals. In seinem Blick lauerte eine abgrundtiefe Angst.

Grenfeld räusperte sich. »Das hat schon seine Richtigkeit«, sagte er. »Ich habe meiner Aussage nichts hinzuzufügen.«

»Dann wird Irina freigelassen«, entschied Gennat. »Der Sudanese wurde vorschnell aus dem Kreis der Verdächtigen ausgeschlossen. Dadurch ist wertvolle Ermittlungszeit verloren gegangen.«

Den Rest der Debatte bekam Grenfeld nur noch bruchstückhaft mit. Irgendwann befand man seine Anwesenheit für überflüssig und er durfte gehen.

Im Parterre, wo in Schaukästen die Fotos der unbekannten Toten ausgestellt waren, holte ihn Kanther ein. »Danke«, sagte er keuchend und klopfte ihm auf die Schulter. »Das werde ich dir nie vergessen.«

»Aber sonst geht's dir gut?«, zischte Grenfeld. »Wie kannst du dich nur mit diesen Ganoven verbünden? Sie haben zig Leute auf dem Gewissen und Hamid brutal zusammengeschlagen.«

»Sie haben für Gerechtigkeit gesorgt.«

»Wie bitte?« Grenfeld hatte so laut geschrien, dass der Pförtner sie mit unverhohlener Neugierde anglaffte. »Deine Zeugen wurden gekauft oder eingeschüchtert. Nennt man das jetzt Gerechtigkeit? Willst du dich dem braunen Mob anschließen?«

Kanther packte ihn am Jackett und zog ihn nach draußen, wo sie ein ohrenbetäubender Lärm empfing: ein Schippen, Hacken, Hämmern und Bohren. Minutenlang liefen sie wortlos nebeneinander her. An ein Gespräch war nicht zu denken. Der Alexanderplatz glich einer Goldgräberstadt. Man hatte ihn bis zu seinen Eingeweiden aufgerissen. Wohin man auch sah: Schutthaufen, Bretter, Kräne und Dampframmen. Die beiden gingen an Bauzäunen entlang, die mit handbeschriebenen Zetteln beklebt waren. Dazwischen das übliche Gekritzel: Hakenkreuze mit »Heil Hitler« und Sowjetsterne mit »Die Rote Front marschiert«. An jeder Ecke lauerten Straßenhändler. Einer pries Bananen an, ein anderer pikante Magazine und ein dritter hielt ihnen eine Schlange aus Draht vors Gesicht. Sie tanzte auf einem Pappteller, wenn man sie streichelte. Ab und zu erhaschte Grenfeld einen Blick durch den Zaun und sah in Abgründe, die man mit Beton, Eisen und Holz zu bändigen suchte. Oben zog es lausig. Der Wind pfiff durch die Baulücken. Die alten Gebäude hatte man abgerissen. Hinter Gerüsten schossen schnörkellose Hochhäuser aus dem Boden. Das Denkmal der Berolina, ein kolossales Weib vor dem Kaufhaus Tietz, hatte man für künstlerisch minderwertig erklärt und der Metallschmelze übereignet. Lange suchten die beiden nach einem ruhigen Ort. Die umliegenden Mokkadielen waren ungünstig, waren sie doch von Beamten des Präsidiums bevölkert. Am Ende landeten sie im Mexico, einer Spelunke, die auf wundersame Weise noch nicht dem Erneuerungswahn zum Opfer gefallen war. Der Wirt hatte den Raum mit künstlichen Palmen verschönert und in einer kindlich naiven Art Indianerbilder an die Wand gepinselt. Die bunt bemalten Fensterscheiben schützten die Gäste vor neugierigen Blicken.

Normalerweise trieben sich Obdachlose und Cliquenburschen hier herum, doch um diese Uhrzeit war wenig los. Schweigend tranken sie ihr schlecht eingeschenktes Bier, bis Kanther den Faden wieder aufnahm. »Peter Burger«, flüsterte er und wischte sich den Schaum vom Mund, »hat keinen Genickbruch erlitten.«

»Bei Erhängten ist ein Genickbruch selten«, sagte Grenfeld unbeeindruckt. »Da müsste man schon ein Stück weit hinunterfallen, damit die Schlinge den Sturz abbremst.«

»Mag sein, aber unsere Leiche weist Anzeichen einer strangfremden Gewalteinwirkung auf.«

Grenfeld runzelte die Stirn. »Strangfremd« konnte so einiges bedeuten.

»Er starb an Herzversagen, hervorgerufen durch ein Pfeilgift. Dr. Katz vermutet, es handelt sich um Buschmanns Schöngift, eine Pflanze, die in Ostafrika wächst. Ihr Konzentrat ist vierzigmal giftiger als das der Kreuzotter.«

»Peter Burger wurde mit einem Pfeil getötet und dann erhängt?«

»So ist es. Die Pfeilspitze ist abgebrochen und wir haben Tragegriffspuren am Oberarm gefunden. Irina saß zum Tatzeitpunkt in Untersuchungshaft. Sie ist unschuldig. Schulze hat sich an ihr festgebissen, niemals hätte er in eine andere Richtung ermittelt.«

»Und jetzt wird Hamid zum Sündenbock?«

»Was heißt hier Sündenbock? Der Kerl ist plötzlich abgetaucht. Er ist weder zur Arbeit erschienen, noch war er in seiner Wohnung. Das ist doch seltsam. Weißt du, wo er sich aufhält?«

»Nein, woher denn?« Grenfeld dachte an das Stundenhotel Montparnasse. Solange Kanther mit dem Ring sympathisierte, würde er Hamids Zufluchtsort nicht verraten.

»Bist du dir sicher, dass Irina unschuldig ist? Schulze hat von einer afrikanischen Befreiungsbewegung gesprochen.«

Kanthers Gesicht verzog sich zu einer Grimasse. »Schulze ist ein Kommunistenfresser. Die Linken verfolgt er, die Rechten lässt er laufen.«

»Dann erklär mir Folgendes: Hohensteins zugesandter Schädel ist der von Dr. Carl Peters persönlich. Das Grab des großen Kolonialgründers wurde geplündert. Das ist doch kein Zufall. Das ist ein politisches Manifest!«

»Woher weißt du das?«

»Das ist meine Sache. Was ist jetzt mit meinem Pass?«

»Auch das wird geregelt. Das versprech ich dir.« In diesem Moment betrat ein Pulk Jugendlicher die Kneipe. Der Cliquenbulle – Mütze kess im Nacken, Glimmstängel im äußersten Mundwinkel – war ein alter Bekannter. Als er sie sah, erstarrte er und drehte sich um. Die ganze Schar zwängte sich durch die Tür nach draußen. Der Wirt machte ein saures Gesicht und Kanther grinste. »Wo warst du die letzten Tage? Minni hat dich gesucht.«

Grenfeld stand auf. »Mich amüsieren. Das wird ja wohl noch erlaubt sein.«

»Mit wem?«

»Privatangelegenheit.«

Kanthers Blick wurde argwöhnisch. »Du gehst Minni aus dem Weg, nicht wahr? Es ist wegen ihrer Vergangenheit.«

»Ich will jetzt nicht darüber reden.«

»Soweit ich das beurteilen kann, ist Minni ein feiner Kerl.«

»Was du nicht sagst.«

»Ganz abgesehen von ihrem phänomenalen Aussehen hat sie das Herz auf dem richtigen Fleck. Sie ist nicht das

Flapper-Girl, für das sie alle halten. Mit dem Geld, das sie bei Magnusson verdient, unterstützt sie ihre Mutter. Wenn du allerdings in deinem Alter noch auf eine Jungfrau hoffst, wirst du einsam sterben. Die Gretchen von gestern gibt's nicht mehr.«

»Warum gehst du eigentlich nicht an die Öffentlichkeit?«, knurrte Grenfeld. »Stell dich auf eine Bananenkiste vor dem Zoologischen Garten und halte Reden. Du machst der Heilsarmee Konkurrenz, aber Applaus wäre dir sicher.«

KAPITEL 13

18. Mai 1929, 16 Uhr,
Westhafen

Hamid versteckte sich in einem der sechzig neu gebauten
Ford-Automobile und beobachtete die Aktivitäten vor der
Lagerhalle. Der Gestank des Leders und der Lackierung
verursachte ihm Übelkeit. Kein Wunder, er hatte seit Tagen
nichts gegessen. Er fastete. Der Zustand, in dem er sich
befand, war der des Kriegers. Im Mercedes-Palast hatte
er erfahren, dass ihn zwei Kriminaler abholen wollten. Er
hatte es vorhergesehen – der Wind hatte sich gedreht. Das
Schicksal arbeitete nun gegen ihn. Seit einer Stunde ver-
luden sie längliche Holzkisten auf die Ladeflächen der
Lastwagen. Die großen Stoßzähne passten in keine Kisten. Sie wogen bis zu hundertachtzig Pfund. Notdürftig mit
Tüchern verhüllt, mussten sie von drei Arbeitern getragen
werden. Keiner der Ford-Monteure, die einen Blick auf die
Fracht erhaschten, konnte ahnen, welch enormer Reichtum hier verladen wurde. Das weiße Gold Afrikas hatten
sie Finsch zu verdanken. Er war den alten Karawanenstra-
ßen bis in den Kongo gefolgt und hatte die geheimen Ver-
stecke der Araber geplündert. Er hatte sich die Elfenbein-
vorräte der Einheimischen unter den Nagel gerissen, als sie
auf der Flucht vor den Strafexpeditionen das Weite suchten.
Finsch selbst hatte – nach eigenem Bekunden – im Lauf seines Jagdlebens fünfhundertfünfundfünfzig Elefanten mit

einem Kleinkalibergewehr 7 x 57 durch Kopfschuss erlegt. Zwanzig Jahre lang hatte er ein Loblied auf die Gebrüder Mauser gesungen, die das außergewöhnliche Gewehr mit wenig Rückstoß und Eigenpräzision entwickelt hatten. Zwanzig Jahre blieben die Stoßzähne in den Höhlen der Matumbi-Berge versteckt. So lange hatte es gedauert, bis sie ausreichend viele Verwaltungsbeamte bestochen hatten, um das weiße Gold außer Landes zu bringen. Hannes Weiland und Sigmar Tesch trieben die Arbeiter an. Sie waren nervös, und Hamid ahnte warum. Man hatte beide verhört, und es war nur eine Frage der Zeit, bis die Polizei die Lagerhalle entdeckte. Finsch war scheinbar gelassen. Er saß rauchend auf der Laderampe und schnitzte. Ab und an durchstreifen seine Blicke das Hafengelände, als könnte er die Anwesenheit des Nubiers riechen. Ziel des Transports sollte ein verlassenes Fabrikgebäude in der Franklinstraße sein, so viel hatte Hamid mitbekommen. Er zog sich zurück, hatte genug gesehen. Eilig umrundete er das Hafenbecken, vorbei an der Kohlehalde, wo man Peter Burger aufgeknüpft hatte. Auf dem Jungfernsteg hielt er inne und sog gierig die nasskalte Luft ein. Am Südufer des Kanals schimmerten zwischen Föhren die roten Backsteinmauern des Strafgefängnisses Plötzensee hindurch. Am Nordufer, vor der Schleuse, lag in Nebel gehüllt Finschs Kahn. Erst jetzt, bei Tageslicht, fiel ihm auf, wie ramponiert das Schiff aussah. Am Mast hing die alte Kolonialflagge müde herab, und Hamid fragte sich, ob es derselbe Kahn war, mit dem sie einst den Rufiji flussaufwärts gefahren waren. Als er an Bord ging, beschlich ihn ein ungutes Gefühl. Sollte Finsch ihn erwischen, würde er ihm alle Knochen brechen. Die Tür zur Kajüte war abgeschlossen. Er presste seine Nase gegen das Bullauge und versuchte trotz Dunkelheit, etwas zu erspähen. Zuerst nahm er die Umrisse des Schädels war, der offenbar seit sechs Tagen keinen Zentimeter verrückt worden war. Die Wand zierten ein präparierter Antilopenkopf und das Gehörn eines Büffels. Dann entdeckte er *sie*. Sie saß auf einer Holzbank vor einem Schminktisch und starrte in einen Spiegel. Er war überzeugt, sie hatte ihn längst bemerkt. Ihr Gesicht zeigte weder Überraschung noch Furcht. Sie bewegte sich nicht. Hamid spürte, wie seine Erregung zunahm. Er wollte sich erklären, doch auch er stand wie versteinert da. Es war nicht die makellose Schönheit, die ihn lähmte. Es war die Gewissheit, dass er jener Frau irgendwann einmal begegnet war. Ort, Zeit und Umstände entzogen sich nach wie vor seinem Bewusstsein, blieben trotz größter Anstrengung hinter einer dunklen Wolke des Vergessens verborgen. Hamid erschrak. Er drehte sich um, befürchtete, dass ihr Starren nicht ihm, sondern jemandem hinter ihm galt. Doch da war nur ein Graureiher, der sich auf den Planken des Hecks niedergelassen hatte. In der Ferne ragten die acht Schornsteine des elektrischen Kraftwerks Moabit in den Himmel. Als er sich wieder umdrehte, war sie weg. Er klopfte an die Scheibe, umrundete die Kajüte, spähte durch jedes Bullauge, doch sie blieb unauffindbar. Wütend suchte er nach jener Eisenstange, mit der Finsch ihn geschlagen hatte. Er wollte die Tür aufbrechen. Doch als er sie fand, war er klug genug, es sein zu lassen. Finschs Verdacht würde sofort auf ihn fallen. Hamid wurde unruhig. Um diese Zeit ging er immer zur Arbeit. Es war ihm zur Gewohnheit geworden. Bereits jetzt vermisste er das Rattern der Filmprojektoren und den Applaus des Publikums am Ende der Vorstellung. Was sollte nur aus ihm werden? Er konnte nicht zurück nach Ostafrika. Niemand wollte einen Kollaborateur der verhassten Deutschen. Zurück nach Ägypten? In den Sudan? Was sollte er dort nach all den Jahren? Schon als Kindersoldat hatte er gegen das Reich des Mahdi gekämpft. Sein Leben lang war er aufseiten der Kolonialherren, hatte die Aufstände der Einheimischen blutig niedergeschlagen. Mit Hohensteins Wandel hatte auch er alles infrage gestellt, ein schmerzhafter Prozess, an dessen Ende die große Leere wartete. Plötzlich stand sie vor ihm. In ihrem traditionellen Kanga, der sich elegant um ihren Körper schlang, sah sie aus, als schlenderte sie über einen afrikanischen Markt. Das dunkelblaue Tuch, sonst farbenfroh bedruckt, hatte ein schwarz gezacktes Muster. Unter der Kopfbedeckung trug sie einen geflochtenen Hirsezweig als Stirnband. Sie mochte Ende zwanzig sein.

»Shikamoo«, sagte sie, und Hamid brauche eine Weile, bis er die Bedeutung des Wortes verstand. Noch nie hatte ihn jemand so begrüßt. Offenbar war er jetzt alt genug für das Zeichen der Ehrerbietung. Er wollte ihren Gruß erwidern, doch er brachte kein Wort heraus. Stattdessen starrte er auf ihr Stirnband. Die Maji-Krieger hatten solche Hirsezweige getragen, ebenso dunkelblaue Tücher. Für den Rest seines Lebens war die Farbe mit dem Pulverdampf abgefeuerter Patronen verknüpft.

»Hast du unsere Sprache vergessen?«, fragte sie schnippisch und spielte mit ihrem Armreif, der aus Muscheln bestand.

»Entschuldige«, stammelte Hamid. »Wer bist du?«

»Asha.«

»Ich bin Hamid bin Said.«

»Ich weiß, wer du bist. Warum starrst du in unsere Kajüte? Du weißt, wie Finsch das hasst. Er duldet keine Besucher an Bord.«

»Dieser Hirsezweig.«

»Was ist damit? Ich muss mich noch schminken. In drei Stunden beginnt unsere Aufführung.«

»Welche Aufführung?«

»Die Afrikaschau im Lunapark. Wir stellen den Maji-Krieg nach. Oder hast du gedacht, ich laufe immer so herum?« Asha lachte, und Hamid schämte sich.

»Suchst du Arbeit?«

»Vielleicht.«

»Die Völkerschau braucht Darsteller. Aber achte auf deinen Vertrag. Du musst ihn von einem Anwalt prüfen lassen, hörst du?«

»Ich bin kein exotisches Tier, das man ausstellt«, entfuhr es ihm.

»Ach, so ist das. Der Herr Filmvorführer vom Mercedes-Palast ist sich zu fein.«

»Davon abgesehen bin ich Nubier. Ich kann doch keinen Maji-Krieger spielen.«

Schon wieder lachte sie. »Was glaubst du denn? Ibrahim, ein Kollege von mir, ist ein Herero, sein Freund gehört zu den Wahehe.«

»Die Wahehe hatten sich dem Aufstand verweigert.«

»Das interessiert doch die Zuschauer nicht. In unserer Truppe gibt es Schwarze, die noch nie in Afrika waren. Nicht einmal das kapieren die.«

»Außerdem darf man das Maji nicht entehren.«

»Mein lieber Hamid, ich glaube, du bist aus der Zeit gefallen. Wo lebst du denn?«

Hamid blickte auf das träge Wasser des Kanals, dann auf den Graureiher, dessen gelber Schnabel die Form eines Dolchs hatte. Er fühlte sich plötzlich alt. Sollte alles, was er gelernt hatte, keine Bedeutung mehr haben?

»Ich kenne dich von irgendwoher«, sagte er mit schwacher Stimme.

»Wer andere besucht, soll die Augen öffnen, nicht den Mund«, erwiderte sie schnippisch und entschwand.

Hamid wunderte sich. Das Sprichwort hatte sie nicht auf Suaheli, sondern in einem Moshi-Dialekt der Chagga gesprochen. Er ging von Bord, kletterte den sandigen Damm hinauf und blickte zum Kahn zurück. Das Volk der Chagga, am Fuße des Kilimandscharo beheimatet, hatte er einst für seine Bewässerungskunst bewundert. Kilometerlang waren die Kanäle, welche die Felder und Bananenhaine mit Wasser versorgten. Die Steigung war so sanft, dass es aussah, als flösse das Wasser bergauf. Ihren heiligen Berg, den *Kilima ngioro*, nannten sie »Reise ohne Ende«. Nie wären sie auf die Idee gekommen, ihn durch Besteigung zu entweihen. Erst Hans Meyer, ein Afrikaforscher, hatte ihn bezwungen und kurzerhand zum höchsten Berg Deutschlands deklariert. Letztes Jahr wurde ihm die Ehrenplakette der Deutschen Kolonialgesellschaft verliehen. In diesem Moment fiel ihm ein, woher er sie kannte. Doch es war unmöglich. Hamid spürte, wie sein Herz zu rasen begann. *Sie* war seit Jahrzehnten tot.

KAPITEL 14

Irina stand vor seiner Tür wie jemand, der es bereute, ange-
klopft zu haben.

»Komm herein«, sagte Grenfeld schnell, weil er befürchtete, dass sie wieder kehrtmachte. Erhobenen Hauptes stolzierte sie an ihm vorbei, wanderte durch den Raum und
hatte alle Mühe, sich ihre Verwunderung nicht anmerken
zu lassen.

»Sie sind kein Bulle«, stellte sie fest. »Keiner von denen
sammelt Billardtische, Wachsfiguren und Gemälde.«

»Eben, du hättest mir ruhig glauben können.«

»Aber was sind Sie dann? Ein Detektiv?«

»Gott bewahre«, erwiderte Grenfeld mit gespielter
Empörung.

»Was ist mit dem Schild *Private Ermittlungen*?«

»Nichts ist damit.«

»Wie bitte?«

»Das Schild ist ein Alibi. Ich will meine Ruhe, was in
dieser Stadt ein Ding der Unmöglichkeit ist.«

Über Irinas Gesicht huschte ein Lächeln. »Und Sie wohnen hier?«

»Vorübergehend.«

»Ich hätte wetten können, Sie wohnen in einer schicken
Grunewalder Villa.«

»Sag mal, was willst du eigentlich?«

Irina spreizte ihre Finger und holte tief Luft. »Danke.«

Zuerst Kanther, jetzt die Tochter. Das Wort schien wieder in Mode zu kommen.

»Dank deinem Vater. Der hat dich da rausgeboxt.«

Irina schüttelte heftig den Kopf. »*Sie* haben mich nicht verraten und *Sie* haben die Waffe verschwinden lassen. Loyalität kommt selten vor, auch unter Genossen. Ich werde das nie vergessen, auch dann nicht, wenn sich die politischen Verhältnisse ändern.«

»Da habe ich ja bei Stalin was gut.«

»Ich brauche Ihre Hilfe.«

Grenfeld spürte, wie das Mädchen eine Nähe einforderte, zu der er nicht bereit war. Schließlich hatte sie ihm den Lauf einer Pistole an die Schläfe gehalten, nicht unbedingt eine vertrauensbildende Maßnahme. Wortlos führte sie ihn ans Fenster und deutete auf einen Blondschopf, der vor dem Tabakladen auf und ab ging. Es war der gleiche Platz, an dem Hohenstein gestanden hatte.

»Das ist Kriminalrat Schulze«, stellte Grenfeld erstaunt fest.

»Er ist hinter mir her.«

»Dafür gibt's keinen Grund. Man hat ihm den Fall entzogen.«

»Er macht Jagd auf mich. Er will, dass ich die Nerven verliere.«

Grenfeld wunderte sich nicht, dass Schulze weiterermittelte, sondern dass er als Kriminalrat selbst die Observierung übernahm. Das war unüblich. Es sei denn, er wollte vermeiden, dass seine Vorgesetzten Wind davon bekämen. Im Tageslicht bemerkte er die dunklen Augenringe, die sich in Irinas Gesicht gegraben hatten. Die Tage in der

Untersuchungshaft waren nicht spurlos an ihr vorübergegangen.

»Von meinen Klienten verlange ich absolute Offenheit«, sagte er. »Wenn ich dir helfen soll, musst du auspacken.«

Irina wanderte zu Jack the Ripper und strich der Wachsfigur über das Gesicht. »Auf welcher Seite stehen Sie? Rechts oder links?«

Der Exkommissar stöhnte. »Ich steh am liebsten oben und schau auf den ganzen Zirkus herunter.«

Irina schien mit sich zu ringen. »Unsere Begegnung am dritten Mai«, begann sie stockend. »Ich stand nicht zufällig vor Hohensteins Wohnung.«

»Sondern?«

»Mein Auftrag war es, ihn zu beschatten.«

»Na wunderbar«, brummte Grenfeld und dachte an seine Aussage auf dem Präsidium. Durch seine Lüge war das Mädchen vom Kreis der Verdächtigen ausgeschlossen worden.

»Er war ein verdammter Spitzel, hat jeden Schritt unserer Kolonialafrikaner überwacht. Wer sich politisch engagierte, den versuchte man abzuschieben. Hohenstein arbeitete für das Auswärtige Amt und bekam Rückendeckung von der Politischen Abteilung.«

»Hast du Namen?«

»Schulze zum Beispiel.« Irina kramte aus ihrer Tasche ein Foto hervor und reichte es ihm. Es zeigte eine Gruppe uniformierter Gestalten vor einem schneebedeckten Berg. Am Galgen baumelte ein afrikanisches Mädchen von vielleicht sechzehn Jahren. »Kilimandscharo 1892«, stand mit krakeliger Schrift auf der Rückseite. Darunter die Namen von Peter Burger, Eduard Pfeiffer, Carl Peters, Hannes Weiland, Sigmar Tesch und Dietmar Schulze. Der einzige

Schwarze auf dem Foto war Hamid. Sein Name war es offenbar nicht wert, niedergeschrieben zu werden.

Grenfeld blickte verwundert auf. »Alte Seilschaften also. Jetzt verstehe ich, warum Schulze nur in eine Richtung ermittelt.«

»Wenige Wochen vor seinem Tod hatte ich mir Zugang zu Hohensteins Wohnung verschafft. Tagelang war niemand ein noch aus gegangen. Ich dachte mir, es sei eine gute Gelegenheit. Doch es war ein Irrtum.«

»Er hat dich erwischt?«

»Ich befürchtete das Schlimmste, doch zu meinem Erstaunen stand ein gebrochener Mann vor mir. Er zeigte mir den Schädel, nötigte mich dazu, ihm zuzuhören. Es waren endlose Geschichten von seinen Erlebnissen in Afrika. Mir war ganz seltsam zumute. Es war, als suchte er jemanden, dem er all das beichten konnte. Doch als Beichtvater eigne ich mich überhaupt nicht. Das Ganze gipfelte darin, dass er mir offenbarte, er wolle ein Manifest hinterlassen. Die Wahrheit sollte ans Licht kommen. Auch die Wahrheit über den Fall Carl Peters.«

»Hast du das auf dem Präsidium ausgesagt?«

Irina schüttelte heftig den Kopf. »Hätte ich einen Einbruch gestehen sollen? Halten Sie das in meiner Lage für klug?«

»Die Wahrheit über Carl Peters. Was meinte er damit?«

»Der Reichskommissar für das Kilimandscharo-Gebiet war seinerzeit beschuldigt worden, ein schwarzes Mädchen ermordet zu haben, weil sie ihn angeblich mit seinem Diener betrogen hatte. Den hatte er gleich mit aufgeknüpft.«

Grenfeld konnte sich düster an die Sache erinnern. Der Fall »Hänge-Peters« war sogar im Reichstag debattiert worden. Peters wurde seines Amtes enthoben, doch verurteilt wurde er nie. Später hatte ihn der Kaiser rehabilitiert. Er bekam Titel und Rente zurück.

»Ich kann mir vorstellen«, fuhr Irina fort, »dass seine alten Kameraden so ein Manifest fürchteten wie der Teufel das Weihwasser.«

»Und Hamid?«

»Aus ihm werde ich nicht schlau. Vielleicht ist er deren Handlanger oder er steht selbst auf der Abschussliste.«

»Hat Hohenstein den Namen Hongo erwähnt?«

Irina winkte ab. »Die Sache mit dem Maji? Abergläubisches Geschwätz. Hier geht es nicht um Geister, sondern um die Verbrechen imperialistischer Kolonialpolitik.«

»Aber was ist mit Pfeiffer und Burger? Auch sie wurden ermordet.«

»Ich weiß nur eines. Ich *muss* das Manifest finden, bevor sie es verschwinden lassen. Ich werde noch einmal die Wohnung und den Speicher durchsuchen. Irgendetwas habe ich übersehen.«

Grenfeld sah aus dem Fenster. Schulze hatte seinen Standort gewechselt. Er wartete jetzt vor der Likörstube Fürstenhof und gaffte zu ihnen hinauf.

»Hohenstein war drauf und dran, zum Verräter zu werden«, sagte Irina.

»Und Verräter verfallen der Feme«, murmelte Grenfeld. Er betrachtete sie mit ihrer Lederkappe und ihrem Anstecker aus Emaille, von dem die geballte Faust des Roten Frontkämpferbundes grüßte. Es war, als ob er durch die harte Schale hindurch das Mädchen sah, das vor Jahren auf seinem Schoß gesessen hatte.

»Du musst die Sache der Mordkommission übergeben. Die Ermittlung leitet jetzt Ernst Gennat.«

»Niemals«, schrie Irina und trat einen Schritt zurück. »Das Präsidium ist ein Schlangennest. Die stecken alle unter einer Decke! Verstehen Sie doch! Den Roten Frontkämpferbund haben sie verboten, während die Nazis munter jüdisch aussehende Passanten verprügeln. Die *Rote Fahne* ist verboten, aber der *Angriff*, das Hetzblatt dieses Herrn Goebbels, darf zweimal wöchentlich erscheinen. Die hakenkreuzlerischen Rowdys machen mit einer viehischen Brutalität von ihren Knüppeln und Schlagringen Gebrauch. Sie ziehen von Lichterfelde bis zur Gedächtniskirche, ohne dass sich die Polizei um den Schutz des anständigen Publikums kümmert. Plötzlich gilt kein Stockverbot mehr. Sie überlassen den Stahlroutenschlägern die Straße.«

Grenfeld hob abwehrend die Hände. »Jetzt halt mal die Klappe und setz dich. Ich muss dir was erklären.«

»Ich will mich nicht setzen! Wenn die Bullen erfahren, was ich Ihnen anvertraut habe, bin ich erledigt.«

»Es gibt drei Tote. Ich möchte nicht, dass du die vierte bist.«

»Helfen Sie mir jetzt oder nicht?«

Es war der zweite Hilferuf innerhalb weniger Wochen. Der Mann mit der Hutschachtel lag im Leichenschauhaus. Irina jedoch stand vor ihm, ein Mädchen im Vollbesitz ihrer Kräfte, mutig und vor allem schlau. Möglicherweise so schlau, dass sie ihn nur benutzte, um Schulze loszuwerden.

»Unter einer Bedingung. Geh ins Moka Efti. Frag nach der Kellnerin Minni. Bei ihr wirst du erst mal untertauchen. Dann sehen wir weiter. Ich mach mich auf die Suche nach dem Manifest oder was auch immer Hohenstein hinterlassen wollte.«

Irina nickte wortlos und ging zur Tür. Ihre Miene verriet keine Gefühlsregung, weder Erleichterung noch Dankbarkeit. Die Straßenkämpferin hatte sich wieder im Griff.

»Noch was! Nimm den Weg durch die Hinterhöfe. Du kannst durch Gerolds Weinstube gehen.«

Grenfeld hörte sie die Treppe hinunterpoltern. Ihm klingelten die Ohren. Es war unglaublich, welche Reden das Gör schwingen konnte. Von wem hatte sie das nur gelernt? Von Kanther sicher nicht. Der sprach eher wenig und wenn, dann ohne Leidenschaft. Dabei hatte Irina nicht unrecht. Die Nationalsozialisten wurden immer dreister. Hatte man eine Ungeheuerlichkeit verdaut, folgte schon die nächste. Der Nullpunkt wurde so lange nach rechts verschoben, bis die Masse sich daran gewöhnte. Hitler selbst nahmen die wenigsten ernst. Den Schreihals mit seiner Zuhälterfrisur und seinen epileptischen Zuckungen hätte man nachts nicht mal um Feuer gebeten.

Grenfeld ließ sich auf das Sofa fallen und nahm das Foto, welches Irina ihm überlassen hatte. Er betrachtete die Offiziere in ihren weißen Ausgehuniformen vor dem Mädchen am Galgen. In ihren Safaristühlen glotzten sie gelangweilt in die Kamera, als säßen sie im Strandbad. Am Rand war Hamid zu sehen, in der braunen Uniform der Askaris mit geschultertem Gewehr, auch er ausdruckslos. Die Szene war beklemmend. Ihre Grausamkeit wurde durch die Palmen und die schneebedeckte Bergkuppe nur noch gesteigert. Plötzlich kam ihm der Gedanke, dass Hohenstein das Foto erst kurz vor seinem Tod beschriftet hatte. Vielleicht war *das* sein Manifest. Grenfeld nahm eine Lupe und entdeckte am unteren Rand einen weiteren Namen: Peter F.

Drucker. Die hellblauen Buchstaben waren verblasst. Es musste der Name des Fotografen sein. Er griff zum Telefonhörer. Es kostete ihn nur einen Anruf, um herauszufinden, dass es ein Atelier namens Drucker & Söhne gab.

*

20. Mai 1929, 13 Uhr, Friedrichstraße 144

Das schlauchförmige Fotoatelier lag in einem düsteren Gewölbe unter der Bahnhofshalle. Eingezwängt zwischen Cigarren-Neumann und dem Treppenaufgang zu den Wartesälen hatte es sich seinen Platz im Dunkel der Unterführung erkämpft. Doch der Preis war hoch. Alle paar Minuten hallten Pfiffe und Durchsagen vom Bahnsteig in den Verkaufsraum. Der Verkäufer war zu jung, als dass er damals das Foto hätte schießen können. An der Wand hingen signierte Porträts von Boxern: Jack Johnson, Max Schmeling und Hans Breitensträter. Auch der Verkäufer schien diesem Sport zu frönen, zumindest wiesen dessen Nase und muskulöse Oberarme darauf hin. Grenfeld setzte auf den Überraschungseffekt. Wortlos legte er das Foto auf den Ladentisch. Der Mann sah es kurz an, wendete es und blickte auf. »Woher haben Sie das?«

»Aus dem Nachlass eines Verstorbenen.«

»Und was wollen Sie damit?«

»Ich ermittele in einem Mordfall. Wir suchen den Fotografen.«

Der Mann nahm einen spöttischen Gesichtsausdruck an. »Gratuliere. Da sind Sie ja früh dran.«

»Also, wer hat das fotografiert? Ihr Vater?«

»Der Stempel beweist nur, dass das Foto hier entwickelt wurde.«

»Können Sie herausfinden, wer es in Auftrag gegeben hat?«

»Nach vierzig Jahren?«

Die Stimme des Verkäufers verriet Widerstand. Wenn ihn seine Intuition nicht täuschte, war die Ursache nicht Ärger, sondern Angst.

»Kann ich Ihren Vater sprechen?«, fragte Grenfeld.

»Da kommen Sie zu spät.«

»Ist er verstorben?«

»Ich weiß zwar nicht, was Sie das angeht, aber er ist krank.«

»Kann ich ihn dennoch sehen?«

»Nein, er leidet an Halluzinationen, lebt in der Wittenauer Heilanstalt.«

Grenfeld stutzte. Genau dort war Paul von Hohenstein in Behandlung gewesen.

»Ihr Vater bereiste Afrika, nicht wahr?«

»Ja, und dort hatte er so ziemlich alles aufgeschnappt, was dieser Kontinent zu bieten hat: Malaria, Dysenterie, Syphilis, Amöbenruhr und finstere Gedanken. Eine Zeit lang dachten wir, er leidet an der Schlafkrankheit. Er kam nicht mehr aus dem Bett.«

»War er im Auftrag des Kolonialamts tätig?«

»Es sollten ästhetische Fotos für Postkarten werden, Sie wissen schon, die malerischen Buschlandschaften mit vielen Grüßen an die Heimat. Doch stattdessen hatte er das Grauen fotografiert: abgehackte Kinderhände im Kongo, abgemagerte Kettengefangene in Ostafrika, vertrocknete Leichen im Südwesten. Kein Wunder, dass man da durchdreht. Zuletzt hatte er nur noch die Finsternis abgelichtet.« Der junge Mann bückte sich, öffnete eine Schublade und zerrte einen Karton hervor. Er griff hinein und warf einen Packen Fotos so auf den Verkaufstresen, dass einige dabei zu Boden segelten. »Sehen Sie sich das an!«, sagte er voller Bitterkeit. »Stapelweise tiefschwarze Bilder. Wer hätte dafür bezahlen sollen? Meine Mutter hatte alle Hände voll zu tun, uns Kinder durchzubringen.«

»Ich muss ihn sprechen.«

»Lassen Sie ihn in Ruhe.«

»Es geht nicht anders.«

»Vor allem dürfen Sie ihn nicht an die Kriegszeit erinnern. Das macht alles nur noch schlimmer.«

Als Grenfeld den Laden verließ, schrie der Mann ihm hinterher: »Wenn er einen Rückfall erleidet, mach ich Sie verantwortlich!«

Er nahm die Bahn nach Wittenau. Sein Entschluss stand fest. Selten hatte er sich durch Drohungen abhalten lassen. Es war nicht leicht, eine Besuchserlaubnis zu erhalten, doch die Polizeimarke wirkte Wunder. Schließlich dauerte es noch eine halbe Stunde, bis ihn ein Arzt empfing und durch den Park begleitete.

»Die Morphinisten sind in Haus eins untergebracht. Aber um diese Uhrzeit arbeiten sie im Garten.«

»Peter Drucker ist suchtkrank?«

»Chronischer Opiatmissbrauch. Er befindet sich auf Stufe drei der Therapie und kann leichte Arbeiten verrichten.«

»War Paul von Hohenstein im gleichen Haus untergebracht?«

»Ja. Die beiden liebten die Arbeit im Park. Sie hatten

das Gelände vor dem Brunnen bepflanzt. Aber soweit ich mich erinnern kann, hatte Hohenstein die Therapie abgebrochen.«

»Man darf die Anstalt verlassen?«

»Wir haben keine rechtliche Handhabe, einen Süchtigen einzusperren. Sucht ist nicht strafbar, es sei denn, man gefährdet andere.«

Die efeuumrankten Gebäude aus dunklem Backstein lagen in einer großflächigen Parkanlage. Der Wind ließ die Blätter der Eichen und Ahornbäume funkelnd leuchten. Die Rhododendren und vereinzelte Rosen standen in voller Blüte. Von Weitem sahen sie einen Mann auf den Stiel einer Harke gestützt.

»Darf ich Sie etwas fragen?«, sagte Grenfeld. »Die Furcht vor einem Geist, kann das Folge der Sucht sein?«

»Bei Opiatmissbrauch durch Präparate wie Pantopon, Holopon, Eukodal oder Trivalin sind Angstzustände die Regel. Heute fallen diese Mittel unter das Opiumgesetz. Im Krieg war man da weniger zimperlich.«

Als der Mann sie bemerkte, legte er seine Harke neben einen Bastkorb mit violetten Veilchen. Durch das dünne Garn seines Unterhemds zeichnete sich eine drahtige, fast athletische Figur ab. Der Arzt murmelte etwas von Visite und verabschiedete sich. Grenfeld war froh, mit Peter Drucker allein sprechen zu können. Wortlos reichte er ihm das Foto. Auf der Stelle verfiel der Mann in eine Starre, und nur die hin und her wandernden Pupillen zeugten von einer lebhaften Aktivität in seinem Inneren. Aus dem Haupthaus strömten Patienten, deren Gang verlangsamt zu sein schien. Immer wieder blieben sie stehen und glotzten herüber. Eine Frau löste sich von der Gruppe und lief auf sie zu. Plötzlich deutete Peter Drucker auf die Veilchen und flüsterte: »Das Herz der Pflanze darf nicht mit Erde bedeckt werden.«

Er wiederholte den Satz immer wieder und Grenfeld versuchte vergeblich, den Worten einen Sinn abzuringen.

»Haben *Sie* das fotografiert?«, unterbrach er ihn und zeigte auf das Foto.

Mittlerweile hatte sich die Dame genähert und beobachtete amüsiert die Szene. Sie trug keine Anstaltskleidung, sondern eine brokatbestickte Jacke mit Pelzkragen, wie man sie in adeligen Häusern zu tragen pflegte.

»Der wahre Reichtum liegt unter der Erde.« Der Satz war neu und auch dieser wurde wie ein Mantra rezitiert. Grenfeld fühlte sich unbehaglich. Woher sollte er wissen, wie man mit so einem Patienten umging? Er ärgerte sich über seine Hilflosigkeit und über das neugierige Gaffen der Frau. Überhaupt zweifelte er an der Sinnhaftigkeit seines Besuchs. Der Sohn hatte recht: Er kam zu spät. Wer weiß, welche Erlebnisse unter der Sonne Afrikas den Geist des Mannes verdunkelt hatten. Die Dame mit der Pelzjacke hingegen schien unbeeindruckt. Sie lächelte spöttisch. »Wenn meinem Bruder Alexei etwas nicht in den Kram passte, spielte er den Narren. Ich bin kein Mediziner, aber meiner Meinung nach ist der Mann vollkommen gesund, wenn man von seinem Hang zum Morphium absieht.«

Peter Drucker warf ihr wütende Blicke zu. Dann ging alles schnell. Er stieß einen Schrei aus, stopfte das Foto in den Mund und rannte los. Grenfeld bemühte sich, ihm zu folgen, doch der Alte war flink, lief ausdauernd in großen Schritten. Er flüchtete ins Haupthaus, schlug Flügeltüren auf, rannte einen Gang entlang, rempelte Pfleger und durchquerte einen Saal, in dem Patienten breit grinsend von ihren Tellern aufsahen. Die abgestandene Luft roch nach Suppe und Bohnerwachs. Peter Drucker hastete treppauf und treppab, verließ schließlich das Haupthaus, rannte durch den Park und flüchtete in ein Nebengebäude. Sein Vorsprung vergrößerte sich. Grenfeld fluchte über Seitenstechen. Er zwang sich weiterzugehen und blieb schließlich im Parterre eines Treppenhauses stehen, wo ihn ein Kriegszitterer panisch anstarrte. Der Mann konnte sich kaum auf den Beinen halten. Arme und Beine machten unkontrollierte Bewegungen. Kurz nach dem Krieg hatte er viele Traumatisierte auf den Straßen Berlins gesehen. Seit geraumer Zeit wurden sie in Anstalten verwahrt. Wer wollte schon an den Krieg erinnert werden. »Wo ist er?«, fragte Grenfeld leise. Er hatte wenig Hoffnung, eine Reaktion zu erhalten. Doch während der Arm des Mannes hin und her schwang, ging ein Zeigefinger nach oben. Grenfeld verstand und hastete bis in den vierten Stock hinauf. Oben angekommen, lehnte er sich über das Geländer und rang nach Atem. Wütend trat er gegen die Sprossen. Er hatte nicht die geringste Lust, sich zum Gespött der Anstalt zu machen. Als er sich aufrichtete, spürte er, wie sich etwas Hartes in seinen Rücken bohrte.

»Die Fotografie«, flüsterte eine Stimme hinter ihm. »Woher haben Sie sie?«

»Sie gehörte Paul von Hohenstein.«

Gelächter hallte durch das Treppenhaus. Ein Wagen mit Geschirr wurde über die Steinfließen gerollt. Seine Ladung klirrte bei jeder Fuge.

»Sie lügen. Paul ist tot«, zischte die Stimme. »Wollen Sie mich umbringen? Sind Sie deshalb gekommen?«

»Ich bin Polizist. Sie können es nachprüfen. Meine Marke befindet sich in der Tasche.«

Es folgte ein heiseres Lachen. »Als ob das etwas zu bedeuten hätte.«

»Ich bin nicht bewaffnet. Sehen Sie nach!«

Grenfeld spürte, wie eine Hand seine Taschen durchsuchte, seine Marke ertastete und herauszog. Er stöhnte. Der Schmerz nahm an Stärke zu und wanderte die Wirbelsäule hinauf bis zum Nacken. Etwas teuflisch Spitzes hatte sich in seinen Rücken gebohrt. Er musste an das Pfeilgift denken, mit dem Peter Burger ermordet worden war.

»Raus mit der Wahrheit: Wer sind Sie?«

»Ein ehemaliger Kommissar. Hohenstein hatte mich um Hilfe gebeten.« Grenfeld hörte das unregelmäßige Atmen des Mannes.

»Und? Konnten Sie ihm helfen?«

»Nein.«

Erneut folgte ein heiseres Lachen, doch er spürte, wie der Druck nachließ. Vorsichtig drehte er sich um und sah ein verkürztes Bajonett, wie man es während des Krieges im Nahkampf verwendet hatte. Peter Drucker starrte ihn an, als versuchte er, seine Gedanken zu lesen. Langsam ließ er den Dolch sinken und kramte aus seiner Tasche das Foto hervor. Er trocknete es an seiner Hose ab und strich es glatt.

»Es war verboten, so etwas zu fotografieren. Doch wer kümmerte sich schon um Vorschriften im Herz der Finsternis.« Drucker nahm seine Brille ab, rieb sich die Augen und setzte sie wieder auf. »Es geschah am sechsten Januar 1892. Es ist das einzige Foto der Hinrichtung. Hohenstein hatte es mir gezeigt, als er hier war. Plötzlich war alles wieder da. All die dunklen Erinnerungen, die ich vergessen wollte.«

»Wer war das Mädchen?«, fragte Grenfeld, während er seinen Rücken abtastete.

»Sie hieß Jagodja und gehörte dem Reichskommissar Carl Peters.«

»Gehörte?«

»Kann man so sagen. Sie war eine jener Zwangsprostituierten, wie sie die Weißen für hundertfünfzig Rupien beim Sklavenhändler gekauft oder von einem Stammesfürsten geschenkt bekommen hatten. Die Mädchen lebten im Lager und wurden von den Offizieren wie Leibeigene behandelt. Eines Morgens sah ich Mabruk, den Diener von Carl Peters, am Galgen baumeln. Angeblich hatte er zwei Zigarren gestohlen.«

»Wegen zwei Zigarren?«, fragte Grenfeld ungläubig.

Peter Drucker gluckste. »Mit der falschen Hautfarbe war das Leben wenig wert. Doch der angebliche Diebstahl war ein Vorwand. Peters vermutete, Mabruk hätte etwas mit Jagodja angefangen. Nach dessen Hinrichtung flüchtete Jagodja mit den anderen Mädchen zu einem Stammesfürsten namens Malamia. Als Peters vergebens deren Auslieferung forderte, brannten seine Leute die Hütten des Häuptlings nieder. Man schleppte die Mädchen ins Lager zurück und ließ sie so lange auspeitschen, bis ihnen das Blut durch den Lendenschurz floss. Peters sah, im Bambusstuhl sitzend, genüsslich dabei zu. Jagodja kam in Kettenhaft. Nachdem ein zweiter Fluchtversuch misslang, wurde sie über dem Eingangstor des Lagers aufgehängt. Die Anklage lautete: Konspiration mit feindlichen Stämmen. Dabei wollte sie nur ihr nacktes Leben retten.«

»War Hamid ihr Henker?«

»Hamid bin Said«, sagte Drucker nachdenklich, als erinnerte er sich an ein außergewöhnliches Erlebnis. »Stellen Sie sich vor, der Askari hatte sich geweigert. Das war gefährlich, verdammt gefährlich sogar.«

»Weshalb?«

»Carl Peters war außer sich und wollte ihn auspeitschen lassen. Ich werde nie vergessen, wie Hohenstein sich schützend vor ihn stellte. Am Ende musste ein Lazarettgehilfe den Henkersdienst übernehmen.«

Peter Druckers Pupillen flackerten unruhig. »Wissen Sie, dass Jagodja lebt?«

»Wie bitte?« Grenfeld glaubte, sich verhört zu haben.

»Hohenstein hatte das behauptet. Sie sei ihm während der Afrikaschau im Lunapark begegnet. Halluzinationen, wissen Sie. Das verdammte Morphium. Mit Hohenstein ging es bergab.«

Grenfeld dachte an all das, was ihm Hamid erzählt hatte. »Jagodja ist also der Geist Hongo.«

»Auch hier sehen viele Geister. In einer Anstalt wie dieser ist die Grenze zwischen Einbildung und Wirklichkeit fließend. Die Dame von vorhin, Sie wissen schon, die mit der Pelzjacke. Sie nennt sich Anastasia und behauptet, die jüngste Tochter des Zaren Nikolaus II. zu sein. Stellen Sie sich vor, ich frühstücke jeden Morgen mit der einzigen Überlebenden der Zarenfamilie.«

»Warum ist Carl Peters nie verurteilt worden?«

»Er hatte mächtige Freunde. Außerdem hatten mehrere Offiziere zu seinen Gunsten ausgesagt.«

»Hohenstein, Burger und Pfeiffer?«

»Sie hatten vor dem Disziplinarausschuss behauptet, die Exekution wäre eine militärische Notwendigkeit gewesen. Man hätte die Macht der Schutztruppe gegenüber den Aufständischen demonstrieren müssen. Dabei ging es nur um Eifersucht. Vielleicht nicht mal um das.

Es war die verletzte Eitelkeit eines sadistischen Psychopathen.«

»Wer hat Hohenstein auf dem Gewissen?«

»Woher soll ich das wissen? Wer weiß, vielleicht bin ich der Nächste?« Peter Drucker gab ihm das Foto zurück. »Nehmen Sie es. Ich will nichts mehr mit diesen Aufnahmen zu tun haben. Vor drei Jahren erschien eine davon in der Zeitschrift *East Africa*. Es zeigte neun Rädelsführer des Maji-Aufstandes am Galgen. Das Auswärtige Amt hatte behauptet, es sei eine Fotomontage der Briten. Aber es war *mein* Foto. Sollte das hier veröffentlicht werden, werden sie erneut alles leugnen.«

Grenfeld wollte gerade gehen, da hielt ihn Drucker fest. »Warten Sie! Vor wenigen Tagen war jemand hier, der stellte ähnliche Fragen wie Sie.«

»Wer?«

Peter Drucker grinste. »Keine drei Minuten habe ich vor mich hin gebrabbelt, dann ist er auf und davon. Er war nicht so hartnäckig wie Sie.«

»Wie sah er aus?«

»So um die dreißig, ein ganz und gar humorloser Kerl mit Storchenbeinen und Hakennase. Seinen Namen habe ich vergessen.«

»Warum haben Sie mit mir gesprochen?«

»Danken Sie Anastasia«, sagte Drucker lächelnd. »Sie hat ein untrügliches Gespür für Licht und Schatten, für Wahrheit und Lüge. Warum auch immer: *Sie* haben ihre strenge Prüfung bestanden.«

»Ist sie denn wirklich die Tochter des Zaren?«

»Ist das von Bedeutung? Die ganze Welt ist eine Bühne und jeder spielt seine Rolle, so gut es geht. Auch Sie, Herr Grenfeld, auch Sie.«

KAPITEL 15

20. Mai 1929, 16 Uhr,
Moka Efti

Irina hatte sich von der Rolltreppe in eine exotische Welt
bringen lassen: die maurischen Bögen, die Wandpanora-
men aus Konstantinopel, der ägyptische Salon und die
Konditorei aus weißem Marmor – wie im Traum wanderte
sie durch das Kaffeehaus. Ein Kellner deutete auf Minni.
Irina nahm auf einem Barhocker Platz und beobachtete,
wie sich die Frau mit den langen Beinen geschmeidig und
doch resolut durch die Reihen der Gäste bewegte. Sie flir-
tete mit dem einen und bestrafte den anderen durch Nicht-
beachtung. Sie sah Louise Brooks täuschend ähnlich, und
Irina hegte den Verdacht, dass der Männerüberschuss am
Tresen weniger der Qualität des Kaffees als vielmehr der
Figur der Kellnerin geschuldet war. Längst hatten ihre
flinken Augen sie entdeckt. Irina kam sich klein und häss-
lich vor. Unwillkürlich nahm sie die speckige Lederkappe
vom Kopf, strich sich durch die Haare, die sich wie Stroh
anfühlten. Ihre Hände waren zerkratzt, ihre abgebroche-
nen Fingernägel schwarz vor Dreck. Sie nahm die Spei-
sekarte und war irritiert, aus mehreren Kaffeesorten aus-
wählen zu können. Zwei Tische weiter wurden Kastanien
mit einer hauchdünnen Zuckerglasur serviert. Kastanien
zu dieser Jahreszeit? Sie konnte sich nicht erinnern, in der
Roten Nachtigall je so etwas gegessen zu haben. Was für

ein Überfluss! Zigarre rauchende Geschäftsmänner hatten es bestellt. Wichtigtuer mit schimmernden Manschettenknöpfen, die anderen fortwährend die Welt erklärten. Eine alte Dame mit wallendem Hut aus schwarzen Federn saß ihr gegenüber. Sie trug ein Samtband um den Hals, redete immerzu vom Theater und sprach alle auf Französisch an. Ihre Aufmachung und ihre Ansichten stammten aus einer Zeit, als sie ihre großen Triumphe feierte. Für Irina hatte sie nur einen herablassenden Blick übrig. *Hass sei verkündet Tyrannen und Kronen – Ehre dem Volk in den Fesseln der Not.* Diesen Spruch schleuderte Irina ihr geistig entgegen. Die letzten Monate hatte sie den Wedding und Neukölln nicht verlassen. Kein Arbeiter verließ seinen Kiez, es sei denn, es ging morgens zur Maloche, um spätabends in sein erbärmliches Loch zurückzukriechen. Sie dachte an die Zelle in der Untersuchungshaft: eine Pritsche voller Wanzen, ein Eimer für die Notdurft, ständig den Ausdünstungen der anderen Häftlinge ausgesetzt. Während sie den Klängen des Pianisten lauschte, fühlte sie eine bleierne Schwere, die sich wie ein warmer Mantel über sie legte. Plötzlich spürte sie eine Hand auf ihrer Schulter. Sie schreckte hoch und sah in die dunkelbraunen Augen von Minni, die ihr einen Schlüssel in die Hand drückte. Im Licht der Deckenlampen schimmerte ihr Gesicht wie Alabaster, strahlend und makellos. Ihre Armreifen glitzerten und ihr Parfüm roch nach Nelken, Jasmin und dem Duft bitterer Orangen.

»Zimmer vierhundertneun, ganz oben«, flüsterte sie. »Er hat mich angerufen. Du kannst bei mir übernachten.«

Irina nickte, stand auf und schlenderte durch die Gänge, vorbei am Friseur- und Massagesalon, der Poststation und dem Konzertsaal. Ihre Hand hielt den Zimmerschlüssel fest umklammert. Im Treppenhaus wurde es ruhiger. Ab und zu huschte ein Dienstmädchen oder ein Kellner vorbei. In der vierten Etage waren die Gänge verwinkelt und die Nummerierung willkürlich. Erst jetzt erinnerte sie sich an Minnis Worte – »ganz oben«. Sie stieg die Wendeltreppe hinauf zu den Dachzimmern, die offenbar dem Personal vorbehalten waren. Das Licht streikte und Irina stolperte über einen abgewetzten orientalischen Läufer. Es roch nach abgestandenem Essen und Mottenkugeln. Vom Glanz der unteren Stockwerke war hier wenig übrig geblieben. Wohl oder übel tastete sie sich von Tür zu Tür, versuchte jedes Schloss, bis sie schließlich, am Gangende, das richtige Zimmer gefunden hatte. Sie wollte gerade den Schlüssel ins Schloss führen, als sie Schritte hörte. Sie dachte an Minni, drehte sich und bekam einen Schlag ins Genick, der sie taumeln ließ. Mit aller Kraft versuchte sie, sich am Türrahmen festzuhalten, doch das feuchte Tuch, das ihr jemand ins Gesicht drückte, ließ sie schwindelig werden. Der scharfe Geruch des Äthers stieg durch die Nase hinauf bis in die Stirn und lähmte jeden Willen. Jemand öffnete die Tür und stieß sie ins Zimmer. Sie stürzte zu Boden, sah Stiefel und hörte, wie sich der Fremde über ihr zu schaffen machte. Der Kopf befahl ihr, sich zu wehren, doch der Körper streikte. Jetzt roch sie sein Rasierwasser, spürte, wie Hände und Füße gefesselt wurden. Sie wurde herumgerissen und blickte in Schulzes Gesicht. »Du weißt, warum du frei bist?«, zischte er. »Dein Vater hat sich mit Kriminellen verbündet. Deine Entlastungszeugen wurden gekauft.«

»Lassen Sie mich los!«

»Wer gab dir den Auftrag, Hohenstein zu beschatten?«

Irina verbot sich zu stöhnen, aber es gelang ihr nicht. Ein Wimmern entwich ihrem Körper.

»War es Willi Münzenberg?«

»Wer soll das sein?«

»Du hast ihn mehrmals getroffen. In der Wilhelmstraße achtundvierzig. Erinnerst du dich? Die Treffen der Liga gegen die koloniale Unterdrückung.«

»Die Jugend Afrikas kämpft für ihre Freiheit. Sie glauben nicht mehr den Ammenmärchen der Imperialisten«, flüsterte Irina. Sie hatte sich oft ausgemalt, wie es wäre, gefoltert zu werden und standhaft zu bleiben. Es waren Tagträume, in denen sie stets als Heldin hervorgegangen war. Doch nun lag sie gefesselt auf dem Dielenboden und spürte, wie die Angst sich in ihr festfraß. Natürlich kannte sie Münzenberg. Der kommunistische Reichstagsabgeordnete und Zeitungsverleger war Gründer und Sponsor der Liga. Um sich abzulenken, studierte sie die bunt leuchtenden Flakons auf dem Regalbrett: *En Avion* von Caron, *Magaly* von Corbeille Royale, *Jardin Secret* von Lubin und *Liu* von Guerlain. Noch nie hatte sie von diesen Parfüms gehört, geschweige denn eines besessen. Wie konnte sich eine Kellnerin so teures Parfüm leisten? Schulzes Gesicht kam ganz nah an sie heran: »Was hast du in der Wohnung Hohensteins gestohlen?«

»Sie meinen die Fotografie?«, sagte sie mit verwaschener Stimme. »Auf der Sie mit Carl Peters zu sehen sind.«

»Was?«, zischte Schulze.

»War es ein Vergnügen, das Mädchen hängen zu sehen? Ich schätze, sie war jünger als ich.«

Schulze presste die Lippen zusammen.

»Was für eine Heldentat! Ein Haufen Männer bringt ein Kind an den Galgen.«

Irina versuchte, sich aufzurichten. »Sollte mir etwas zustoßen, wird ein Genosse das Foto der Presse zuspielen.«

Schulze ging ans Fenster und starrte auf die gegenüberliegende Häuserfront. »Du meinst diesen abgehalfterten Exkommissar?«

»Ich sagte, ›Genosse‹.«

Er kam auf sie zu, bis seine Stiefel ihren Hals berührten. »Das ist längst Vergangenheit. Das interessiert keinen Menschen mehr.«

»Waren es nicht die Sozis, die den Fall damals vor den Reichstag gebracht hatten? Auch Ihr Polizeipräsident gehört dem Verein an. Ich glaube kaum, dass so ein Foto für Ihren Aufstieg förderlich ist.«

Schulze lachte nervös und griff nach dem in Äther getränkten Tuch. Irina wendete sich ab. Die Vorstellung, ihm bald willenlos ausgeliefert zu sein, ließ ihren Magen rebellieren. Sein mit Eisen beschlagener Stiefel fühlte sich kalt an. Mehr und mehr drückte er gegen ihren Hals. Der Stofffetzen kam in Sichtweite. Der Gestank war so ekelhaft, dass sie würgte. Sie sah an dem Tuch vorbei auf das leuchtend rote Fläschchen Parfüm.

*

20. Mai 1929, 19 Uhr, Friedrichstraße 191

»Was hätte ich denn tun sollen? Ich hatte Dienst.« Minni sah ihn vorwurfsvoll an. »Ich hatte Irina den Schlüssel gegeben, aber sie war nicht auf meinem Zimmer.«

»Verdammt«, fluchte Grenfeld, nervös auf und ab gehend.

»Die Teppiche waren verrutscht, die Stühle umgefallen … als hätte ein Kampf stattgefunden. Außerdem roch es nach Kampfer und billigem Rasierwasser.«

»Das war Schulze, der Mistkerl«, brummte Grenfeld, öffnete die unterste Schreibtischschublade und zog eine Parabellum hervor, ein Relikt aus seiner Dienstzeit. Die Waffe fühlte sich seltsam an, lag wie ein Fremdkörper in seiner Hand.

»Ein Einarmiger? Groß? Blond? Teure Uhr am Handgelenk?«, fragte Minni.

Grenfeld nickte.

»Er lungerte die ganze Zeit an der Cafébar herum und bat mich um Feuer. Was will er von Irina?«

»Das hier«, entgegnete Grenfeld und reichte ihr das Foto. Es hatte Knicke und Risse bekommen.

»Das ist ja entsetzlich«, murmelte Minni. »Was hat das Mädchen verbrochen?«

»Sie hatte sich in einen Gleichaltrigen verliebt. *Das* war ihr Verbrechen. Was soll ich jetzt tun? Ich kann mich doch nicht mit dem Präsidium anlegen? Wir werden den Kürzeren ziehen. Schulze hat was gegen uns in der Hand. Verstehst du? Er kann uns jederzeit aus dem Verkehr ziehen.«

»Er ist schwach.«

»Sicher nicht.«

»Glaub mir, ich hab seine Aura gelesen. Der Mann hat Angst. Er ist ein Getriebener.«

»Welche Aura?«

Minni verdrehte ihre Augen ob so viel Ignoranz. »Jeder Mensch besitzt eine Aura. Sie zu lesen, ist nur eine Frage der Übung. Als Erstes musst du lernen, deinen Blick zu defokussieren.«

Während der Exkommissar seine alte Dienstwaffe in die Tasche gleiten ließ, fragte er sich, ob »defokussieren« zu seinem Wortschatz gehörte. Das war nicht der Fall und so brummte er: »Und was steht auf Schulzes Sturschädel geschrieben?«

»Todesangst.«

Grenfeld lachte laut auf. »Der hat nur Angst, seine Beförderung zu verpassen.«

Sie kam auf ihn zu und nahm seine Hände. »Ich möchte etwas versuchen.«

»Auf keinen Fall. Nicht den Hokuspokus. Ich habe keine Zeit dafür. Da draußen hat dieser Irre Kanthers Tochter in seiner Gewalt.«

»Setz dich und vertrau mir. Ich habe von Magnusson gelernt.«

»Wie man die Leute über den Tisch zieht?«

Minnis Blick verfinsterte sich, ihre Gesichtszüge waren wie versteinert. Sie nahm ihren Mantel und ging zur Tür. »Gestern kam eine Lisa ins Moka Efti. Sie hat dich gesucht, wollte sich für die wundervolle Nacht bedanken.«

»Es tut mir leid«, sagte Grenfeld.

»Was tut dir leid?«, fragte Minni, ohne sich umzudrehen. »Das mit Lisa oder dass du mir nicht vertraust?«

KAPITEL 16

20. Mai 1929, 20 Uhr,
Kurfürstendamm 124

Ein Wachtmeister hatte sich neben dem Kassenhäuschen postiert und musterte gelangweilt die Schlange, die sich bis zum Fahrdamm erstreckte. »Jubiläum: 25 Jahre«, stand in großen Lettern über dem Eingangsportal. Hamid zog den Hut tief ins Gesicht. Es war riskant, den Lunapark zu besuchen. Sicher fahndeten sie in der ganzen Stadt nach ihm.

»Zur Afrikaschau?«, fragte die Kassiererin unerträglich laut. Er reagierte nicht gleich, worauf ein paar Bengel hinter ihm feixten. »Gehört der Herr zur Völkerschau? Dann gibt's den Schaustellertarif.« Der Polizist sah argwöhnisch zu ihm herüber. Nur nicht auffallen, dachte Hamid und schüttelte den Kopf. Er legte achtzig Pfennige auf den Tresen und nahm die Eintrittskarte. Eilig passierte er das Eingangsportal, durchquerte den Säulengang und erhaschte einen Blick auf das Gelände. Tausende Glühlampen tauchten den Park in ein Lichtermeer. Händchen haltende Paare saßen auf den Terrassen mit Blick auf den See. Ein Wasserfall sowie hell erleuchtete Pagoden und Skulpturen schufen ein exotisches Ambiente. Vor dem Restaurant musizierte ein Orchester, auf einer Freiluftbühne traten Artisten auf, eine beleuchtete Fontäne sprühte Wasser in die Luft. Über der Achterbahn ragten die gemalten Wolkenkratzerfassaden von New York in den Nachthimmel.

Hamid ließ sich von der Rolltreppe nach unten bringen. Unter lautem Geschrei donnerten die Wagen der Wasserrutschbahn ins Becken hinab. Dahinter warteten Karussells, Schieß- und Fressbuden sowie unerhörte Attraktionen, wie es die Reklamezettel versprachen. Ein Mann lag mit nacktem Oberkörper rücklings auf einem Nagelbrett. Seine Finger umklammerten eine Vorrichtung mit einem Amboss darauf. Zwei Muskelmänner mit glasigen Augen und schweren Eisenhämmern warteten, bis die Zuschauermenge groß genug war. Hamid wollte weitergehen, doch die Neugier war stärker. Endlich holten sie aus. Jedes Mal, wenn der Hammer den Amboss traf, kreischten die Zuschauer und die Beine des Mannes zuckten. Er lief weiter, passierte eine Hundeschau und schließlich das Liliputanerdorf, wo die Kleinwüchsigen in bizarren Kostümen auf ihren Auftritt warteten. Während er auf die Rüschen, die goldenen Knöpfe und Federnhüte starrte, vernahm er ein rhythmisches Trommeln. Lange hatte er es nicht mehr gehört. Es weckte in ihm die Erinnerung an eine längst vergangene Welt. Dem Klang der Trommeln folgend, gelangte er in ein afrikanisches Dorf. Vor den Kegelhütten lagerten Frauen mit Kleinkindern hinter qualmenden Kochstellen. Auf flachen Steinen wurden Affenbrotbaumfrüchte zu Mehl verrieben. Er sah sofort, dass etwas nicht stimmte. Die Bewohner des Dorfes waren ein bunt zusammengewürfelter Haufen aus unterschiedlichen Stämmen. Doch wen störte das? Sicher nicht die Bockwurst kauenden Zuschauer, die lautstark über die »Somalis« schwadronierten. Hinter dem Dorf hatten schwarze Jungs die Gerüste der Achterbahn erklettert und sprangen unter dem Beifall der Zuschauer in ein Wasserbecken. Nach jeder halsbrecherischen Aktion wurden Groschen ins Wasser geworfen. Weiter unten, am See, sah er sie tanzen. Der Platz, von Fackeln erleuchtet, war eingezäunt, als müsste man die Berliner vor den Wilden schützen. Hamid eilte hinunter und drängte sich durch die Zuschauerreihen. Ein Pärchen sah ihn an, als stünde er auf der falschen Seite des Zauns. Er starrte nach vorn. Muskulöse Tänzer mit länglichen Trommeln ließen durch ihr Stampfen den Boden beben. Es waren Matumbi, Mwera, Kichi, Ngindo und Poro und plötzlich wurde ihm klar, dass es nicht die Nachlässigkeit des Veranstalters war, welche die Stämme durchmischt hatte. Es war Absicht. Das Maji hatte mehr als eine Million Menschen aus über zwanzig Volksgruppen im Kampf vereint. Und während der Mond über dem Halensee aufging, wurde der Tanz wilder, das Tempo schneller. Speere und Schilder wurden zum Himmel gehalten. Im Takt taten die Tänzer so, als rissen sie Pflanzen aus der Erde. Hamid wusste, es waren die verhassten Baumwollpflanzen gemeint, Zeichen der Fremdherrschaft und Unterdrückung. Er blickte sich um. Die Zuschauer klatschten, grinsten und lachten. Einige debattierten lautstark mit den Nachbarn. Für sie war es nur ein Spektakel. Was wussten sie schon von jenem Tag in Nandete, als die ersten Aufständischen gewagt hatten, die Baumwollsträucher auszureißen? Es war eine Provokation, eine Ungeheuerlichkeit, ja nichts weniger als eine Kriegserklärung an die Kolonialherren. Plötzlich brach das Trommeln ab. Eine Gestalt, in einen weißen Kanzu gehüllt, betrat den Platz. Sie bestrich die Stirn jedes Kriegers mit einer Flüssigkeit und band geflochtene Hirsezweige um deren Stirn. Es war Asha, jene Frau, die er auf Finschs Kahn getroffen hatte. Kein Zweifel: Sie besaß die Gestalt und das Aussehen von Jagodja. Jäh brach das dunkle Verlies seiner Erinnerung auf: Vor ihm sah er das Mädchen, das immer lächelte. Selbst in Kettenhaft, mit einem Eisenring um den Hals, hatte sie gelächelt. Er hatte ihr damals Wasser gebracht, sich ein wenig zu ihr gesetzt. Dann hatte er ihr heimlich den Schlüssel gegeben. Er hatte ihr Elend nicht mehr ertragen können. Nach ihrer Flucht, als man sie gewaltsam zurückgeschleppt und ausgepeitscht hatte, war ihr Lächeln gestorben. Da ahnte sie, dass Carl Peters sich rächen würde. Das Trommeln hatte wieder begonnen. Hamid sah sich hilflos um. Irgendjemand musste ihm das erklären. Ganz am Rand, abseits der Zuschauermassen, entdeckte er Finsch. Er schien ihn die ganze Zeit über beobachtet zu haben. Hamid drängte sich durch die Menge, spürte die überhitzten Körper, roch den Duft aus Schweiß, Kölnisch Wasser und Bratwurst. Er rang nach Luft, sein Herz begann zu rasen. Was hatten sie hier zu schaffen?, schoss es ihm durch den Kopf. Sie hatten ihren Gummi bekommen, dazu Baumwolle, Kaffee, Gold, Diamanten und Elfenbein. Was wollten sie noch? Was glotzten sie so? Die Gesichter um ihn herum verwandelten sich in Fratzen und er spürte, wie ihm vor Empörung schwindelig wurde.

Langsam kam der Nubier zu Bewusstsein. Er lag auf einem rostigen Bettgestell in einer der Kegelhütten. Sein Hemd war nass. Man hatte ihn mit Wasser übergossen. Finsch packte ihn an der Schulter und rüttelte ihn: »Komm zu dir! Was ist mit dir los?«

»Die Inszenierung.«

»Was ist damit?«

»Das ist doch alles kein Zufall. Was habt ihr vor?«

»Er ist verrückt geworden«, sagte Finsch zu jemandem, den er nicht sehen konnte. Hamid richtete sich auf und erschrak. Hinter ihm stand ein Darsteller und sah auf ihn herab. Er war ein Herero. Groß, muskulös, seine schweißbedeckte Haut glänzte. Aus der oberen Zahnreihe war ein Dreieck ausgefeilt worden.

»Wie geht das Schauspiel aus? Ich habe das Ende verpasst.«

»Das war das Ende, nicht wahr, Ibrahim?«

Der Kämpfer nickte.

»Aber wo bleibt das Maschinengewehr?«

Finsch brüllte vor Lachen. »Du glaubst doch nicht im Ernst, dass die Berlinerinnen zusehen wollen, wie die Körper ihrer gut gebauten Wilden von Kugeln durchsiebt werden.«

»Aber das gehört zur Wahrheit. Die schwere MG8 hatte zweihundertfünfzig Patronen im Leinengurt und ein Zielfernrohr.«

»Mein Gott, Hamid, es ist eine Schau, nichts weiter. Letztes Jahr kamen die Somalis, davor die Lippenneger, die Amazonen und die Eskimos. Dieses Jahr sind die Maji-Krieger an der Reihe. Wir wollen an das Portemonnaie der Zuschauer, darum geht es.«

Hamid stand auf. »Was ist mit Jagodja? Was macht sie hier?«

»Wer?«

»Die Frau im weißen Kanzu.«

»Asha? Ist sie nicht eine Wucht? Ich hatte sie letztes Jahr in Daressalam aufgegabelt. Eine aparte Erscheinung. Wesentlich schöner anzusehen als so ein Greis mit Rauschebart.«

Hamids Gesichtszüge verzerrten sich zu einer schmerzerfüllten Grimasse. »Ihr könnt mir nichts vormachen. Das da draußen ist keine Schau. Es sind *askari wa mungu*, Soldaten Gottes. Ich habe es in ihren Augen gesehen.«

»Entweder hat er den Tod Hohensteins nicht verkraftet«, bemerkte Finsch spöttisch, »oder er hat zu viele Abenteuerfilme gesehen.«

Hamid schnellte hoch. Er sah von einem zum anderen, klopfte sich den Staub von der Hose, nahm seinen Hut und verließ die Hütte. Er fühlte sich gedemütigt und hintergangen. Wie ein geprügelter Hund schlich er durch die Dorfstraße. Er besaß keinen Pass mehr, hatte weder Wohnung noch Arbeit, wurde polizeilich gesucht und zu allem Unglück hatte Finsch ihm das Vertrauen entzogen. Vielleicht sollte er reinen Tisch machen, zur Polizei gehen und den Elfenbeinschmuggel verraten. Als Belohnung würden sie ihm einen deutschen Pass ausstellen. Einen, den Hohenstein ihm bis zu seinem Ende versagt hatte. Am Ausgang des Dorfes wurden afrikanische Masken und Armbänder verkauft. Daneben standen die abgefüllten Flaschen mit dem Maji-Wasser, die im Licht der Fackeln blutrot leuchteten. »Sie versündigen sich«, murmelte er. »Sie werden bekommen, was sie verdienen.«

KAPITEL 17

23. Mai 1929, 12 Uhr,
Dircksenstraße

»Du lässt den Ring aus dem Spiel, versprochen?«

Kanther nestelte nervös an seiner Krawatte herum.

»Kein Alkohol, keine Eskapaden, keine Ringbräute.«

Kanther murmelte etwas, was sich mit viel Fantasie wie ein Ja anhörte. Seit einer Stunde standen sie sich die Füße in den Bauch. Sie hatten die »rote Burg«, das rotgraue Backsteingebäude des Polizeipräsidiums, im Blick. Es war Mittagszeit. Wie immer würde Schulze in einem der umliegenden Wirtshäuser sein Mittagessen einnehmen. Grenfeld hatte seinen Exkollegen auf den neuesten Stand gebracht, wobei er die Sache mit Irina verschwiegen hatte. Zu groß war die Gefahr, dass er die Nerven verlor.

»Wir machen es wie früher«, flüsterte Kanther. »Weißt du noch, wie wir das Café National ausgehoben haben?«

»Nein«, log Grenfeld. Er war nicht in Stimmung, die guten alten Zeiten heraufzubeschwören. »Wie weit seid ihr mit euren Ermittlungen?«

»Wir fahnden unter Hochdruck nach Hamid. Er ist flüchtig. Laut Zeugen hatte er am Vortag von Hohensteins Ableben eine lautstarke Auseinandersetzung mit ihm. Es ging um irgendwelche Dokumente.«

»Achtung, da kommt er«, flüsterte Grenfeld.

Sie mussten auf der Hut sein. Schulze hatte einen schnellen Schritt und eine ebenso flinke Beobachtungsgabe. Doch die Hauptstadt machte es ihnen leicht. Schwamm man mit dem Strom, fiel man nicht auf. Nur die gelbroten Shell-Tankstellen, die Zeitungsverkäufer und die blinden Bettler blieben an einem Ort. Alles andere war in Bewegung. *Tempo* hieß nicht nur die neueste Bildzeitung für zehn Pfennige, es war ein Lebensstil, der dem rastlosen Städter Unsterblichkeit versprach. Stillstand gab es nur noch auf dem Friedhof. Sie gingen schnell und konzentriert, ihren Blick fest auf den Kriminalrat geheftet. Ab und zu wechselte einer die Straßenseite. Drohte Gefahr, entdeckt zu werden, ließen sie sich zurückfallen. Dann betrachteten sie scheinbar interessiert die Auslagen der Kaufhäuser, in denen lebende Mannequins die Frühjahrskollektion präsentierten. Auch hinter den großen Pappschildern der auf Stelzen laufenden Reklamemänner konnte man sich hervorragend verstecken. Grenfeld war beeindruckt. Es schien, als hätte Kanther in all den Jahren nichts verlernt, als hätte der Alkohol jene Areale seines Gehirns verschont. Am Alex tauchte Schulze in die U-Bahn ab. Wegen der Bauarbeiten drängten die Menschen auf einen Behelfsbahnsteig. Schulzes Blondschopf ragte aus der Masse heraus. Er nahm die Linie AI bis zum Bahnhof Zoo und lief die Hardenbergstraße in Richtung Gedächtniskirche. Dann passierte er die Wilhelmshallen, den Ufa-Palast, das neu eröffnete Haus Gourmenia mit dem Café Berlin und dem Dachwintergarten, schließlich das Capitol. Er verschmähte das Romanische Café, bog in die Budapester ein und lief an den steinernen Elefanten vorbei, die den Eingang des Zoos markierten. An der Ecke Kurfürstenstraße, gegenüber dem Hotel Eden, verschwand er in einem mehrstöckigen Schlösschen, über dessen Eingang die goldenen Buchstaben »AQUARIUM« prangten. Grenfeld und Kanther sahen sich verwundert an. Sollte Schulze seine Mittagszeit mit Lurchen verbringen? Kanther zuckte mit den Schultern, eilte die acht Stufen zur Kasse hinauf und zahlte zweimal eins fünfzig Eintritt. In der Eingangshalle hatten sie das Gefühl, in einem Tempel zu sein. Die bunten Bleiverglasungen ließen nur gedämpftes Licht ins Treppenhaus. Sie hörten ein Gemurmel, das wie von fern durch die dunklen Gänge der Meerwasserabteilung hallte. Grün und blau leuchteten die Schaubecken mit den Tintenfischen und Meeresschildkröten. Auch die zweite Etage, das Reich der Salamander und Schlangen, war menschenleer. Die Stimmen schienen sich im Labyrinth der Gänge verirrt zu haben und wurden vom Rauschen der Wasserrohre verschluckt. Erst im Insektarium, von wo aus sie die Tropenhalle einsehen konnten, wurden sie fündig. Auf einer Brücke, eingerahmt von Gummibäumen und einem Bambus, debattierte Schulze mit jemandem, dessen Gesicht von langblättrigen Bananenstauden verdeckt wurde. Unter der Brücke lagen drei Alligatoren reglos auf einer Sandbank, andere trieben im künstlichen Urwaldfluss. Der Unbekannte wirkte aufgebracht. Das Wort »Betrug« dröhnte so laut durch die Halle, dass die Tiere ihre Köpfe hoben. Schulze versuchte, ihn zu besänftigen. Mehrmals legte er seine Hand auf dessen Schulter, die der andere jedoch immer heftiger von sich stieß. Sie drängten sich an den Rand des Panoramafensters. Der Wütende war um die dreißig, schmächtig, hatte eingefallene Wangen und wirres Haar, das Ebenbild des ewigen Studenten.

»Die Stimme kommt mir bekannt vor«, flüsterte Kanther. »Aber ich weiß immer noch nicht, weswegen wir hier sind.«

Es war eine denkbar ungünstige Zeit, seinen Kollegen mit der Wahrheit zu konfrontieren, doch es duldete keinen Aufschub.

»Irina ist verschwunden.«

»Verschwunden?«

»Sie ist weder bei Minni noch in der Kösliner Straße.«

»Und was hat *er* damit zu tun?«

»Schulze war hinter ihr her. Ich fürchte, er hält sie irgendwo fest. Eigentlich hatte ich gehofft, er führt uns zu ihr. Deswegen die Verfolgung.«

Kanther wurde blass, seine Lippen schmal. »Der Dreckskerl lässt sie einfach nicht in Ruhe!«

Grenfeld zog das Foto aus der Tasche. »Vielleicht ist es das, was er will.«

Kanther nahm das Bild kaum zur Kenntnis, vielmehr starrte er in ein Terrarium mit Gottesanbeterinnen. »Ich kenne ihn«, flüsterte er. »Er wird nicht aufgeben. Der macht weiter … so lange, bis sie wegen Mordes hinter Gittern sitzt. Er ist wie dieses giftgrüne Insekt mit dem dreieckigen Kopf und den Fangarmen. Es lauert seinem Opfer auf, schlägt dann blitzschnell zu und beißt ihm bei lebendigem Leib den Kopf ab.«

»Wende dich an Dr. Weiß, den Polizeivize. Das ist ein vernünftiger Mann.«

»Ohne Beweise?« Kanther holte seine Dienstwaffe hervor. Es war eine P08, die gleiche wie seine, nur besser gepflegt. Grenfelds Hand packte den Lauf der Pistole. »Lass das und hör mir zu: Wir werden herausfinden, wer hinter den Morden steckt. Wir schlagen sie mit kriminalistischen Methoden, wie früher.«

Kanther winkte ab. »Die Zeiten haben sich geändert. Denk an die Maidemonstration.«

»Was ist damit?«

»All die Toten. Die Fälle werden nicht aufgeklärt, niemand wird zur Rechenschaft gezogen.«

»Es gibt zwei Untersuchungsausschüsse und die Prozesse laufen gerade an.«

»Man hat uns verboten, dort auszusagen.«

»Mein Gott, Kanther, es ist der übliche Maulkorb.«

»Der Polizeipräsident und der Innenminister hatten vor, den Rotfrontkämpferbund zu verbieten, doch ihnen fehlte der Anlass. Da haben sie einen Anlass geschaffen. Verstehst du? Sie wussten, was passiert, wenn sie ein Demonstrationsverbot verhängen. Der hessische Innenminister ist am ersten Mai mit den Kommunisten zusammen auf die Straße gegangen. Alles blieb friedlich. In Berlin haben sie die Opfer nicht nur billigend in Kauf genommen, sie haben die Eskalation *willentlich* provoziert. Wie nennt man das?«

»Politik.«

»Unrecht nennt man das, so wie das da.« Kanther zeigte auf das Foto. »Ich regle das auf meine Weise. Halt dich da raus.«

Kanther zog los. Schulze stand jetzt allein auf der Bambusbrücke. Der Unbekannte war verschwunden. Die Maisonne brannte durch das Glasdach auf die Wasseroberfläche des Krokodilbeckens und ließ die Luft tropisch schwül werden. In den Terrarien krochen die Insekten auf den Zweigen auf und ab: Heuschrecken, Hirschkäfer, allerlei Falter und Spinnen. Natürlich hätte er Kanther aufhalten müssen, doch Grenfeld war es leid, den Aufpasser zu spielen. Unruhig lief er zum Seitenfenster, von wo aus man das große Raubtierhaus des Zoos im Blick hatte. Vor dem steinernen Dinosaurus standen Schulkinder Schlange.

Offensichtlich warteten sie auf den Einlass ins Aquarium. Die Lehrer liefen hin und her und mahnten mit hektischen Gesten zur Ruhe. Als er zum Panoramafenster zurückkam, sah er Kanther mit ausgestrecktem Arm auf der Brücke stehen. Der silberne Lauf seiner Pistole glänzte im Sonnenlicht. Schulze hatte seinen Körper gegen die Balustrade gepresst. Sein Hut war bereits auf der Sandbank gelandet. Die Alligatoren wurden unruhig und krochen aus dem Wasser. Plötzlich waren Kinderstimmen zu hören. Grenfeld rannte in den zweiten Stock und suchte verzweifelt den Eingang, als ein Schuss durch das Treppenhaus hallte. Er fluchte. Der Gedanke, dass sein alter Kollege gerade sein Leben zerstörte, war unerträglich. Als er die Bambusbrücke erreichte, sah er beide in unveränderter Position. Es war offensichtlich nur ein Warnschuss gewesen. Schulze war kreidebleich. Seine sonst so arrogante Haltung war der Angst gewichen.

»Bringen Sie diesen Irren zur Vernunft«, schimpfte er. »Seine Tochter sitzt im Verhörraum des Präsidiums. Ihr geht es gut. Sie wird lediglich vernommen. Das hat alles seine Ordnung.«

»Steck die Knarre ein. Es kommen Schulkinder«, raunte Grenfeld Kanther ins Ohr, doch der reagierte nicht. Sein Arm zielte unverändert auf den Mann an der Brüstung.

»Irina ist nicht unschuldig«, sagte Schulze hastig. »Sie steht seit geraumer Zeit mit Olga Metrowskaja in Kontakt, ihrer Mutter. Zusammen mit dem Negerbüro in Hamburg koordiniert sie die Propagandaaktivitäten der Komintern in Afrika. Sie hat ihre Tochter benutzt, um Hohenstein auszuspähen.«

»Alles Gerede. Ich nehme an, Ihnen geht es um das Foto«, sagte Grenfeld.

Schulze lachte hysterisch. »Da sind Sie auf dem Holzweg. Veröffentlichen Sie es, wenn Sie wollen! Es ist mir egal. Carl Peters wurde damals nicht angeklagt, weil die hiesigen Gesetze in Afrika nicht rechtswirksam waren. Nach afrikanischem Brauch konnte er mit seiner Sklavin machen, was er wollte. Sie war sein Besitz.«

»Wo ist Olga?«, murmelte Kanther, während er die Waffe sinken ließ.

»Die Kämpferin für das Proletariat logiert unter dem Decknamen Olga Iordanova im noblen Hotel Eden, gleich gegenüber. Überzeugen Sie sich!«

Kanther sah zu Grenfeld. Das Geschrei der Kinder war jetzt unüberhörbar.

»Ich wäre bereit«, sagte Schulze feierlich, »angesichts ihrer persönlichen Lage die ganze Sache als Missverständnis zu betrachten. Das ist mehr als großzügig.«

Kanther nickte, und Schulze zog sich vorsichtig zurück. Sollte die Sache mit Olga stimmen, gab es dem Fall eine folgenschwere Wende. Dann ging es nicht nur um eine wild gewordene Schülerin. Dann ging es um große Politik. Und deren Machenschaften waren mit den Mitteln zweier ausrangierter Kommissare nicht beizukommen. Erst jetzt bemerkte Grenfeld die Scherben auf dem Boden. Kanther hatte tatsächlich ins Glasdach des altehrwürdigen Aquariums geschossen. »Lass uns abhauen, sofort«, zischte Grenfeld, packte ihn am Arm und zerrte ihn zum Ausgang.

KAPITEL 18

Der Gedanke an Wasser wurde übermächtig. Gaumen und Rachen waren so ausgetrocknet, dass ihr jedes Schlucken Schmerzen bereitete. Irina machte Kaubewegungen, um wenigstens etwas Speichel zu produzieren. Auch Arme, Beine, Nacken und Schultern schmerzten. Sie hockte, an eine Walze gefesselt, auf einer Brücke, an deren Seite eine mit Blech beschlagene Rampe nach unten führte. Über ihr schwebte ein beweglicher Kran, dessen herunterhängender Haken nur dann zu pendeln begann, wenn ein Dampfer nah genug vorbeifuhr. Zuerst hörte sie das Brummen, dann das Klatschen der Wellen an die Außenmauer, schließlich spürte sie ein Vibrieren der Eisenträger. Jedes Mal rieselten Staub und Mauerwerk auf sie herab. Dann blickte sie nach oben, immer hoffend, dass die rostigen Gewinde der Erschütterung trotzten. Offenbar befand sich ihr Gefängnis im obersten Stockwerk einer verlassenen Fabrik unmittelbar an der Spree. Von ferne vernahm sie das Läuten einer Kirchenglocke. Letzte Nacht hatte sie Stimmen gehört. Es waren fremdartige Laute, die sie nicht einordnen konnte. Sie presste ihr Ohr auf den Boden und glaubte Männer-, Frauen-, ja sogar Kinderstimmen unterscheiden zu können. Sie schrie, doch ihr Krächzen schien von den meterhohen Maschinen verschluckt zu werden. Die Walze war nur eine Handbreit von der abschüssigen Rampe entfernt. Wenn sie es schaffte, sie ins Rollen zu bringen, würde der Krach überall zu hören sein. Stundenlang fieberte sie auf das Brummen des Motors. Dann richtete sie sich auf und drückte mit ganzer Kraft dagegen. Die Walze bewegte sich. Wenige Millimeter nur, doch es war ein Anfang. Erschöpft sackte sie in sich zusammen. Möglicherweise entsprangen die Stimmen nur ihrer Fantasie. Immer wieder fragte sie sich, warum Schulze so weit ging. Obwohl sie der Polizei misstraute, wusste sie von ihrem Vater, dass Brutalität in der Vernehmung zur Entlassung des Beamten führte. War es krankhafter Ehrgeiz, politischer Fanatismus oder hatte er tatsächlich Angst vor einer Veröffentlichung des Fotos? Eines hatte sie sich geschworen: Ihre Mutter würde sie nie verraten. Lieber würde sie zugrunde gehen. *Sie* hatte ihr neuen Lebensmut gegeben. Stark und klug, weit gereist und belesen, teilte sie ihre Verachtung für das bürgerliche Spießertum. Anders als ihr Vater war *sie* kein Erfüllungs-gehilfe eines zum Untergang bestimmten Systems. Sie war eine Revolutionärin der ersten Stunde und eng mit Krups-kaja, der Frau Lenins, befreundet.

*

23. Mai 1929, 18 Uhr,
Budapester Straße 18

»Verzeihung, ich darf Sie nur im Smoking einlassen«, sagte der Portier mit einem beleidigt klingenden Unterton. Das Eden war nicht irgendein Hotel. Das mondäne Nobel-quartier gegenüber dem Zoologischen Garten zog alles an, was Rang und Namen hatte. Hier trafen sich Schriftsteller, Schauspieler und Sportler aus der ganzen Welt. Kanther zückte seine Marke. Er machte sich nicht einmal die Mühe, sein Auftreten zu erklären, sondern steuerte direkt auf den Empfang zu. Viel zu laut erkundigte er sich nach der Zimmernummer von Olga Iordanova. Dabei strich er unentwegt sein dünn gewordenes Haar nach hinten. Seine Gesichtshaut war gerötet. Er war nervös. Sicher hatte er lange auf diesen Moment gewartet, doch es war fraglich, ob er für so ein emotionales Abenteuer in der richtigen Verfassung war. Noch vor wenigen Stunden hatte er seinen Chef mit einer Waffe bedroht und das Glasdach des Aquariums durchlöchert.

»Soll ich euch nicht lieber allein lassen?«, fragte Grenfeld vorsichtig.

»Auf keinen Fall«, knurrte Kanther und trottete voran. Er brauchte offensichtlich Beistand. Der Aufzug war überfüllt, also nahm man die Treppe. Smokings und Abendkleider rauschten an ihnen vorbei. Die Messingknöpfe der Hotelboys glänzten mit den Schuhen der Eintänzer um die Wette. Mit ihren zerknitterten Anzügen, in denen noch der Geruch von Amphibien hing, kamen sie sich schäbig vor. Selbst die unvermeidlichen Hündchen in den Armen der Damen sahen gesünder aus. Im ersten Stock spielte Julian Fuhs Jazz-Orchester mächtig auf. Schlagzeug, Bass und Bläser dröhnten bis in den vierten Stock hinauf, wo Kanther vor Zimmer vierhundertsechzehn wiederholt seine Krawatte zurechtrückte.

»Was ist los?«, fragte Grenfeld.

»Ich weiß nicht«, murmelte er. »Es ist nur … Zwölf Jahre sind eine verdammt lange Zeit.« Er schluckte, holte tief Luft und klopfte fast zärtlich an die Tür. Als sich nichts rührte, klopfte er lauter. Schließlich polterte er dagegen, als handelte es sich um eine der üblichen Razzien. Olga öffnete. Ihre Ähnlichkeit mit Irina war verblüffend. Mit ihren kurzen, am Scheitelansatz akkurat zur Seite gekämmten Haaren und ihren kantigen Gesichtszügen strahlte sie eine elegante Strenge aus. Nur in ihren Augen bemerkte Grenfeld jene Verletzlichkeit, die er auch bei Irina gesehen hatte. Olga reichte ihm die Hand und lächelte. Kanther jedoch stürmte ins Zimmer und warf seinen Hut auf den Sessel wie ein Droschkenkutscher. »Was soll der Name Iordanova?«, fragte er.

Sie zündete sich eine Zigarette an und trat ans offene Fenster, von wo aus man den Zoo überblicken konnte.

»Lenin hatte unter diesem Namen in München gewohnt. Was für ein lächerlicher Einfall!«, sagte Kanther angriffslustig.

Statt zu antworten, wandte Olga sich an Grenfeld: »Ich habe gehört, du hast bei der Polizei gekündigt?«

»Stimmt, vor fünf Jahren.«

»Und was machst du jetzt?«

Grenfeld sah zu seinem Kollegen, als wollte er sich die Erlaubnis einholen zu antworten.

»Er kümmert sich um Irina, so wie ich das die letzten Jahre getan habe«, sagte Kanther.

Olga drehte sich um. »Als was bist du hier? Als Polizist oder Vater?«

»Ich war immer beides«, erwiderte Kanther scharf. »Aber ich nehme an, dass *du* nur als sowjetische Funktionärin hier bist. Als Mutter sicher nicht.«

»Natürlich bin ich ihre Mutter«, erwiderte sie höhnisch. »Nur kein Hausmütterchen, wie du es dir vorstellst.«

»Du nutzt ihre Naivität für eure Weltrevolution aus! Dabei will sie dir nur gefallen. Sie sucht deine Nähe.«

»In diesem Alter sucht man vor allem nach der Wahrheit!«

»Die Wahrheit«, wiederholte Kanther höhnisch. »Als ob die unter Stalin eine Überlebenschance hätte. In den nächsten Monaten finden in Moskau Säuberungen statt. Da werden sie deine Wahrheit hinausfegen. Bist du deshalb hier?«

»Mit der Geheimpolizei diskutiere ich nicht«, erwiderte Olga scharf, worauf Kanther seinen Hut nahm und den Raum verließ.

Grenfeld verfluchte den Dickkopf seines Kollegen. Diese elende Politik. Die Aussprache hatte nicht mal eine Minute gedauert. Wohl oder übel blieb die Sache jetzt an ihm hängen. »Siehst du das Glasdach da drüben?«, fragte er und zeigte zum Aquarium. »Das hat er heute mit seiner Dienstpistole durchlöchert. Der Mann ist vollkommen fertig. Er wird aus dem Polizeidienst fliegen, möglicherweise seine Pension verlieren. Dann kann er stempeln gehen. Es ist nur eine Frage der Zeit.«

Olga blies schweigend Rauchschwaden in die Luft.

»Warum hast du ihn damals sitzen lassen?«

»Revolutionäre Zeiten erfordern ihre Opfer.«

Grenfeld zog eine Grimasse. Die Antwort kam zu schnell. Er mochte keine Parolen.

Olga sah ihn vorwurfsvoll an. »Wie hätte ich hierbleiben können, während in Russland die Revolution tobte? Selbst die Soldaten waren zum Volk übergelaufen.«

»Du hättest von Berlin aus agieren können.«

»Vor zehn Jahren wurden Karl Liebknecht und Rosa Luxemburg in diesem Hotel verhört, misshandelt und ermordet. Dieses Land benötigt zu viele Opfer, bevor sich etwas ändert.«

»Was ist mit Irina?«, fragte Grenfeld. »Soll auch sie geopfert werden?«

Das Orchester spielte »Positively, Absolutely«. Das Banjo und die näselnde Stimme des Sängers drangen bis zu ihnen herauf.

»Sie ist stark.«

»Und verletzlich. Warum habt ihr sie auf Hohenstein angesetzt?«

»Das kann ich dir nicht sagen.«

»Olga, sprich mit mir! Ich bin kein Polizist.«

»Nur so viel: Hohenstein hatte den Auftrag, den anti-imperialistischen Weltkongress der Liga zu verhindern. Der sollte im Juli in Frankfurt stattfinden. Außerdem war er dabei, einen unserer Emissäre zu enttarnen, einen jungen Kommunisten, der als Tourist getarnt, nach Afrika unterwegs war. Irina sollte herausfinden, wie viel Hohenstein wirklich wusste, scheint aber viel mehr entdeckt zu haben.«

»Du musst deiner Tochter helfen. Sie steckt in Schwierigkeiten. Ein Kriminaler von der Politischen ist ihr auf den Fersen. Er will ihr einen Mord anhängen.«

»Ich werde bald abreisen.«

»Abreisen?«

»Ich kann nicht länger bleiben. Es ist zu gefährlich.«

Grenfeld wanderte im Zimmer hin und her. Seine Gefühle schwankten zwischen Wut und Hilflosigkeit. »Die toten Offiziere – gehen die auf eure Rechnung?«

Olga schüttelte erbost den Kopf. »Die Funktionäre der KPD haben auch am ersten Mai ihre Genossen angewiesen, auf Gewalt zu verzichten.«

Die Sätze klangen wie die offizielle Verlautbarung einer Regierung. Ihr Mehrwert ging gegen null.

»Irina soll die Schule beenden«, sagte er unbeholfen.

»Irgendetwas aus ihrem Leben machen, sich nicht auf den Straßen prügeln. Sie hat so viele Talente.«

»Du magst sie«, stellte Olga verwundert fest.

»Kanther hat recht. Ich versteh nichts von Kindern, noch weniger von Jugendlichen. Ich weiß nur eines: So kommt sie unter die Räder. Die Stadt hat sich verändert. Krakeeler, Hitzköpfe und Schläger bestimmen wieder die Straße.«

»Ich werde sie mitnehmen«, sagte Olga.

»Dazu müssen wir sie finden. Sie ist wie vom Erdboden verschluckt. Ganz abgesehen davon hat sie einen Vater.«

Olga sah ihn spöttisch an. »Der mehr an der Flasche hängt als an ihr.«

»Wer hat sich denn all die Jahre um sie gekümmert?«, erwiderte Grenfeld scharf und fügte in milderem Ton hinzu: »Du tust ihm unrecht, glaub mir.« Dann verließ er das Zimmer. Lange brauchte er nach seinem Kollegen nicht zu suchen. Auf dem Balkon des Dachgartens wurde er fündig. Während britische Hotelgäste in weißen Pullundern Minigolf spielten, war Kanther dabei, eine Flasche Gordon's Orange Gin zu öffnen. Grenfeld nahm ihm die Flasche aus der Hand und platzierte sie auf dem Nachbartisch mit den britischen Fähnchen.

»Was soll das?«, knurrte Kanther.

»Geh runter. Rede mit ihr wie ein zivilisierter Mensch. Tu es um Irinas willen. Olga will mit ihr nach Moskau.«

»Ich werde das verhindern. Meine Tochter hat keine Ahnung, was im Kreml los ist. Seit Stalin an der Macht ist, leben eigenwillige Frauen gefährlich. Sie glaubt doch nur dem Trugbild der Propaganda.«

»Umso wichtiger ist es, dass du jetzt mit ihrer Mutter sprichst. Schließlich hast du sie mal geliebt.«

Die klagende Stimme einer Bluessängerin wehte über die Dachterrasse: »Nobody Knows You When You're Down.« Kanther kaute auf einem Zahnstocher und starrte auf die Budapester, auf der sich die Automobile Stoßstange an Stoßstange bis zur Gedächtniskirche stauten. »Ich habe eben mit dem Präsidium telefoniert. Irina war weder heute noch gestern bei einer Vernehmung. Schulze hat uns angelogen.«

»Was für ein Mistkerl.«

Kanther zog ein Kuvert aus der Tasche und drückte es ihm in die Hand. »Hier, dein Reisepass. Du bist ein echter Freund, aber es ist besser, wenn du aus der Stadt verschwindest. Die Politischen sind nicht gut auf dich zu sprechen. Die Sache damals, du weißt schon, da sind noch einige Rechnungen offen. Schulze hält sich nur zurück, weil er dich für nützlich hält.«

»Da hab ich ja Schwein gehabt.«

»Das kann sich schnell ändern, glaub mir.«

»Ich weiß.«

Kanther legte seine Hand unbeholfen auf Grenfelds Schulter. Eine seltene Geste der Vertraulichkeit, war doch sein Kollege noch nie ein Freund theatralischer Auftritte.

»Wie ist es am Meer?«

»Was meinst du damit? Warum fragst du?«

»Ich wollte, ich könnte in den Süden fahren. Ich war noch nie am Meer. Minni sicher auch nicht. Fahrt los und lasst die Toten hinter euch. Wartet nicht zu lang!«

»Und wer passt dann auf dich auf?«

Über Kanthers grobporiges Gesicht huschte ein Lächeln, bis die Bitterkeit wieder die Oberhand gewann. »Ich werde noch einmal den Ring um Hilfe bitten. Die Sache endet sicher unschön.«

»Vergiss die Ganoven. Geh zu Gennat. Ihm kannst du vertrauen.«

»Im Ernst, ich will dich nie wiedersehen«, erwiderte er, stand auf und trabte davon, nicht ohne sich der herrenlosen Ginflasche anzunehmen.

*

23. Mai 1929, 22 Uhr, Bahnhof Friedrichstraße

Grenfeld lief über die Weidendammer Brücke zum Bahnhof Friedrichstraße. Kopf und Magen waren leer und die Beine schwer wie Blei. Vor dem Admiralspalast sah der Asphalt wie gewachst aus. Die Reifen unzähliger Autos hatten ihn blank gescheuert. Die neue Bahnhofshalle wölbte sich in Glas und Eisen zum Nachthimmel. Auf der Brücke, exakt über der Straßenmitte, blieb eine mächtige Lokomotive stehen. Sie gehörte zu irgendeinem Fernzug, der aus dem Osten kam oder nach dem Westen fuhr. Keiner der Nachtschwärmer bewunderte ihren schwarz glänzenden Panzer, ihr funkelndes Gestänge und die roten Räder. Er spürte den Pass in seinem Jackett und zum ersten Mal überkam ihn das Verlangen, Kanthers Ratschlag anzunehmen und alles hinter sich zu lassen. Oben, in der Bahnhofshalle, drangen die Lichter der Stadt durch das Milchig-Opale der Scheiben nur gedämpft herein. Er erkundigte sich nach einer Zugverbindung nach Nizza, kaufte am Kiosk eine Zeitung und beobachtete, wie die Reisenden einstiegen. Die Maschine zischte, der Dampf wehte um die Wagen, die Fahrgäste streckten ihre Köpfe aus dem Fenster. Ruckelnd fuhr der Zug an. Taschentücher wurden geschwenkt, Hände winkten zum Abschied, Tränen kullerten über die Wangen. Die blassen Gesichter der Blumenverkäufer, Gepäckträger und Schuhputzer leuchteten wie Lampions im Dunkeln. Das Fernweh, das ihn eben noch überwältigt hatte, verflüchtigte sich wie der Dampf der Lokomotive. Er wollte schon die Wartehalle verlassen, da fiel ihm ein Schwarzer auf, der vornübergebeugt zu schlafen schien. Nur wenige Zentimeter fehlten, dann würde er das Gleichgewicht verlieren. Es war Hamid. Grenfeld setzte sich daneben, zündete eine Zigarette an und lauschte seinem unregelmäßigen Atmen. Er hasste es, Menschen aus dem Schlaf zu reißen, und so lehnte er sich zurück, breitete die Zeitung aus und überflog die Schlagzeilen: »*Mussolini spricht über Außenpolitik*«; »*Nationalsozialisten schänden israelitischen Friedhof*«; »*Stresemann gratuliert den Kolonialverbänden*«; »*Das Amtsgericht Neukölln spricht zwei Schlosser frei, die am zweiten Mai in der Hermannstraße wegen Aufruhr verhaftet worden waren*«; »*Teppichausstellung im Polizeipräsidium*«; »*Nächtliche Raubzüge am Kurfürstendamm*«; »*Staatsanwaltschaft gibt Spreeleiche zur Obduktion frei*«.

Die Trillerpfeife des Stationsvorstehers ließ Hamid hochschrecken. Er gähnte, streckte sich und blickte Grenfeld entgeistert an. »Ich weiß, wer Hohenstein ermordet hat«, sagte er hastig. »Sie ist gekommen, um Rache zu nehmen.«

Die Bahnhofsuhr zeigte exakt dreiundzwanzig Uhr an. Hamids Gesichtshaut war feucht, seine Augen fiebrig glänzend.

»Von wem sprichst du?«

»Jagodja. Sie hatte sicher Hilfe: Krieger aus den Matumbi-Bergen, erfahren in der Jagd und im Kampf.«

Grenfeld zeigte ihm das Foto der Hinrichtung. »Du meinst *dieses* Mädchen?«

Lange betrachtete er es, dann nickte er. »Ich habe sie gesehen. Sie nennt sich Asha und wohnt auf Finschs Kahn.«

»Ich fürchte, mein Lieber, sie ist seit siebenunddreißig Jahren unter der Erde.«

Hamid sah ihn mitleidig an. »Ihr Europäer seid in diesen Dingen so ungebildet. In Afrika weiß jedes Kind, dass ein Geist sich eines Körpers bemächtigen kann.«

Grenfeld winkte ab. »Meine Freundin Minni arbeitet in der Abteilung für Übersinnliches. Sie würde dir sicher zustimmen.«

Als Hamid den Sarkasmus begriff, zuckte er zusammen, als spürte er einen Schmerz. »Gehen Sie in den Lunapark und überzeugen sich selbst. Aber vertrauen Sie nicht Ihren Augen, vertrauen Sie Ihrem Gefühl. Auf der Bühne stehen keine Tänzer, sondern Krieger Gottes.«

Grenfelds Geduld war erschöpft. Es war ein langer Tag voller seltsamer Ereignisse. Hamids fantastische Geschichten gaben ihm den Rest. Nicht, dass Berlin kein Pflaster für irrationale Krieger gewesen wäre. Aus jedem Kellerloch krochen neue hervor. Sie kämpften gegen das internationale Finanzjudentum, gegen die koloniale Schuldlüge oder für die Weltrevolution des Proletariats. Tag für Tag hielten sie Reden, schlugen sich die Köpfe ein oder schossen sich Kugeln in dieselben. Dann gab es noch die Naturprediger, Wunderheiler, Hellseher und russische Okkultisten. Da kam es auf ein paar afrikanische Geister mehr oder weniger auch nicht an. Hauptsache, sie benötigten keinen Wohnraum, denn der war Mangelware.

»Mach eine Aussage im Präsidium. Die werden der Sache nachgehen.«

Hamid sank in sich zusammen. »Wenn Sie mir schon nicht glauben, wer dann? Die Polizei bestimmt nicht.«

Grenfeld erhob sich. Er wusste nicht, was er darauf antworten sollte. Er verließ die Wartehalle und nahm die Treppe hinunter zur Straße. Das armselig dekorierte Schaufenster des Fotoateliers lag im Dunkeln der Unterführung und wurde nur durch die wandernden Lichtkegel der Autoscheinwerfer beleuchtet. Inmitten der Auslage stand ein Bild von Peter Drucker in einem silbernen Holzrahmen, und er fragte sich, wozu man es aufgestellt hatte. Dann fiel sein Blick auf ein schwarzes Kreuz auf weißem Grund. Es war eine Todesanzeige. Grenfeld bückte sich, um die Zeilen lesen zu können: »Völlig unerwartet verstarb mein geliebter Vater am einundzwanzigsten Mai 1929.«

Grenfeld glaubte an einen Irrtum. Er las den Text erneut, betrachtete das Foto. Kein Zweifel: Es war jener Fotograf, der noch vor wenigen Tagen in bester körperlicher Verfassung Veilchen gepflanzt hatte. Grenfeld berührte mit seiner Hand das schmutzige Glas des Schaufensters und entdeckte das Spiegelbild Hamids darin. Erschrocken drehte er sich um.

»Er wurde vergiftet«, flüsterte Hamid. »Haben Sie das nicht gewusst?«

»Was verdammt noch mal ist hier los?«, murmelte Grenfeld fassungslos.

»Wer Geschmack an der Rache gefunden hat, wird nie satt.«

»Und du? Hast du keine Angst?«

»Ich hatte mich geweigert, Jagodja aufzuhängen. Vielleicht verschonen sie mich. Da gibt es andere, die mehr Grund zur Furcht haben: Hannes Weiland, Sigmar Tesch und Schulze.«

»Was ist mit Finsch?«

Hamid lächelte müde. »Der hat sieben Leben. Er machte mit den Sklaven wie mit deren Händlern Geschäfte und versorgte die Schutztruppe und die Aufständischen mit Schnaps, spionierte für die Deutschen und für die Briten. Finsch ist so wandlungsfähig wie ein Chamäleon und so gefährlich wie ein Skorpion. Außerdem war er es, der sie hierhergebracht hat.«

»Warum hast du die Kolonialafrikaner ausspioniert?«

»Man hatte mir einen deutschen Pass versprochen. Ich hatte sogar Bilder von einem dieser neumodischen Fotomaten machen lassen. Man setzt sich vor den Apparat, wirft eine Mark hinein, wird in zwanzig Sekunden achtmal geknipst und hat nach sieben Minuten die fertigen Bilder. Doch dann hieß es: Die Kolonialabteilung des Auswärtigen Amts hat Bedenken. Ich hatte mein Leben riskiert, ihre Lieder gesungen, dem Kaiser die Treue geschworen, und jetzt haben sie Bedenken.«

»Du warst ein Söldner, Hamid.«

»Ein Söldner? In den letzten Kriegswochen, als der Glanz der Deutschen erloschen war und Tausende Askaris zu den Engländern übergelaufen waren, saß ich mit General von Lettow-Vorbeck am Tisch. Wir aßen das gleiche Essen, trugen die gleiche Kleidung, nahmen die gleiche Medizin. Die Deutschen taumelten umher wie abgeschminkte Schauspieler, deren Engagement zu Ende war. Alle warteten auf das verdammte Luftschiff, das nie kam.«

Grenfeld packte ihn plötzlich am Kragen. »War es *deine* Rache? Hast *du* Hohenstein umgebracht?«

Ohne sich zu wehren, sah der Nubier an ihm vorbei auf das Schaufenster mit der Todesanzeige.

»Vielleicht ist das ganze Gerede von Maji, Hongo und Jagodja nichts weiter als eine falsche Fährte? Vielleicht ist der Geist der Rache ja in *dich* gefahren, wie wäre es damit?«

Hamid senkte seinen Kopf und nickte. »Ich gebe zu, ich wollte mich rächen. Ich hatte das Fangeisen dort aufgestellt, wo Hohenstein seine Dokumente deponiert hatte. Ich wollte ihn leiden sehen, wollte ihn zwingen, dass er mir den Antrag unterschreibt. Aber dann kam alles anders.«

»Dann kam Irina.«

»Sie tat mir leid. Wie sollte ich wissen, dass sie auf dem Speicher herumstöbert?«

Grenfeld ließ ihn los. Er hatte keine Ahnung, ob das der Wahrheit entsprach oder nur einer jener Mythen und Fabeln war, von denen Hamid so reichlich auf Lager hatte.

Der Nubier sah ihn verzweifelt an. Der zugige Wind wirbelte den Staub durch die Unterführung, als wollte er sie von dort vertreiben. Ein Mann mit einem Schuhputzkasten unter dem Arm hastete an ihnen vorbei und tat so, als hätte er sie nicht bemerkt.

»Gehen Sie in den Lunapark, bitte«, flehte Hamid. Er betrachtete noch einmal die Todesanzeige, drehte sich um und verschwand im Dunkel des Treppenhauses.

KAPITEL 19

23. Mai 1929, 23 Uhr,
Franklinstraße 15

Das Klacken der eisenbeschlagenen Stiefel wurde lauter.
Mit Entsetzen stellte sie fest, dass sie sein Kommen her-
beisehnte. Selbst der Tod war besser als das stumpfsinnige
Warten und der quälende Durst. Als sie das Quietschen der
Türe hörte, spürte sie den Luftzug. Sie schloss die Augen
und stellte sich schlafend. Eine Flasche wurde geöffnet
und auf den Steinboden gestellt. Dann geschah nichts mehr.
Erst als sie die Augen öffnete, sah sie ihn Wasser in ein
Glas gießen. Er tat es so langsam wie möglich und hörte
selbst nicht auf, als das Glas voll war. Sie schaffte es nicht
wegzusehen, so sehr sie es sich befahl. Das Wasser rann
über den Rand und bildete auf dem Boden einen See, der
sich langsam ausbreitete und mit Staub vermischte. Alles
in ihr protestierte gegen diese Verschwendung.

»Wir haben nicht viel Zeit«, sagte Schulze und setzte
sich auf die Rampe. »Ich werde dir vier Fragen stellen.
Für jede zufriedenstellende Antwort bekommst du einen
Schluck. Wenn du schweigst, gehst du leer aus. Erste
Frage: Hat deine Mutter, Olga Metrowskaja oder wie
auch immer sie sich jetzt nennt, dich beauftragt, Hohenstein zu beschatten?«

Irina schüttelte trotzig den Kopf und versuchte, den
Anblick der Flasche zu meiden. Schulze nahm einen kräfti-

gen Schluck, wischte sich den Mund ab und lächelte grimmig. Er schien überzeugt, dass seine Methode zum Erfolg führen würde. »Frage zwei: Wer ging bei Hohenstein ein und aus?«

Irina verfolgte den Verlauf der rostigen Rohre quer durch die Halle. Sie zählte ihre Verzweigungen und versuchte sich vorzustellen, wozu sie einmal gedient hatten. Widerwillig musste sie anhören, wie Schulze trank und das Wasserglas neu füllte. Panik stieg in ihr auf. Wie lange würde sie noch durchhalten?

»Was hast du bei Hohenstein gestohlen? Einen Schädel?«

»Schädel?« Das Wort entwich aus Irinas Mund, ohne dass sie es verhindern hätte können. Sie war irritiert. Die vorletzte Frage war dem Schädel gewidmet. Weshalb? Vielleicht konnte sie durch die Preisgabe unwichtiger Informationen überleben. »Ich habe einen gefunden«, gab sie zu.

»Wo?«

»Auf dem Dachspeicher.«

»Was hast du damit gemacht?«

Irina streckte ihre Hand nach dem Glas aus.

»Beantworte meine Frage.«

»Hamid wollte ihn haben.«

Schulze griff zum Glas, doch dann zögerte er. »War es jener, den man Hohenstein zugeschickt hatte? Der in der Hutschachtel?«

»Ich nehme es an. Gibt es denn noch einen zweiten?«

Schulze stellte das Glas auf die Brücke, sie griff danach und trank. Doch die Menge war enttäuschend gering. Ihr Körper schrie nach mehr.

»Welchen Schädel meinen Sie denn?«, rief sie wütend.

»Wo sollte der sein? Sie müssen mir schon Genaueres sagen.«

»Einen Schädel mit Einschussloch.«

»Nie gesehen!«

»Einen mit Beschriftung.«

»Nein, das wüsste ich.«

Schulze begann, das Etikett von der Flasche zu kratzen. Seine Hand zitterte. Er schien irritiert, ja geradezu bestürzt über ihre schnelle Antwort zu sein. Irina war verwirrt. Was hatte *er* zu befürchten? Nicht, dass seine Angst etwas an ihrer Lage verbessert hätte. Ganz im Gegenteil. Sie würde ihn nur grausamer machen.

»Berichte mir jetzt über die Aktivitäten der Liga gegen Imperialismus und für nationale Unabhängigkeit.«

Er konnte ihr nichts vormachen. Die vorletzte Frage war die wichtigste gewesen. Sie hatte es am Ton seiner Stimme erkannt. Doch was um alles in der Welt sollte die Frage nach einem weiteren Schädel? Sie stierte auf die halb leere Flasche. Wenn sie jetzt schwieg, würde er nicht mehr nachschenken. Die Nacht würde die Hölle werden.

»Ich verweigere die Aussage«, hörte sie sich krächzen, den flüchtigen Moment ihres Triumphs genießend.

Er stand auf, kramte etwas aus seiner Jackentasche und legte es neben die Flasche. Es sah aus wie eine Lederpeitsche. »Wenn ich wiederkomme, machen wir damit weiter. Das wird deinem Gedächtnis auf die Sprünge helfen.«

*

24. Mai 1929, 19 Uhr,
Moka Efti

Grenfeld saß qualmend am Tresen, nippte an seinem Kaffee und ärgerte sich über den Krach am Nebentisch. Eine Gruppe Gymnasiasten feierte lautstark den Umstand, dass

sie sich die Französischhausaufgaben von den Stenotypistinnen des Moka Efti haben übersetzen lassen. Nur
Söhne aus dem Berliner Westen konnten sich so etwas
leisten. Ihr affektiertes Gehabe, mit dem sie die Dummheit ihrer Lehrer parodierten, ging ihm auf die Nerven.
Insgeheim wusste er, dass nicht sie der Grund für seinen
Zorn waren. Er hatte das unbestimmte Gefühl, versagt zu
haben. Der Platz neben ihm war verwaist. Er vermisste
Kanthers verbeultes Gesicht, seine Knollennase und sein
Notizbuch. Wer weiß, gegen welche Dämonen der Mann
gerade kämpfte. Noch mehr sorgte er sich um Irina, die
nach wie vor nicht aufzufinden war. Seit ihrer Begegnung
am dritten Mai war ein winziges Samenkorn der Verant-
wortung in ihm aufgegangen. Unbemerkt war es zu einem
Pflänzchen herangewachsen, das Pflege und Aufmerksamkeit erforderte. So war er nachmittags zu alter Form auf-
gelaufen. Er hatte ihre Bleibe in der Kösliner Straße abge-
klappert, hatte ein paar Exkollegen und eine Fürsorgerin
vom Amt bequatscht. Sie alle waren ihm noch etwas schuldig, zumindest konnte er ihnen das weismachen. Doch die
Mühe war umsonst – niemand hatte Irina gesehen. Weder
die Mädchen der Schwarzen Schar noch die Genossen
vom Boxklub. Er beobachtete Minni, doch sie zeigte ihm
die kalte Schulter: keine Blicke, keine Ansprache, kein
Lächeln – die Strafe für die Geringschätzung ihrer hell-
seherischen Kräfte. Dafür kümmerte sie sich rührend um
Magnusson, der, umringt von seinen Jüngern, in einem
der Klubsessel genüsslich an der Wasserpfeife zog. Ein
paarmal glaubte er, ein einladendes Nicken wahrgenom-
men zu haben, doch Grenfeld hatte keine Lust, sich in
den Kreis der unterwürfigen Jünger einzureihen. Schließlich war es ihm zu anstrengend, beide zu ignorieren, und

so flüchtete er nach draußen. An der Kreuzung kaufte er einem Zeitungsjungen die BZ ab. Auf der Titelseite war zu lesen, dass im Fall der toten Kolonialoffiziere ein dringend Tatverdächtiger verhaftet worden war: ein Sudanese, Filmvorführer im Mercedes-Palast. Grenfeld rollte die Zeitung zusammen und dachte an Hamid. Jetzt war es so weit. Das, was der alte Askari immer befürchtet hatte, war eingetreten. Er schlenderte ein paar Meter die Straße entlang bis zu Loeser & Wolff. Lustlos studierte er das Sortiment: Mexiko, Brasil, Havanna, Liliput, Zigarre Nr. 8 und Boyero, das Stück für fünfundzwanzig Pfennige. Gleich neben dem Schaufenster saß ein orgelnder Bettler. Der Kriegsinvalide mit »Kopfschuss und Nervenschock«, so stand es auf dem Pappschild, konkurrierte mit den Zigarren um die Aufmerksamkeit der Passanten. Grenfeld warf ein paar Groschen in seinen Hut, doch er achtete nicht auf den Bettler, sondern auf das grelle Plakat an der Scheibe. Es warb für die Afrikaschau im Lunapark. Er musste an Hamid und an Jagodja denken, deren Geist dort angeblich sein Unwesen trieb. Er überquerte die Fahrbahn und stieg in ein Taxi, das auf dem Mittelstreifen wartete. Seit er denken konnte, hegte er eine abgrundtiefe Abneigung gegen den Lunapark. Mit acht Jahren hatte ihn sein Vater mitgenommen. Die künstlich beleuchtete Welt aus bengalischem Grün und Rosa hatte ihm ebenso Angst gemacht wie die quietschende Fahrt mit der Berg- und Talbahn. Das enttäuschte Gesicht seines Vaters über seinen empfindsamen Sohn hatte er bis heute vor Augen. Vielleicht hatte er deshalb einen Beruf gewählt, der ein gerüttelt Maß an Härte erforderte. Der Kampf gegen die dunkle Seite der Stadt war also nur eine selbsterzieherische Maßnahme, die er nach zwanzig Jahren Polizeidienst abrupt beendet hatte.

Eines war sicher: Jeder dieser neumodischen Psychoanalytiker hätte seine wahre Freude an ihm.

»Hören Sie, mein Taxi ist keine Wärmestube. Wenn der Herr mir vielleicht mitteilen will, wohin die Fahrt geht?«, fragte der Taxifahrer gereizt.

»Zum Lunapark«, erwiderte er und fragte sich, was um alles in der Welt ihn dort erwartete.

Der Vergnügungspark war hoffnungslos überfüllt. *Wer hat noch nicht? Wer will noch mal?* Die große Sause hatte geöffnet, der Wahnsinn drehte sich im Kreis. Sechzigtausend Besucher wollten das Brillant-Feuerwerk sehen, die Hundeschau, die boxenden Katzen, den türkisch sprechenden Riesenwal, die Liliputaner und all die anderen Attraktionen, die ihnen halfen, den tristen Alltag für ein paar Stunden zu vergessen. Manche wollten aber auch nur ins Wellenbad zum internationalen Wasserballspiel Berlin gegen Budapest. Obwohl die Glanzzeit der Völkerschauen vorüber war, schien der Auftritt der wilden Maji-Krieger eine eigentümliche Faszination auszuüben. Vor allem Asha, die Schamanin, hatte es den Berlinern angetan. Ihr stolzes Auftreten und ihre Anmut hatten sich herumgesprochen, und so waren auch heute Tausende gekommen, um Zeuge der beeindruckenden Initiation zu werden. Zigarre rauchende Justizbeamte, wohlbeleibte Schlachtermeister samt Gattinnen und herausgeputzte Ladenmädchen mit ihren Verlobten fieberten auf den Auftritt der Wilden. Die männlichen Zuschauer hofften freilich auf barbusige Amazonen, deren Brüste allenfalls mit einer Muschelkette bedeckt waren. Grenfeld hingegen war genervt. Er hasste Menschenzoos. Tatsächlich hatte man viele Völkerschauen im Zoo stattfinden lassen. Gleich neben den Raubtierkä-

figen konnte jedermann Somalier begaffen. Meist waren
es frierende Gestalten, die so verloren wirkten, als hätte
man sie für ewig ihrer Heimat beraubt. Und tatsächlich
blieben nicht wenige auf der Strecke. Dem Klima nicht
gewachsen, starben sie an heimtückischen Infektionen. Er
konnte sich nicht vorstellen, was Hohenstein und Hamid
so beeindruckt hatte. Grenfelds Stimmung änderte sich,
als die Krieger die Bühne betraten. Vielleicht waren es
die geschickt ausgerichteten Scheinwerfer, vielleicht der
laue Wind, der den Duft betörender Baumblüten über den
See wehte, vielleicht der monotone Rhythmus der Trommeln: Die bierselige Volksfeststimmung wich einer kol-
lektiven Trance. Es war, als legte sich etwas Schweres, beinahe Bedrohliches über den Platz. Die Gesichtszüge der
Schwarzen waren hart, ihre Muskulatur angespannt, ihre
Augen blitzten. Sie waren keine Opfer, sie dominierten
das Geschehen. Der Rest des Lunaparks begann sich aufzulösen. Ihr monotoner Gesang beschwor etwas Dunkles,
längst Vergangenes herauf. Ihr Tanz wurde immer ekstati-
scher, bis die Bretterdielen der Bühne bebten. Mit einem
Trommelschlag froren die Bewegungen der Tänzer ein. Es
wurde still. Die Menge hielt die Luft an. Eine Gestalt, von
Kopf bis Fuß in ein weißes Tuch gehüllt, betrat die Bühne.
Ihre fremd klingenden Worte gingen in einen klagenden
Singsang über. Und während sie die Stirn der Krieger mit
einer Flüssigkeit bestrich, wehte der Wind ihr Kopftuch
beiseite. Grenfeld war außer sich. Die Ähnlichkeit mit
dem gehängten Mädchen war verblüffend. Dort oben, im
Lichtkegel der Scheinwerfer, stand das Ebenbild Jagodjas.
Er wartete nicht das Ende der Schau ab, sondern drängte
sich durch die Menge bis zum hinteren Teil der Bühne. Er
musste sie sprechen. Dabei hatte er keine Ahnung, was er

sagen sollte, und zweifelte, ob sie ihn verstand. Eine seltsame Erregung hatte von ihm Besitz ergriffen. Seit Wochen jagte er dem mysteriösen Mord eines Kolonialbeamten hinterher und jetzt stand er im Lunapark und wartete auf ein Wesen, das vor fast vierzig Jahren in dessen Beisein hingerichtet worden war. Nach Ende der Vorstellung sprang ein Krieger nach dem anderen die Treppe hinunter. Ihre Körper waren verschwitzt, ihre Gesichter glühten. Es dauerte lange, bis sie erschien. Obwohl zwei Begleiter sie stützten, strauchelte sie immer wieder.

»Jagodja«, rief er, worauf sie anhielt und ihn mit einem seltsam entrückten Blick betrachtete.

»Asha«, flüsterte sie. »Mein Name ist Asha.«

»Ich muss Sie sprechen. Darf ich hier auf Sie warten?«

»Wozu?«

Grenfeld zog das Foto aus der Tasche und zeigte es ihr. Gleichzeitig spürte er, wie sich jemand neben ihn drängte. Er drehte sich um und sah in das Gesicht eines Kriegers, der eben noch auf der Bühne getanzt hatte.

»Mein Name ist Ibrahim. Was kann ich für Sie tun?«

»Nichts«, sagte Grenfeld. »Ich will mit ihr sprechen.«

»Unmöglich«, erwiderte er und stellte sich vor Asha. »Sie sehen doch: Sie ist nicht sie selbst. Sie verkörpert den Geist des Heilers.«

Grenfeld versuchte, den Schwarzen beiseitezuschieben, ein lächerliches Unterfangen. Der Mann war zwei Köpfe größer und stand unbeweglich wie ein Fels.

»Asha«, sagte er. »Was ist mit Jagodja?«

Weitere Darsteller eilten herbei. Es entstand ein Gerangel, bei dem er immer mehr abgedrängt wurde. Bald spürte er die vibrierenden Eisenstangen der Berg- und Tal-Bahn im Rücken. Hoch oben donnerten die Wagen über die

Schienen, begleitet vom Schreien und Johlen der Insassen. Wütend stemmte er sich gegen die athletischen Körper, die ihn immer tiefer ins Innere der Bahn drängten. Dort, wo kein Lichtstrahl hereinschien, hatte man ein Lager errichtet. Kerosinlampen, ein paar Stühle, ein Garderobenständer und ein Schminktisch – es war ein ungastlicher Ort. Die Luft war stickig und die Gerüste ächzten unter der Last der quietschenden Wagen. »Wir wollen uns weder fotografieren noch vermessen lassen«, schrie jemand aus der Menge.

»Wie käme ich dazu?«, erwiderte Grenfeld irritiert. Offenbar hatten Ethnologen bereits versucht, die Gunst der Stunde für ihre Studien zu nutzen.

»Lasst ihn!«, befahl eine weibliche Stimme. Die Menge trat beiseite und bildete eine Gasse. Asha kam auf ihn zu, fasste in ein Bambusgefäß und benetzte seine Stirn mit Flüssigkeit. Es fühlte sich kalt an, doch nach einer Weile begann die Stelle heiß zu werden. Sie sah durch ihn hindurch, und er fragte sich, ob sie bei vollem Bewusstsein war.

»Er ist ein Krieger wie wir«, rief sie. »Doch weil er niemandem traut, kämpft er allein. Der Preis der Einsamkeit ist hoch. Zu hoch für einen Menschen, der für eine gerechte Sache kämpft.«

Die Sätze, so banal wie zutreffend, verwirrten ihn. Was wusste sie von ihm? Was wusste sie von seiner Einsamkeit? Was von seinen Kämpfen? Von welcher Gerechtigkeit war hier die Rede? Er sah sich um. Die Darsteller umringten ihn. Der Kreis schloss sich. Die feindselige Stimmung war durch Ashas Worte in eine Atmosphäre der Kraft und Konzentration verwandelt worden. Er blickte von einem zum anderen. Es war ihm unmöglich, ihre Mienen zu deuten. Konnte es sein, dass sie hier waren, um Rache für einen Mord zu üben, der nie gesühnt worden war? Stellvertretend für all die anderen Grausamkeiten? Sollte Hamid recht behalten? Waren es Krieger Gottes? Hatten sie vor, den Maji-Krieg, Tausende Kilometer von seinem Ursprung entfernt, erneut aufleben zu lassen?

»Verdammt noch mal«, brüllte jemand. »Was steht ihr hier rum und quatscht? In zehn Minuten müsst ihr wieder auf der Bühne sein. Jetzt aber Tempo!«

Die Menge löste sich so schnell auf, wie sie sich gebildet hatte. Finsch riss ihm das Foto aus der Hand und betrachtete es mit einem spöttischen Gesichtsausdruck. »Was zum Henker wollen Sie damit? Sie bringen mir die ganze Truppe durcheinander!«

»Hamid hat mich ...«

»Hat *er* Ihnen den Floh ins Ohr gesetzt?« Finsch schob seine Fischermütze zurück. »Was für ein Idiot. Zwanzig Jahre lang hatte er Krieg mit der afrikanischen Bevölkerung geführt. Die meisten Askaris hatten nach zwei, drei Jahren die Truppe verlassen. Sie hatten sich auszahlen lassen, eine Familie gegründet und ein normales Leben begonnen. Manche kehrten in ihre Heimat zurück. Nur ganz wenige hielten es bis zuletzt aus. Hamid war einer von ihnen. Sie müssen wissen: Die Askaris waren herzloser und grausamer als alle Offiziere zusammen. Sie erledigten die Drecksarbeit für die Deutschen. Jetzt kommt die Reue, nach all den Jahren!«

»Aber was ist mit Asha?«

»Sie gehört, wie das Mädchen auf Ihrem Foto, zu den Chaggas. Ich könnte Ihnen fünf von ihnen zeigen, und Sie würden garantiert keinen Unterschied erkennen. Ihre Gesichter sehen alle gleich aus. Für uns Europäer jedenfalls. Also hauen Sie ab und machen mir nicht die Leute rebellisch.«

»Sie waren mit Hamid im Viktoriaspeicher.«

Grenfeld sah, wie Finsch erstarrte.

»Sie hatten es eilig, die Schädel beiseitezuschaffen. Wo sind sie jetzt?«

Finsch trat auf ihn zu und ballte die Fäuste. »Ich kann Ihnen nur raten, sich aus unseren Angelegenheiten herauszuhalten.«

»Sonst geht es mir wie Hohenstein? Wie Pfeiffer? Burger? Drucker? Erfriere ich in einem Kühlhaus oder ende ich mit einer vergifteten Pfeilspitze im Rücken?«

»In Afrika gelten andere Gesetze.«

»Schon möglich, aber wir sind hier in der Hauptstadt des deutschen Reichs.«

»Afrika ist überall«, sagte der Bärtige grimmig lächelnd und trottete davon.

KAPITEL 20

Lange hatte er mit sich gerungen, ob er den Gang nach
Canossa antreten sollte. Jetzt durchstreifte Grenfeld die
langen tristen Gänge des Präsidiums und hoffte inständig, dass Schulze ihm nicht über den Weg lief. Er hatte
ein flaues Gefühl im Magen, konnte sich nicht vorstellen, wie der Dicke reagieren würde. Nur eines war sicher:
Kriminalrat Ernst Gennat, Leiter der Berliner Mordkommission, saß noch in seinem Büro. Von der Dircksenstraße aus hatte er Licht gesehen. Als er eintrat, fiel sein
Blick auf zwei beunruhigend hohe Aktentürme, die sich
gegenseitig stützten. Ein quietschender Tischventilator
verhinderte, dass der Staub auf ihnen heimisch wurde.
Der Dicke sah auf, schien aber nicht besonders überrascht zu sein. »Du kommst spät«, sagte er und deutete
auf die Akten.

»Die Kolonialmorde – sie nehmen kein Ende.«

Der Dicke fixierte ihn so lange, bis ihm unbehaglich
wurde. Es war eine der üblichen Methoden, Verdächtige
zum Reden zu bringen.

»Was macht Kanther?«, fragte der ehemalige Kommissar unsicher.

»Der hat heute frei, morgen auch, eigentlich den ganzen Monat.«

Grenfeld verstand. Man hatte ihn auf unbestimmte Zeit beurlaubt. »Und Hamid?«

»Ist nur bereit, auszupacken, wenn wir ihm zu einem deutschen Pass verhelfen. Das Auswärtige Amt stellt sich noch quer.«

Grenfeld musterte die vier schwarzen Markierungsnadeln auf dem Pharus-Plan von Berlin. Eine davon war schief. Sie steckte in der Wittenauer Anstalt.

»Was willst du hier?«, fragte Gennat.

»Kanthers Tochter ist verschwunden. Ich mach mir ernsthaft Sorgen. Sie hat sich da in etwas hineinmanövriert.«

»Verstehe ich nicht«, erwiderte Gennat und trommelte mit seinen Fingern auf die Schreibtischkante. »Laut Protokoll hatte sie mit dem Fall Hohenstein nichts zu tun. Willst du deine Aussage korrigieren?«

»Können wir außerdienstlich sprechen?«

Der Dicke schüttelte den Kopf. »Ich bin immer im Dienst. Du müsstest mich kennen.«

Nun galt es, jedes Wort abzuwägen. Wenn er sich verplapperte, würde er Kanther und sich selbst in Teufels Küche bringen. Er würde Irina und Hamid belasten, vielleicht sogar Minni. Grenfeld zog das Foto der Hinrichtung hervor und legte es auf den Schreibtisch. Die Bildoberfläche hatte arg gelitten. Die Ränder waren schwarz, die Ecken geknickt.

»Zuerst dachte ich mir, der Mörder ist hinter der Aufnahme her. Aber jetzt bin ich mir nicht mehr sicher.«

Gennat nahm das Foto und betrachtete die Rückseite. »Woher hast du das?«

»Es lag auf Hohensteins Speicher. Vier Zeugen dieser Hinrichtung sind tot. Zur selben Zeit tritt im Lunapark eine Frau auf, die der Gehängten erschreckend ähnlich sieht. Das ist doch kein Zufall!«

»An was denkst du? An eine späte Rache? Hast du Beweise?«

Grenfeld schüttelte den Kopf. Noch vor wenigen Stunden war die Welt ein Mysterium: die Kraft des Maji, des Hongo und die Inkarnation eines toten Mädchens. Wenige Minuten im Präsidium und die Welt war entzaubert. Die Macht der Behörde mit ihren Dienstanweisungen und Paragrafen schien stärker als jeder afrikanische Kult.

Gennat nahm die oberste Akte vom Stapel und blätterte darin. »Wir denken da an etwas Profaneres, zum Beispiel an Elfenbeinschmuggel.«

»Das weiße Gold Afrikas?«

»Die Inspektion Zollkriminalität hatte einen Tipp bekommen. Chinesische Studenten sollen für Schnitzarbeiten angeworben worden sein. Allerdings tappen die Kollegen noch im Dunkeln. Weder im Viktoriaspeicher noch im Westhafen sind sie fündig geworden. Sie vermuten, dass Hugo Machowski den Schmugglern Lagerhallen vermietet. Was weißt du darüber?«

»Nichts«, sagte Grenfeld hastig und bemerkte zugleich, wie er an seinem Manschettenknopf spielte. Er war ein miserabler Lügner, zu schlecht für einen Mann wie Gennat.

»Möglicherweise steckt nicht Hamid, sondern Machowski hinter den Morden. Elfenbeinschmuggel ist ein lukrativer Geschäftszweig geworden.«

»Die Zeiten sind vorbei. Er besitzt jetzt Anteile am Schlachthof und handelt mit Antiquitäten.«

Gennat hob die Hände, als wollte er ein Gebet sprechen. »Es geschehen noch Zeichen und Wunder. Hugo

Machowski wird auf seine alten Tage zum Trödler«, spottete er. »Was verbindet dich eigentlich mit ihm?«

Der ehemalige Kommissar starrte auf den Tischventilator. Selbst wenn er wollte, konnte er die Frage nicht beantworten. Die Sympathie, die er für den Ganoven empfand, war ihm unerklärlich. Machowski war ein einsamer Wolf, der durch das Anhäufen von Antiquitäten die Zeit anzuhalten versuchte. Als Außenseiter gehörte er keiner Organisation an und war – wie er selbst – niemandem verpflichtet. Doch das allein war keine ausreichende Erklärung.

Gennat lehnte sich nach vorn. »Ich warne dich. Wenn du etwas verschweigst, machst du dich mitschuldig.«

Grenfeld steckte das Foto wieder ein und holte tief Luft. »Schulze hat sich an Irina festgebissen. Ihr solltet ihn aus dem Verkehr ziehen.«

»Die Politische Abteilung verfolgt ihre eigene Spur. Kümmer du dich um Kanther, bevor wir *ihn* aus dem Verkehr ziehen. Wenn ich gewusst hätte, dass es sich um seine Tochter handelt, hätte er auf dem Ampelturm am Potsdamer den Verkehr regeln dürfen.«

»Ich kümmere mich um ihn.«

»Noch ein Ratschlag: Deine Minni sollte sich von Magnusson trennen.«

»Weshalb?«

»Seltsamerweise häufen sich die Einbrüche bei jenen Bürgern, die eine private Konsultation genossen hatten. Die Inspektion Diebstahl ist dran.«

»Ich bin mir sicher, Minni hat nichts damit zu tun.«

»Ich nicht«, sagte Gennat und streckte ihm zum Abschied die Hand hin. »Was ist eigentlich mit dir los? Ich habe das Gefühl, du bist gänzlich aus der Spur geraten.«

»Ist die Frage außerdienstlich?«

»Die, ja.«

»Der Fall Hohenstein. Ich hatte seinen Auftrag abge-
lehnt, wollte mich aus allem raushalten. Doch es scheint,
als hätte ich keine Wahl. Die Fälle suchen mich aus, nicht
umgekehrt.«

»Klingt mysteriös«, sagte Gennat spöttisch.

»Nun ja.«

»Schraub das Schild ab.«

»Was?«

»Das Schild *Private Ermittlungen*.«

»Werde ich tun«, sagte Grenfeld und versuchte ein
Lächeln.

»Was ist mit Helen?«

»Es ist aus.«

»Eine Krise, so was kommt in den besten Ehen vor.«

»Die Neureichen, mit denen sich Helen zunehmend
umgibt – ich pass einfach nicht in die Welt des Geldadels
und der Emporkömmlinge. Ich sprech nicht mal deren
Sprache.«

»Du schwimmst lieber ganz unten, am Boden des
Beckens, richtig?«

Grenfeld musterte die Miene des Kriminalrats und fand
weder Spott noch Mitleid darin. Er sah zum Pharus-Plan
von Berlin. Fünfundzwanzig Jahre hatte er dank Helen im
Westen der Stadt gelebt, wo eine Villa an die andere grenzte.
Eine Oase der Ruhe, in der Chauffeure den Chrysler
und Dienstmädchen die Fenster polierten. Gelangweilte
Gesellschaftsdamen gaben literarische Empfänge, neurei-
che Filmproduzenten bauten Villen aus Glas und Beton,
und die Filmstars versteckten sich hinter schmiedeeiser-
nen Gittern. Sogar eine Sicherheitsfirma sorgte für ihren
Schutz. Grenfeld stierte auf den quietschenden Ventilator,

ein nutzloses wie nervtötendes Teil. Gennat hatte recht. Bald war er ganz unten angelangt, dort, wo sein einstiges Klientel herumlungerte. Wo die Stadt nicht nach Parfüm, sondern nach Schweiß, Bratfett und Benzin roch. Grenfeld erhob sich. »Das Einzige, was ich wirklich vermisse, ist die Ruhe«, sagte er und ging.

*

24. Mai 1929, 22 Uhr, Madaistraße 8

Grenfeld verfluchte den Wind, schlug den Mantelkragen hoch und machte sich auf den Weg zum Schlesischen Bahnhof. Mit jedem Schritt verflog das Gefühl der Erleichterung, das er noch wenige Minuten zuvor im Polizeipräsidium genossen hatte. Er hatte sich einlullen lassen. Mit ein paar hingeworfenen Knochen hatte ihm der große Kriminalrat die Illusion vermittelt, die Mordkommission hätte alles im Griff. Jetzt, auf dem harten Pflaster, stellten sich Zweifel ein und hinterließen ein Gefühl der Ratlosigkeit. Er warf einen Blick ins Café Messerstich, wo man Kanther mit etwas Glück bei einer Kalbsbeinsülze mit Sliwowitz antreffen konnte. Doch er hatte Pech und so versuchte er es im Hotel Fuhrmann, wo das blank polierte Motorrad seines Kollegen die schmutzige Fassade immens aufwertete. An der Rezeption fand er die Empfangsdame schlafend vor. Im rostigen Klang ihres Schnarchens gelangte er unbehelligt nach oben. Er musste mehrmals klopfen, bis Kanther in Hemd und Unterhose öffnete. Grenfeld war schockiert. Auch sein Kollege war am Boden der Gesellschaft angelangt. Das spartanisch eingerichtete Zimmer war mit Papier überflutet, dazwischen ragten die Hälse leerer Flaschen wie Leuchttürme heraus. An den Wänden hingen Bilder von Frachtern der Deutschen Dampfschifffahrtsgesellschaft Hansa. Offenbar war der Besitzer des Fuhrmann früher zur See gefahren. Auf dem Nachttisch: eine Ehrenmedaille aus glasiertem Porzellan von der großen Polizeiausstellung 1926, ein Zeitschriftenstapel *Das Motorrad* sowie die aufgeschlagene April-Ausgabe des *Kriminalmagazins*. Der Artikel hatte die Überschrift *»Das Gesicht der neuen Polizei«* und war vom Regierungspräsidenten persönlich verfasst worden.

»Mein Gott, du bist ja immer noch hier«, murmelte Kanther, ohne aufzublicken. »Ich hatte dich doch gebeten, die Stadt zu verlassen.«

Grenfeld bemerkte auf einer Anrichte Fotos aus besseren Tagen: Irina mit den stolzen Eltern, Irina mit der Schultüte, Irina auf Schlittschuhen in der Eisarena des Admiralspalasts.

»Eigentlich hätte ich heute zum Kriminalistentag nach Breslau fahren dürfen. Stattdessen haben sie mich rausgeschmissen«, jammerte Kanther, als rechtfertige das seinen und den Zustand des Zimmers.

»Beurlaubt«, widersprach Grenfeld und setzte sich mangels Alternative auf den Bettrand.

»Alles nur, weil ich Schulze zur Rede gestellt habe. Er spielt den Arglosen.«

Grenfeld ahnte, warum sein alter Kollege suspendiert wurde. »Zur Rede gestellt« konnte alles bedeuten.

»Und jetzt?«

»Der Mann, den Schulze in der Tropenhalle des Aquariums getroffen hat. Seine Stimme kam mir bekannt vor. Erinnerst du dich?«

»Natürlich.«

»Ich bin mir jetzt sicher: Es war Dr. Franz von Lohe, ein Mitarbeiter des Kaiser-Wilhelm-Instituts. Er ist dort für die Schädelsammlung verantwortlich. Mit ihm habe ich telefoniert.«

»Das beweist nur, dass Schulze weiterermittelt.«

Kanther hielt einen Ordner in die Höhe. »Ich habe mir Schulzes Personalakte besorgt. Ich wollte herausfinden, was er nach dem Krieg so alles getrieben hat. Wusstest du, dass er in Bayern ein führender Kopf der Einwohnerwehr war? Man munkelt, er habe das Abzeichen der Brigade Erhardt auf seinen Oberarm tätowiert.«

»Mein Gott, Kanther, wenn wir die Vergangenheit aller zweitausend Polizisten durchleuchten würden, könnten wir die Hälfte nach Hause schicken.«

»Ich schwöre dir: Der hat Dreck am Stecken, und ich bekomm es raus.«

»Sollten wir das nicht Gennat und seinen Leuten überlassen?«

Kanther winkte ab. »Du kennst das Sprichwort von der Krähe und dem Auge?«

»Kenn ich«, knurrte Grenfeld und riss das Fenster auf. Die Bude brauchte dringend Frischluft, zudem war jedes Wort für die Katz. Sein alter Kollege würde seinem Ruf als Maulwurf alle Ehre machen und so lange graben, bis er Schulzes dunkelstes Geheimnis ans Licht gezerrt hatte. Ebenso wie er es die letzten fünfundzwanzig Jahre getan hatte: kompromisslos mit einem gehörigen Maß an Fanatismus. Grenfeld blickte auf die Gleisanlagen, wo eine Lok gewartet wurde. Zwei Schlosser mit Stirnlampen klopften mit langen Stangen gegen die Radmuttern. Ein dritter ölte das Gestänge und ein vierter schien das Ganze zu beaufsichtigen.

Kanther trat neben ihn und deutete nach Osten. »Übrigens, gleich hinter dem Bahnhof ist Minni aufgewachsen. In der Kleinen Markusstraße neunzehn. Ihre Mutter lebt heute noch in einem Kellerloch. Sie kümmert sich rührend um sie. Letzten Sommer habe ich beide im städtischen Flussbad Lichtenberg getroffen.«

»Warum erzählst du mir das?«, fragte Grenfeld misstrauisch.

»Minni und du – ich finde, ihr passt zusammen.«

»Jetzt geht das schon wieder los.«

»Heutzutage sollte man nicht allein sein. Der Moloch da draußen zieht einen wie ein reißender Strudel in die Tiefe. Er saugt dich aus und spuckt dich als Hülle wieder aus. Der moderne Mensch braucht einen Halt.«

»Dann geh mal mit gutem Beispiel voran.«

»*Ich* hab jemanden kennengelernt.«

»Na, so was.«

»Die Galanterie der Worte ist angesagt. Der Mann wird durch das Auge verführt, die Frau durch das Ohr.«

»Lass mich raten. Du warst auf dem Witwenball unweit der Jannowitzbrücke, dem Schwof für die reifere Jugend?«

»Nonsens. Im Moka Efti. Sie heißt Lisa. Sie kennt dich. Ich hoffe, es macht dir nichts aus.«

»Das ist nicht dein Ernst?«

»Warum denn nicht? Zugegeben, sie hinkt ein wenig. Ansonsten schaut sie ganz passabel aus, hat ein großes Herz und man kann sich wunderbar mit ihr unterhalten.«

»Sie trägt ihr großes Herz auf dem Strich zur Schau, arbeitet im Montparnasse. Sie war es, die mich vor zwei Wochen zu Hamid geführt hatte.«

»Ich weiß über sie Bescheid«, sagte Kanther gereizt.

»Und? Willst du meinen Segen?«

Kanther winkte ärgerlich ab und beschäftigte sich wieder mit seinen Papieren.

Wie ein Opernsänger breitete Grenfeld die Arme aus und sang:

»Warum soll er nich mit ihr,
Mal 'nen Witz riskiern?
Warum soll er nich mit ihr,
Mal de Liebe spürn?«

»Hör schon auf!«, schrie Kanther.

»Also meinen Segen hast du. Und was machen wir jetzt?«

»Lass mich hier weitergraben. Geh du zu Minni und rede mit ihr. Bring dein Privatleben in Ordnung und fahr endlich ans Meer.«

Grenfeld musste plötzlich lachen. Der Mann hatte Nerven.

Es war spät, doch er war zu aufgekratzt, um nach Hause zu gehen. Stattdessen schlenderte er durch das Chinesenviertel und sah sich die Auslagen an: Porzellanvasen, Steinschnitzereien, Fächer und Papierblumen. Die Händler saßen vor den Häusern, tranken Tee und spielten Mah-Jongg. Er trottete die Andreasstraße hinauf bis zu einem Platz mit Bäumen und Laternen und blieb vor einem Denkmal stehen. Die Figurengruppe zeigte einen stolzen Handwerker, der seinem Sohn einen Hammer übergab. Eine rührende Szene, die mit der Wirklichkeit in den Mietskasernen nicht viel zu tun hatte. Auf den Parkbänken tummelten sich Arbeitslose mit ihren Bräuten, die weder Auskommen noch eine Stube hatten, um einen Sohn zu zeugen. Und was hätten sie ihm schon vererben sollen? Eine Stempelkarte? Grenfeld spürte eine innere Unruhe. Kanthers Predigten begannen allmählich Wirkung zu zeigen. Er sollte die Sache mit Minni nicht länger auf die lange Bank schieben. Widerwillig betrat er die Kleine Markusstraße. Die Huren warteten in den Türnischen der kleinen Häuser, zu zweit oder zu dritt, Schlüssel und Taschenlaternen in den Händen. Sie trugen keine kniehohen Lederstiefel und Pelze wie ihre Kolleginnen in der Tauentzien, nur abgetragene Mäntel über ihren Hemdchen. Die Fenster im Tiefparterre waren mit roten und gelben Tüchern verhängt. Armselige Fetzen, die eine sinnliche Verruchtheit vortäuschen sollten. Natürlich sprachen sie ihn an und lachten hinter seinem Rücken über sein verdrucktes Herumschleichen. Vor acht Jahren hatten Kanther und er hier ermittelt, waren dem Mörder Carl Großmann auf der Spur. In diesem Quartier hatte er seine dreiundzwanzig Opfer auserkoren, bevor er sie einige Straßen weiter nach allen Regeln der Kunst zerstückelte. Vor der Nummer neunzehn blieb er stehen. Hier also war Minni aufgewachsen. Er stieg die Treppen hinunter in das feuchte Kellerloch. »*Betteln und Hausieren polizeilich verboten*!« Das Schild war blanker Hohn. Das Einzige, was ein Bettler sich hier holen konnte, war die Krätze. Die verwinkelten Gänge schienen kein Ende zu nehmen. Auf den Holztüren waren die Namen der Bewohner mit Kreide gekritzelt. Durch den offenen Spalt einer Tür sah er einen Kinderstuhl, auf dem eine alte Frau saß. Das vertrocknete Weiblein war nur noch Haut und Knochen, doch ihre wachsamen Augen hatten ihn längst entdeckt. Sie musterte ihn, während sie Erbsenpüree mit Speck schlürfte. Eine eigenartige Mischung aus Moder und Lavendelgeruch strömte aus der

Wohnung. Irgendjemand las ein Märchen aus »Tausendundeiner Nacht«. Es war Minnis Stimme. Die unzähligen Tage im Moka Efti hatten ihr einen dunklen, warmen Ton verliehen. Trotz der erbärmlichen Umgebung hätte er ewig so stehen und dem Klang ihrer Stimme lauschen können.

Als die Alte eingeschlafen war, hörte sie zu lesen auf. Vorsichtig machte er kehrt, ging zurück und scheuchte eine Katze aus einem Mauerwinkel auf. Oben angekommen, zündete er sich eine Zigarette an und sah auf die Bordellgasse. Die Huren waren verschwunden, die Gasse menschenleer. Nur in der Heißmangel auf der anderen Straßenseite brannte gleißendes Licht. Minderjährige Mädchen legten emsig Hemden zusammen. Die Sonntagswäsche musste bis zum Wochenende fertig werden. Er sah hinauf zum schmalen Himmelsstreifen, den die Backsteinmauern freigaben. Der Wind trieb die Wolken vor sich her und machte den schwach glitzernden Lichtern der Sterne Platz. Aus irgendeinem Grund fühlte er sich jetzt ruhig und gefasst. Noch immer hörte er den Klang ihrer Stimme im Ohr. Was auch immer er jetzt tun musste, sie würde ihn begleiten.

KAPITEL 21

25. Mai 1929, 2 Uhr,
Franklinstraße 15

Das Mondlicht schien durch die trüben Glasscheiben und erhellte das Emailleschild »*Maschinenfabrik Gebauer*«. Die Halle verströmte den Odem von Kampfer, kaltem Staub und Mäusekot. Tagsüber hatte es geregnet. In ihrer Not hatte sie die Tropfen aufgeleckt, die durch das kaputte Dach auf die Walze gefallen waren. In der Nacht kam und ging die Panik in Wellen. Einmal war sie überzeugt, das nächste Verhör zu überstehen, ein anderes Mal wollte sie alles preisgeben. Irina hatte jegliches Zeitgefühl verloren, konnte nicht mehr mit Sicherheit sagen, wie lange sie schon seine Gefangene war. Schlimmer als das drohende Verhör war die Angst, dass er sie zurückließ. Was, wenn er eingesehen hatte, dass sie nutzlos war? Das Zermürbendste aber war das Gemurmel der unerreichbaren Stimmen. Befürchtete sie doch, dass sie nur in ihrem Kopf existierten, dass sie langsam, aber sicher den Verstand verlor. Vor ihr stand die Flasche Wasser und die Nilpferdpeitsche. Ein süßes Versprechen und eine brutale Drohung. In der ersten Morgendämmerung vernahm sie das vertraute Brummen des Schiffsmotors. Hektisch richtete sie sich auf und brachte sich in Stellung. Sie drückte ihren Rücken an die Walze und wartete, so wie sie es schon oft getan hatte. Es würde noch eine geraume Zeit dauern, bis der Frachter nah genug am Speicher fuhr. Es würde ihr letzter Versuch sein, für weitere fehlte ihr die Kraft. Längst war ihr Bemühen zu einem Ritual geworden, an dessen Wirksamkeit sie nicht mehr glaubte. Das Brummen wurde lauter, der Boden vibrierte und Kalk rieselte von der Decke. Mit letzter Kraft presste sie sich dagegen, bis sie ein Knarzen vernahm und spürte, wie die Walze nachgab. Irina kippte und schlug rücklings auf den Boden. Die Walze donnerte die Rampe hinunter, rollte quer durch die Maschinenhalle und krachte gegen die Mauer. Das Fensterglas zerbarst und regnete klirrend auf den Steinboden. Eine funkelnde Staubwolke aus Eisenspänen, Kalkstein und Textilfasern stieg bis zur Decke und breitete sich aus. Regungslos blieb sie liegen, lachte hysterisch, hustete und spuckte. Es war vollbracht. Sie hatte das Monstrum besiegt. So ein Getöse konnte nicht unbemerkt bleiben, dachte sie. Jemand *musste* es gehört haben. Doch ihre Lage hatte sich verschlechtert. Das Seil hatte sich nur noch straffer um ihren Körper gespannt und hinderte sie daran, aufzustehen. Die Peitsche lag jetzt in Reichweite. Die konnte sie greifen, als sie jenen Luftzug spürte, der Schulzes Erscheinen stets angekündigt hatte. Sollte *er* jetzt auftauchen, war alle Mühe umsonst gewesen. Heute jedoch hörten sich seine Schritte anders an. Leise, kaum wahrnehmbar, tippelte jemand über den Boden. Nur das Knirschen der Glasscherben verriet ihr, dass es nicht die Ratten waren. Dann vernahm sie einen unterdrückten Aufschrei. Jemand machte sich an den Knoten des Seils zu schaffen. Sie richtete sich auf und blickte in die ängstlichen Augen einer schwarzen Frau.

»Wer hat dir das angetan?«, fragte sie und reichte ihr die Flasche.

Irina trank gierig. Das Wasser schmeckte schal und göttlich zugleich. Sie rieb Arme und Beine und versuchte, die Tränen zu unterdrücken. »Schulze«, sagte sie hastig. »Wir müssen weg, bevor er kommt.«

»Mein Name ist Asha. Ich kann dich beruhigen: Er wird nicht kommen.«

Irina sah sie entgeistert an.

»Ich versichere dir, er wird nie mehr kommen.«

»Warum nicht?«

»Er ist tot.«

*

25. Mai 1929, 9.15 Uhr, Friedrichstraße

Ein Wagen der Mordkommission rollte auf den Mittelstreifen der Friedrichstraße und parkte vor Grenfelds Haus. Kurz darauf standen die Beamten vor seiner Tür. Es waren zwei Kriminalanwärter, die sich trotz hartnäckiger Fragen einsilbig gaben. Es ging um Kommissar Kanther. Mehr war ihnen nicht zu entlocken. Noch merkwürdiger aber war das Ziel der Fahrt. Der Wagen hielt direkt vor dem Aquarium. Wollten sie ihn wegen der zerschossenen Glasscheibe verhören? Im Tropenhaus war die komplette Mannschaft der Spurensicherung im Einsatz. Die Männer stapften über die künstliche Sandbank, stellten nummerierte Metallschilder auf und schossen Fotos. Die Alligatoren hatte man offenbar ausquartiert. Kommissar Hellriegel marschierte hektisch auf der Hängebrücke hin und her und gab Anweisungen. Unterhalb der Brücke, hinter dem Blechschild mit der Nummer eins, lag eine Plane.

Ihr schmutziges Gelb rief die schlimmsten Erinnerungen in ihm wach. Für den Leichnam eines Erwachsenen zu klein, hatte man sie stets zur Abdeckung eines toten Kindes benutzt. Mit jedem Schritt wuchs die Unruhe, die sich Grenfelds bemächtigte. Wie im Traum passierte er die Terrarien voller Spinnen, Käfer und Salamander. Die Luft war noch stickiger als bei seinem letzten Besuch.

»Viel ist von ihm nicht übrig geblieben«, sagte Hellriegel und zeigte auf die Plane.

»Verdammt«, flüsterte Grenfeld und starrte auf die Sandbank. Er hätte Kanther nicht sich selbst überlassen dürfen. Das würde er sich nie verzeihen.

»Die Biester machten kurzen Prozess. Der Tierpfleger betritt das Gehege jeden Tag. Angeblich braucht er nur einen Stock, um sie auf Abstand zu halten, aber wenn jemand herunterfällt, ist das natürlich etwas anderes. Dann stürzen sie sich darauf wie auf ein Stück Fleisch. Die sind imstande, ganze Hirsche und Kühe hinunterzuschlingen.«

Grenfeld musste sich am Geländer abstützen. Hellriegels pietätlose Ausführungen widerten ihn an. Ebenso das wichtigtuerische Treiben der Kriminaltechniker. Wozu sollte das gut sein? Seinen alten Weggefährten würde es nicht wieder lebendig machen. Jetzt, wo er Lisa begegnet war, sollte er abtreten? Was für eine himmelschreiende Ungerechtigkeit.

»Wurde Kanther gestoßen?«, fragte er mutlos.

Hellriegel sah erstaunt auf. »Da unten liegt Schulze, genauer gesagt, sein Arm mit einer wasserdichten Rolex Oyster am Handgelenk. Die Uhr war ein Weihnachtsgeschenk seiner Verlobten. Der Rest dürfte sich im Magen des Alligators befinden. Man könnte meinen, so ein Tier zerfleischt seine Beute. Doch stattdessen zerrt er sie ins Wasser, dreht sich blitzschnell um die eigene Achse und ertränkt sie. Erst dann würgt er sie herunter. Er drückt und quetscht dabei so kräftig, dass seine Atemluft durch die Augenhöhlen gepresst wird. Deshalb die Krokodilstränen. Dr. Katz wird den Mageninhalt …«

»Lass gut sein«, unterbrach Grenfeld wie betäubt. »Der Fahrer erwähnte etwas von Kanther.«

»Der steht unter Tatverdacht. Wir haben ihn festgenommen.«

»Seid ihr verrückt?«

»Wir mussten es tun. Es gibt da einen Zeugen, der aussagt, Kanther habe Schulze am dreiundzwanzigsten Mai mit einer Waffe bedroht, hier im Aquarium, auf dieser Brücke. Es sollen sogar Schüsse gefallen sein. Weißt du etwas darüber?«

Es hatte keinen Sinn zu leugnen. Sollte der Lehrer ihn gesehen haben, würde er Kanther mit einer Lüge nur belasten. »Er hat einen Warnschuss abgegeben«, antwortete er gequält.

»Das ist ungeheuerlich! Was um alles in der Welt hattet ihr hier zu suchen?«

»Wir sind ihm gefolgt.«

Hellriegel sah ihn argwöhnisch an. »Ihr habt ihn observiert? Weshalb?«

»Kanther wollte Schulze zur Rede stellen.«

»So wie neulich, als er gedroht hatte, ihn umzubringen.«

»Im Präsidium?«

»Tätlicher Angriff im Amt nennt man das. Du kannst dir das nicht vorstellen. Er hat völlig die Nerven verloren, ist mit Fäusten auf ihn los.«

»Schulze war hinter seiner Tochter her. Er hat sie verfolgt.«

»Tja, das dürfte sich ja nun erledigt haben.«

»Du glaubst doch selbst nicht, dass unser altgedienter Kollege zu so etwas fähig ist?«

Hellriegels Blick verfinsterte sich. »Ich weiß nur eines: Schulze fühlte sich bedroht. Er hatte behauptet, Kanther habe ihm die halbe Unterwelt auf den Hals gehetzt. Stimmt das?«

»Davon weiß ich nichts«, log Grenfeld.

»Was wollte Schulze eigentlich im Aquarium?«

»Er hat sich mit einem Dr. Franz von Lohe getroffen. Sie hatten Streit.«

»Von einem dritten Mann hat der Lehrer nichts erwähnt. Wer soll das gewesen sein?«

»Ein Mitarbeiter des Kaiser-Wilhelm-Instituts.«

Hellriegel sah ihn misstrauisch an. »Kanther und du – ihr seid befreundet, nicht wahr?«

»Wir sind ehemalige Kollegen.«

»Er hat dich stets als seinen besten Freund bezeichnet. Wusstest du das nicht?«

»Nein. Nach meiner Heirat hatten wir jahrelang keinen Kontakt mehr. Worauf willst du hinaus?«

»Der große Unbekannte auf der Bambusbrücke – hört sich an, als willst du ihn entlasten?«

»Prüft das nach«, erwiderte Grenfeld ärgerlich.

»Worauf du dich verlassen kannst«, sagte Hellriegel kühl. »Du musst noch aufs Präsidium, deine Aussage zu Protokoll geben.«

*

**25. Mai 1929, 11 Uhr,
Franklinstraße 15**

Irina konnte kaum stehen. Ihre Beine zitterten. Es war
ein wunderbares Gefühl, sich strecken zu können. Asha
war verschwunden, um die Flasche mit Wasser zu füllen. Sie öffnete das Fenster und blickte auf die Spree.
Gegenüber, hinter den Bäumen der Uferstraße, lagen
mehrstöckige Mietshäuser. Die Wäsche wehte im warmen Wind – alles sah so friedlich aus. Wer konnte schon
ahnen, was sich in der Fabrikhalle gegenüber abspielte.
Plötzlich vernahm sie ein Motorengeräusch. Aufgeregt
lehnte sie sich aus dem Fenster, um jenes Schiff zu sehen,
dessen Brummen ihre einzige Hoffnung gewesen war.
Ein Kohlefrachter kam um die Biegung und näherte sich
dem Speicher. Plötzlich schien der Kapitän zu bremsen,
der Motor orgelte, der Rumpf drehte und rammte die
riesigen Gummireifen an der Außenmauer. Jetzt spürte
sie das Beben. Tränen liefen ihr die Wangen hinunter.
Sie sah zum wolkenlosen Blau des Himmels und wollte
nur noch ins Freie. Eilig lief sie an der Walze vorbei zu
jener Tür, deren Knarren sie immer gehört hatte, wenn
Schulze den Raum betrat. »Er ist tot«, hatte die Afrikanerin gesagt, und es war ihr unbegreiflich, woher sie das
wusste. Sie rannte durch düstere Gänge an leeren Büros
und Werkstätten vorbei und gelangte auf eine Galerie.
Unten, in der Werkshalle, war ein Lager mit Feldbetten
errichtet worden. Schwarze Männer, Frauen und Kinder
saßen auf den Betten, redeten, dösten vor sich hin oder
spielten Kalimba. Von hier also waren die Stimmen und
Klänge zu ihr gedrungen. Plötzlich stand Asha neben ihr
und reichte ihr eine Flasche Wasser. Irina trank begierig,

verschluckte sich, hustete, trank abermals, bis die Flasche leer war. »Was macht ihr hier?«, fragte sie keuchend.

»Wir gastieren im Lunapark, wegen der Afrikaschau. Finsch ist unser Impresario.«

Irina erstarrte. »Das Foto«, rief sie laut aus. »Du bist das Mädchen auf dem Foto. Du bist Jagodja.«

Sie legte den Finger auf ihre Lippen. »Sei leise. Mein Name ist Asha.«

»Aber diese Ähnlichkeit ...«

Asha zeigte auf die Peitsche: »Hat er dich damit geschlagen?«

»Er hatte es vor.«

»Das ist eine *Kiboko*, eine Nilpferdpeitsche. In meiner Heimat waren fünfundzwanzig Schläge die Regel, oft wurden es fünfzig. Eine kleine Unachtsamkeit genügte und die Herren hinterließen ihre blutige Signatur auf deinem Rücken.«

»Woher kommst du?«

»Aus Tanganjika, aber lass uns gehen. Es ist besser, die Aufseher erwischen uns nicht.«

Drei Stockwerke weiter unten gelangten sie durch eine Tür ins Freie. Unten am Spreeufer hielt sich Irina die Hände vors Gesicht. Das im Wasser sich spiegelnde Sonnenlicht blendete sie. Die Geräusche, Gerüche und der Wind, alles war ihr zu viel. Tagelang waren Maschinen, Staub und eine Walze ihre Begleiter gewesen. Sie spürte eine ungeheure Wut in sich aufsteigen. »Dieses Schwein hat mich eingesperrt. Weshalb ist er tot?«

»Beruhige dich.«

»Ich habe Tag und Nacht geschrien. Warum seid ihr mir nicht zu Hilfe gekommen? Ihr müsst mich doch gehört haben. Warum hast du mich erst jetzt gerettet? Und überhaupt: die Ähnlichkeit mit dem Mädchen auf dem Foto! Wer bist du? Rede endlich!«

»Ich bin Jagodjas Tochter.«

»Ihre Tochter? Was um alles in der Welt machst du hier?«

»Das ist eine lange Geschichte.«

»Erzähl schon, bitte!«

Asha setzte sich auf einen Mauervorsprung und sah auf das Wasser. »Seit ich denken kann, war der Tod meiner Mutter ein Tabu. Ich warf meine Fragen wie Angelhaken aus, doch erntete nur Schweigen und Gleichgültigkeit. Was war schon das Leben einer minderjährigen Sklavin wert? Erst auf der Missionsschule von Bruno Gutmann bekam ich Antworten. Sie erzählten mir von Carl Peters, dem Mann mit den blutigen Händen.«

Asha sprach so leise, dass Irina sich zu ihr beugen musste, um sie verstehen zu können.

»Vor fünf Jahren«, fuhr sie fort, »verließ ich Moshi und schlug mich bis zur Küste nach Daressalam durch, ein Schmelztiegel unzähliger Volksgruppen und Nationalitäten. Horden arbeitsloser Wanderarbeiter, fern von ihren Stämmen, bevölkerten die Stadt. Die Polizei konnte jeden festnehmen, der keine Arbeit hatte. Die Briten hatten die Stadt in Zonen eingeteilt. Das europäische Viertel war von Askaris bewacht, nicht so das indische oder griechische Viertel. Ich bekam eine Stelle als Hausmädchen und durfte in die europäische Zone. Dort traf ich auf Finsch, der Darsteller für eine neue Völkerschau suchte. Er engagierte mich und so begann die längste Reise meines Lebens. Wir fuhren mit der Ussukuma nach Marseille und gastierten in allen großen Städten Europas. In Berlin machte mich Finsch mit einem ehemaligen Hauptmann bekannt, der mit eigenen Augen die Hinrichtung meiner Mutter gesehen hatte.«

»Paul von Hohenstein.«

»Er war außer sich, befürchtete, ich sinne nach Rache. Doch wozu? Der Mörder meiner Mutter liegt längst unter der Erde. Finsch hatte mir das Grab von Carl Peters gezeigt, das seltsamerweise wenige Tage vorher geplündert worden war.«

»Und dann?«

»Ich habe mich zweimal mit Hohenstein getroffen. Er zeigte mir das Foto ihrer Hinrichtung. Am Ende versprach er mir etwas Wertvolles, ein Geschenk für das afrikanische Volk, eine Geste der Wiedergutmachung.«

»Was sollte das sein?«

»Er konnte es mir leider nicht verraten. Zu einem weiteren Treffen kam es nicht.«

Irina erschrak. Ein groß gewachsener Mann war neben Asha getreten und flüsterte ihr ins Ohr.

»Das ist Ibrahim«, sagte sie. »Einer unserer Tänzer. Weiland und Tesch sind angekommen. Es ist besser, du verschwindest.«

»Weshalb? Sind das Aufseher?«

»Die Zeiten haben sich geändert, aber die Menschen nicht. Besser, sie sehen dich hier nicht.«

»Wie lange bleibst du?«

»Bis Ende Mai. Dann ziehen wir weiter nach Hamburg zu Hagenbecks.«

»Ist es nicht entwürdigend, sich in einem Zoo begaffen zu lassen?«

»Jede Zeit hat ihr eigenes Schicksal, die Würde jedoch kann mir niemand rauben«, sagte Asha und ging.

»Danke«, flüsterte Irina und sah ihr nach, wie sie in der Fabrik verschwand.

KAPITEL 22

26. Mai 1929, 19 Uhr,
Franklinstraße 15

Seit zehn Minuten parkten sie gegenüber der Maschinenfabrik Gebauer. Sonntags war das Viertel verweist, nur der chemische Geruch der nahe gelegenen Pfeilring-Werke hing in der Luft.

»Irgendwo auf diesem Gelände hat das Schwein mich gefangen gehalten«, sagte Irina und streckte ihm demonstrativ die verbundenen Unterarme entgegen. »Warum gehen wir nicht endlich rein? Dann kann ich es Ihnen beweisen.«

»Wir warten, bis es dunkel ist«, erwiderte Grenfeld. Irina hatte ihn vor dem städtischen Volksbad Lichtenberg abgefangen und auf dem direkten Weg hierher gelotst. Dass sie neben ihm saß, gesund und bei klarem Verstand, erfüllte ihn mit einem Gefühl von Freude, ja Dankbarkeit. Jetzt, wo Kanther in Haft saß, kam es ihm vor, als hätten sich dessen väterlichen Instinkte auf ihn übertragen. Obwohl Irina ihm alles berichtet hatte, fiel es ihm schwer, ihr zu glauben. Vor allem schien sie etwas zu vergessen. Wenn die Afrikanerin wirklich die Tochter Jagodjas war, gehörte sie zum Kreis der Verdächtigen. Das geöffnete Grab Carl Peters, die Zusendung des Schädels und der anderen Gliedmaßen … All das roch, so hatte es Hamid immer behauptet, nach Vergeltung.

»Wie geht es meinem Vater?«, wollte Irina plötzlich wissen. Er war überrascht, konnte sich nicht erinnern, dass sie jemals nach ihm gefragt hatte.

»Er sitzt in Haft, weil er verdächtigt wird, Schulze von der Brücke des Aquariums gestoßen zu haben.«

»Lächerlich! Mein Vater tut keiner Fliege was zuleide.«

»Er hat sich verändert. Dein Vater hat die Abteilung gewechselt, sich mit den Ringvereinen verbrüdert, seinen Chef mit einer Waffe bedroht und seine Pension aufs Spiel gesetzt. Er hat alles riskiert, um dich zu schützen.«

»Mit wenig Erfolg«, sagte Irina spöttisch.

»Was hast du eigentlich gegen ihn?«

»Er hat damals die Genossen meiner Mutter verraten. Deswegen war sie gezwungen, Berlin zu verlassen.«

»Wer hat dir das erzählt?«

»Meine Mutter.«

»Das glaube ich nicht. Er hat sie abgöttisch geliebt.«

»Abgöttisch?«, wiederholte Irina höhnisch und richtete sich auf. »Seine Dienstmarke und seine Uniform – die hat er geliebt. Tag und Nacht war er im Einsatz. Seine Gedanken und seine Seele gehörten nur dem Präsidium.«

Plötzlich kam Leben in die einsame Straße. Zwei Kleinlaster, gefolgt von einem cremefarbenen Hispano-Suiza-Cabriolet, fuhren in den Hof und hielten an der Laderampe. In der ganzen Stadt gab es vielleicht dreißig Glückspilze, die so einen Wagen mit dem silbernen Storch auf dem Kühler ihr Eigen nennen konnten. Machowski war einer davon. Die Scheinwerfer erloschen. Ein Mann von großer Statur quälte sich aus dem Wagen, streckte sich und tupfte mit einem Taschentuch die Stirn ab. Grenfeld bereute es, seinen Wagen nicht in einer Seitenstraße geparkt zu haben. Glücklicherweise wirkte der Boss des Eldorados so, als habe er keine Zeit, sich umzublicken. Wild gestikulierend trieb er die Männer an, welche hin- und herliefen, um die Laster mit Kisten zu beladen. Ab und zu trugen die Arbeiter etwas Gebogenes, das mit weißen Tüchern verschnürt war.

»Ich wette, das ist Elfenbein«, flüsterte Irina. »Sieht aus wie auf den alten Fotos.«

»Dieser Heuchler«, erwiderte Grenfeld mürrisch. »Machowski steckt tiefer drin, als er mir weismachen wollte. Er vermietet nicht nur die Lagerhallen, sondern organisiert den Transport, vielleicht sogar den Verkauf der Ware.«

Das Beladen dauerte keine zwanzig Minuten. Dann war der Hof wieder menschenleer.

»Ich geh da jetzt rein«, sagte Grenfeld. »Du bleibst im Wagen.«

Irina protestierte, doch er duldete keinen Widerspruch. Er überquerte den Hof und schlich an den Backsteinwänden entlang bis zum Spreeufer. Es schien unmöglich, einen Einstieg zu finden. Die Türen waren vernagelt und die Tore mit schweren Eisenschlössern gesichert. Endlich gelang es ihm, ein Kellerfenster einzuschlagen. Zwischen Heizungsrohren und Dampfkesseln suchte er den Weg nach oben, verirrte sich aber in einem Labyrinth von Gängen, Lastenaufzügen und Hallen. Dort war alles gelagert, was die Vorbesitzer einst produziert hatten: Walzen, Turbinen, mechanische Webstühle und Kanonenrohre. Endlich fand er ein Treppenhaus und gelangte ins oberste Stockwerk, von wo aus er die Türme der Erlöserkirche sehen konnte. Alle Türen standen offen, nur die hinterste war verschlossen. Im Umgang mit dem Drückerhaken ungeübt, brauchte er lange, um sie zu knacken. Grenfeld machte

Licht und erstarrte. Auf den Drehbänken der einstigen Schlosserei stapelten sich die Kisten vom Viktoriaspeicher. Man hatte sie allesamt aufgebrochen und die Holzwolle auf den Boden geworfen. In den Ecken des Raumes waren Schädel zu Pyramiden gestapelt. Rechts von ihm entdeckte er die Schädel mit Einschusslöchern, in einer anderen Ecke jene mit Rissen in der Schädeldecke und ganz hinten die ohne Anzeichen einer Verletzung. Er ahnte, dass man nach einem Exemplar suchte, dessen Bestimmung nur in den dazugehörigen Papieren zu finden war. Und die waren in Kanthers Besitz. Plötzlich war ihm, als hörte er ein Geräusch. Er löschte das Licht, drückte sich an die Wand und zog seine Waffe. Doch alles, was er hörte, war sein Atmen und das lauter werdende Brummen eines Schiffsmotors. Als er die Waffe sinken ließ, ging die Tür auf. Im Schatten des Gegenlichts sah er einen Mann mit einer Frau an der Seite. Grenfeld machte Licht und erkannte Machowski, der Irina seine Parabellum an die Schläfe hielt. »Sie geben mir jetzt Ihre Knarre, ansonsten erlebt die Kleine die Nacht nicht mehr.«

Ohne zu zögern, legte er seine Waffe auf den Boden und schob sie mit dem Schuh nach vorn. Machowski stöhnte, als er sie aufhob. »Verdammt, Grenfeld, Sie werden alt. Glauben Sie im Ernst, ich erkenne Ihren protzigen Wagen nicht wieder? Den einzigen goldgelben Roadstar Berlins?«

»Lassen Sie das Mädchen los«, schrie Grenfeld.

»Ich wollte, ich könnte. Aber Sie lassen mir keine Wahl. Sie schnüffeln in jedem verfluchten Winkel dieser Stadt herum. Sie stecken Ihre Nase in jedes verdammte Geschäft, das Sie nichts angeht. Und Sie tun das seit Jahren, ohne Rücksicht auf Verluste, ja ohne Rücksicht auf ein so junges Ding wie das hier.« Machowski hatte gebrüllt und musste nun Luft holen. »Ich glaube, und korrigieren Sie mich, wenn ich irre, Sie sehnen geradezu Ihr Ableben herbei. Das gilt im Übrigen auch für Ihren Saufkumpan Kanther. Aber nicht für diese Göre. *Sie* will leben und, wenn ich sie richtig verstehe, sogar die Welt vor den Kapitalisten retten.«

»Was wollen Sie von mir?«, fragte Grenfeld.

»Das ist eine gute Frage. Wir haben hier fünfzig Tonnen Elfenbein gelagert, um die achttausend Stoßzähne. Die schwersten wiegen einen halben Zentner. Wir benötigen mehrere Stunden, um das Lager zu räumen. Sobald unser Freund Hamid zu plaudern beginnt, haben wir die Polizei am Hals. Bis dahin müssen die Hallen so sauber sein wie ein frisch gewickelter Kinderpopo.«

»Ich werde den Mund halten. Sie können sich auf mein Wort verlassen.«

Machowski lachte. »Das stimmt. Ihnen könnte ich vertrauen. Doch was ist mir ihr?«

Irinas Gesicht war versteinert. Sie verzog keine Miene.

»Sie wird schweigen. Das garantiere ich Ihnen.«

»So viel Vertrauen kann ein Mann in meinem Alter nicht mehr aufbringen. Ich nehme das Mädchen als Geisel. Vier Stunden gebe ich Ihnen, die Dokumente zu beschaffen, die Sie aus dem Viktoriaspeicher geklaut haben. Danach lasse ich sie frei.«

»Ich habe die Kladde längst Kommissar Kanther übergeben. Was wollen Sie damit?«

»Meine emsigen Kolonialfreunde haben ein ernsthaftes Problem. Sie suchen verzweifelt den Lagerort eines Schädels mit einem Einschussloch. Er trägt die Nummer 19071898. Irgendein durchgedrehter Irrer glaubt, genau diesen besitzen zu müssen. Fragen Sie mich nicht, warum. Ich weiß nur eines: Erst wenn das erledigt ist, wer-

den wir wieder unbehelligt unseren Geschäften nachgehen können.«

»Hören Sie, Machowski, nehmen Sie mich als Geisel.
Irina wird das erledigen.«

»Sie sind verrückt, Grenfeld. Das Mädchen hat entgegen Ihrer Weisung nicht mal im Wagen gewartet. Hab
ich recht? Ich habe sie auf dem Gelände erwischt. So viel
zu Ihrem Einfluss auf die Jugend.«

»Aber Irina kennt ihren Vater am besten. Sie weiß, wo
er die Papiere deponiert haben könnte. Außerdem ist sie
flink und kann sich überall Zutritt verschaffen.«

Machowski stieß Irina von sich. »Sie sind ein Idealist,
Grenfeld. Ein unverbesserlicher Idealist. Ich gebe ihr Zeit
bis Mitternacht, keine Minute mehr.«

Grenfeld packte Irina am Arm und raunte ihr zu: »Hau
ab und komm nie wieder zurück.«

*

26. Mai 1929, 19.30 Uhr,
Franklinstraße 15

»Geht es um den Schädel von Carl Peters?«, fragte Grenfeld, als sie allein waren.

»Ach was! Der interessiert niemanden, aber lassen Sie
uns nach draußen gehen, mir schlägt diese Grabkammer
auf den Magen. Kommen Sie.«

So unbeholfen Machowski auch wirkte, Grenfeld
wusste, dass die Parabellum stets auf ihn gerichtet war.
Sie ließen sich auf den Stufen des Treppenhauses nieder
und blickten auf die Spree hinunter, deren Wasser von
weißem Nebel bedeckt war. Machowski rutschte ächzend

auf dem Steinboden hin und her, während er eine Zigarre hervorholte, ihre Banderole entfernte und sie mit einem Taschenmesser in zwei Hälften schnitt. Es war eine beeindruckende wie umständliche Prozedur, angesichts der Tatsache, dass alles mit einer Hand geschehen musste.

»Ich werde Ihnen jetzt etwas verraten«, sagte er, steckte sich die eine Hälfte in den Mund und schob die andere Grenfeld zu. »Es war Kriminalrat Schulze, der Hohenstein aus dem Weg geräumt hat.«

»Aber weshalb?«

»Paul von Hohenstein war unberechenbar geworden. Er wusste zu viel über Schulzes Vergangenheit und war drauf und dran, alles auszuplaudern. Die Maidemonstration kam ihm gelegen, so konnte er den Mord den Kommunisten in die Schuhe schieben. Die Tätowierung sollte den Verdacht auf die Befreiungsbewegung lenken.«

»Was gründlich misslang.«

»Schulze selbst hatte die Ermittlungen geleitet. Eine Vertuschung wäre also kein Problem gewesen, wäre da nicht dieser starrköpfige Saufkopf gewesen.«

»Kanther ist nicht zu unterschätzen.«

»Er war nicht das einzige Problem. Nach dem Tod Hohensteins bekam Schulze einen merkwürdigen Drohbrief. Er wurde aufgefordert, einen bestimmten Schädel aus Hohensteins Fundus herauszurücken. Schulze ließ mehrere Ultimaten verstreichen. Er hat die Drohung nicht ernst genommen.«

»Bis Pfeiffer ermordet wurde.«

Machowski zündete seine Hälfte der Zigarre an und lehnte sich zurück. »Da wurden die Herrschaften nervös. Zumal der Schädel mit der Nummerierung nicht im Viktoriaspeicher zu finden war. Zuerst fiel der Verdacht auf die

Darsteller der Afrikaschau. Finsch nahm jeden Einzelnen in die Mangel, vor allem einen Mann namens Ibrahim.«

»Dann starb Peter Burger.«

»Zu diesem Zeitpunkt befand sich die gesamte Truppe auf dem Gelände der Maschinenfabrik. Sie konnten es nicht gewesen sein. Schulzes Nerven lagen blank, zumal der Täter ihn zu erpressen schien. Auf jeder neuen Leiche fanden sich die Buchstaben ›UHURU‹. Der Unbekannte wusste, wer Hohenstein ermordet hatte.«

»Was macht diesen einen Schädel so wertvoll?«

Machowski zuckte mit den Schultern. »Glauben Sie mir, nächtelang habe ich mir den Kopf darüber zerbrochen. Es bleibt ein Geheimnis. Weiß der Teufel, was Hohenstein damit vorhatte.«

Grenfeld dachte an all das, was ihm Irina erzählt hatte. »Der Schädel ist ein Geschenk«, murmelte er plötzlich.

»Wie bitte?«

»Ein Geschenk an Asha, die Tochter Jagodjas, als Zeichen der Wiedergutmachung.«

Machowski stöhnte. »Mich geht dieser Irrsinn überhaupt nichts an. Das ganze koloniale Abenteuer war doch eine ökonomische Katastrophe. Bismarck hatte es vorhergesehen. ›Meine Karte von Afrika liegt hier in Europa‹, hatte er behauptet und recht behalten. Man kann mit jedem Land Handel treiben, man muss es nicht besitzen. Das sage ich wahrlich nicht als Moralist, sondern als Kaufmann.«

»Was wollen Sie dann hier?«

»Nach Schulzes Ermordung musste ich eingreifen. Die Polizei begann den Schlachthof zu durchsuchen, dann den Viktoriaspeicher und die Halle am Westhafen. Man hat mich mehrmals aufs Präsidium bestellt und verhört. Die Sache lief völlig aus dem Ruder.«

»Und bei der Gelegenheit reißen Sie sich einen Teil des Elfenbeins unter den Nagel.«

Machowski schlug mit der Hand auf den Boden. »Das ist ja wohl das Mindeste, was ich für den ganzen Ärger verlangen kann. Diese Kolonialoffiziere sind dumm wie Stroh. Kein Wunder, dass sie das Ganze in den Sand gesetzt haben.«

»Und die Schädel?«

»Hören Sie, mein Lieber, nennen Sie mich abergläubisch, aber ich tanze nicht mit dem Tod.«

»Was meinen Sie damit?«

»Ich habe mit so ziemlich allem gehandelt, was es unter der Sonne gibt: wertvolle Teppiche und Uhren, gestohlene Taxis, Kokain, Dirnen und nun auch noch Elfenbein. Aber der Handel mit menschlichen Überresten gefällt mir nicht. Ich für meinen Teil rühre die Schädel nicht an.«

Machowski war aufgestanden und strich seinen Anzug glatt. »Der Tod versetzt uns wieder in den Zustand der Ruhe, in dem wir uns befanden, ehe wir geboren wurden. Diese Ruhe ist heilig«, verkündete er pathetisch, als habe er soeben die Maxime menschlicher Zivilisation formuliert.

*

26. Mai 1929, 20 Uhr,
Marchstraße

Irina lehnte sich über die Brüstung der Marchbrücke und übergab sich in das schwarze Wasser des Landwehrkanals. Mit zittrigen Händen wischte sie sich den Mund ab und sog die nasskalte Luft ein. »19071898«, flüsterte sie immer wieder vor sich hin, obwohl die Zahl sich ihr längst eingeprägt hatte. Fahrig durchsuchte sie ihre Taschen, doch sie fand weder ein Taschentuch noch Geld. Die Glocken der Erlöserkirche schlugen acht Mal. Ganze vier Stunden blieben ihr, um Grenfeld auszulösen. Die Worte des Exkommissars gingen ihr nicht aus dem Sinn. »Komm nie wieder zurück!«, hatte er ihr zugeraunt. War das die Möglichkeit? Hatte der alte Fuchs wirklich vor, sein Leben für sie aufs Spiel zu setzen? Es fühlte sich merkwürdig an: erhebend und verwirrend zugleich. Oder war es nur ein billiger Trick? Wusste Grenfeld, dass eine Querulantin wie sie so eine Weisung niemals befolgen würde? Gegenüber den Siemens-Werken entdeckte sie eine Wasserpumpe, deren Auslauf die Form eines Drachens hatte. Immer wieder presste sie ihre Lippen an das glitzernd grüne Drachenmaul und trank. An der Pforte lehnte ein herrenloses Fahrrad, welches geradezu danach schrie, geklaut zu werden. Damit fuhr sie am Ufer des Kanals entlang bis zur Schleuseninsel, auf der die Mauern der Versuchsanstalt hinter den Büschen hervorlugten. Obwohl ungeübt, fuhr sie rasant, und der kühle Fahrtwind tat ihr gut. Sie radelte unter der Eisenbahnbrücke der Stadtbahn hindurch, vorbei am Planetarium bis zur Lichtensteinbrücke. Am nebligen Lützowufer, wo man Rosa Luxemburg einst in den Kanal geschmissen hatte, hielt sie an. Man hatte den Körper der Kommunistin mit Drahtschlingen gefesselt und mit einem Steinklotz beschwert. Beim Anblick des nassen Grabes dachte sie an ihre Mutter und machte einen Umweg ins Hotel Eden. Sie erhoffte sich Trost, vielleicht auch nur ein paar Mark für ein Taxi. Am Empfang musste sie einem Fräulein den Vortritt lassen, das den Regisseur Fritz Lang zu sprechen wünschte. Wenn sie sich nicht täuschte, war es die Schauspielerin Gerda Maurus. Für einen kurzen Augenblick streiften sich ihre Blicke, und Irina glaubte, eine Spur von Schwermut darin zu sehen. Als sie endlich an die Reihe kam, teilte man ihr mit, dass Frau Iordanova abgereist sei. Die Nachricht traf sie wie ein Schlag ins Gesicht. Sie konnte es nicht fassen, fragte so lange nach, bis man sie ignorierte. Wie betäubt wankte sie zu den Toiletten, schloss sich in einer Kabine ein und ließ sich auf dem Boden nieder. Während ihre Hand die Brosche des Roten Frontkämpferbundes umschloss, quälte sie eine Frage: Hatte sie versagt? War ihre Mutter deshalb abgereist? Sicher hätte sie noch mehr über Hohensteins Aktivitäten in Erfahrung bringen können. Stattdessen hatte sie sich mit Hamid abgegeben und einen Film angesehen. Wann würde sie endlich ihre kleinbürgerliche Sentimentalität abstreifen können? Sie hörte Gelächter und das Bellen eines Hundes. Einige Damen der oberen Zehntausend stürmten die Toilette. Sie schwärmten von der Hochzeitsreise der Filmschauspielerin Phyllis Haver, den Heilbädern in St. Moritz und dem neu eröffneten Schönheitssalon von Elizabeth Arden. Dabei zitierten sie aus einer *carte du chic*, offenbar die Weltkarte einer französischen Modezeitschrift, die verriet, welche Orte zu welcher Jahreszeit als chic galten. Die affektierte Art ihrer Konversation ging ihr auf die Nerven. Irina lehnte den Kopf an die Wand, zu erschöpft, um wieder auf das Fahrrad zu steigen. Es war, als ob alle Kraft aus ihrem Körper entwichen war. Als sie die Augen schloss, sah sie die Walze vor sich, hörte das Brummen des Schiffsmotors und spürte, wie sie mit ganzer Kraft dagegen drückte. »Das Schwein ist tot«, sagte sie sich immer wieder. Als die Damen die Toilette verlassen hatten, kehrten endlich Dunkelheit und Stille zurück. Erst jetzt bemerkte sie, dass sich die Nadel der Brosche geöffnet und in ihre Handfläche gebohrt hatte. Nicht ohne Genugtuung spürte sie, wie das Blut am Unterarm herablief und auf die Fliesen tropfte.

*

26. Mai 1929, 21 Uhr, Franklinstraße 15

»Glauben Sie, sie wird kommen?«, fragte Machowski plötzlich. Seine Atmung war so gleichmäßig geworden, dass Grenfeld gehofft hatte, er würde gleich einschlafen.

»Darauf können Sie wetten.«

»Woher nehmen Sie dieses Vertrauen?«

»Menschenkenntnis.«

Machowski versuchte ein Lächeln, welches schief geriet.

»Dass Sie sich da mal nicht irren. Der Mensch ist des Menschen Wolf. Die Kleine folgt den Befehlen ihrer Partei, aber nicht der Not eines Detektivs.«

»Sie ist ein Sturschädel. Man hat sie aus dem RFB geschmissen, weil sie sich nicht unterordnen kann. Sie folgt ihrem inneren Kompass.«

»Innerer Kompass also, da mögen Sie recht haben. Instinkt nennt man das wohl. Ein seltsames Mädchen. Haben Sie ihre stahlgrauen Augen bemerkt? Kalt wie Eis. Ein Soldat hat mir mal einen sibirischen Schlittenhund verkauft. Der besaß die gleichen rätselhaften Augen. Sie hat im Übrigen keinen Moment gezuckt, als ich ihr die Pistole an die Schläfe hielt. Jetzt frage ich Sie: Was ist das für eine Jugend? So jung und schon so abgebrüht. Aber wie schätzen Sie meine Wenigkeit ein? Würde ich Sie über den Haufen schießen, wenn Sie versuchten, zu fliehen?«

»Aber selbstverständlich.«

»Und warum?«

»Das Gesetz des Stärkeren. Sie verehren die Bücher von Jack London, nicht wahr?«

»Nicht schlecht, mein Lieber, doch ich lese auch David Ricardo.«

»Noch nie gehört.«

»Das Gesetz des kooperativen Handels. Keine leichte Lektüre, aber der Mühe wert.«

»Sie überraschen mich immer wieder.«

Machowski pochte mit dem Pistolenlauf gegen seine Schläfe. »Wissen ist Macht, mein Lieber. Das gilt ganz besonders für meinen Berufsstand und unterscheidet mich von diesen ungebildeten Ringbrüdern. Einbruch, Diebstahl und räuberische Erpressung gehören der Vergangenheit an. Wer in einer Welt der Funkwellen, der Rationalisierung und des internationalen Aktienhandels bestehen will, muss sich bilden. Aber was rede ich? Die Zukunft gehört sowieso den Frauen. Seit dem Krieg dreht sich die Stadt nur noch um sie. Haben Sie das nicht bemerkt? Wir Männer sind Staffage geworden.« Machowski sah auf die Uhr. »Wollen wir hoffen, dass ihr Rotfrontmädel kooperiert. Bald kommt die nächste Fuhre. Noch zwei und das Lager ist geräumt. Die Frage ist: Was machen wir dann mit Ihnen?«

*

**26. Mai 1929, 21.30 Uhr,
Hotel Eden**

Sie musste plötzlich husten und schreckte hoch. Draußen war es dunkel geworden. Sie war wohl eingenickt, hatte eine halbe Stunde oder mehr geschlafen. Wie hatte das nur passieren können? Sie dachte an Grenfeld. Panisch stürzte sie aus dem Hotel, stieg aufs Fahrrad und trat kräftig in die Pedale. Busse und Taxis rasten eine Handbreit weit an ihr vorbei und hüllten sie in eine Wolke aus Staub und Ruß. Über ihr donnerte die Stadtbahn. Die Lichter der Reklame reichten bis zum Nachthimmel, blinkten und wirbelten in immer neuen Variationen. Sie erstrahlten in wunderschönen Farben bis zum herrlichsten Rosa und Violett. Aus den Kinos und Varietés strömten die Menschen hinaus auf die Gehsteige. Dann wurde es einsam. Sie fuhr am Landwehrkanal entlang, unter den Brücken der großen Magistralen. Kurz vor dem Schlesischen Bahnhof brach die Finsternis herein. Es war, als ob jemand alle Lichter der Stadt auf einmal ausgeknipst hätte. Das Klappern ihres Rads hallte in den engen Gassen. Sie fuhr am Café Messerstich vorbei, wo ihr Vater gewöhnlich zu Abend aß. Jetzt standen die Stühle kopfüber auf den Tischen. Ein Kellner mit einem Spültuch um die Schulter fegte den Boden. In der Madaistraße flackerte das Leuchtschild »Hotel Fuhrmann« so heftig, als drohte es jeden Moment zu erlöschen. Das Motorrad ihres Vaters stand einsam neben dem Eingang. Jetzt war es Zeit, sich zu entscheiden. Sollte sie Grenfeld auslösen oder nicht? Sie wischte sich den Schweiß von der Stirn und stieg vom Rad. Irina ärgerte sich, weil ihre Entscheidung längst feststand. Ihr Versprechen, ihm beizustehen, war keine Woche alt. Sie würde es nicht brechen. Auf ihr Wort war Verlass. Die Dame am Empfang schnarchte leise. Irina nahm den Schlüssel mit der Nummer neun, schlich die knarzende Treppe nach oben und öffnete die Tür. Trotz des Gestanks von kaltem Rauch und Hochprozentigem erkannte sie den Geruch ihres Vaters. Ihr kam es so vor, als ob er anwesend war. Zum Glück lag die Kladde auf dem Fensterbrett. Sie wollte schon gehen, da fiel ihr ein braunes Notizbuch auf dem Nachtkästchen auf. Sie konnte sich nicht erinnern, ihn jemals ohne eines dieser Bücher angetroffen zu haben. Sie setzte sich auf die Bettkante und blätterte durch die Seiten. Zu ihrer Überraschung entdeckte sie ihren Namen. Es waren Eintragungen des Schmerzes. Die Tatsache, dass sie ihn selbst im Gefängnis nicht hatte sprechen wollen, hatte ihren Vater tief verletzt. Sie las von seinen Bemühungen, ihr die Politische Polizei vom Hals zu halten. Es war, als habe er all die Monate seine schützende Hand über sie gehalten. Wütend wischte sie sich eine Träne von der Wange. Schmerzlich wurde ihr bewusst, dass ihr Vater, Polizist durch und durch, nur ihretwegen in Untersuchungshaft saß. Nur ihretwegen hatte er alles, was ihm wertvoll war, über Bord geworfen. Sie steckte das Büchlein ein und schlug die Kladde auf. Ihr Finger fuhr über die Zeilen der Tabelle bis zur Nummer DOA-19071898. In der ersten Spalte stand der Fundort: »Iringa/Deutsch-Ostafrika«, in der zweiten Spalte das Datum: »19.07.1898«, in der dritten der Finder: »Dr. W. Lotz«, und in der letzten der Ort der Aufbewahrung: »WA«. Vergeblich suchte sie nach einer Legende. Wofür stand »WA«? Mit Kladde und Notizbuch unter dem Arm verließ sie das Zimmer. Im Treppenhaus drang die schrille Stimme der Empfangsdame bis zum ersten Stock hinauf: »Wenn ich es Ihnen doch sage. Herr Kanther ist außer Haus.« Irina schlich hinunter und schielte um die Ecke. Ein schmächtiger Mann um die dreißig stand am Tresen der Rezeption und spielte mit seinem Hut. Er murmelte etwas, was Irina nicht verstehen konnte. »Ich weiß nicht, warum er mich nicht eingeweiht hat«, schrie die Dicke, als sei der andere schwerhörig. »Wie auch immer, ich darf Sie nicht aufs Zimmer lassen. Sie müssen sich gedulden, bis er kommt.«

Der Mann schwankte. Schließlich nahm er in einem Ohrensessel Platz und starrte durch das große Fenster auf den Bahnhof. Die Standuhr schlug zehn. Irina fluchte. Es blieben ihr ganze zwei Stunden für den Weg zurück. Jetzt konnte sie unmöglich an der Rezeption vorbei. Der Wartende hatte die Ausstrahlung eines Buchhalters. Sein blasses Gesicht besaß etwas Maskenhaftes, was durch die dicken Brillengläser noch verstärkt wurde. Nur die wirren Haare und die Narbe, die bis zum Mundwinkel reichte, verliehen seinem Aussehen etwas Verwegenes. Die Wirtin war sichtlich verärgert, weil man sie aus dem Schlaf gerissen hatte. Sie trat ans Fenster, wo sich ein Buchstabe der Beschriftung gelöst hatte. Mechanisch drückte sie das H von »Hotel« an die Scheibe, wie sie es sicher schon Dutzende Male erfolglos getan hatte. »Die Madaistraße ist zu Unrecht verschrien«, sagte sie, ohne die Hand vom Buchstaben zu nehmen. »Sie ist sogar nach einem Polizeipräsidenten benannt.«

»Ist mir bekannt«, erwiderte der Mann.

»Hat mir der Gast von Zimmer neun verraten. Der muss es wissen, ist schließlich ein Kriminaler. Der Herr Kanther ist, wie soll ich es ausdrücken, volksnah geblieben, immer auf Augenhöhe mit den einfachen Leuten.«

»Er ist mein Kollege.«

»Sie sind auch von der Polizei? Ja, aber wo ist dann Ihr Ausweis?«

»Im Präsidium. Ausgerechnet heute habe ich ihn vergessen. Wie dumm von mir. Ich sollte ihm wichtige Unterlagen bringen. Er schiebt Nachtdienst.«

Irina wusste, dass die dürftige Begründung an der

Dicken abprallen würde. Vielleicht auch deshalb, weil der Mann nicht im Entferntesten wie ein Kriminaler aussah. Irina lief bis in den dritten Stock hinauf und wartete. Plötzlich hörte sie Schritte und wunderte sich. Hatte die Dicke ihn doch nach oben gelassen? Als sie eine Türe ins Schloss fallen hörte, schlich sie nach unten. Sie wunderte sich, warum die Rezeption unbesetzt war. Schnell ging sie hinter den Tresen, griff in die Kasse und stahl ein paar Scheine. Sie wollte gerade abhauen, als ihr ein einsamer Frauenschuh auffiel. Er lag umgekippt neben der Fußbodenleiste. Sie lugte um die Ecke und sah die Empfangsdame reglos am Boden liegen – seltsam verkrümmt auf dem abgewetzten orientalischen Teppich. Ihre Hand war von der Erde des umgestürzten Gummibaums bedeckt. Der Buchstabe »H« war auf ihrer Brust gelandet. Als sie das Blut auf dem Teppich sah, rannte sie los. Mit zittrigen Händen griff sie nach dem Fahrrad und blickte zum beleuchteten Zimmer ihres Vaters hinauf. Hinter dem Vorhang erschien ein Schatten. Die Gardine wurde beiseitegeschoben. Sie erkannte das Gesicht des Buchhalters, aber auch er hatte sie gesehen.

*

26. Mai 1929, 23 Uhr,
Franklinstraße 15

»Verdammt, was macht der Privatschnüffler hier?«, fragte ein schwergewichtiger Mann mit Schnapsflasche, dessen Augenlider nervös zuckten. Sein Kumpan sah nicht besser aus. Beide schienen fahrig und erschöpft. Es mussten Weiland und Tesch sein, die beiden letzten Offiziere der

Hohenstein-Truppe. Machowski nahm sie beiseite und redete auf sie ein. Grenfeld ahnte Schlimmes. Solange Machowski ihn bewachte, blieb eine geringe Hoffnung. Der Chef des Eldorados hatte einen Hang zur Sentimentalität, die er den beiden Typen kaum zugestand. Sie wirkten so verloren wie Matrosen eines gestrandeten Dampfers, dessen Kapitän längst das Weite gesucht hatte. Der mit der Schnapsflasche wurde »Tesch« genannt. Umständlich nahm er Machowskis Waffe und scheuchte Grenfeld den Gang entlang in eine Halle, wo man offenbar das Elfenbein an Werkbänken bearbeitet hatte. In den Regalen lagerten die Stoßzähne, während gegenüber kunstfertig hergestellte Figuren auf ihren Abtransport warteten. Grenfeld war vom Ausmaß des Lagers überrascht. Mit der Menge an Elfenbein ließ sich auf dem Schwarzmarkt sicher ein gigantisches Vermögen erzielen. Tesch war sichtlich nervös. Er schaute auf die Uhr, wischte sich mit einem Taschentuch den Schweiß von der Stirn, stieß einen Fluch aus und klopfte mit dem Lauf seiner Waffe gegen das Eisengeländer.

»Irgendwer hat es auf euch abgesehen«, sagte Grenfeld, der das Klopfen nicht mehr ertragen konnte.

Tesch lachte grimmig. »Sie sind ja ein ganz Schlauer.«

»Der unsichtbare Feind ist der gefährlichste.«

Der alte Offizier blickte ihn an, als hätte er ihm so einen Satz nicht zugetraut. »Mag sein, aber den Feind zu unterschätzen, ist die größte Dummheit. Diese Lektion hätten wir lernen können.«

Grenfeld sah ihn fragend an.

»August 1891, Emil von Zelewski war auch so ein Schlauer. Wissen Sie, das war jemand, der eine Moschee mit seinen Schuhen und seinen Hunden betreten hatte.

Durch so eine Dummheit hatte er den Zorn der Moslems auf sich gezogen. Es gab nicht viele davon. Die meisten wohnten an der Küste. Aber sie waren reich und hatten Einfluss. Dann kam die Expedition: Wir hatten Zelewski vor den Wahehe gewarnt. Doch er marschierte los, ohne Flankenschutz und Aufklärung. Bei Rugaro hatten sie uns am Wickel. Dreitausend schwarze Teufel lagen im hohen Gras verborgen. Verfluchte Scheiße! Noch heute sehe ich die mit Munition beladenen Esel wild durch die Menge springen. Wir kamen erst gar nicht dazu, unsere Geschütze abzuladen. Binnen zehn Minuten kamen dreihundert Mann ums Leben, Askaris und Träger. Zelewski selbst wurde von einem Speer durchbohrt.«

»Und wo steht der Feind jetzt?«

»Im Lunapark. Von Anfang an habe ich diesen Negern misstraut. Peter Burger wurde mit einem Pfeilgift getötet, der Fotograf ebenso. Die Sache ist doch sonnenklar! Nur Finsch will nichts davon hören. Und warum? Weil ihn diese Asha um den Finger gewickelt hat, so wie Hohenstein. Verkaffert hat sie den Mann, eine Schande. Aber wen wundert das? Die Nigger hüben und drüben reichen sich die Hand. Sie haben die Hauptstadt fest im Griff. Ganz Berlin tanzt nach deren Musik und dazu wackelt Josephine Baker mit ihrem nackten Hintern.«

»Wie kam Asha zur Afrikaschau?«

»Weiß der Teufel, wo Finsch sie aufgegabelt hat. Alle reden von ihrer Ähnlichkeit mit dem gehängten Mädchen. Aber was spielt das für eine Rolle? Jagodja war eine entflohene Sklavin. Jeder afrikanische Häuptling hätte so gehandelt. Wenn nicht die Missionare davon Wind bekommen hätten, wäre der Vorfall nie vor dem Reichstag gelandet. Das Ganze wurde von den Sozis politisch ausgeschlachtet. Das waren Schreibtischtäter der übelsten Sorte, die nicht die geringste Ahnung hatten, was es heißt, eine Kolonie unter Kontrolle zu halten. Baumwolle und Diamanten waren willkommen, doch wie bringt man die Neger zum Arbeiten? Ohne Peitsche und Ketten? Das soll mir mal einer von diesen Sesselfurzern beantworten! Nach Belgisch-Kongo hätten sie reisen sollen. Waren Sie schon mal dort?«

Grenfeld schüttelte den Kopf.

»Besser so, glauben Sie mir. Dagegen war unsere Kolonialverwaltung ein Internat für höhere Töchter.« Teschs Erregung hatte sein Gesicht noch röter werden lassen. Er nahm einen kräftigen Schluck und wischte sich mit dem Hemdsärmel den Mund ab. »Der Neger ist von Natur aus feige und heimtückisch. Er lächelt dich an, aber hinter seinem Rücken hält er sein Messer gezückt.«

Grenfeld wurde unruhig. Er konnte nicht mehr zuhören. Er schielte auf die Uhr und fragte sich, was Irina gerade tat. Bis zur Tür am Ende der Halle waren es fünfzig Meter. Je mehr der Kerl trank, desto höher waren seine Chancen. Noch war der Pegel zu niedrig. Im Moment würde Tesch ihn nach zehn Metern zur Strecke bringen.

＊

27. Mai 1929, 24 Uhr, Schlesischer Bahnhof

»Du musst dich entscheiden«, sagte der Chauffeur und schielte misstrauisch in den Rückspiegel. Mit dem schwarzen Bart und den gescheitelten Haaren ähnelte er einem russischen Geistlichen.

»Fahren Sie einfach los«, sagte sie und hielt die Kladde fest umklammert.

»Wohin denn?«

»Irgendwohin. Aber fahren Sie jetzt!«

Irina sah nach hinten. Sie hatte das Fahrrad an die Mauer gelehnt und war zum einzigen Taxi gerannt, das noch auf dem Bahnhofsplatz stand.

»Liebchen, jede Reise hat ein Ziel. Vor einigen Jahren, ich kam gerade aus Sankt Petersburg zum Schlesischen Bahnhof, da fragte mich der Kofferträger …«

»Nach Charlottenburg, fahren Sie dort hin.«

»Welche Straße? Welche Nummer?«

So angestrengt Irina auch nachdachte, sie konnte sich an keinen Namen erinnern. »Das ist egal. Fahren Sie mich an den Landwehrkanal.«

Der Fahrer blickte besorgt nach hinten. »Oh je, der Kanal. Du willst dir doch nichts antun, mein Liebchen?«

Irina sah durch das Rückfenster und erschrak. Der Mann mit der Narbe stand neben dem Fahrrad und strich mit der Hand über den Sattel.

»Bitte, fahren Sie«, flüsterte sie und drückte dem Chauffeur einen Geldschein in die Hand. Doch je mehr sie bettelte, zuletzt sogar schrie, desto verstockter wurde der Russe. Jeder andere hätte das Geld eingesteckt, doch sie musste an einen Mann mit Prinzipien geraten.

»Kann ich Ihnen helfen? Ich bin Polizist«, sagte plötzlich eine Stimme und Irina erschrak. Der Narbenmann hatte die Türe geöffnet. Sie bemerkte die Ausbuchtung in seiner Manteltasche und wusste, dass es eine Waffe war.

»Er ist kein Polizist«, sagte Irina ruhig.

»Die Göre ist eine Diebin. Sie hat Geld aus der Kasse des Hotels Fuhrmann geklaut und die Wirtin niedergeschlagen.«

»Das ist eine Lüge. *Er* hat es getan«, schrie Irina und wollte die Türe öffnen. Doch der Chauffeur war schneller: Er packte sie am Arm und hielt sie fest. Sie trat mit dem Bein gegen den Sitz, schlug um sich und spürte, wie jemand an der Kladde zog. Sie krümmte sich, hielt sie fest umklammert und merkte doch, wie ihre Kraft schwand. Dann spürte sie etwas Kaltes am Hals. »Wenn dir dein Leben lieb ist, dann lass los«, flüsterte der Mann und legte sich auf sie. Sie spürte sein Gewicht, hörte, wie die Waffe entsichert wurde, und sah in das verstörte Gesicht des Chauffeurs.

»Tun Sie etwas«, keuchte Irina.

»Ich möchte Ihren Ausweis sehen«, sagte der Chauffeur empört. »Auf der Stelle!«

Der Druck auf ihren Hals ließ nach. Der Lauf der Pistole richtete sich nach vorn. Die Gesichtszüge des Chauffeurs entglitten. Er riss die Augen auf und murmelte etwas auf Russisch.

»Nein«, schrie Irina. Dann hörte sie einen Knall.

＊

27. Mai 1929, 4 Uhr,
Franklinstraße 15

Als Irina die Fabrik erreichte, standen die Tore offen. Die Lastwagen waren weg. Der Wind trieb Reste von Holzwolle über den Hof. Sie war ganze vier Stunden zu spät. Erschöpft irrte sie umher, fand leere Kisten und im Treppenhaus Schnapsflaschen und Zigarrenstumpen. Auf einer Treppenstufe entdeckte sie eine aus Elfenbein geschnitzte Figur mit einem Kopf, halb Löwe, halb Pekinese. Das Drachenrelief auf dem Sockel war offenbar unvollendet geblieben. Sie steckte die Figur ein und lief laut rufend durch die Gänge, ohne eine Antwort zu bekommen. Sie tastete ihr rechtes Ohr ab. Es schmerzte und war taub. Hinter jeder Biegung befürchtete sie, auf Grenfelds Leiche zu stoßen. Sie machte sich bittere Vorwürfe, im Eden eingeschlafen zu sein. Erneut hatte sie versagt. Kein Wunder, dass ihre Mutter sie zurückgelassen hatte. Als der Morgen zu dämmern begann, fand sie Grenfeld in einer leeren Halle im Ostflügel der Fabrik auf dem Boden sitzend.

»Es tut mir so leid«, flüsterte sie.

»Es ist ja nichts passiert«, sagte er müde und richtete sich auf. »Das Lager ist geräumt. Sie sind abgehauen.«

»Warum sind Sie noch hier?«

Grenfeld lächelte müde. »Ich war sicher, du wirst kommen.«

Irina sank auf den Boden und schüttelte verzweifelt den Kopf. »Ich hatte die Kladde in der Hand, doch er hat sie mir abgenommen. Der Kerl hat das Feuer eröffnet und den Chauffeur über den Haufen geschossen. Ein Wunder, dass ich fliehen konnte.«

»Von wem redest du?«

»Ein schmächtiger Mann um die dreißig, Schmiss an der Wange, Hakennase mit Hornbrille. Eines ist sicher: Der geht über Leichen.«

Grenfeld stand auf. »Jetzt ist es genug. Das Spiel ist aus. Wir geben auf.«

Irina zog das Notizbuch hervor. »Warten Sie! Mein Vater hat herausgefunden, was mit dem Schädel 19071898 geschehen ist. Er wurde dem Kaiser-Wilhelm-Institut für Anthropologie zu einem Preis von fünfzigtausend Mark angeboten, doch nie ausgeliefert. Die Nummerierung entspricht dem Fundtag: neunzehnter Juli 1898, die Abkürzung des Lagerorts ist ›WA‹. Keine Ahnung, wo das sein soll.«

»Wir brechen ab. Ich habe die Schnauze gestrichen voll! Ich weiß nicht, was uns das noch angehen sollte.«

»Mein Vater.«

»Wie bitte?«

»Wie sollen wir ihn entlasten? Am Ende werden sie ihm noch alle Morde in die Schuhe schieben.«

»Ach was! Da vertraue ich voll und ganz der Mordkommission.«

»Er wird sich ohne uns nicht verteidigen können.«

Grenfeld nahm ihr das Notizbuch aus der Hand und schlug es auf. Auf der ersten Seite stand die beeindruckende Zahl hundert, eingerahmt von einem kindlich gezeichneten Lorbeerkranz. Sein Kollege hatte im Lauf seiner fünfundzwanzig Berufsjahre tatsächlich einhundert dieser Bücher verbraucht. »Dein Vater war ein außergewöhnlicher Ermittler. Er war der Mann fürs Detail, ging den Dingen auf den Grund, war keiner dieser Schwätzer, wie sie heute überall herumlaufen. Er sprach wenig, aber was er sagte, hatte Hand und Fuß.«

»Was soll das werden?«, rief Irina empört und sprang auf. »Eine Grabrede? Sie sprechen über ihn, als sei er tot.«

Grenfeld erschrak. Sie hatte recht. Die ganze Zeit hatte er darüber nachgedacht, wie Kanther wohl die Haft verkraften würde. Irina riss ihm das Notizbuch aus der Hand. »Ich dachte immer, mein Vater wäre Ihr *Freund*? Wollen Sie ihn tatsächlich im Stich lassen? Jetzt, wo ihn die Sozialfaschisten eingelocht haben? Ist das eure kleinbürgerliche Vorstellung von Freundschaft?«

Grenfeld pfiff durch die Zähne. »Das sind ja ganz neue

Töne. Bisher hast du dich herzlich wenig für deinen Vater interessiert. Was ist denn geschehen?«

Irina biss sich auf die Lippen, spannte ihre Muskulatur an und ballte ihre Hände zu Fäusten. Sie kämpfte einen Kampf gegen sich selbst. Mit aller Kraft schien sie eine Gefühlsregung verbergen zu wollen. Sprachlos blickte sie ihn an. Machowski hatte unrecht. Ihre Augen waren stahlgrau, doch nicht eiskalt.

KAPITEL 23

28. Mai 1929, 16 Uhr,
Friedrichstraße 191

Hellriegel wanderte im Atelier des Exkommissars umher
wie ein Tiger im Raubtierkäfig des Berliner Zoos. »Schläft
sie jetzt schon bei dir?«, fragte er misstrauisch und zeigte
auf Irinas Schuhe.

»Sie übernachtet im Büro nebenan. Die Redakteure
waren einverstanden.«

Hellriegel nickte wenig überzeugt. »Ich soll dir Grüße
vom Dicken ausrichten.«

Grenfeld verzog das Gesicht. Niemals würde Gennat
ihm Grüße übermitteln. Wahrscheinlicher war, dass man
Hellriegel die Ermittlungen übertragen hatte und er in
einer Sackgasse steckte.

»Was willst du wirklich?«

»Hamid hat endlich ausgepackt. Heute haben wir die
Darsteller der Afrikaschau vernommen.«

»Und?«

»Ein Impresario namens Finsch hat uns die Pässe und
Genehmigungen vorgelegt. Zu den Tatzeiten waren die
Tänzer in der Maschinenfabrik Gebauer untergebracht.
Die Tore werden nachts verriegelt. Die Verträge sind rigo-
ros: Sie untersagen Alleingänge jeglicher Art. Nur diese
Asha lebt auf dem Kahn von Finsch.«

»Und Hamid?«

»Faselt etwas von Kriegern Gottes. Mittlerweile haben wir Zweifel an seiner Zurechnungsfähigkeit.«

Grenfeld musste schmunzeln. Sein ehemaliger Kollege war der Letzte, der für Übersinnliches Verständnis hätte aufbringen können. Er war ein Macher, der leicht die Geduld verlor, wenn die Ermittlung ins Stocken geriet. Gerade Kanther hatte ihn mit seinen akribischen Notizbuchvorlesungen manchmal zur Weißglut getrieben.

»Dann der vermeintliche Elfenbeinhandel«, fuhr Hellriegel fort. »Wir haben weder im Viktoriaspeicher noch am Westhafen auch nur einen Splitter gefunden. Ganz abgesehen von den Chinesen, die sich wieder mal taubstumm geben.«

»Steht Hamid noch unter Verdacht?«

Hellriegel stöhnte. »Der hat ein wasserdichtes Alibi: seine Arbeit im Mercedes-Palast. Der Direktor, ein Beleuchter und die Kollegen im Vorführraum konnten das bestätigen. Der Staatsanwalt hat uns ausgelacht, als wir eine Verlängerung der U-Haft beantragten.«

Grenfeld war fassungslos. Sie wussten so gut wie nichts. Die legendäre Mordkommission mit ihrer reichsweit einmaligen Aufklärungsquote stocherte im Nebel. »Bekommt er jetzt endlich einen deutschen Pass?«

»Nein. Für die Politische Abteilung ist er verbrannt. Sollte er arbeitslos werden und Unterstützung beanspruchen, wird das Auswärtige Amt ihn nach Kamerun abschieben.«

»Wieso denn nach Kamerun? Hamid ist Nubier.«

Hellriegel zuckte mit den Schultern. »Seit fünf Jahren kaufen unsere Siedler dort ihre Kakao- und Bananenplantagen zurück. Deutschsprachige Vorarbeiter werden gebraucht.«

Grenfeld sah hinüber zum Moka Efti und fragte sich, ob Minni gerade bediente. Er hatte eine unbeschreibliche Sehnsucht nach ihr.

Hellriegel machte eine hilflose Geste. »Verdammt, Grenfeld, um der alten Zeiten willen. Du weißt doch etwas!«

»Wie geht's Kanther?«

»Schlecht.«

»Passt auf, dass er sich nichts antut, hörst du?«

»Warum sagst du das?«

»Ich hab so ein komisches Gefühl. Richte ihm Grüße von seiner Tochter aus.«

»Tja, ich weiß nicht recht.«

»Mach es einfach, bitte!«

»Dann hilf uns. Wir drehen uns im Kreis.«

»Ich hab nicht die geringsten Beweise.«

»Lass das unsere Sorge sein. Wenn du willst, kann ich dich raushalten. Du brauchst nicht aufs Präsidium: kein Verhör, kein Protokoll. Dein Name wird nirgendwo auftauchen.«

»Du kümmerst dich um Kanther?«

»Versprochen.«

»Und ihr lasst Minni in Ruhe.«

Hellriegel wehrte ab. »Wie stellst du dir das vor? An der Ermittlung sind zwei Dienststellen beteiligt: wirtschaftliche Delikte und Betrug.«

»Dienststellen?«

»Mein Gott, so heißen jetzt die Dezernate. Wurde alles umbenannt.«

»Wie auch immer, Minni bleibt außen vor.«

Hellriegel nahm eine Billardkugel in die Hand wie eine heiße Kartoffel. Sie wanderte mehrmals von einer zur anderen, bis er sie wieder auf den Tisch legte. »In Ordnung«, sagte er schließlich. »Ich bekomm das hin.«

»Dann hör gut zu: Hohenstein wurde von Schulze beseitigt.«

»Was sagst du da?«

»Schulze, Pfeiffer, Burger und der Fotograf wurden ermordet, weil sie einen bestimmten Schädel aus Hohensteins Sammlung nicht herausgaben. Dieser Schädel scheint für den Täter immens wertvoll zu sein.«

»Und weiter?«

»Das Kaiser-Wilhelm-Institut für Anthropologie. Nach Kanthers Recherchen hatte Hohenstein dort ein Exponat für fünfzigtausend Reichsmark angeboten. Vielleicht können die uns verraten, was daran so wertvoll sein soll.«

»Schulze war umstritten«, sagte Hellriegel leise. »Dennoch war er einer von uns. Ich hoffe, dir ist die Tragweite deiner Aussage bewusst.«

»Sicher, aber wir müssen jetzt zum Institut. Nur die können uns weiterhelfen.«

»Einverstanden, ich regle das. So was muss gut vorbereitet sein. Ohne offizielle Anfrage werden die sich querstellen.«

*

28. Mai 1929, 18 Uhr,
Kaiser-Wilhelm-Institut für Anthropologie,
Ihnestraße 22/24

»Professor Fischer kann heute leider nicht unter uns sein. Er hält einen Vortrag auf der *International Federation of Eugenic Organizations* in Rom.«

Die Institutsleitung hatte einen Doktoranden namens Köhler vorgeschickt: jung, dienstbeflissen, ehrgeizig, nicht unsympathisch. Er wirkte nervös, aber wer wäre das nicht, wenn die Kriminalpolizei im Hause war.

»Worum geht es da?«, fragte Grenfeld.

»Um die Leitsätze einer eugenischen Bevölkerungspolitik. Selbst der italienische Ministerpräsident Mussolini ist anwesend.«

»Eugenisch«, wiederholte Hellriegel so langsam, als müsste er Reste seiner Schulbildung aus irgendeiner abgrundtiefen Stelle im Gehirn kratzen.

»Die Guten ins Töpfchen, die Schlechten ins Kröpfchen«, sagte Grenfeld. »Darum geht es doch. Und Paul von Hohenstein, ist der auch bekannt?«

»Natürlich. Ein wichtiger Mäzen unserer Forschung.«

»Inwiefern?«

»Unser Direktor hatte schon früh Forschungsreisen zum Studium von Rassenkreuzungen nach Deutsch-Südwestafrika unternommen. 1910 hatte er die Ortsgruppe Freiburg der Gesellschaft für Rassenhygiene gegründet. Während des Ersten Weltkriegs war das Freiburger Institut für Anatomie von einer Fliegerbombe getroffen worden. Teile der anatomischen Sammlung wurden zerstört. Professor Fischer hatte in der Kolonialzeitung inseriert. Herr von Hohenstein war seinem Aufruf gefolgt, Schädel aus den Kolonien für die Sammlung zur Verfügung zu stellen. Das war der Auftakt einer langjährigen Kooperation.«

»Wie viel kostet so ein Schädel?«

»Die Lieferungen aus den Kolonialgebieten waren Zuwendungen von Freunden der Wissenschaft. Selten haben wir dafür bezahlt.«

»Und bei Herrn von Hohenstein?«

»War das genauso.«

Grenfeld merkte ein Zögern, eine leichte Unsicherheit.

»Ohne Ausnahme?«, hakte Hellriegel nach. Auch er hatte es registriert.

»Nun ja, im Herbst letzten Jahres hatte er uns ein besonderes Exponat angeboten.«

»Das war mehr wert?«

»Vielleicht.«

»Was war das für ein Schädel?«

»Es tut mir leid, aber an dieser Stelle enden meine Befugnisse. Ich darf Ihnen hierüber keine Auskunft geben.«

Hellriegel hatte recht behalten. Das Institut gab sich wortkarg, sie mauerten. Jetzt half nur noch die Macht der Ermittlungsbehörde. Hellriegel holte tief Luft und legte ein Formular auf die Tischplatte, welches drei beeindruckende Unterschriften aufwies. »Wir haben eine ganze Menge Mordfälle aufzuklären. Ich kann mir nicht vorstellen, dass Sie es bevorzugen, wenn wir Ihren Direktor ins Präsidium vorladen. Natürlich müssten wir in diesem Fall auch Ihr Kuratorium davon in Kenntnis setzen.«

Köhler spielte nervös mit seinem Stift. Der letzte Satz hatte ihn offensichtlich in einen Gewissenskonflikt gestürzt. Das Kuratorium bestand aus mächtigen Persönlichkeiten, die man wohl nicht aufscheuchen wollte.

Grenfeld blätterte in Kanthers Notizen. »Kann es sein, dass es sich um einen Schädel mit der Datierung neunzehnter Juli 1898 handelt? Als Fundort ist Iringa eingetragen.«

Der Doktorand nahm seine Brille ab und lehnte sich zurück. »Hohenstein hatte uns nichts Geringeres als den Kopf des Sultans Mkwawa angeboten«, sagte er leise.

»Und das bedeutet was?«, fragte Hellriegel ungeduldig.

»Sie werden es nicht glauben, aber der Schädel ist Teil des Versailler Friedensvertrags.«

»Wie bitte?«

»VIII. Teil, Abschnitt II Sonderbestimmungen, Artikel 245 bis 247. Dazu gehören der Koran des Kalifen Osman, französische Fahnen, einige Kunstwerke und dieser Schädel.«

»Das ist doch ein Witz.«

»Ganz im Gegenteil. Das Deutsche Reich ist vertraglich verpflichtet, ihn dem Volk der Wahehe zurückzugeben. Die Briten drängen seit Jahren auf dessen Auslieferung. Das Auswärtige Amt hat alle Museen aufgefordert, den Schädel zu suchen. Bisher ohne Erfolg.«

»Und damit lässt sich Geld verdienen?«

»Schon möglich, aber die Sache ist kompliziert.«

»Inwiefern?«

»Häuptling Mkwawa und die Wahehe hatten den Deutschen enorme Verluste zugefügt. Sieben lange Jahre hatten sie einen erbitterten Kampf gegen die Kolonialherren geführt. Eine Rückgabe kommt einer Demutsgeste gleich. Weder die ›alten Afrikaner‹ noch die Kolonialrevanchisten hätten dafür Verständnis. Außerdem ist es fraglich, ob die Briten wirklich die Macht eines rebellischen Stammes stärken wollen. Immerhin leben die jetzt unter ihrer Verwaltung. Ich könnte mir vorstellen, sie wären erleichtert, wenn die Suche im Sande verläuft.«

»Hatten Sie vor, Hohensteins Angebot anzunehmen?«

»Um ehrlich zu sein: Wir hatten Zweifel an der Herkunft und Identität. Es kursieren widersprüchliche Berichte darüber, was mit dem Schädel geschehen ist. Manche behaupten, er habe Afrika nie verlassen.«

»Wer wusste von dem Geschäft?«

»Nur der Herr Professor, zwei Mitarbeiter, eine Sekretärin und ich. Der Kreis sollte möglichst klein gehalten werden, weil das Kuratorium noch nicht unterrichtet war.«

»Sind noch alle am Institut beschäftigt?«, fragte Hellriegel.

»Alle, bis auf Franz von Lohe.«

»Was ist mit ihm?«

»Er wurde entlassen.«

»Weshalb?«

»Weil seine akademischen Abschlüsse gefälscht waren. Er hatte behauptet, an einer Habilitation zu schreiben, war aber nie an einer Universität immatrikuliert.«

»So etwas muss doch auffallen«, wandte Grenfeld ein.

»Als Teilnehmer an der Tendaguru-Expedition im Süden Ostafrikas hatte er sich profunde Kenntnisse erworben. Nur deshalb hat er uns so lange täuschen können.«

Hellriegel lehnte sich nach vorn und senkte die Stimme. »Versteht er etwas von Pfeilgiften?«

Der Doktorand sah ihn ungläubig an. »Pfeilgifte? Wie kommen Sie auf so was?«

»Ja oder nein?«

»Er hatte an der Technischen Hochschule Charlottenburg Vorlesungen bei Louis Lewin besucht. Der Honorarprofessor ist Experte in Toxikologie.«

»Wir meinen Giftpflanzen aus Afrika«, warf Grenfeld ein.

»Aber ja doch. Sein Hauptwerk ›Die Pfeilgifte: Historische und experimentelle Untersuchungen‹ bezieht sich auch auf den afrikanischen Kontinent.«

Hellriegel und Grenfeld tauschten Blicke aus. In diesem Moment verblassten alle Unterschiede. Ob Kommissar oder Exkommissar – sie teilten die fiebrige Anspannung von Jägern, die ihre Beute riechen konnten.

»Wie lautet die Adresse Ihres ehemaligen Mitarbeiters?«, fragte Hellriegel.

»Herr von Lohe wohnt im König von Portugal in der Burgstraße zwölf, direkt an der Spree gegenüber dem Schloss. Zurzeit hat er eine Aushilfsstelle im Naturkundemuseum.«

»Kannte er Hohenstein?«

»Natürlich. Er hatte leidenschaftlich dafür plädiert, den Schädel zu erwerben. Er bot sogar an, einen Teil seines Erbes dafür zu verwenden.«

»Hohenstein hatte immerhin fünfzigtausend verlangt.«

»Für einen Fabrikantensohn ist das erschwinglich. Sie müssen wissen, Hohenstein hatte bereits zugesagt, doch aus irgendeinem ominösen Grund zog er sein Angebot zurück. Das hat von Lohe richtiggehend aus der Bahn geworfen. Er hatte vermutet, Hohenstein wollte den Preis in die Höhe treiben und gleichzeitig mit den Engländern verhandeln.«

»Weshalb dieses Interesse?«

»Er hatte vor, den Schädel des afrikanischen Häuptlings mit jenem von Carl Peters zu vergleichen. Für eine Untersuchung des Letzteren bekam er freilich nie die Erlaubnis.«

Grenfeld und Hellriegel sahen sich fragend an.

»Seine Forschungen waren eher völkisch motiviert. Er vertrat die Münchner Richtung, wollte die Überlegenheit der nordischen Rasse bezüglich bestimmter Rassenmerkmale verifizieren. Wissen Sie, unser Professor hält nicht mehr viel von der Schädelvermesserei. Unsere Methoden haben sich verfeinert. Wir bevorzugen heute Blutuntersuchungen.«

Hellriegel hielt es nicht mehr auf dem Stuhl. Er sprang auf. »Ich muss ins Präsidium. Wir werden sein Zimmer durchsuchen und uns den Herrn vorknöpfen.«

»Könnte es tatsächlich der Schädel des Sultans sein?«, fragte Grenfeld, als sie allein waren.

Der Doktorand lächelte nervös. »Es käme auf eine Untersuchung an. Eine historische Recherche ist nicht einfach. Die Stammesbestimmung wurde nicht immer mit der nötigen Sorgfalt durchgeführt. Oft ist auch die Datierung falsch. Angeblich war der abgetrennte Kopf des Häuptlings von dem damaligen Hauptmann Tom von Prince fotografiert worden. So eine Aufnahme wäre natürlich hilfreich.«

Grenfeld beugte sich nach vorn. »Wissen Sie, was ich glaube? Sie wollten den Schädel gar nicht haben, aus kolonialpolitischen Gründen.«

Der junge Mann starrte aus dem Fenster. Grenfeld wusste Bescheid. »Geben Sie mir bitte ein Foto Ihres ehemaligen Mitarbeiters«, sagte er und erhob sich.

KAPITEL 24

29. Mai 1929, 15.50 Uhr,
Museum für Naturkunde, Invalidenstraße 44

Grenfeld tat so, als interessierten ihn die zentnerschweren Wirbel und Beinknochen. Er blätterte geschäftig im Museumsführer, während er von Schaukasten zu Schaukasten schlenderte. Im Lichthof des Museums bäumten sich die haushohen Skelette der Saurier bis zur Glaskuppel hinauf. Die wenigen Besucher flüsterten, als wollten sie die Totenruhe der Uhrzeitriesen nicht stören. Er hatte ihn längst gesehen, den schmächtigen Mann mit der Schildmütze. Obwohl er aufrecht stand, wirkte er auf seltsame Weise gestaucht. Falls seine Hypothese stimmte, dann stand dort, in der Ecke des Lichthofs, ein Mörder, der das Leben von fünf Menschen ausgelöscht hatte. Grenfeld hatte ihn wohl zu lange angestarrt. Scheinbar richtungslos umherschlendernd, steuerte er plötzlich auf ihn zu. »Haben Sie eine Frage? Kann ich Ihnen helfen?«

Es gab keinen Zweifel. Vor ihm stand Franz von Lohe. Der Kerl war mit Schulze auf der Bambusbrücke in Streit geraten. Sein Gesicht wies einen passablen Schmiss auf, wie sich ihn Studenten üblicherweise beim Fechten zuzogen. Er hatte Peter Drucker aufgesucht, die Wirtin des Fuhrmann niedergeschlagen und einen russischen Chauffeur erschossen. Grenfeld war alarmiert. Er hätte auf Hellriegel warten und das Ergebnis der Durchsuchung abwarten sollen. Seine Mannschaft war gerade dabei, das Zimmer des Mannes auf den Kopf zu stellen. Hilflos zeigte er auf die vor ihm liegenden Knochen. »Ich habe so viele Fragen, dass ich nicht weiß, wo ich anfangen soll.«

»In diesem Fall ist es besser, Sie warten auf meinen Kollegen. Meine Schicht geht in zehn Minuten zu Ende. Ich muss rechtzeitig zum Flughafen.«

»Sie verlassen Berlin?«

»Ich werde wieder in Afrika arbeiten, eine neue Ausgrabungsstelle.«

Die Nachricht war schockierend. In wenigen Minuten würde sich ihr Tatverdächtiger in Luft aufgelöst haben, während Hellriegel mühsam einen Haftbefehl erwirkte. Die Zeiten hatten sich geändert. Für jeden Schritt brauchte man heute ein Papier mit dreifachem Durchschlag. Es *musste* ihm gelingen, den Kerl in ein Gespräch zu verwickeln.

»Schenken Sie mir nur ein paar Minuten«, bat Grenfeld. »Was ist das für ein Skelett?«

»Das ist ein Brachiosaurus brancai. Ich selbst war bei den Ausgrabungen im Tendaguru-Gebirge dabei. Der ganze Berg – ein einziges Dinosauriergrab. Zweihundertfünfzig Tonnen versteinerte Knochen wurden zum Seehafen nach Lindi gebracht und verschifft.«

»Weshalb schleppen wir eigentlich halb Afrika nach Berlin?«

»Zum Wohle der Wissenschaft.«

»Mich interessieren mehr die Knochen der Träger. Ich nehme an, es waren Einheimische, welche die Lasten schleppen mussten.«

»Wie bitte?« Für einen kurzen Moment ging ein Beben durch den Körper des Mannes. »Dann sind Sie hier falsch. Hier ist die paläontologische Abteilung.«

»Ich bin sicher, Sie kennen sich in menschlicher Anatomie aus. Ich habe Sie in einer Vorlesung an der Hochschule in Charlottenburg gesehen. Bei Professor Louis Lewin. Sie haben eifrig mitgeschrieben.«

Grenfeld registrierte jede Regung des Mannes. Er wollte die Unterhaltung konfus und mehrdeutig gestalten. Sie sollte verunsichern, seine Maske sollte zu bröckeln beginnen.

»Sie haben recht. Ich schreibe gerade an meiner Habilitation.«

»Darf ich fragen, zu welchem Thema?«

»Es geht um Rassenhygiene, eines der drängendsten Themen unserer Gesellschaft.«

»Ich nehme an, Sie forschen an humanem Material. Theoretisch lässt sich so eine Frage doch nicht lösen.« Der Exkommissar spürte, wie unangenehm das Gespräch für sein Gegenüber zu werden drohte, und fuhr fort: »Früher war ich bei der Kriminalpolizei. Ich hätte Ihnen eine Menge Forschungsobjekte überlassen können. Das Seltsame ist, dass alle Mörder, so schlau sie auch waren, sich selbst über-, die Macht der Toten aber unterschätzten.«

»Was meinen Sie damit?«

»Ich rede von den Seelen der Ermordeten. Bei jeder Tatortbegehung hatte ich das Gefühl, die Toten sind noch anwesend. Manchmal haben sie mich verfolgt und, Ihnen kann ich es ja sagen, bisweilen habe ich mit ihnen gesprochen. Ich habe sie nach den Umständen ihres Ablebens befragt. Und stellen Sie sich vor: Sie haben sich mir offenbart. Sprechen diese Saurierknochen auch zu Ihnen?«

Von Lohe lachte gekünstelt. »Ich versteh beim besten Willen nicht, worauf Sie hinauswollen. Als Wissenschaftler kann ich mit derartigen Phänomenen nichts anfangen. Ich muss jetzt gehen.«

»Warten Sie! Noch einen Moment«, sagte Grenfeld. »Ein Kollege von mir war neulich im Aquarium. In der Tropenhalle wurde ein Arm gefunden. Der dazugehörige Torso lag im Magen eines Alligators. Kein schöner Anblick. Vielleicht haben Sie davon in der Zeitung gelesen? Was soll ich sagen? Selbst dort spürte ich die Anwesenheit des Opfers.«

Franz von Lohes Gesicht hatte einen merkwürdigen Ausdruck angenommen. »Und?«, flüsterte er. »Was hat er Ihnen verraten, der Tote?«

Grenfeld beugte sich nach vorn und senkte seine Stimme. »Der Arme war überrascht, ertränkt worden zu sein. Der Alligator hatte ihn zuerst unter Wasser gezerrt und dann aufgefressen.«

»Ich muss jetzt los.«

»Aber sicher. Entschuldigen Sie, dass ich Ihre Zeit so lange in Anspruch genommen habe. Wie war Ihr werter Name?«

»Franz von Lohe.«

»Dr. Franz von Lohe«, korrigierte Grenfeld. »So viel Zeit muss sein, nicht wahr?«

Draußen im Wagen trommelte er ungeduldig auf das Lenkrad. Hellriegel hätte längst vor Ort sein müssen. Auf dem Rücksitz lag das Buch von Professor Louis Lewin, das er gestern in einer Buchhandlung erstanden hatte. Bis ins Detail wurden darin die Pfeilgifte in ihrer Herstellung und Wirkung beschrieben. Die ideale Handreichung für Mörder oder jene, die es werden wollten. Er schloss die Augen und ließ das Gespräch mit Franz von Lohe Revue passieren. Die Geschichte von der Anwesenheit der Toten war ein spontaner Einfall und nicht einmal gelogen. Es war ein Phänomen, von dem er angenommen hatte, dass es sich mit der Dauer seiner Dienstzeit verflüchtigte. Doch er hatte sich geirrt. Bis zum letzten Arbeitstag hatte er das Gefühl, der Tote sei am Tatort präsent. Plötzlich wurde die Beifahrertür aufgerissen. Er war erleichtert, dass Hellriegel noch rechtzeitig gekommen war. Aber als er aufblickte, sah er den Museumswärter mit einer auf ihn gerichteten Waffe.

»Losfahren«, befahl er.

»Was wollen Sie von mir?«, fragte Grenfeld und hoffte, den Mann so lange hinhalten zu können, bis Hellriegel eintraf.

»Das eben war furchtbar dumm von Ihnen. Ich weiß, wer Sie sind.«

»Ich wollte Ihnen eine Chance geben, Sie warnen. Sie sind ein junger, talentierter Wissenschaftler. Ich bin sicher, dass noch etwas Großartiges aus Ihren Forschungen erwächst.«

»Sie sind ein miserabler Lügner! Fahren Sie jetzt los!«

»Aber wohin?«

»Zu Ihrem Büro in die Friedrichstraße. Ich wette, der Schädel ist längst in Ihrem Besitz.«

Grenfeld ließ den Motor an und wendete. Jetzt entdeckte er Hellriegel. Er stand an der Bordsteinkante der gegenüberliegenden Straßenseite und winkte. Grenfeld fluchte leise und beschleunigte. Er passierte den Stettiner Bahnhof, bog in die Friedrichstraße ein und überquerte die Weidendammer Brücke. Vor der Komischen Oper begann sich der Verkehr zu stauen. Entweder war es ein Unfall oder Richard Tauber gab im Metropoltheater ein Konzert. Immer wieder schielte er in den Rückspiegel, hoffend, dass Hellriegel ihnen folgte.

»Was um alles in der Welt wollen Sie mit dem Schädel?«, fragte Grenfeld.

»Sie reden doch so gern mit den Toten. Fragen Sie die!«

»Sie meinen die Offiziere? Warum mussten sie sterben?«

»Das geldgierige Pack wollte mich zum Narren halten. Sie hätten den Schädel ohne jeden Skrupel an die Engländer verschachert. Wegen Gesindel wie diesem haben wir unsere Kolonien verloren.«

»In der Kladde steht …«

»Ich bin mir sicher, Ihre furchtlose Assistentin hat ihn längst beiseitegeschafft.«

Der Verkehr ging nur schrittweise voran. Auf der Brücke des Bahnhofs stand eine Lokomotive. An den Fensterscheiben der Waggons pressten Kinder ihre Nasen platt und winkten. Das Jugendamt schickte sie ins Gebirge oder an die See. Jetzt bereute er es, die Stadt nicht schon längst verlassen zu haben.

»Ich mache Ihnen einen Vorschlag«, sagte Grenfeld. »Sie steigen hier aus und nehmen den Zug. Das ist Ihre letzte Chance.«

Franz von Lohe verzog keine Miene. »Sie verkennen Ihre Lage. Sie sind nicht in der Position, mir Vorschläge zu unterbreiten. Ich habe mich über Sie erkundigt. Vor zwei Jahren haben Sie der alliierten Presse geheime Fotos zugespielt. Sie sind ein Volksverräter. Es würde mich nicht wundern, wenn Sie den Schädel für eine beachtliche Summe den Engländern angeboten haben.«

Grenfeld neigte nicht zur Ängstlichkeit. Er hatte im Laufe seiner Dienstzeit die ein oder andere heikle Situation gemeistert. Drei Streifschüsse, ein gebrochener Arm, ein paar angeknackste Rippen und eine gebrochene Nase hatte er kassiert. Das war's. Jenes unverschämte Glück hatte ihm bis zum heutigen Tag die jugendliche Illusion der Unsterblichkeit erhalten. Doch jetzt, im Schatten der Bahnhofsunterführung, unmittelbar neben Peter Druckers Laden mit der Todesanzeige, brach diese Verheißung zusammen und machte einer lähmenden Angst Platz. Er hätte von Lohe in ein Gespräch verwickeln müssen, so wie es Magnusson getan hätte. Mit suggestiven Worten hätte er Vertrauen aufbauen und ihn zur Aufgabe überreden müssen. Doch es war unmöglich. Trotz Tausender Gedanken wollte kein schlaues Wort seinem Mund entweichen. Seine ganze Aufmerksamkeit war auf jenen Punkt gerichtet, an dem der Lauf der Pistole sich in seine Seite gebohrt hatte. Es mochten nur wenige Millimeter sein, doch es kam ihm vor, als ob die Mündung tief in sein Innerstes vorgedrungen war. Um ihn herum tobte das Leben: Menschentrauben warteten an Bushaltestellen, Zeitungsverkäufer riefen Schlagzeilen aus, Jungs verteilten gelbe Werbezettel für Stadtrundfahrten. Der Bus der Linie fünf stieß eine gewaltige Rußwolke aus und oben, auf dem offenen Deck, lasen Männer den Börsenteil der Zeitung. An der Kreuzung Unter den Linden fiel ihm eine Demonstration des Zorns auf. Transparente, Marschmusik und Fahnenträger in Uniform, deren polierte Stiefel im Licht der Sonne blitzten. Ein Lied, zwei, drei … »*So stehn die Sturmkolonnen zum Rassenkampf bereit. Erst wenn die Juden bluten, erst dann sind wir befreit* …« Das also war die Ursache des Staus. Wie in einem Kinofilm rauschten die Bilder an ihm vorbei. Für einen kurzen Moment dachte er, Franz von Lohe habe sich in Luft aufgelöst und alles wäre ein böser Traum gewesen. Doch nach wie vor saß die dürre Gestalt auf seinem Beifahrersitz. Die Protestierenden nahmen keine Notiz von ihnen. Nur wenige Meter von ihrem

Treiben wurde er von einem Fanatiker bedroht, der nichts mehr zu verlieren hatte. Im Schneckentempo fuhren sie die Friedrichstraße hinunter. Wenn er Pech hatte, würde es das letzte Mal sein. Und während sie den Wintergarten, Schokoladen Most, Schreibwaren Goldfink und das Café Imperator passierten, waren seine Gedanken bei Minni und Irina. Die ganze Zeit hoffte er, dass sie sich nicht im Büro aufhielten.

*

29. Mai 1929, 17 Uhr,
Selchower Straße 15

Irina scheute sich davor, die Hutschachtel zu öffnen. Sie war nur halbherzig im Kleiderschrank versteckt worden. Das Zimmer hatte sich nicht verändert. Der leere Vogelkäfig stand noch mit dem geöffneten Türchen vor dem Fenster. Lange hatte sie mit sich gekämpft, noch einmal Hamids Stube zu betreten. Doch nachdem sie vergeblich den Speicher Hohensteins durchsucht hatte, war das ihre letzte Idee. Vorsichtig hob sie den Deckel und entnahm den Schädel. Auf dem linken Scheitelbein, gleich neben dem Einschussloch, war eine mit schwarzer Tinte geschriebene Aufschrift zu lesen: »Mkwawa/Iringa/Nr. 19071898«. Die Nummer stimmte mit dem Datum in der Kladde überein. Auf dem linken Unterkiefer stand mit Bleistift das Wort »Lotz«.

Hier also war das Exponat, nach dem Schulze so verzweifelt gesucht hatte: der Schädel mit dem Einschussloch.

»Du hast ihn also gefunden.«

Irina erschrak. Sie hatte nicht bemerkt, wie Hamid das

Zimmer betreten hatte. Sie belauerten sich schweigend, während im Hinterhof ein Leierkasten zu spielen begann. Fenster wurden aufgerissen, Münzen klirrten auf das Pflaster, eine raue Männerstimme hallte durch den Hof:

»Unten in der Spree
Da schwimmt ein Krokodil,
Wackelt mit dem Schwanz
Weiß nicht, was es will.
Bitte jehn sie rechts
Und bitte jehn sie links,
Denn so ’n Krokodil
Is ’n jefährlich Dings.«

Sie konnte Hamids Gesichtsausdruck nicht deuten. Es war ihr unmöglich, einzuschätzen, was passieren würde.

»Wie üblich schnüffelst du in fremden Zimmern herum«, sagte er.

»Ich musste es tun«, erwiderte sie.

Hamid setzte sich auf den Boden, lehnte seinen Kopf an die Wand und schloss die Augen. »Für deine Unerschrockenheit habe ich dich immer bewundert.«

»Haben sie dich entlassen?«

Hamid nickte. Er sah jetzt nicht mehr bedrohlich aus, wirkte müde und erschöpft.

»Arbeitest du wieder als Spitzel?«

»Sie behaupten, ich sei verbrannt.«

»Und im Kino?«

Hamid schüttelte traurig den Kopf. »Ich könnte im Haus Vaterland kellnern. Die suchen schwarze Cowboys für ihren Wildwestsaloon.«

»Das wirst du nicht tun«, sagte Irina entrüstet.

Der Nubier blickte auf. »Dann eben als Komparse in Neubabelsberg. Afrika-Filme sind jetzt groß in Mode: *Menschen im Busch* und *Kehre wieder, Afrika* sind Kassenschlager. Da werden immer mal Askaris gesucht. Die weißen Schauspieler haben es langsam satt, sich mit schwarzer Schminke anzumalen.«

Irina deutete auf den Schädel. »Woher wusstest du davon?«

»Schulze hat mich am Vortag seines Todes im Gefängnis aufgesucht. Anfangs hat er mir gedroht, doch dann wurde er zunehmend verzweifelter. Immer wieder fragte er nach dem Schädel, doch ich hatte keine Ahnung. Hohenstein hatte nie mit mir darüber gesprochen.«

»Wo hast du ihn gefunden?«

»In der Wittenauer Anstalt. Er hat ihn im Park vergraben.«

Irina schlug sich an die Stirn. »Deshalb die Abkürzung ›WA‹.«

»Als Hohenstein von der Anstalt zurückgekommen ist, sagte er einmal, das Wertvollste liege unter der Erde. Ich habe den Sinn des Satzes nie verstanden. Erst in meiner Zelle habe ich mich daran erinnert. Den Platz in Wittenau verrieten mir die Patienten. Die wissen alles. Man muss sie nur fragen.«

»Warum hast du ihn nicht Finsch übergeben?«

Hamid schüttelte den Kopf. »Ich bin weder ihm noch den Offizieren etwas schuldig. Der Schädel gehört in die Hände der Afrikaner.«

»Der Kopf eines Sultans. Was hat es damit auf sich?«

»Mkwawa kämpfte erbittert gegen die Deutschen. Zum Reichsfeind erklärt, war er jahrelang auf der Flucht. Man hat Treibjagden auf ihn und seine Söhne veranstaltet. Tausende Wahehe bezahlten mit ihrem Leben. Am Ende war der Häuptling allein. In die Enge getrieben, nahm er sich das Leben. Er schoss sich eine Kugel in den Kopf. Angeblich soll sein Schädel nach Deutschland verschickt worden sein. Bisher war alle Suche vergeblich.«

»Kein Wunder. Er war im Besitz Paul von Hohensteins.«

Hamid lachte bitter. »Der Schädel ist eine Fälschung. Ich denke, Hohenstein ist betrogen worden.«

»Was?«, schrie Irina auf.

»Die oberen Schneidezähne sind dreiecksförmig zugefeilt. Siehst du?«

»Was bedeutet das?«

»Der Zahnschliff ist eine Tradition der Hereros. Der Name ›Lotz‹ weist auf den Finder hin. Dr. Heinrich Lotz ist in Sammlerkreisen kein Unbekannter. Er hatte für die Diamantminen in Deutsch-Südwestafrika gearbeitet und in seiner Freizeit die menschlichen Überreste Einheimischer nach Berlin verschifft. Vermutlich handelt es sich um den Schädel eines erschossenen Minenarbeiters. Die Umstände seines Todes werden immer ungeklärt bleiben. Die Beschriftung aber ist falsch.«

»Und was soll jetzt damit geschehen?«

»Ich werde ihn Ibrahim aushändigen. Er kommt aus dem Volk der Hereros. Er soll ihn in der Heimat begraben.«

»Du *musst* zu Grenfeld, um die Sache aufzuklären. Wer weiß, wie viel Unheil der Verrückte noch anstellt, um an den Schädel zu kommen.«

Hamids Gesicht verfinsterte sich. »Es ist aus und vorbei. Ich *muss* nichts. Ich bin kein Askari mehr. Mein Dienst für die Weißen ist beendet. Ich bin frei.«

»Dann bitte ich dich«, sagte Irina leise. »Tu es meinetwillen.«

Hamid verschränkte seine Arme und zeigte zum Vogelkäfig. »Warum hast du ihn fliegen lassen? Es war ein dunkelroter Amarant. Die ganze Schiffsreise von Lindi bis Hamburg war er mein treuer Begleiter gewesen. Mir fehlt sein Trillern und Zwitschern. Er war mir ans Herz gewachsen.«

»Keine Kreatur von solcher Schönheit sollte hinter Gittern leben. Soll die Sklaverei ewig weitergehen?«

Hamid lächelte. So hatte sie ihn nur auf dem alten Foto lächeln sehen, vor dem Palast in Sansibar. »Meinetwegen, ich bin dir sowieso noch was schuldig. Gehen wir zu Grenfeld. Aber anschließend werde ich den Schädel Ibrahim übergeben.«

KAPITEL 25

29. Mai 1929, 21 Uhr,
Friedrichstraße 191

»Worauf warten wir?«, fragte Grenfeld wütend. Seit einer
Stunde war er dazu verdammt, untätig auf einem harten
Stuhl zu sitzen.

»Auf Ihre kleine Freundin.«

»Sie meinen die Tochter meines Freundes Kanther? Sie
wird nicht kommen. Irina ist mit ihrer Mutter nach Moskau gereist.«

»Ich glaube Ihnen kein Wort«, sagte Franz von Lohe
und blätterte in der Kladde, die er auf den Billardtisch
gelegt hatte. Grenfeld hatte mehrere Gelegenheiten verstreichen lassen, ihn anzugreifen. Sein Bauchgefühl hatte
ihn gewarnt. Der Mann mit der Narbe war hellwach und
registrierte argwöhnisch jede Bewegung. Es würde nur
eine Chance für den richtigen Zeitpunkt geben. Grenfeld
schielte aus dem Fenster und suchte die gegenüberliegende
Straßenseite nach Hellriegel ab. Die Sonne ging langsam
unter, bald würden wieder die Lichter der Leuchtreklame
die Friedrichstraße dominieren. Er war sich nicht sicher.
Auf dem Mittelstreifen, keinen Meter vor der Normaluhr,
parkten zwei Wagen, die der Mordkommission gehören
könnten. Vor Loeser & Wolff stand eine Gruppe Männer
untätig herum. Die Mantelkragen hochgeschlagen und die
Hüte tief ins Gesicht gedrückt, sahen sie verdächtig nach

Präsidium aus. Einer zog den Gürtel nach oben, als hinge etwas Schweres daran, eine Waffe oder ein Schlagstock. Aber sicher war nur sein Wunsch der Vater des Gedankens. Irgendetwas musste geschehen.

»Was ist das Ziel Ihrer Habilitation?«, fragte er, um Lohe abzulenken.

»Die Sterilisation als Instrument der Rassenhygiene muss endlich in Gesetzesform gebracht werden. Dazu benötigt man wissenschaftliche Erkenntnisse. Der Schädel des Sultans ist einzigartig. Er wird uns Antworten auf Fragen zu spezifischen Rassemerkmalen geben. Seine Rückgabe an die Engländer wäre Verrat an jedem Kolonialsoldaten, der sein Leben für die Erweiterung unseres Lebensraums geopfert hat. Kolonialisierung ist kein Selbstzweck. Sie ist eine heilige Pflicht.«

Grenfeld konnte dem Monolog nicht mehr folgen. Derartige Reden waren jetzt an jeder Straßenecke zu hören. Der Roman *Volk ohne Raum* war zum Kassenschlager avanciert und die Idee des Herrenmenschentums wieder salonfähig geworden. Draußen tat sich einiges: Hellriegel hatte gerade den Fahrdamm überquert und die Männer vor Loeser & Wolff schlossen sich ihm an. Sie würden das Büro stürmen – ohne Rücksicht auf Verluste. Schließlich hatte Lohe einen Polizisten ermordet, da war man nicht zimperlich. Grenfeld wischte sich den Schweiß von der Stirn, sein Herz begann zu rasen. Er hatte kein gutes Gefühl, eher eine dunkle Vorahnung. Er dachte an Minni. Er hätte sie so gern noch einmal in den Arm genommen. Sie hätte ihm vorlesen können und er hätte ihr gestanden, nie mehr ohne den Klang ihrer Stimme leben zu wollen. Es waren verpasste Gelegenheiten, die nie wieder zurückkehrten. Plötzlich entdeckte er Irina, wie sie, mit Hamid im Schlepptau, die U-Bahn-Treppe emporkam. Er fluchte innerlich. Auf keinen Fall durfte sie noch einmal in die Hände dieses Irren geraten. Grenfeld stand auf und versuchte, sich unauffällig dem Schreibtisch zu nähern. Seine geladene Waffe lag in der untersten Schublade.

»Setzen Sie sich«, sagte Lohe, ohne seinen Blick von der Kladde zu wenden. In diesem Moment klopfte es. Lohe befahl ihm, die Tür zu öffnen. Es war Hamid. Er trug die Hutschachtel, die einst Hohenstein bei sich hatte, wie eine Trophäe vor sich her.

»Wen haben wir denn da?«, fragte Lohe unsicher und fuchtelte mit der Waffe herum.

»Ich bin gekommen, Ihnen etwas zu übergeben. Etwas ausgesprochen Wertvolles.«

Grenfeld schielte auf die Straße. Er konnte keinen einzigen Beamten mehr ausmachen. Auch Irina war nicht mehr zu sehen. Hamid stellte die Hutschachtel auf den Billardtisch und trat ehrfurchtsvoll zurück, als handele es sich um etwas Heiliges.

»Mach schon auf«, schrie von Lohe.

»Ich warne Sie«, flüsterte Hamid, ohne der Aufforderung Folge zu leisten. »Der Schädel bringt kein Glück. Wie eine dunkle Wolke wird sich der Fluch der Ahnen über Ihr Vorhaben legen. Auch die anderen geraubten Schädel haben den Deutschen nur Unglück gebracht. Sie haben alle Kolonien verloren. All die Opfer waren sinnlos.«

»Halt deinen Mund«, zischte von Lohe und ging auf die Schachtel zu. Hamids Finger zuckten, sein Handgelenk war angespannt. Er sah zu ihm hinüber. Sein Blick verriet eine verzweifelte Entschlossenheit. In diesem Moment wurde ihm klar, was geschehen war. Man hatte Hamid bewaffnet, um ihn als Trojanisches Pferd einzuschleusen.

Ein riskantes Manöver. Würde der alte Askari seine Parabellum schnell genug ziehen können? Von Lohe öffnete die Schachtel und strich mit der Hand über den Schädel. Er schien zufrieden, bis er den Unterkiefer anhob. »Was soll der Name?«, fragte er voller Misstrauen. Immer wieder begutachtete er den Kiefer, rieb mit dem Daumen über die Schrift. Dann richtete er sich auf. Seine Stirn glühte, seine Wangen waren von roten Äderchen durchzogen. »Dr. Heinrich Lotz war nie in Ostafrika«, flüsterte er. »Er hatte im Leben keinen Wahehe gesehen, geschweige denn den Kopf ihres Häuptlings.«

»Aber beachten Sie den Fundort«, sagte Hamid beschwichtigend. »Iringa liegt in Ostafrika.«

Von Lohe lachte höhnisch und zielte mit der Pistole auf Hamid. »Ihr wollt mich reinlegen. So wie Hohenstein, Schulze und die anderen Verräter es versucht haben. Ich frage dich nur einmal: Wo ist der echte Schädel?«

Grenfeld wusste, es war Zeit zu handeln. Er stieß die Wachsfigur um, rannte los und stürzte sich auf Lohe. Der ging zu Boden, und obwohl Grenfeld seinen Arm zu fassen bekam, verlor er den Halt. Er rutschte ab, bekam weder die Hand noch die Waffe in den Griff. Drei Schüsse folgten unmittelbar aufeinander. Er spürte einen brennenden Schmerz in der Seite, hörte Schreie, sah, wie Hamid mit der Hand in der Tasche nach hinten kippte. Er wollte sich aufrichten, wunderte sich, warum seine Beine versagten, und ging zu Boden. Irgendwann stand Hellriegel über ihm, seine Lippen bewegten sich, doch statt Worte hörte er einen Pfeifton. Er war froh, taub zu sein, wusste er doch, dass man ihn aufforderte, durchzuhalten. Er selbst hatte diese Formel mehrmals gebraucht und merkte jetzt, wie unsinnig sie war. Als ob das Durchhalten in seiner Macht stand. Auf dem Rücken liegend, blickte er zur Decke, wo ein Glasfenster die Sicht zum Nachthimmel freigab. Er hatte sich immer über den Architekten geärgert, der so etwas Unpraktisches hatte einbauen lassen. Das Glas war die meiste Zeit vom Kot der Tauben verdreckt. Zu seiner Verwunderung war es heute sauber und er konnte die Laufschrift der Lichtreklame farbig leuchten sehen. Angestrengt versuchte er sich zu erinnern, wofür die Buchstaben warben, war aber zu keinem klaren Gedanken fähig. Heute Vormittag hatte man im Radio verkündet, man habe mit einer Junkers den Höhenweltrekord aufgestellt. Der Pilot war zwölftausend Meter in den Himmel geflogen. Grenfeld fragte sich, wie man in dieser Höhe Luft bekam. Das Atmen fiel ihm bereits hier unten schwer. Er wunderte sich über das Röcheln, das aus seiner Kehle kam. Er wusste, er hatte eine Kugel abbekommen, doch er fühlte keinen Schmerz. Stattdessen fühlte er sich leicht, als könnte er durch das Glas hinaus auf das Dach schweben. »Solange ihr noch Schmerzen habt, ist alles in Ordnung«, hatte sein Ausbilder vor dreißig Jahren gesagt. An diesen Satz konnte er sich jetzt erinnern und er war nicht dazu geeignet, ihn zu beruhigen.

*

**30. Mai 1929, 23 Uhr,
Lunapark**

Irina eilte, die Hutschachtel eng an ihren Körper gepresst, durch den Lunapark. Mit einem Arm bahnte sie sich den Weg zur Afrikaschau. Sie kam gerade noch rechtzeitig. Es war die letzte Vorstellung. In wenigen Minuten würde das Feuerwerk den Rummel in ein bengalisches Rot tauchen. Sie drängte sich durch die Menschenmenge, überwand die Absperrung und gelangte hinter die Bühne. Nur durch ihre Wut hatte sie es bis hierher geschafft. Stellvertretend für Hamid war sie hier. Er, der im Krankenhaus um sein Leben kämpfte, hätte es so gewollt. Die Polizei hatte ihn missbraucht: als Schutzschild, als Trojanisches Pferd, als Askari. Er hatte eingewilligt, dann ging alles so schnell. Sie hatte Schüsse gehört, wollte nach oben, doch die Beamten hatten sie zurückgehalten.

Ibrahim und Asha kamen auf sie zu. Die Übergabe des Schädels war ein merkwürdiger Moment. Sie schämte sich und zweifelte an dem Sinn ihres Tuns. Es war nicht der berühmte Schädel des Häuptlings Mkwawa, es war nur der Schädel eines unbekannten afrikanischen Minenarbeiters. Tausende Gebeine und Schädel lagerten in den Museen und Instituten der Hauptstadt. Sie wurden katalogisiert, vermessen und fotografiert. Man hatte sie ihrer Volkes, ihrer Ahnen und ihrer Heimaterde beraubt, nur um zu beweisen, dass ihre Träger der weißen Rasse untergeordnet waren. Ibrahim lächelte sie an. Vergeblich suchte sie nach einem Zeichen von Ablehnung. Asha umarmte sie. In ihrer Umarmung lösten sich alle Zweifel auf.

*

31. Mai 1929, 17 Uhr, Charité

Kanther war kaum wiederzuerkennen. Er roch zivilisiert, war gekämmt, rasiert, trug ein frisches Hemd und einen schwarzen Anzug.

»Als wäre es meine Beerdigung«, flüsterte Grenfeld.

»Tut mir leid«, sagte er verlegen. »Dafür habe ich ein Geschenk für dich.«

Umständlich wickelte Kanther ein Messingschild aus dem Packpapier und hielt es in die Höhe. *Grenfeld & Kanther, Detektei, Private Ermittlungen*, lautete die Gravur.

»Oh nein«, stöhnte Grenfeld.

»Ist nur ein Vorschlag«, murmelte Kanther. »Ich kann es wieder einschmelzen lassen und wir machen eine Schreibwarenhandlung auf.«

»Hör zu, die Ärzte haben bei mir ein faustdickes Geschwür entdeckt. Sobald die Schusswunde es zulässt, muss ich erneut unters Messer.«

»Ist das die Ursache für deinen ständigen Schwindel und die Übelkeit?«

»Schon möglich, aber ich fürchte, die geben hier keine Erfolgsgarantie.«

»Du kommst schon wieder auf die Beine. Dann eröffnen wir die Detektei und gehen unseren ehemaligen Kollegen gehörig auf die Nerven.«

»Ich denke darüber nach, versprochen. Was ist mit Irina?«

»Sie will partout nach Moskau zu ihrer Mutter. Ich werde versuchen, es ihr auszureden. Aber wenigstens spricht sie wieder mit mir. Sie ist wie verwandelt. Es scheint, als hättest du einen guten Einfluss auf sie gehabt.«

»Ach was! Das hat nichts mit mir zu tun.«

»Zurzeit bewohnt sie ein Zimmer im Fuhrmann, direkt neben meinem.«

»Eine gute Wahl, und wie geht es Hamid?«

»Ist noch nicht aufgewacht«, sagte Kanther leise. »Die

Ärzte haben eine Bambusdose um seinen Hals entdeckt. Weißt du, was das bedeutet?«

»Das Maji-Wasser«, erwiderte Grenfeld.

Kanther zog sein Sakko aus, hängte es über eine Stuhllehne, krempelte die Hemdsärmel nach oben und lockerte die Krawatte. Noch ein paar Maßnahmen dieser Art und er wäre wieder der Alte. »Die ganze Kolonialsache«, sagte er. »Weißt du noch? Vor zehn Jahren ritten Lettow-Vorbeck und der Rest seiner Truppe durch das Brandenburger Tor. Die Berliner haben sie gefeiert, als wären sie die Sieger des Krieges. All die Heldensagen, Abenteuerromane und schlauen Vorträge ... Die Schädel erzählen ihre eigene Geschichte.«

»Was macht Minni?«

»Sie wartet draußen, sieht fantastisch aus. Soll ich sie reinlassen?«

»Warte noch ein wenig.«

»Franz von Lohe ist tot. In seinem Zimmer fand man Reste des Pfeilgifts und die Gebeine von Carl Peters.«

»Was ist mit Schulze? Kann man ihm den Mord an Hohenstein nachweisen?«

»Nicht nur den. Die laufenden Ermittlungen bringen noch mehr ans Tageslicht.«

»Was denn?«

»Ein anderes Mal. Jetzt sollst du dich schonen.«

»Sag schon!«

»Schulze steht im Verdacht, während seiner Zeit in Bayern an mehreren Fememorden beteiligt gewesen zu sein.«

»Der Fall Maria Sandmayr!«

»Durchaus möglich. Schulze lebte von 1919 bis 1923 in München. Der hiesige Polizeipräsident hatte ihn damals wärmstens empfohlen. Gerade der hatte aber alles getan, um das Verbrechen zu vertuschen.«

Grenfeld richtete sich auf. »Du musst der Sache nachgehen. Der damalige Oberinspektor hieß Georg Reingruber.«

»Leg dich wieder hin, aber sofort!«

Grenfeld starrte an die Decke. »Weißt du, was ich nicht begreifen kann? Wenn das tatsächlich stimmt, hätte der Quacksalber recht behalten.«

»Von wem redest du?«

»Magnusson.«

»Ich weiß nicht recht«, sagte Kanther. »Hinterher deutet man alles Mögliche in die Worte hinein.«

Grenfeld schüttelte nachdenklich den Kopf. »Die Ereignisse der letzten Wochen – sie kommen mir wie ein Traum vor.«

»Wir haben die Büchse der Pandora geöffnet.«

»Ach Kanther, ich fürchte, wir haben nur den Deckel angehoben.«

»Wie auch immer, dein Hellseher wird Konkurrenz bekommen. Der große Jan Hanussen kommt wieder nach Berlin.«

»Tust du mir einen Gefallen?«, fragte Grenfeld müde.

»Welchen?«

»Schickst du mir Minni herein?«

»Mit dem größten Vergnügen.«

FIKTION UND WIRKLICHKEIT

Ich muss zugeben: Nach »Mord in Metropolis« und »Engelsflug« fiel mir die Arbeit am dritten Roman schwer. Nicht das Schreiben an sich war kräftezehrend, sondern die Recherche. In den letzten Jahren wurde immer wieder der Völkermord an den Herero und Nama in Südwestafrika thematisiert. Zwischen 1904 und 1908 töteten die kaiserlichen Streitkräfte gezielt bis zu 80.000 Menschen in Deutsch-Südwestafrika, dem heutigen Namibia. Ich hätte vorgewarnt sein müssen. Dennoch schockierten mich die Grausamkeiten, die in ehemals Deutsch-Ostafrika (heute Tansania, Ruanda und Burundi) von den Kolonialtruppen verübt worden waren. Durch die Politik der verbrannten Erde und die daraus resultierenden Hungersnöte kamen mehr Menschen ums Leben als durch die Gewehre. Ich kann mich nicht erinnern, jemals in der Schule darüber gehört zu haben. Es waren vor allem Einzelschicksale, die unter die Haut gingen. Hans Paasche (1881–1920) war einer jener Zeitzeugen, die 1904 im Range eines Oberleutnants zur Schutztruppe nach Deutsch-Ostafrika versetzt worden waren.[*] Er sollte am Fluss Rufiji den Maji-Maji-Aufstand[**] bekämpfen. Eines Tages brachte man ihm eine Gruppe Gefangener. Sie sollten hingerichtet werden. Paasche schrieb

---

[*] Paasche, H. (1907). Im Morgenlicht: Kriegs-, Jagd- und Reise-Erlebnisse in Ostafrika. Schwetschke und Sohn, Berlin. S. 123–124
[**] Beez, J. (2003). Geschosse zu Wassertropfen. Rüdiger Köppe Verlag, Köln.

über seine Zweifel und Gewissensnöte. Er hatte keine Ahnung, ob diese Männer tatsächlich am Aufstand beteiligt waren, er kannte ihre Sprache nicht, hatte keinen Übersetzer, keine Zeugen, keinen Verteidiger. Dennoch ließ er die Männer hängen und keinen der Umstehenden schien das sonderlich zu überraschen. Paasche selbst konnte damit nicht leben. Er wurde zum Kolonialgegner und Pazifisten. Das wiederum wurde *ihm* zum Verhängnis: Im Mai 1920 wurde er unter nicht völlig geklärten Umständen von Angehörigen des Reichswehr-Schutzregimentes 4 erschossen.

Auch die Hinrichtung des Mädchens **Jagodja** ist keine Fiktion. Immer wieder habe ich ihre traurige Geschichte in den verschiedensten Versionen gelesen. Ich versuchte mir vorzustellen, wie das kurze Leben der jungen Zwangsprostituierten gewesen sein mochte.[*] Meines Wissens existiert kein Foto ihrer Hinrichtung, wohl aber Bilddokumente anderer Grausamkeiten. 1926 wurde in der Zeitschrift *East Africa* eine Fotografie veröffentlicht, die neun am Galgen hängende »Rädelsführer« des Maji-Aufstandes zeigte. Das Auswärtige Amt versuchte alles, um das Bild als Fälschung des Feindes zu entlarven. Umsonst: Die Fotografie war echt.[**] Ob Jagodja Geschwister oder Kinder hatte, ist nicht überliefert. **Asha** jedenfalls ist eine literarische Figur. Ihre Reise nach Berlin als Darstellerin einer Völkerschau ist frei erfunden. Die Völkerschauen jedoch waren Teil einer professio-

---

[*] Baer, M. & O. Schröter (2001). Eine Kopfjagd. Deutsche in Ostafrika. Ch. Links Verlag, Berlin. S. 89ff.

[**] Michels, S. (2005). Herrschaftspose, Hetzbild, Anklage. Streit um die Kolonialfotografie. In: Van der Heyden, U. & J. Zeller (Hrsg.). Macht und Anteil an der Weltherrschaft. Berlin und der deutsche Kolonialismus. Unrast, Münster. S. 185–191

nell organisierten Unterhaltungskultur. Ob im Lunapark, im Panoptikum oder im Zoo: je exotischer, desto besser.* **Carl Peters,** der unter den Nazis zum Helden stilisiert wurde, ist übrigens nie wegen Mordes verurteilt worden. Er verlor sein Amt in einem Disziplinarverfahren. Später bekam er Titel und Pension zurück. Joseph Conrad hat ihm als skrupellosem Elfenbeinhändler Kurtz in seinem Roman *Herz der Finsternis* ein Denkmal gesetzt.

Die Figur der **Irina** basiert auf einer realen Person. In den Akten zu den Maiunruhen 1929 tauchte immer wieder der Name einer *Erna N.* auf.** Sie soll mit anderen Jugendlichen das Polizeirevier in der Selchower Straße mit Steinen beworfen haben. In den wenigen Zeilen der Polizeiberichte spürt man die Ratlosigkeit angesichts des wilden Mädchens, das ihren eigenen Vater verklagt hatte. Tatsächlich war die Gesellschaft mit dem Anwachsen der Wilden Cliquen überfordert. Aber auch mit den »normalen« Jugendlichen hatte man so seine Schwierigkeiten: Der alten Werte beraubt, suchten sie in einer sexualisierten Großstadt vergeblich nach Orientierung. Sowohl die Nazis als auch die Kommunisten versuchten alles, um sie für ihre Ziele zu vereinnahmen.***

---

* Blanchard, P.; Bancel, N.; Boetsch, G.; Deroo, E. & S. Lemaire (2012). MenschenZoos. Schaufenster der Unmenschlichkeit. Les éditions du Crieur Public GmbH, Hamburg.
** Schirmann, L. (2001). Blutmai Berlin 1929. Dichtungen und Wahrheit. Dietz-Verlag, Berlin. S. 221
*** Lessing, H. & M. Liebel (1981). Wilde Cliquen. Szenen einer Arbeiterjugendbewegung. Päd.-extra Buchverlag, Bensheim. S.143ff.; Zur Situation der Nazis 1929 siehe: Kessinger, B. (2013). Die Nationalsozialisten in Berlin-Neukölln. 1925-1933. VergangenheitsVerlag, Berlin. Oder: Reschke, O. (2014). Der Kampf um den Kiez. Der Aufstieg der NSDAP im Zentrum Berlins 1925–1933. Trafo, Berlin.

Exkommissar **Grenfeld** bleibt ein Beobachter Berlins. Mit Skepsis bemerkt er ihren Hang zur Gigantomanie: das größte Kino Europas (Mercedes-Palast), das größte Kaufhaus Europas (Karstadt), die größten Varietés (Wintergarten, Skala und Plaza) und die prachtvollsten Tanzpaläste. Auch sein altes Café Zielka wurde mit 3.000 Sitzplätzen auf 2.800 Quadratmetern zu einer trendigen Event-Location mit Rolltreppe. Ansonsten boomte die Filmindustrie. Die Schauspielerin **Louise Brooks** war im **Hotel Eden** untergebracht und drehte *Tagebuch einer Verlorenen.** Die Büchse der Pandora* war im Februar 1929 im Gloria-Palast uraufgeführt worden. **Grenfeld, Kanther** und der Ganove **Machowski** gehen einer ungewissen Zukunft entgegen. Wir wissen mehr: Im Herbst 1929 wird die Wirtschaftskrise über sie hereinbrechen. Die Nationalsozialisten, noch immer belächelt, werden in der Reichstagswahl 1930 Erfolge feiern. Von einer lächerlichen Splitterpartei werden sie mit 107 Mandaten zur zweitstärksten heraufschnellen. Sie werden die Rückgewinnung der Kolonien propagieren. Hans Albers wird in einem Propagandafilm den Kolonialhelden Carl Peters spielen. Von Jagodja und all den anderen Opfern wird lange keine Rede mehr sein. Erst am 19. Juni 1954 wird der Schädel des **Häuptlings Mkwawa** dem Volk der Wahehe zurückgegeben. Sie hatten fast sechsundfünfzig Jahre auf die Rückgabe des Schädels warten müssen. Dieser befand sich allerdings nicht in Berlin, sondern im Magazin des Bremer Übersee-Museums.

Die Vergangenheit ist nicht vergangen: In deutschen Depots lagern noch heute weit mehr Schädel und Kno-

---

* Brooks, L. (1986). Lulu in Berlin und Hollywood. Fischer, Frankfurt/ Main. S. 121ff.

chen aus den deutschen Kolonien, als vielen bekannt sein dürfte. Im Zentraldepot der *Stiftung Preußischer Kulturbesitz* zum Beispiel, welche die Felix-von-Luschan-Sammlung verwaltet, sollen es über tausend Schädel aus Ruanda und Tansania sein. Die Auseinandersetzung um eine würdige Rückgabe hat begonnen, ist aber noch lange nicht abgeschlossen.[*]

---

[*] Stoecker, H.; Schnalke, Th. & A.Winkelmann (2013). Sammeln, Erforschen, Zurückgeben? Menschliche Gebeine aus der Kolonialzeit in akademischen und musealen Sammlungen. Ch. Links Verlag, Berlin.

DANKSAGUNG

Mein Dank geht an alle, die mir halfen, meine sehr speziellen Fragen zu beantworten. Danke auch an den Gmeiner-Verlag und meinen Lektor Sven Lang. Ihnen ist es zu verdanken, dass Exkommissar Grenfeld weiter ermittelt. Vor allem aber möchte ich meiner Frau und meiner Tochter danken, die sich tagaus, tagein Geschichten aus einer längst vergangenen Zeit anhören mussten.

QUELLEN DER LIEDTEXTE

Deine Augen sind Magnete: Text: Erwin W. Spahn, Musik: Hermann Leopoldi.

Mein Herz ist eine Jazzband. Foxtrott (Engel-Berger, Text von Beda) Lilly und Emmy Schwarz, Gesang am Doppel-flügel (Bechstein). Odeon-Best.-Nr. O-2483 a / A 45 512. Matrize: Be 6914, aufgen. ca. Juni 1928.

Ich bin ein Bub aus Kamerun: Koloniallied, Text Emil Sembritzki.

Wie oft sind wir geschritten (Heia heia Safari): Götz, R. (1965). Wir fahren in die Welt. Alte und neue Lieder von Robert Götz. Bad Godesberg. Voggenreiter Verlag, S. 50. Lied: A. Aschenborn.

Sonny Boy: Weltschlager aus dem Tonfilm »Der singende Narr«. Sonny Boy lyrics © Warner/Chappell Music, Inc., Universal Music Publishing Group, THE SONGWRI-TERS GUILD OF AMERICA, RAY HENDERSON MUSIC CO., INC.; Deutscher Text von Gilbert & Neubach.

Ramona: Paul O'Montis & Dolores del Rio. Text: L. Wolfe Gilbert (dt. Fred Barny), Musik: Mabel Wayne. Odeon O-26998a, Berlin, 1928.

Mitten auf der Elbe schwimmt ein Krokodil: Klassischer Kinderreim, Aus: Brohy, C. & Endt, E. (2017). Wo ist Paula? Deutsch für die Primarstufe. Lehrerhandbuch zu den Bänden 1 und 2 mit 4 Audio-CDs und Video-DVD. Band 2. Verlag: Klett Sprachen. S. 91.

Weitere Titel finden Sie auf den folgenden Seiten und im Internet:

WWW.GMEINER-VERLAG.DE

Exkommissar Robert Grenfeld ermittelt:

GMEINER SPANNUNG

WWW.GMEINER-VERLAG.DE
Wir machen's spannend

Kathrin Hanke
Heidequal
Kriminalroman
288 Seiten, 12,5 x 20,5 cm,
Paperback
ISBN 978-3-8392-0597-6

Oberkommissarin Katharina von Hagemann wird
zu einer im Bültenmoor aufgefundenen Frauenleiche
gerufen – es handelt sich um Anne Pfeiffer, die seit
drei Wochen als vermisst gilt. Rechtsmedizinerin Dr.
Frauke Bostel stellt nicht nur frische Verletzungen
an dem Leichnam fest, sondern ebenso ältere. Die
Frau scheint jahrelang misshandelt worden zu sein.
Der Verdacht fällt schnell auf den Ehemann. Doch ist
der Fall tatsächlich so einfach? Hat Steffen Pfeiffer
seine Frau einmal zu heftig geschlagen und sie dann
verschwinden lassen?

GMEINER SPANNUNG

WWW.GMEINER-VERLAG.DE
Wir machen's spannend

Wolfgang Santjer
Borkumer Todesriff
Kriminalroman
368 Seiten, 12,5 x 20,5 cm,
Paperback
ISBN 978-3-8392-0564-8

Ist das zu fassen? Drei befreundete Profitaucher
finden vor Borkum ein Schiffswrack aus der Zeit der
Germanicus-Feldzüge und darin wertvolle römische
Schätze. Kurz darauf wird bei einer Wattwanderung
auf Borkum ein Toter entdeckt, und im Fahrwasser
vor der Insel treibt eine brennende Jacht. Jan Broning
und sein bewährtes Team ermitteln auf Borkum, in
der Gemeinde Krummhörn, in Leer und im nieder-
ländischen Grenzgebiet.

GMEINER SPANNUNG

WWW.GMEINER-VERLAG.DE
Wir machen's spannend

Mario Bekeschus
Im Eichtal
Kriminalroman
384 Seiten, 12,5 x 20,5 cm,
Paperback
ISBN 978-3-8392-0599-0

Dichter Nebel umhüllt das Eichtalviertel, als unweit
der Oker eine zerstückelte Leiche gefunden wird.
Noch vor seinem ersten Arbeitstag in Braunschweig
eilt Kommissar Wim Schneider zum Fundort. Wenig
später taucht eine Fingerkuppe im Naturhistori-
schen Museum auf. Eine Vermisstenanzeige führt die
Ermittler zu einem Jagdverein und einer Hannover-
schen Förderstiftung, doch Intrigen erschweren die
Polizeiarbeit. Wim und seine Teampartnerin Rosalie
ahnen, dass der Täter sie bereits ins Visier genommen
hat und sein Werk noch nicht vollendet ist.

GMEINER SPANNUNG

WWW.GMEINER-VERLAG.DE
Wir machen's spannend